A FORTUNE TELLING PRINCESS

점괘보는 공녀님

✦ 2 ✦

점괘보는 공녀님 2

초판 1쇄 인쇄 2023년 12월 11일
초판 1쇄 발행 2023년 12월 22일

지은이 사이딘
펴낸이 권순남
펴낸곳 페리윙클
편 집 김보선
디자인 최미선

주소 서울특별시 노원구 동일로237가길 17, 신영산업빌딩 602호
전화 02-2091-0291 **팩스** 02-2091-0290
메일 marubooks@mayabooks.co.kr
출판등록 2008년 1월 7일 제310-2008-00001호

ISBN 979-11-368-3230-6
　　　　979-11-368-3228-3 (세트)

정가 13,500원

※ 이 책은 페리윙클이 저작권자와의 계약에 따라 발행한 것입니다. 본사의 허락 없이 내용을
　무단 복제하거나 무단 전재하는 것은 저작권법에 의해 금지되어 있습니다.

※ 저자와 협의하여 인지를 붙이지 않습니다. 잘못된 책은 구입한 곳에서 바꾸어 드립니다.

페리윙클은 (주)마야마루출판사의 로맨스 판타지 문학 레이블입니다.

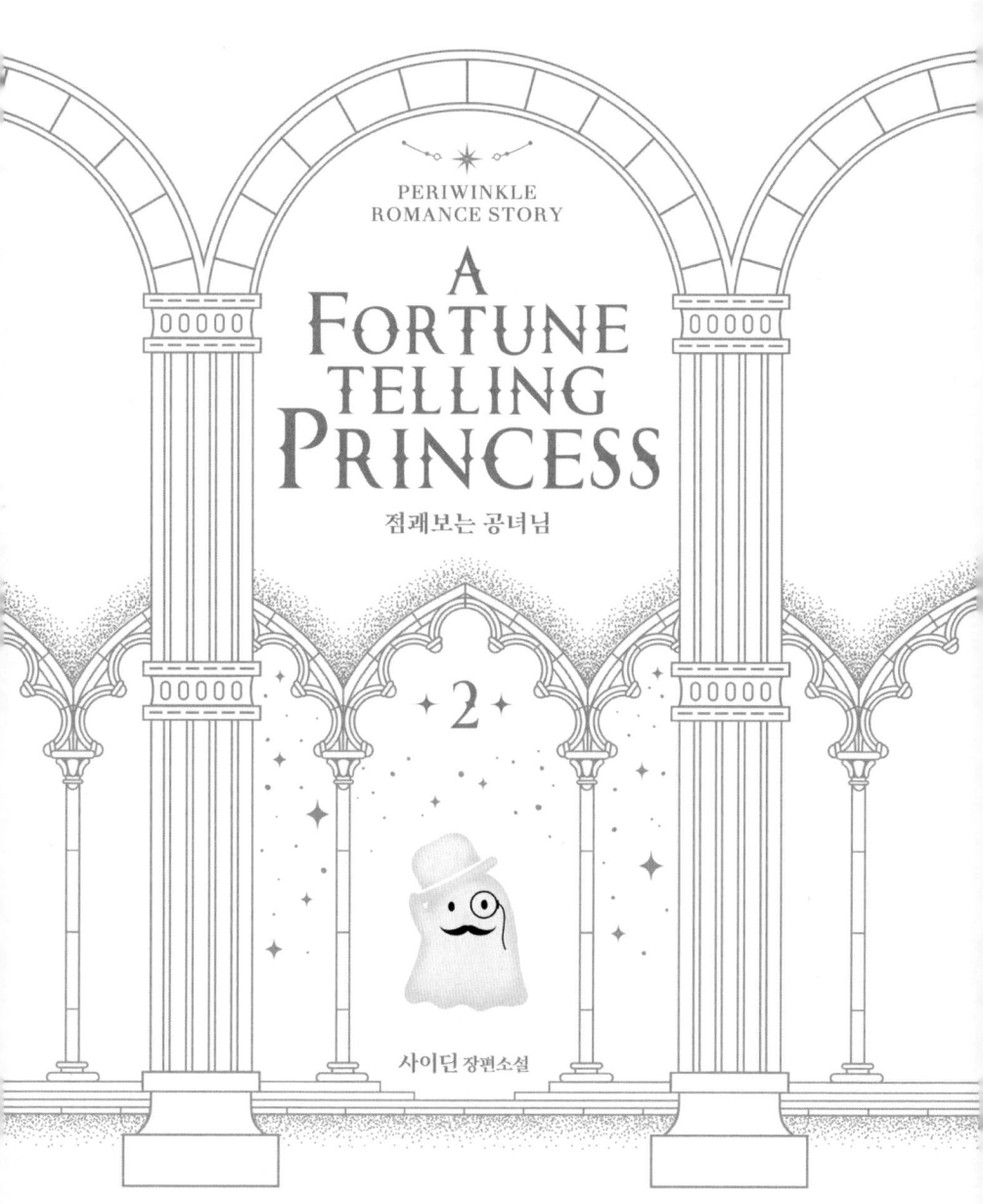

CHAPTER 3

블랙 섀도우 — 9

미끼 — 27

마무리 — 47

파티에 참석하다 — 75

수호의 검 — 105

초대장 — 143

사냥 대회 — 167

대회가 끝난 후 — 201

학생회장 — 223

SIDE STORY. 공주와 마녀 — 253

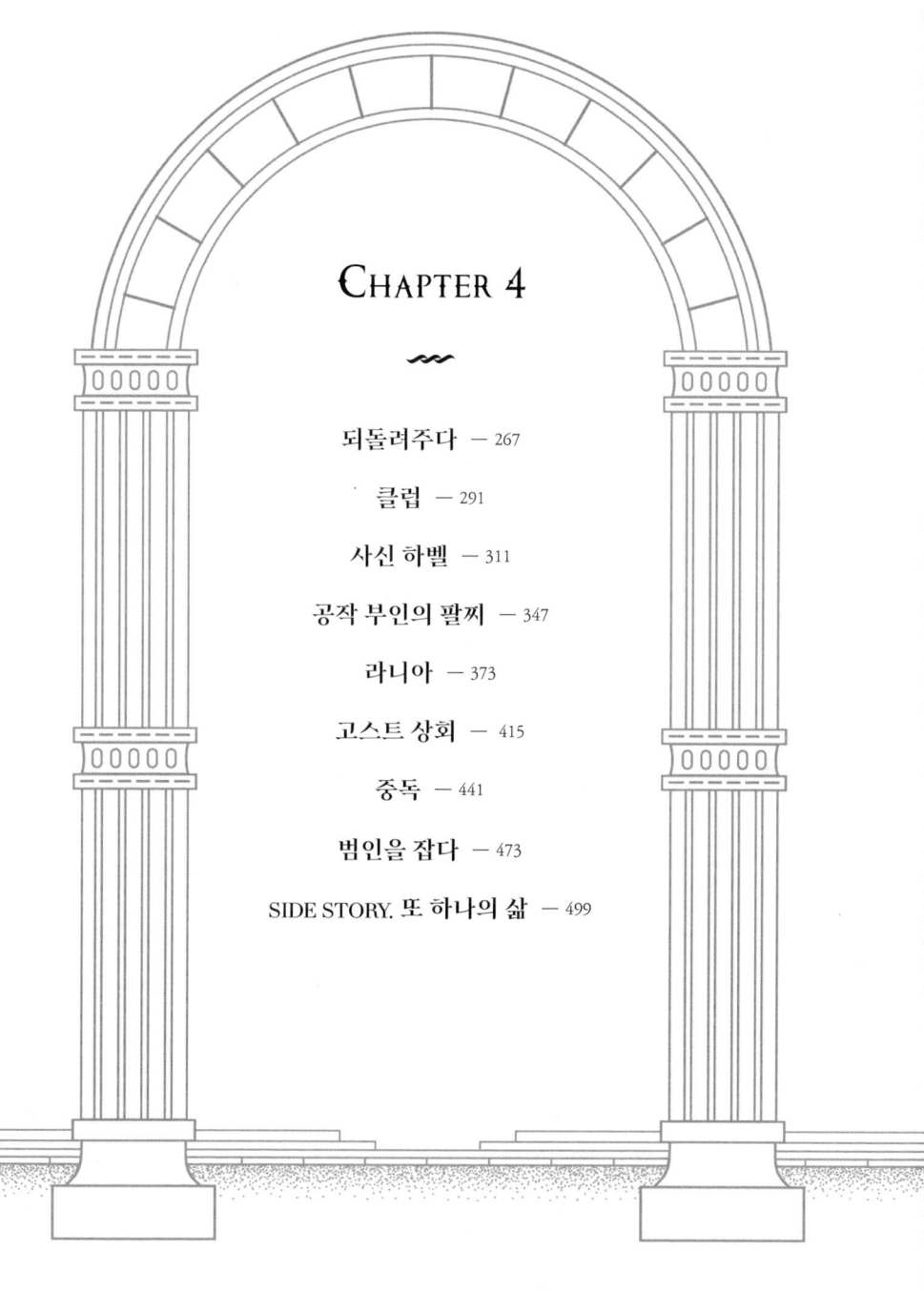

Chapter 4

되돌려주다 — 267

클럽 — 291

사신 하벨 — 311

공작 부인의 팔찌 — 347

라니아 — 373

고스트 상회 — 415

중독 — 441

범인을 잡다 — 473

SIDE STORY. 또 하나의 삶 — 499

CHAPTER 3

~~~

블랙 새도우 / 미끼 / 마무리 / 파티에 참석하다
수호의 검 / 초대장 / 사냥 대회 / 대회가 끝난 후 / 학생회장
SIDE STORY. 공주와 마녀

블랙 섀도우

"오셨습니까, 아가씨."

"응."

카밀라는 저택에 들어서자마자 집사 루브와 마주했다.

"흐음……."

그가 잠시 말없이 그녀를 쳐다봤다.

"따뜻한 차라도 한 잔 드릴까요?"

"아니, 됐어."

안색이 평소보다 유독 나빠 보였는지 차를 권하는 루브의 말에 카밀라는 가볍게 고개를 저었다.

"아버지는?"

"두 분 공작님께서 오셔서 응접실에 계십니다."

"또?"

왔다 간 지 얼마나 됐다고.

'설마 또 신수들에게 시달려서 온 건가?'

제이빌런 공작과 세프라 공작의 방문 소식에 카밀라는 작게 혀를 찼다.

"오늘은 가주님께서 두 분을 초대하셨습니다."

"초대? 왜?"

오늘 뭔가 특별한 일이 있었나?

'딱히 들은 게 없는데?'

세 공작이 한자리에 모이는 건 매우 드문 일이다. 최근엔 신수들 때문에 이렇게 자주 모이는 거지, 세 공작의 움직임을 예의 주시하고 있는 사람들에겐 아주 이상해 보일 수 있었다.

"오늘 연락이 왔거든요."

"연락? 무슨 연락?"

카밀라의 물음에 루브의 미소가 짙어졌다.

"아카데미에서요."

"아카데미?"

"네."

뭐지?

'최근에 아카데미에서 딱히 사고 친 기억은 없는데?'

루브의 말에 카밀라는 살짝 불안해졌다. 요즘 나름 얌전하게 지냈다고 생각했는데, 혹 알게 모르게 친 사고가 있는 게 아닐까? 게다가 아카데미에서 연락이 온 거랑 두 공작을 초대한 게 무슨 상관이지?

"나쁜 일은 아닌 듯했습니다."

"정말?"

"네."

그럼 다행이고.

카밀라는 더 캐묻지 않았다. 오늘 아카데미에서 알게 된 사실만으로도 머릿속이 너무 복잡하고 피곤했기 때문이다. 여기에 다른 상황까지 보낼 기력이 없었다.

"미친 새끼."

"네?"

"아냐."

저도 모르게 튀어나온 말에 급히 고개를 내저은 카밀라는 긴 한숨을 내쉬었다.

"많이 피곤해 보이십니다."

"그렇지? 나 엄청 피곤해 보이지?"

어찌 된 게 하루가 멀다고 일이 생기는 것 같단 말이야.

피곤해도 너무 피곤하다. 연기자 생활을 할 때보다 더 피곤하다는 건 정말 문제가 있는 거다.

"이럴 때 삼계탕이나 푹 고아 한 그릇 뚝딱하면 좋은데."

"무슨 탕이요?"

"아냐."

여기서 뭘 바라겠어.

"도르만은?"

그러고 보니 자신의 시종이 보이지 않았다. 옆에 딱 붙어 보좌한다더니, 이 인간은 툭하면 사라지고 없단 말이야.

'말은 잘하지.'

대체 뭘 도움이 된다는 건지 모르겠네.

"조금 전에 보니 아가씨 방을 새로 꾸민다고 정신없더군요. 계절이 바뀌지 않습니까."

…그래, 그런 거라도 열심히 해라.

도르만에 대한 얘기를 듣고 있으니 더 힘이 쭉 빠지는 기분이다.

"그럼 전 이만."

가볍게 고개를 숙인 루브가 자리를 뜨려 했다.

"루브."

카밀라가 조용히 그의 이름을 불렀다. 그러자 뭐 시킬 일이 있냐는 듯 루브의 시선이 곧바로 날아들었다.

"……."

카밀라는 잠시 주변을 살폈다. 지나다니는 사람이 아무도 없다는 걸 확인한 후 그에게 다시 시선을 줬다.

"나 루브에게 부탁할 거 있어."

"네, 말씀하십시오."

"집사에게 하는 부탁이 아니야."

"예?"

그의 눈에 의문이 맺히는 걸 보며 카밀라는 목소리를 한층 더 낮췄다.

"블랙 섀도우."

"……!"

"그곳의 수장에게 하는 부탁이거든."

루브의 얼굴이 평소와 달리 싸늘해졌다. 하지만 곧 언제 그랬냐는 듯 입가에 희미한 미소를 머금는다.

"무슨 말씀이신지 잘 모르겠습니다. 제가 뭔가 잘못 들은 것 같-"

"루브가 거기 수장인 거 알아."

블랙 섀도우. 소르펠 가문이 생겨날 때부터 함께한 조직.

말 그대로 어둠 속에서 온갖 일을 다 하는 이들이 모인 조직이라 할 수 있었다.

주 업무는 정보를 모으는 것.

대륙 곳곳에 퍼져 온갖 정보를 소르펠 공작저로 보내왔고, 때론 가주의 명에 따라 은밀한 일들을 행하기도 했다. 은밀한 일이 대체 뭔지 무척 궁금했지만 더 깊이 파고들지 않았다.

"아가씨."

루브의 표정이 아주 복잡해졌다. 할 말은 많은데 당장 무슨 말을 먼저 해야 하나 고민하는 얼굴이다.

"나중에 나 좀 봐."

그 말을 끝으로 카밀라는 지친 몸을 힘겹게 움직여 방으로 향했다. 뒤에서 집사 루브의 끈질긴 시선이 느껴졌지만 그냥 무시했다.

'피곤하다, 피곤해.'

"왜 불렀어?"

"같이 차나 한잔하자고."

"뭐?"

"차 한잔하자고 불렀다고."

"…너 오늘 점심으로 뭐 먹었냐?"

저 인간, 분명 뭘 잘못 먹은 거다.

제이빌런 공작은 연신 혀를 찼다.

"벌써 노망이라도 든 거야?"

급히 연락이 왔길래 중요하게 의논할 일이라도 생긴 줄 알고 서둘러 달려왔다. 그런데 뭐?

"차?"

고작 차나 마시자고 바쁜 사람을 오라 가라 한 거야?

"오늘 아카데미에서 연락이 왔어."

"아카데미에서?"

제이빌런 공작은 바로 혀를 찼다.

'요즘 좀 얌전히 지내는 것 같더니.'

카밀라, 그 아이가 또 무슨 사고라도 친 모양이었다.

"이번에는 또 뭐야?"

"뭐가?"

"또 다른 집 영애들 머리라도 잡아챈 거야?"

"우리 딸이 뭐 매번 사고만 치는 줄 알아!"

"그럼?"

버럭하던 소르펠 공작이 표정을 가다듬었다.

"글쎄, 우리 딸이 말이야."

"뭐."

"우리 딸이 1등을 했다는군."

"뭐?"

"중간고사에서 1등을 했다고."

"……."

제이빌런 공작은 한참 동안 아무런 말도 하지 못했다. 지금 내가 제대로 들은 게 맞나?

"1등?"

"그래, 1등!"

"혹시나 해서 묻는 건데 말이야."

저놈이 진짜 미치지 않고서야 그럴 일은 없겠지만……. 그가 설마설마하며 물었다.

"설마 그거 자랑하려고 나 부른 건 아니지?"

"1등이라니까."

"그래서?"

"1등이라고."

…미친 거 맞네.

제이빌런 공작은 또다시 할 말을 잃었다.

지금 고작 저딴 거 자랑하겠다고 나를 그리 급하게 부른 거란 말이야? 진짜로?

당장 달려오라고 난리, 난리, 생난리를 다 피우더니, 뭐가 어쩌고 어째?

"야, 이 미친놈아!"

"내가 왜 미친-"

"진짜 마지막으로 묻는다. 정말 날 부른 이유가 고작 그거 자랑하기 위해서였냐?"

"1등이라니까."

"내 아들은 매번 1등이다! 그딴 걸로 사람 오라 가라 하지 마! 자식이 좋은 성적 받은 게 뭔 큰일이라고!"

제이빌런 공작은 자리에서까지 일어나 고래고래 소리를 쳤다.

기가 막히다 못해 뒷골이 확 당겼다.

"자랑하면 안 되는 건가."

그 순간 들려오는 나직한 목소리에 옆으로 고개를 돌렸던 제이빌런 공작은 자신의 얼굴에 물음표를 가득 담았다. 아까부터 조용히 입을 다문 채 차만 마시고 있던 세프라 공작이 잔뜩 가라앉은 분위기로 혼잣말을 중얼거리고 있었다.

"5등이면 상위권인데……."

"뭐?"

뭐라는 거야, 저 자식은?

그에게서 신경을 끊은 제이빌런 공작은 삿대질까지 하며 소르펠 공작을 향해 다시금 고래고래 소리쳤다.

"유치하게 그런 걸로 기뻐하지 마! 우리 나이가 몇인데!"

이런 한심한 족속을 봤나. 루드빌이 소드마스터가 됐을 때도 덤덤했던 녀석이!

'정말 노망이라도 든 건가?'

제이빌런 공작은 연신 혀를 찼다.

"기뻐하면 안 되는 건가."

그때 옆에서 작은 목소리가 들려왔다. 조금 전보다 더욱 분위기가 다운된 세프라 공작이 여전히 혼잣말을 내뱉고 있었다.

"5등인데… 5등이면 잘한 건데……."

오늘 다들 왜 이러냐? 5등은 또 뭔데!

제이빌런 공작은 머리가 아프다는 듯 미간을 꾹꾹 손으로 눌러 댔다. 주변에 있는 친구 녀석들이 왜 다 이 모양인지 모르겠다.

똑똑.

"카밀라 아가씨."

"들어와."

허락이 떨어지자 한 사람이 안으로 들어섰다. 집사… 아니, 블랙 섀도우의 수장인 루브였다. 그는 이 자리에 집사로 온 것이 아니라는 걸 증명하듯 평소 같은 정중한 인사 따윈 하지 않았다.

블랙 섀도우가 따르는 건 오직 한 사람, 소르펠 가문의 가주뿐. 다른 이에게까지 고개를 숙일 이유가 없다.

"절 찾으신 이유가 뭡니까?"

그는 바로 용건을 꺼내 들었다. 카밀라 역시 얘기를 길게 할 생각이 없었기에 미리 준비해 둔 서류를 그에게 건넸다.

"이들을 좀 조사해 줘."

카밀라가 건네는 서류를 받아 든 루브는 빠르게 안의 내용을 훑었다.

"이들이 누굽니까?"

"죽은 자들."

"예?"

"어떻게 죽었는지, 그들이 죽은 후 주변 상황은 어땠는지 자세히 알아봐 줘."

카밀라가 건넨 건 제이비 교수의 손에 죽은 여자들의 신상 명세서다. 여학생 귀신 에이미와 나눈 대화를 떠올린 카밀라의 입에서 연신 한숨이 흘러나왔다.

'오빠라고?'
[응.]
'네 오빠가 저 여자들 다 죽인 거 맞아?'
[…맞아.]

이어진 에이미의 말은 더욱 기가 막혔다. 제이비 교수의 살인 동기가 너무도 어이가 없었거든.

[우리 둘 다 보육원에서 지냈어. 그러다 오빠보다 내가 먼저 입양이 됐고.]

입양된 곳은 결코 좋은 곳이 아니었다. 늘 배가 고팠고 늘 일을 해야만 했다. 가족이 아니라 일꾼으로 그 집에 들어간 것이다.

[나름 자리를 잡은 오빠가 8년 뒤에 날 찾아왔지만……]

에이미의 양부모가 그녀를 내주지 않았다. 데려가고 싶으면 그동안 동생을 키워 준 값을 내놓으라면서 말이다.
제이비 교수는 어떻게든 에이미를 데려가려고 노력했지만…….

[내가 죽어 버렸어.]

에이미의 양부모는 불행한 사고였다고 주장했지만 절대 아니었다. 그들이 바로 에이미를 죽음으로 내몬 당사자였으니까.

[오빠의 범행은 그때부터 시작됐어.]

제이비 교수는 마치 스위치가 눌리기라도 한 양 거침없이 행동했다. 거의 폭주나 다름없었다.

'미친놈.'

에이미를 죽인 이들에게 복수한 것이었다면 응원은 아니어도 마음속으로 박수는 보내 주었을 것이다. 근데 아니잖아.

'그 대상이 왜 애꿎은 여자들이냐고!'

에이미는 뭔가 더 알고 있는 듯했지만, 죽은 여자들의 신상 명세 외에는 말해 주지 않았다.

"한 가지 궁금한 게 있습니다."

"뭔데?"

잠시 생각에 잠겼던 카밀라의 귀로 루브의 목소리가 들려왔다.

"어떻게 아셨습니까?"

루브는 카밀라의 눈을 직시하며 말을 이었다. 조금의 거짓도 용납하지 않겠다는 듯 무척 날카로운 눈빛이다.

"제가 블랙 섀도우의 수장이라는 걸… 아니, 저희 조직에 대한 걸 어떻게 알고 계십니까?"

블랙 섀도우는 말 그대로 세상의 그림자에 숨어 있는 자들이다. 남들이 쉽게 알 수 있는 존재가 아니었다.

소르펠 가문 내에서도 그들의 존재를 제대로 아는 이는 단 한 명, 소르펠 공작뿐. 다음 대 가주직에 오를 루드빌조차 아직 블랙 섀도우에 대해 아는 것이 없었다.

그런데 카밀라가, 다른 이도 아닌 그녀가 조직의 이름을 정확히 입에 담았다. 게다가 자신이 수장이라는 사실까지 알고 있다.

'대체 어떻게?'

이 방에 들어서기 전까지 있을 수 있는 모든 경우의 수를 생각하고 또 생각해 봤지만, 그 답을 도저히 찾을 수 없었다.

"루브."

"네."

카밀라는 일단 목소리를 착 깔았다. 이미 예상했던 질문이다. 대답도 준비해 두고 있었기에 바로 입을 열었다.

"그냥 보였어."

"보여요?"

"응, 루브를 보고 있으니까 자꾸 뭐가 보이더라고."

"……."

"정체를 알 수 없는 사람들이 루브를 '수장'이라고 부르더란 말이지. 아버지 역시 루브를 아주 귀하게 여기는 모습도 볼 수 있었고."

그녀는 언제나처럼 같은 핑계를 댔다. 내가 봤다는데 뭘 어쩔 거야?

"그게 답니까?"

"응."

"블랙 섀도우라는 이름도 그렇게 알게 되신 거라고요?"

"맞아."

"아가씨, 그걸 지금 저보고 믿-"

"루브, 잊었어?"

미심쩍은 눈빛을 보내는 그를 향해 카밀라는 쐐기를 박았다.

표정은 더욱 뻔뻔하게, 도도하게!

"나 신수의 알까지 찾아온 여자야."

"…그렇죠."

그 말을 듣고서야 루브는 어느 정도 납득했다. 그동안 그녀가 보인 능력은 확실히 신기한 부분이 있었으니까. 다른 건 몰라도 신수의 알을 찾아온 건 그녀가 가진 능력이 아니고서야 따로 설명할 방법이 없었다.

살며시 고개를 끄덕이는 루브의 모습에 카밀라는 속으로 주먹을 불끈 쥐며 쾌재를 불렀다.

'물론 다 거짓말이지.'

아무리 이 세계를 수십 번 겪었다지만, 카밀라가 모든 사실을 다 알고 있는 건 아니었다. 루브의 정체와 블랙 섀도우에 대한 정보를 준 건 바로 집사 유령 데린이었다.

'좀 이상하긴 했어.'

저번에 정령의 호수에서 쥬이드 놈과 싸울 때 그에 대한 정보를 줄줄 읊어 대던 데린이다. 그놈이 그동안 세가 약한 집안의 영애들에게 무슨 짓을 했는지 아주 상세하게 알려 주지 않았던가.

'그때 쥬이드, 그놈도 놀랐겠지만 나도 놀랐거든.'

어떻게 그런 정보를 데린이 자세히 알고 있는 건지 무척 신기해했다. 그런데…….

'데린이 블랙 섀도우의 전대 수장이었다니.'

알고 보니 소르펠 가문의 집사로 있는 이들이 가진 또 하나의 정체가 바로 그거였다. 데린이 수장으로 있을 때 다음 대 후임으로 키운 이가 루브였고.

'평범한 사람은 아니라고 생각했지만.'

데린을 처음 보았을 때 평범한 노인치곤 체형이 너무 좋은 것 같다고 생각하긴 했다. 아주 날렵하고 행동거지도 군더더기 하나 없는 모습이었으니까. 그리고 그건 루브 역시 마찬가지였다.

'그래서 이곳 집사들은 다 그런가 보다 했지.'

신체 조건이 좋아야 집사를 할 수 있는 건 줄 알았다.

어쨌든 데린을 통해 루브의 정체를 알게 된 카밀라는 그에게 도움을 청하기로 했다. 아무래도 저 많은 이들에 대한 조사를 위해선 다른 이의 도움이 필요했으니까. 그것도 입이 무척 무거울 것 같은 사람으로 말이다.

"최대한 빨리 부탁해."

"알겠습니다. 원래는 해 드리면 안 되지만……."

블랙 섀도우는 오로지 소르펠의 가주를 위해 존재하는 조직이다. 다른 이의 명을 따를 필요도 없고 도움을 줄 이유도 없다.

"이번만 특별한 경우로 하지요."

하지만 조직과 자신의 정체를 정확히 알고 부탁해 오는 카밀라의 청을 이번만 예외로 두기로 했다.

"아버지에겐 비밀로 해 줘."

이번 말에는 쉽게 대답하지 못하는 그를 카밀라는 다시 조용히 불렀다.

"루브, 부탁해."

"…일단은 그리도록 하겠습니다."

가볍게 고개를 숙여 보인 루브는 그 말을 끝으로 방을 나섰다.

타악.

문이 닫히자마자 카밀라는 그대로 무너지듯 자리를 찾아 앉았다. 다리에 힘이 쭉 빠지는 기분이다.
"역시 수장은 수장이네."
솔직히 좀 긴장했다. 평소의 유들유들한 루브와는 완전히 다른 인물이 눈앞에 서 있었으니까. 집사가 아닌 블랙 섀도우의 수장은 무척 날카롭고 빈틈 따윈 조금도 허용하지 않는 아주 어려운 인물이었다.
"일단 조사가 끝나길 기다려 볼까?"
카밀라는 바로 침대에 몸을 던졌다. 오늘은 정말 더 이상 아무것도 하고 싶지 않았다.

※

"정말이십니까?"
"네."
"감사합니다. 아주 큰 도움이 될 겁니다."
제이비 교수의 입가에 환한 미소가 떠날 줄 모른다. 카밀라가 그의 연구를 돕겠다는 말을 전해 왔기 때문이다.
"뭘 도와드리면 되죠?"
"제가 부탁드리는 부분에 대한 내용을 카밀라 양이 갖고 계시다고 한 책에서 찾아 필사해 갖다주시면 됩니다."
"알겠어요."
"그러면 조만간 다시 뵙도록 하죠. 제가 필요한 자료를 정리해 말씀드리겠습니다."

"그러세요."

자리에서 일어서며 카밀라는 제이비 교수의 뒤쪽에 슬쩍 시선을 줬다. 여전히 일곱 명의 여자 귀신들이 그의 곁을 맴돌고 있었다.

루브에게 지시를 내린 지 4일째 되던 날인 어제, 카밀라는 그녀들에 대한 모든 조사를 마친 자료를 전해 받을 수 있었다.

'그리고 다시 한번 깨달았지.'

저놈이 정말 사이코라는 걸.

죽은 여자들에겐 확실히 공통점이 있었다. 그들은 모두 입양아였고, 새로운 가정에 제대로 섞여 들지 못했다.

그 공통점을 알게 된 카밀라는 또 한 번 황당함을 느꼈다.

'대체 무슨 생각으로?'

자기 동생과 똑같은 고통을 받은 여자들을 왜 죽인 거지?

아무리 생각을 해 봐도 제이비 교수의 행동은 이해의 범위를 벗어났다.

루브가 건넨 조사 내용을 살펴본 카밀라는 이내 한 가지 사실을 알아차렸다. 그리고 오늘의 만남으로 확신했다.

카밀라는 힐끗 뒤돌아보았다. 문을 닫기 직전에 본 제이비 교수는 여전히 밝은 표정으로 웃고 있었다.

탁!

저 순진해 보이는 웃음 뒤에 숨어 있는 살인마의 다음 목표가-

"다음이 나구나?"

바로 자신이라는 걸 말이다.

미끼

　푸욱!
　'남들이 보기에도 그런가?'
　푹, 푸욱!
　케이크를 향해 포크를 내리꽂는 카밀라의 손길에 절로 힘이 들어갔다. 제이비 교수가 자신을 콕 집어 도움을 청한 이유가 너무도 확실히 보였다.
　'나도 학대받는 것처럼 보인단 거지?'
　그 인간이 죽인 다른 여자들처럼 자신 또한 의부인 소르펠 공작의 사랑을 전혀 받지 못한 채 학대받고 있으리라 확신하는 게 분명했다.

　　'뭔가 고민이 있거나 힘든 일이 있다면 언제든 찾아오세요. 제가 여기 학생들 상담사인 건 아시죠?'

'그때 그 말이 그냥 한 말이 아니었던 거야.'

죽은 여자들의 공통점이 또 하나 있었다. 다들 제이비 교수에게 한 번쯤 상담을 받았다는 것. 겉으론 친절하기 짝이 없는 그에게 자신들이 오랫동안 숨겨 온 불행을 공유했다.

"카밀라?"

"네?"

"무슨 일 있니?"

케이크를 먹지는 않고 포크로 해작질만 해 대는 카밀라의 모습에 소르펠 공작이 말을 건네 왔다.

"혹시 아카데미에서 안 좋은 일이라도……."

"아뇨, 그냥 생각할 게 좀 있었어요."

카밀라는 애써 밝게 웃으며 고개를 저었다.

"그래, 무슨 일 있다면 바로 말하거라."

"네, 아버지."

카밀라는 포크를 내려놓고 찻잔을 들어 한 모금 마셨다. 그러다 여전히 자신에게서 시선을 거두지 않고 있는 소르펠 공작에게 다시 고개를 돌렸다.

할 말이 더 있으신 건가?

"이 옷 어떠니?"

"멋있으세요."

'어디 가시나?'

그러고 보니 소르펠 공작이 현재 입고 있는 옷은 평상복이 아니었다. 그는 외출 시에나 입을 듯한 정장을 깔끔하게 차려입고 있었다.

"다음 황실 회의 때 입을 옷이란다."

황실 회의라면 다음 주에 있을 텐데? 그때 입을 옷을 왜 벌써부터 입고 계시지?

"색이 아주 좋네요."

카밀라는 의아함을 숨기고 가볍게 소감을 말해 줬다.

그런데 소르펠 공작의 기행은 거기서 끝이 아니었다. 잠시 침묵하던 그는 별안간 자신의 왼쪽 가슴을 가리키며 말했다.

"여기가 좀 허전한 것 같긴 한데……."

그녀로서는 전혀 허전해 보이지 않았지만 본인이 그렇다는데 별수 있나. 그런 것도 같다며 가볍게 고개를 끄덕이자 소르펠 공작의 얼굴이 대번에 환해졌다.

"뭔가 장식물이라도 하나 다는 게 좋지 않겠니?"

"음, 다셔도 좋을 것 같아요."

"그렇지?"

"네."

"여우는 그렇고 호랑이 같은 게 좋지 않을까 싶구나."

…호랑이?

'갑자기 웬 호랑이?'

가문의 신수가 호랑이라서?

'그건 좀 이상할 거 같은데…….'

정말 호랑이 장식물을 달고 싶으신 건가?

카밀라가 어색한 미소를 흘리며 대답을 못 하고 있을 때 소르펠 공작의 시선이 힐끔 한쪽으로 향했다. 그들과 같이 차를 즐기고 있는 라비가 있는 곳이었다. 카밀라도 그의 시선을 따라 무심코 고개를 돌렸다.

'어?'

카밀라의 눈이 살짝 커졌다. 라비의 왼쪽 가슴에 작은 장식물이 하나 달려 있었다. 얼마 전에 자신이 선물로 준 그 여우 브로치였다.

'그렇게 타박을 하더니.'

괜히 웃음이 났다. 브로치 달 일이 딱히 없을 거라며 심드렁한 모습을 보이더니.

'저렇게 할 거면서.'

하여튼 새침데기 여우라니까. 역시 브로치를 여우로 한 건 탁월한 선택이었던 것 같…….

'음?'

잠깐만.

'왼쪽 장식?'

여우? 호랑이?

뭔가 아주 중요한 포인트를 캐치한 카밀라의 시선이 소르펠 공작에게로 향했다. 그제야 부친이 아주 부러운 듯한 눈으로 라비의 장식물을 보고 있다는 것을 알아차릴 수 있었다.

'설마…….'

사, 사 달라는 건가?

"역시 호랑이가 좋겠지?"

…사 달라는 거구나. 지그시 자신을 바라보는 소르펠 공작의 시선에 카밀라는 어색한 미소를 흘렸다.

'장식물 싫어하시는 거 아니었나?'

깔끔한 걸 좋아하는 소르펠 공작은 본인 옷에 주렁주렁 장식물이 달려 있으면 질색을 하곤 했다. 달려 있던 것도 떼어 내시는 분이 갑자기 왜?

"역시 호랑이가……."

…조만간 쇼핑하러 가야겠다.

"기사복에도 장식물 하나쯤은 괜찮을 듯합니다."

그 순간 들려오는 나직한 목소리.

루드빌, 그의 시선 역시 라비를 향해 있었다. 소르펠 공작보다 더하면 더했지 덜하지 않은 눈빛으로.

"……."

나간 김에 두 개를 사자. 강렬한 두 사람의 눈빛을 보며 카밀라는 최대한 빨리 쇼핑하러 가야겠다고 다짐했다.

※

"어서 오세요, 카밀라 양."

제이비 교수의 집은 무척 깔끔했다. 그렇게 넓지는 않았지만 남자 혼자 살기에 충분한 크기였다. 내부 인테리어 역시 잘되어 있었다. 누가 봐도 편안함을 느낄 정도로 아주 아늑했다.

"쉬는 날인데 집으로 와 달라고 해서 죄송합니다. 그 자료가 급히 필요해지는 바람에……."

"괜찮아요."

카밀라는 대충 대답하곤 그가 권하는 자리에 앉았다.

"시간이 좀 걸릴 것 같아서 마차는 미리 돌려보냈어요."

"아, 잘하셨습니다. 돌아가실 땐 제가 모셔다드리겠습니다."

그녀의 말에 제이비 교수가 환하게 웃었다. 카밀라도 그를 따라 방긋 웃어 줬다.

"차는 어떤 걸로 드릴까요?"

"아무거나 괜찮아요."

"잠시만 기다려 주세요."

제이비 교수가 주방으로 향하자 카밀라의 얼굴에 떠올랐던 미소가 자취를 감췄다. 혼자 남은 그녀는 다시 한번 거실을 찬찬히 훑었다.

'저거구나.'

그런 그녀의 눈에 창가 쪽 선반에 놓여 있는 작은 상자 하나가 들어왔다. 딱히 특별해 보일 것 없는 검은 상자였다. 하지만 그 상자를 바라보는 카밀라의 눈빛은 그 어느 때보다 차갑게 가라앉았다.

"입에 맞으실지 모르겠네요."

잠시 후 제이비 교수가 하얀 찻잔에 샛노란 찻물을 담아 돌아왔다. 향긋한 향이 순식간에 거실에 퍼져 나갔다.

"향이 좋네요."

"맛도 나쁘지 않을 겁니다."

카밀라의 칭찬에 그의 눈이 곱게 휘었다.

제이비 교수가 먼저 차를 한입 마시자, 그 모습을 본 카밀라 역시 찻잔을 들어 입으로 가져갔다. 그의 말대로 맛이 나쁘지 않았다. 맑은 찻물의 색깔과 달리 맛은 매우 진하고 깊었다.

한 모금, 두 모금⋯⋯.

쨍그랑!
스르륵.

찻물이 거의 비워졌을 때 들고 있던 찻잔을 떨어트리며 카밀라의 몸이 한쪽으로 기울어졌다.

어느새 깊은 잠에 빠진 그녀의 모습을 보며 제이비 교수는 조금도 당황하거나 놀라지 않았다. 그저 자신이 마시던 차를 마저 입으로 가져가 다 비울 뿐이었다.

잠시 후 천천히 자리에서 일어난 그는 깨진 찻잔을 말끔히 치우기 시작했다. 자신의 찻잔까지 주방으로 도로 가져다 놓은 그는 다시 카밀라가 있는 곳으로 돌아왔다.

"……."

새근새근 잠이 든 카밀라를 바라보는 제이비 교수의 얼굴에 안타까움이 가득했다.

"그동안 얼마나 힘드셨습니까."

카밀라의 목을 매만지다가 이내 세게 조이는 그의 눈빛이 당장에라도 울 것처럼 매우 서글퍼졌다.

"불쌍하게도… 곧 편안해질 테니 걱정하지 마세—"

제이비 교수의 눈이 순간 부릅떠졌다. 약에 취한 줄 알았던 카밀라의 눈이 갑자기 떠졌기 때문이다.

그가 움찔하는 틈을 놓치지 않고 카밀라는 그대로 제이비 교수를 있는 힘껏 발로 걷어찼다.

퍽!

"크윽!"

그렇게 발길질을 당한 남자는 생각보다 쉽게 한쪽으로 떨어져

나갔다.

 하지만 그는 곧바로 자리에서 일어나 카밀라에게 다시 덤벼들었다. 이대로 일을 망칠 수는 없었으니까!

 휘익!

 그러나 이번에도 그의 행동은 가로막혔다. 카밀라가 무언가를 그를 향해 던졌기 때문이다. 바로 얼마 전 라비가 선물해 준 마법 팔찌였다.

 "이건……!"

 순식간에 쇠사슬에 꽁꽁 묶인 꼴이 되어 버린 제이비 교수는 본인의 당혹감을 그대로 얼굴에 드러냈다.

 "쿨럭, 크흠-"

 그제야 카밀라는 마른기침을 연신 토해 냈다.

 '다 너 때문이야! 너 때문이라고!'

 "씨X……."

 '너만 없으면! 너만 없으면……!'

 그녀는 급히 눈가를 훔쳤다. 미세하게 떨리는 손을 보며 질끈 입술을 깨물었다.

 괜찮아. 진정해. 난 그때의 어린아이가 아니야.

 카밀라는 속으로 연신 되뇌었다. 이런 일이 있을 때 스스로에게 거는 주문이다.

예전 스릴러 영화를 촬영할 때, 그때도 촬영이 제대로 진행되지 못했다. 범인과 마주한 순간 대사도, 반응도 전혀 하지 못했다. 온몸이 얼어 버려 수도 없이 NG를 냈다.
　어릴 때 일 따위 이미 기억에서 지워 버렸다고 생각했는데 그때 확실히 알았다. 그건 지울 수 있는 상처 따위가 아니었다.
　결국 이를 악물고 촬영을 마쳤지만 며칠 동안은 정신적으로 무척 힘들었다. 그리고 지금도 그렇다. 단단히 마음을 먹고 있었음에도 역시나 떨림이 쉬이 가라앉지 않았다.
　"휴우."
　잠시 후 긴 숨을 토해 낸 그녀는 그제야 한쪽에 묶여 있는 제이비 교수에게 시선을 줬다.
　'뭔 힘이 이렇게 세?'
　조금만 더 늦었으면 정말 큰일 날 뻔했다. 보기에는 비리비리한데 힘이 생각보다 장난 아니었다.
　"어떻게……."
　제이비 교수가 의아한 얼굴로 중얼거렸다. 분명히 차를 다 마셨는데 어떻게 멀쩡히 깨어난 거지?
　"뭐? 차에 수작 부린 거?"
　카밀라는 그가 무엇을 궁금해하는지 알아차리곤 작게 혀를 찼다.
　"미리 정보를 좀 얻었거든."
　네 동생한테서.
　제이비 교수에 대한 정보를 제공해 주지 않고 있던 에이미는 카밀라의 계획을 듣고 결국 모든 사실을 털어놓았다. 덕분에 제이비 교수가 쓰는 수면제를 무마시키는 약을 미리 먹고 그의 집에 들어설 수 있었다.

"이런."

그가 작게 혀를 찼다.

"이미 알고 계셨던 건가요? 제가 무슨 짓을 할지."

온몸이 꽁꽁 묶여 있는 상태였지만 제이비 교수는 여전히 여유로웠다.

"좀 이상하긴 했습니다. 갑자기 연구를 도와주겠다고 하셔서."

자신이 던진 미끼에 카밀라가 전혀 걸려들 기미가 보이지 않자 제이비 교수는 타깃을 바꿔야 하나 고민을 했다. 그런데 그녀가 갑자기 자신의 일을 돕겠다는 말을 전해 왔다.

의구심이 살짝 들었지만 그대로 일을 진행했다. 어쨌든 카밀라는 자신이 꼭 처리하고 싶은 타깃이었으니까.

"아쉽네요."

카밀라를 바라보는 제이비 교수의 눈빛에 안타까움이 가득했다.

"서로가 행복해지는 일이었는데."

"뭔 개소리야."

행복? 누가? 내가?

"힘드시잖아요. 가짜 가족과 사는 거, 무척 힘든 거 압니다."

제이비 교수는 마치 설득을 하듯 차근차근, 입가에 미소까지 지으며 말을 이었다.

"사는 게 고통스럽지 않습니까?"

"그래서 그 사람들을 죽인 거야?"

제이비 교수의 눈이 살짝 커졌다.

"어떻게······."

증거를 전혀 남기지 않았는데, 카밀라가 도대체 어떻게 저 사실을 알고 있는지 의아했다.

"하아."

잠시 놀란 표정을 짓던 그는 짧은 한숨과 함께 다시 표정이 차분해졌다.

"그들도 원했던 일입니다."

조금의 의심도 없는 단호한 목소리.

그는 자신의 범행이 다 들키자 오히려 표정이 더 편안해졌다. 더 감출 것이 없다는 사실이 그의 마음을 편하게 만든 듯했다.

"삶이 행복한 분들이 아니셨지요. 끔찍한 고통을 제가 끝내 드린 겁니다."

카밀라는 잠시 할 말을 잃었다.

'이런 개X또라이를 봤나.'

어이가 없네. 고작 저딴 이유로 이런 일을 벌였다고?

[나 때문이야.]

언제 온 것인지 여학생 귀신 에이미의 목소리가 들려왔다. 오늘 이곳에서 일어날 일을 알고 미리 와 숨어 있었던 게 아닐까 싶었다.

에이미는 제이비 교수를 보며 연신 한숨을 내쉬었다.

[내 죽음에 너무 큰 고통을 받았으니까.]

"넌 또 뭔 헛소리야?"

아무것도 없는 공간에 대고 버럭 소리를 치는 카밀라의 모습에 제이비 교수의 의아한 시선이 날아들었다.

하지만 카밀라는 신경 쓰지 않았다. 저딴 놈이 자신을 어떻게 보든 무슨 상관이란 말인가.

[내가 죽은 게 다 자기 때문이라고 생각하더라고.]

"그거랑 살인이 뭔 상관이야."

[탈출구가 필요했던 게 아닐까?]

"뭐?"

탈출구?

[스스로에게 면죄부를 준 게 아닐까 싶어. 살아가는 게 꼭 행복한 것만은 아니라고 합리화하는 거지.]

"……."

즉, 동생의 죽음으로 인한 아픔을 방어하기 위해, 스스로에게 면죄부를 주기 위해서 저딴 짓을 저지르고 있다는 말이다.

"입 다물어."

[카밀라…….]

"말 같잖은 말을 하는 건 저 인간 하나로도 족하니까."

나름 자기 오빠를 비호하려는 에이미의 모습에 카밀라는 작게 혀를 찼다.

"네 오빠는 그냥 살인자일 뿐이야."

뭐? 탈출구? 방어책? 살인은 그냥 살인일 뿐이다. 그 이상 그 이하도 아니었다.

풀이 죽은 에이미를 뒤로한 채 카밀라는 제이비 교수에게 다가갔다. 그가 묘한 눈빛으로 그녀를 바라봤다.

"역시 당신은 문제가 많습니다. 정신적으로요. 그게 다 가족의 사랑을 받지 못해서 일어나는-"

"그만 짖어라."

누가 누구보고 미쳤대.

"누가 그래?"

"무슨 말입니까?"

"차라리 죽는 게 행복할 거라고 누가 그러더냐고."

"당연한 거 아닌가요? 가족에게 그런 고통을 받는 게 그럼 행복입니까? 사람들이 왜 자신의 삶을 포기한다고 생각하십니까?"

오히려 그녀의 생각이 이해가 안 간다는 듯 작게 혀를 차는 제이비 교수의 모습에 카밀라는 그의 머리를 한 손으로 꽉 잡아챘다.

"윽!"

카밀라는 고통을 호소하는 그의 머리채를 더욱더 강하게 잡아당겨 자신의 눈을 똑바로 쳐다보게 했다.

"그걸 네가 왜 정하는데."

"네?"

"그들의 삶이 행복한 삶인지 아닌지를 네가 왜 정하냐고."

"그거야……!"

"누가 그래?"

카밀라는 재차 같은 질문을 던졌다.

"죽고 싶다고 누가 그러든?"

"다시 한번 말씀드리지만, 그런 고통을 받는 것보단 죽음이-"

"네가 죽인 듀브레 양은 사랑하는 남자가 있었어. 졸업 후에 결혼까지 약속한 사이였지. 곧 집을 나올 예정이었고."

답도 없는 말만 반복하는 제이비 교수의 말을 자르며 카밀라는 차분히 말을 이었다.

"루리 양은 매달 받는 용돈으로 자신이 기거했던 보육원을 후원하고 있었어. 그곳에 목숨처럼 아끼는 동생들이 있었으니까."

이름이 호명된 귀신들의 시선이 그녀가 있는 곳을 향했다. 모든 걸 포기하고 넋을 놓은 채 자신을 죽인 제이비 교수를 그냥 무작정 따라다니던 그녀들이 처음으로 반응을 한 것이다.

"로티엘 양은 어릴 때부터 악착같이 모아 온 돈으로 사업을 시작하려고 했어. 아카데미를 졸업하자마자 집을 나와 자신의 삶을 살겠다는 꿈을 꾸고 있었지."

카밀라의 말이 이어질수록 여자들의 눈에 눈물이 그렁그렁 맺혔다. 반면 여유로웠던 제이비 교수는 서서히 무너졌다. 그가 강력히 믿었던 축, 그녀들에게 행복한 미래 따윈 없다고 믿었던 그 축이 무너져 버렸으니까.

"그… 그럴 리가!"

그녀들과 친분을 쌓으며 여러 얘기를 나누었고 그녀들이 학대받은 얘기도 들을 수 있었다. 하지만 지금 카밀라가 하는 이야기에 대해선 들은 적이 없다.

"거짓말 마!"

그의 목소리가 처음으로 커졌다.

"거짓말? 소르펠 공작가의 정보력을 못 믿는 거야? 조사한 내용을 당장에라도 보여 줄 수 있는데? 듀브레 양의 남자 친구를 데려와 줄까? 모든 사실을 알게 되면 널 당장 죽이려 들걸? 아니면 보육원에 있는 루리 양의 동생들을 데리고 올까? 누나가 죽었다는 소식에 지금도 밤마다 울고 있다던데."

쉴 새 없이 흔들리는 그의 눈을 직시하며 카밀라는 다시 물었다.

"네가 뭔데?"

"······."

"네가 뭔데 그들이 행복한지 아닌지 멋대로 판단해?"

"난, 난······."

"만약 그래도 괜찮은 거면-"

제대로 말을 잇지 못하는 제이비 교수를 보며 그제야 카밀라는 잡고 있던 그의 머리채를 놓았다. 그리고-

"나도 너처럼 내 마음대로 판단해도 되는 거지?"

무심히 물었다.

"내가 보기엔 너도 딱히 사는 게 행복해 보이지 않는데."

카밀라는 제이비 교수가 뭐라 더 말하기도 전에 그를 묶고 있던 팔찌를 풀었다. 대신 팔찌를 그의 목으로 가져갔다.

"커헉!"

목을 짓누르는 팔찌의 힘에 제이비 교수는 그대로 무너졌다. 그러곤 바닥에 무릎을 꿇은 채 고통을 호소하며 기기 시작했다.

"사, 살려··· 커억!"

"설마 지금 살려 달라고 하는 거야?"

"제, 발 사··· 살려······!"

이거 진짜 어이없는 새끼네.

"어떻게 살려 달라는 말을 하지?"

자기는 그렇게 많은 사람을 죽여 놓곤.

"살려··· 제, 제발··· 크···어······."

얼굴이 새파래지는 모습에 카밀라는 가볍게 손을 휘둘러 팔찌를 풀었다. 이후 여전히 무표정한 얼굴을 한 채 그에게 한 걸음 다가셨다.

"행복해? 그렇게 사느니 차라리 죽는 게 행복할 거라며."

"크윽… 쿨럭!"

"죽음 직전까지 가 본 소감이 어때?"

네가 정말 그들을 구원해 준 거라고 생각해? 네 손에 죽은 사람들이 정말 한 점 미련 없이 이 세상을 떠났을 것 같아?

눈물, 콧물, 침까지 흘리며 쓰러져 있는 그에게선 바로 대답을 듣기 힘들었다. 딱히 듣고 싶지도 않았고.

쯧, 혀를 찬 카밀라는 고개를 돌렸다.

"루브."

스윽.

그녀의 부름이 떨어지기 무섭게 한 사람이 모습을 드러냈다. 집사… 아니, 블랙 섀도우의 수장인 루브였다.

"영상 구슬은?"

"저쪽에 설치해 두었습니다."

루브의 말에 카밀라는 한쪽에 놓여 있는 화분으로 다가갔다. 그곳에 작고 투명한 구슬이 하나 놓여 있었다. 카메라처럼 촬영과 재생이 가능한 마법 영상 구슬이다.

'이 정도는 준비해야지.'

카밀라는 제이비 교수의 초대를 받는 순간 루브에게 시켜 집 안 곳곳에 영상 구슬 설치를 부탁했다. 이왕 미끼가 되기로 한 거 증거를 확실히 잡아야 했으니까.

"이렇게 긴장해 보기는 처음입니다."

루브가 작게 한숨을 내쉬며 자기 손을 바라봤다. 손에 땀이 흥

건했다.

카밀라가 이곳에 오기 전에 자신에게 한 말이 있었다. 어떤 일이 벌어져도 부르기 전까지는 절대 나서지 말 것. 그에 루브는 숨어서 모든 상황을 그저 조용히 지켜만 봐야 했다.

그녀의 계획을 모두 듣긴 했지만, 약을 먹고 쓰러져 놈에게 목을 졸리기 시작하는 카밀라의 모습을 봤을 땐 당장 뛰쳐나가야 하는 게 아닐까 싶었다.

"고생했어."

솔직히 루브가 아니었다면 이번 일에 뛰어들지도 않았을 것이다. 살인범이 근처에서 알짱거리는 게 싫어 시작한 일이긴 하지만, 목숨이 위험해지면서까지 해결하고 싶은 마음은 전혀 없었으니까.

'그에 안전장치가 필요했지.'

루브라는 안전장치가.

데린에게 들은 정보에 의하면 루브의 무력 또한 만만치 않다고 했다. 수장직을 그냥 맡고 있는 게 아니었던 거다.

어쨌든 일이 다 해결되었기에 카밀라는 루브에게 가볍게 도와줘서 고맙다는 말을 건네며 한곳으로 향했다. 처음 이곳에 들어섰을 때 봤던 검은 상자가 있는 곳이었다.

달칵.

상자 안에는 여러 물건이 들어 있었다. 머리핀도 있었고 목걸이, 팔찌도 보였다.

'그리고 제비꽃 귀걸이.'

카밀라의 시선이 다시 제이비 교수가 있는 곳으로 향했다.

그에게 죽은 여자들이 모두 서럽게 울고 있었다. 자신들이 어떻게 죽었는지 드디어 밝혀졌다는 사실에 다들 눈물이 터져 버린 듯했다.

'살인의 추억도 아니고.'

이 상자에 든 건 모두 저들의 것이었다. 피해자들을 죽인 후 그녀들이 소지하고 있던 물건 중 하나를 이렇게 따로 보관하고 있었던 거다.

'미친 새끼.'

역시 이해의 범위를 완전히 벗어난 사이코 범죄자라고 다시 한 번 결론을 내리는 카밀라였다.

"뒷일을 부탁해."

"알겠습니다."

영상 구슬과 죽은 여자들의 유품을 루브에게 넘겼다. 그렇게 제이비 교수에 대한 뒤처리를 맡긴 카밀라는 그제야 긴 안도의 한숨을 내쉬었다.

마무리

"얘기 들었어?"

"제이비 교수?"

"와, 나 너무 놀라서 어제 잠도 못 잤잖아."

"나도, 나도!"

"세상에 어떻게 그분이 살인자일 수 있지?"

"일곱 명이나 죽였대."

"미친 거 아냐?"

"그러니까! 그건 그렇고, 소르펠 공녀 얘기도 들었어?"

"들었지!"

"제이비 교수가 살인자라는 사실을 밝힌 게 그녀라며?"

"살인자라는 걸 미리 알고 함정까지 파서 잡았다잖아!"

아카데미뿐만 아니라 제국 전체가 떠들썩했다.

다른 이도 아닌 너무도 선하고 좋은 이미지만 가득했던 제이비 교수의 진면목에 너 나 할 것 없이 다들 충격에 빠졌다. 더불어 그

살인자를 잡은 이가 바로 카밀라 소르펠이라는 사실은 또 한 번 사람들에게 큰 충격과 감탄을 안겼다.

"진짜 대단하지 않아? 그걸 어떻게 알았지?"

"이번에도 그 예지력이 발휘된 거라던데?"

"정말 신의 계시라도 받은 건가?"

"신전에서도 난리라잖아."

사람들은 카밀라가 가진 능력에 대해 쉬지 않고 떠들어 댔다. 이번에 살인자를 잡을 수 있었던 것도 그녀의 신비한 능력 덕분이라는 소문이 돌았다.

"저기, 아버지……."

그렇게 세간의 이목을 받으며 칭송과 감탄을 이끌어 낸 당사자, 카밀라.

"아버지, 쟤 또 손 내려왔어요."

"카밀라 소르펠."

"아, 안 내려왔어요!"

그녀는 현재 벌을 받는 중이었다.

'씨…….'

때리는 시어머니보다 말리는 시누이가 더 밉다더니.

'저 망할 놈의 여우 새끼가!'

넌 앞으로 여우 시누이라고 부른다!

'루브도!'

모든 상황이 끝난 후 루브는 곧장 소르펠 공작에게 가 그동안에 있었던 일들을 하나도 빼먹지 않고 다 고했다.

'아니, 내가 미끼가 된 건 좀 순화해서 말씀드려도 좋았잖아!'

그 정도의 융통성은 가지고 있는 사람 아니었어? 굳이 그렇게 하나하나 있는 대로 다 말해야 했냐고!

"아버지, 쟤 또 손-"

"올렸어! 올렸다고!"

저 썩을 놈이!

"저게 뭐 잘했다고 큰소리야?"

'씨…….'

그래, 벌을 받는 건 좋다 이거야. 그런데 이건 좀 아니지 않아?

'내가 어린애도 아니고!'

한쪽 벽에 서서 손 들고 있는 자세라니. 이건 진짜 아니다.

"아버지, 제가 어린애도 아니고 손 들어는 좀…….."

"쓰읍."

"네! 잘못했습니다!"

재빠른 사과에도 불구하고 소르펠 공작의 입에서 긴 한숨이 흘러나왔다.

"대체 무슨 생각으로 그런 짓을 한 거냐."

루브의 이야기를 듣고 정신이 하나도 없었다. 카밀라가 블랙 섀도우에 대해서 언급했다는 사실에 한 번 놀라고 살인 사건에 연루됐다는 말에 두 번 놀랐다.

'연쇄 살인마라니!'

게다가 뭐? 미끼?

카밀라, 그 아이 혼자서 범인을 잡아 넘겼다는 소식에 너무도 큰 충격을 받아 한동안 아무런 말도 하지 못했다.

"이 아비가 얼마나 놀랐는지 아느냐!"

"루브도 있었는데…….."

"쓰읍."

"네! 잘못했습니다!"

카밀라는 다시 급히 고개를 떨궜다. 저번에 정령의 호수에 들어가 신수의 알을 꺼내 왔을 때와는 비교도 되지 않는 분위기다. 소르펠 공작은 물론이고 루드빌 역시 아까부터 사나운 눈빛으로 자신을 바라보고 있었다.

'저 인간은 또 왜 저러냐고…….'

저런 모습은 또 처음이었다. 자기를 죽이려 한 원래의 카밀라에게 검을 휘두를 때도 분노는 고사하고 감정이라고는 조금도 드러내지 않았던 루드빌이다. 그런데 지금은 누가 봐도 그가 화를 내고 있다는 걸 알 수 있는 표정이었다.

'저 인간이 더 무서워.'

대놓고 화를 내는 소르펠 공작보다 뒤에서 은근히 분노를 표하고 있는 루드빌이 더 신경 쓰였다.

"더 혼나야 해, 넌. 겁도 없이 거기가 어디라고 찾아가? 역시 저번에 나한테 한 살인마 얘기는 친구 얘기가 아니라 네 얘기였던 거지? 그래, 그 말을 믿은 내가 멍청했어. 네가 친구가 어디 있다고."

"왜 이래! 나도 친구 있어!"

"누구? 한 명만 대 봐."

"……."

얄미운 여우 새끼. 불난 집에 부채질하는 것도 아니고!

소르펠 공작과 루드빌의 분노를 더욱 부추기고 있는 라비를 보며 카밀라는 속으로 으득 이를 갈았다.

'내 기필코 라비, 네놈의 뒤통수를 언젠가 다시 한번……!'
스윽.
"쯧."
별안간 가까이 다가온 라비가 카밀라의 목에 손을 댔다.
"여자애가 이런 멍 자국이나 달고 다니고."
라비는 연신 혀를 차며 마법을 시전했다. 순간 통증이 일던 목이 시원해지는 느낌이 들었다. 제이비 교수에 의해 멍이 들었던 목을 라비가 치료해 준 것이다.
"뭘 잘했다고 실실 웃어? 아버지, 애 혼이 덜 났나 봅니다."
…말도 어찌나 예쁘게 하는지.
그래도 목의 통증이 사라지니 좀 살 것 같았다. 집안이 발칵 뒤집어지는 바람에 아픈 내색도 하지 못했다. 그러면 더 혼날 것 같아서.
"카밀라."
"네에……."
소르펠 공작이 굳어진 얼굴을 조금도 풀지 않은 채 그녀에게 다가섰다. 카밀라는 혼이 덜 나기 위해 최대한 처량한 표정을 지었다.
"그냥 예전처럼 머리채를 잡고 싸우는 게 어떻겠니?"
"네?"
"그게 훨씬 나을 듯하구나."
…제가 아무리 머리채 잡는 스킬이 높다고 해도 그렇지 그건 좀 아닌 것 같은데요.
"미안하다."

갑작스러운 사과에 카밀라의 눈이 동그래졌다.

"이 아비가 미덥지 못해서 네가 말하지 못한 거겠지. 그러니 매번 혼자 해결하려고 하는 걸 테고."

"아니에요!"

카밀라는 급히 고개를 저었다.

"그때는 아무런 증거가 없어서 말씀드리지 못했던 거예요."

"그래서 네가 직접 미끼가 된 거냐."

"함정이라고는 하지만 다른 여자들에게 그런 일을 겪게 할 수는 없으니까요."

영상 구슬만 설치하고 다른 이가 일을 당하기를 기다리는 방법도 있었다.

'그래도 그건 아니지.'

카밀라는 새삼 멍이 들었던 목을 매만졌다. 증거를 남기기 위해서는 결정적인 장면이 나올 때까지 무조건 참고 견뎌야 하는데…….

'그걸 다른 여자들에게 시키는 건 좀…….'

이와 같은 일이 피해자에게 얼마나 끔찍한 트라우마를 남기는지 누구보다도 잘 알기에 더욱 그러했다. 증거를 잡겠다고 누군가 당하는 걸 보고만 있을 수는 없었다. 아무리 안전장치를 철저히 준비한다고 해도 만약이라는 것이 있지 않은가.

"넌 괜찮고?"

"네?"

하지만 그녀의 설명에 소르펠 공작의 표정이 더욱 굳어졌다.

"넌 그런 일을 당해도 괜찮다는 거냐."

"그게 아니라……."

"카밀라."

소르펠 공작의 손이 올라오는 모습에 카밀라는 저도 모르게 살짝 몸을 움츠렸다.

투욱.

"……."

그의 커다란 손이 카밀라의 머리를 매만진다.

"네가 괜찮아도 이 아비가 괜찮지 않아."

"아버지……."

머리를 쓰다듬던 손길이 그녀의 어깨를 다정하게 두드렸다.

"그만 가서 쉬어라."

"네!"

다른 말이 더 나오기 전에 카밀라는 서둘러 대답을 내뱉었다. 그러곤 뒤도 돌아보지 않고 자리를 떴다. 라비가 '저거 더 혼나야 하는데!' 하며 아쉬운 눈빛을 보내는 걸 애써 무시하면서 말이다.

타악.

그렇게 문이 닫힌 후 루드빌과 라비의 시선이 자연스럽게 소르펠 공작에게로 향했다. 조금 전까지 잔뜩 굳어 있던 그의 입매가 부드럽게 곡선을 그리고 있었다.

"그래도 기특하지 않니?"

"예?"

"불의를 보고 그냥 지나치지 않은 게 말이다."

연신 흐뭇해하는 소르펠 공작의 모습에 라비와 루드빌은 동시에 긴 한숨을 내쉬었다. 그나마 카밀라 앞에서 저런 내색을 하지 않은 걸 다행이라고 해야 할까?

※

　제이비 교수의 재판은 아주 신속하게 진행되었다. 역대급 속도였다. 그것도 그럴 것이 일이 진행되는 모든 과정을 옆에서 지켜본 사람이 있었기 때문이다. 아니, 감시라고 해야 하나?
　재판부에 제일 일찍 출근해 제일 늦게 퇴근하는 이가 있었으니, 바로 루드빌이었다. 그가 사건이 진행되는 모든 과정을 지켜보고 감시를 한 것이다. 그에 한동안 이 사건을 맡은 재판부 사람들의 살이 아주 쭉쭉 빠졌다는 소문이 돌았다.
　어쨌든 그렇게 소르펠 가문에서 제출한 여러 증거들과 제이비 교수의 자백으로 이번 사건의 모든 전말이 밝혀졌다. 그리고 당연하게도 제이비 교수는 '사형'이라는 최고형을 받게 됐다.
　수많은 이들이 지켜보는 곳에서 그는 목이 잘렸다.
　[결국 이렇게 되네.]
　제이비 교수의 죽음을 처음부터 끝까지 다 지켜본 에이미는 생각보다 덤덤했다. 눈물을 보이지도 않았고 그저 안타까운 한숨만 연신 내쉴 뿐이었다.
　[우리 오빠, 좋은 곳으로 못 간 거지?]
　에이미도 봤다. 제이비 교수가 죽는 순간, 그의 영혼이 수많은 검은 손에 이끌려 처절한 비명과 함께 땅으로 꺼지는 모습을.
　그렇게 사느니 죽는 게 더 행복할 거라더니, 과연 그는 그 순간에 행복했을까?

"죄 없는 사람을 그렇게 죽였는데 좋은 곳으로 갔겠니? 그 인간이 좋은 곳으로 갔으면 세상에 지옥 갈 인간 아무도 없겠다."

[그래도 죽은 사람 두고 너무하네.]

"꼴에 오빠라고 편드는 것 봐."

동생 없는 사람은 어디 서러워서 살겠니?

[규우?]

못마땅한 목소리로 중얼거리자 주변을 서성이던 킹이 위로하듯 카밀라의 발을 툭툭 쳤다.

"그래, 킹. 네가 내 동생 하자."

카밀라는 킹을 안아 든 다음, 새끼 호랑이의 머리를 가만히 쓰다듬었다. 작은 생명체의 힘인가? 이러고 있으니 뭔가 기분이 안정되는 것도 같았다.

생각의 흐름은 자연히 피해자들에게로 이어졌다.

제이비 교수가 지옥으로 끌려가는 모습을 죽은 여자들 역시 모두 지켜봤다. 그녀들은 여러 감정이 뒤섞인 눈물을 흘리며 자신에게 인사를 한 후 각자 흩어졌다.

'아마도 마지막으로 보고 싶은 이들을 찾아간 거겠지?'

구슬프게 울던 여자들의 모습에 조금 싱숭생숭했는데 킹을 안고 있으니 마음이 편안해졌다.

[어쨌든 다 끝났네.]

에이미가 다시 짧은 한숨을 내쉬었다.

긴 시간 오빠를 지켜보며 화도 나고 마음도 아팠다. 어떻게든 살인을 멈추게 하고 싶었지만 방법이 없었다. 죽은 자신이 할 수 있는 건 그저 지켜보는 것뿐이었으니까.

그나마 오빠가 이 이상으로 더 많은 죄를 짓기 전에 끝이 나 다행이라고 해야 할까?

"끝나긴 뭐가 끝나."

[어?]

"이제 시작인데."

카밀라는 킹을 쓰다듬는 손길을 멈추지 않은 채 한쪽에 놓여 있는 서류들을 바라봤다.

저번에 루브에게 부탁해서 받은 자료들이었다. 죽은 여자들에 대한 자료.

"그 사람들이 남았잖아."

제이비 교수의 살인이 외부에 쉽게 알려지지 않은 이유가 있었다.

그들이 살해당했다는 사실을 그 누구도 알지 못했다.

'왜냐고?'

부모들이 감췄거든.

제이비 교수는 피해자들이 스스로 목숨을 끊은 것처럼 보이게끔 상황을 조작했고, 부모들은 딸의 사인을 숨기기 바빴다. 그녀들의 죽음을 사고사로 꾸민 것이다.

자신들의 학대가 밝혀질까 봐 두려웠으니까. 딸이 자살한 게 알려지면 그녀들이 왜 그런 선택을 한 것인지 사람들이 파고들 테니까.

그런데 이번에 제이비 교수가 잡히며 모든 사실이 드러났다.

'거짓말이 들통난 거지.'

딸의 죽음을 사고사로 꾸며 낸 이들 모두 그 사실을 감추기 위해 지금 난리도 아니었다. 어떻게든 외부에 새어 나가지 않게 자신들이 가진 힘을 모두 쏟아붓는 중이라지.
'그리고 난 그걸 방해할 생각이고.'
바로 여론으로.
여론만큼 무섭고 강한 힘을 가진 것도 없다. 연예인으로 살며 누구보다 그 힘을 확실히 느꼈던 그녀다.
물론 이곳에는 인터넷도 없고 휴대폰도 없지만 여론을 이끌 수단은 제법 많았다. 신문사도 있고 전단지나 벽보를 이용해도 된다.
카밀라는 이용할 수 있는 모든 수단을 다 이용하기로 했다. 이번 사건에 대한 전말을 상세히 적은 내용을 제국 곳곳에 존재하는 모든 언론사에 다 뿌리기로 한 것이다.
'이래서 권력과 돈이 좋다는 거야.'
카밀라는 아주 당당히! 소르펠 가문의 힘을 빌렸다. 소르펠 공작은 딸의 부탁을 선뜻 들어주었을 뿐만 아니라 오히려 적극적으로 그녀가 하는 일을 도왔다.
아마 내일부터 제국 전체가 또 한 번 시끌시끌할 거다. 죽은 여자들의 양부모들은 어떻게든 소문을 막아 보려고, 자신들이 한 짓을 끝까지 감추려고 난리를 치겠지만 소르펠 공작이 움직인 이상 결코 쉽지 않을 것이다.
'앞으로 얼굴 들고 다니기 힘들걸.'
사람들의 관심이야 그리 오래가지 않겠지만, 체면을 중시하는 귀족 사회에서 더 이상 예전처럼 자유롭게 어울리긴 힘들 게 분명했다.

'그들은 뭐, 아쉽지만 그 정도로 됐고…….'

이제 남은 건 하나.

[음? 왜?]

카밀라의 시선이 다시 자신에게 향하는 걸 본 에이미가 고개를 갸웃했다.

"에이미."

[응?]

"널 그렇게 만든 인간들은 어디 살아?"

[……!]

에이미의 표정이 순간 멍해졌다.

"으음……."

깊이 잠들었던 빈터는 목이 말라 잠에서 깼다.

"젠장."

침대맡에 둔 물잔에 물이 하나도 없는 걸 본 빈터는 작게 욕설을 내뱉으며 자리에서 일어섰다. 물잔에 물조차 채워 두지 않은 부인을 잠시 못마땅하게 바라본 그는 주방으로 향했다.

"하아."

하품을 연신 내뱉으며 주방으로 들어선 그는 새로 물잔을 꺼내기 위해 찬장이 있는 곳으로 향했다.

"음? 이게 뭐……."

그러다 그의 걸음이 뚝 멈췄다. 주방 구석에 꿈틀하며 움직이는 뭔가를 발견한 것이다. 빈터는 곧바로 얼굴을 일그러트렸다.

'이놈이!'

분명 그 녀석이다. 얼마 전에 새로 데리고 온 아이.

'어떤 놈이야!'

자물쇠까지 채워 뒀는데 어떤 새끼가 방문을 열어 준 거야?

"이 쥐새끼 같은 놈!"

빈터는 성큼 아이가 있는 곳으로 다가섰다.

멈칫!

그런 그의 걸음이 순간 다시 멈췄다. 주방 구석에 웅크리고 있는 아이의 모습이 좀 이상했다.

이번에 보육원에서 데려온 건 남자아이였다. 그런데 지금 자신의 앞에 있는 아이는……

'단발머리?'

거기다 체구도 무척 작았다. 누가 봐도 여자아이임을 알 수 있었다.

'누구?'

무엇보다 기괴한 건 아이의 몸에서 푸르스름한 빛이 흘러나오고 있다는 것이었다.

창문조차 없는 어두운 주방에서 왜 저런 빛이? 그가 의아해하는 순간, 몸을 웅크리고 있던 아이가 천천히 고개를 돌렸다.

"너… 너, 넌!"

아이의 얼굴을 본 빈터는 다리에 힘이 풀려 그대로 풀썩 자리에 주저앉았다.

[배고파요.]

"으……"

[아저씨, 너무 배고파요……]

"으… 으……!"

비명조차 나오지 않았다. 그는 바닥을 기며 최대한 아이에게서 멀어지려고 했다. 얼어붙은 것처럼 딱딱하게 굳어 버린 몸을 가까스로 움직였다.

낯선 얼굴이라서 놀란 게 아니었다. 오히려 너무도 익숙한, 그가 잘 알고 있는 아이였다.

문제는 저 아이가 작년에 자신의 눈앞에서 죽었다는 거다.

"마… 말도 안 돼!"

보육원에서 데려온 지 한 달도 채 되지 않아 벌어진 일이었다. 원래부터 몸이 약했던 것인지 며칠 굶기고 일 좀 시켰다고 바로 시름시름 앓더니 죽어 버렸다.

당연히 치료사를 부르지도 않았고 특별히 약을 먹이지도 않았다. 그딴 곳에 쓸 돈이 있으면 좋은 술이라도 한 병 더 사서 먹었을 거다.

아이가 죽고 나서 어찌나 속이 상하던지. 세상에 이런 손해가 또 어디 있단 말인가. 한동안 열이 뻗쳐 일이 손에 잡히지도 않았다.

'그런데 어째서……!'

어째서 지금 저 아이가 자신의 눈앞에 있단 말인가!

[아저씨, 너무 배고파요…….]

"으… 으아아악!"

그제야 빈터는 비명을 지르며 주방을 뛰쳐나갔다.

[아저씨…….]

자신을 부르는 아이의 목소리가 들려왔지만 뒤도 돌아보지 않았다.

우당탕!

"으아아악!"

뭔가에 걸려 넘어진 그는 더욱 크게 비명을 질렀다. 하지만 아무도 달려 나오는 사람이 없었다. 그는 기듯이 자신의 부인이 있는 2층으로 향하려 했다.

까드득, 까드득-

"히익!"

그때였다. 어디선가 기이한 소리가 들려왔다.

그는 기어가던 것을 멈추고 두려움이 가득 담긴 눈빛으로 소리가 들린 곳을 바라봤다. 2층으로 향하는 계단 아래 만들어 놓은 창고에서 들려오는 소리였다.

까득, 까드득-

창고 문을 긁는 소리.

그 소리에 빈터의 몸이 얼어 버렸다. 창고로 다가갈 용기조차 나지 않았다. 저 창고가 자신이 늘 아이들을 벌주는 장소라는 사실에 더욱 발걸음이 떼어지지 않았다.

끼이익-

"허억!"

그 순간 굳게 닫혀 있던 창고 문이 기이한 소리를 내며 저절로 열렸다.

그리고 빈터는 똑똑히 볼 수 있었다. 그 안에서 천천히 뻗어 나오는 푸르스름한 손을.

[아저씨, 추워요……. 여기 너무 추워…….]

또 다른 아이였다. 3년 전에 그가 창고에 가뒀던 아이. 그 아이가 자신을 슬프게 바라보며 울고 있었다.

그날의 기억이 문득 떠올랐다. 아프다고, 너무 아프다고 우는 아이를 시끄럽다고 더 혼을 냈었다.

[아파… 너무 아파요. 제발 꺼내 주세요.]

"으… 으……!"

그는 자리에 풀썩 주저앉았다. 당장 도망치고 싶은데 다리에 힘이 전혀 들어가질 않았다.

[머리가, 머리가… 아파. 아파…….]

창고에서 나와 자신에게 조금씩 기어 오는 아이를 보며 빈터의 얼굴이 새파랗게 질려 갔다. 어떻게든 이 자리를 빨리 피해야 했다.

"으아아악!"

그는 비명을 지르며 계단을 올랐다.

쾅!

"여, 여보!"

침실 문을 열고 방 안으로 급히 들어선 그는 다시 멍해졌다.

"커… 어, 커억!"

누군가 침대에 누워 있는 부인의 목을 조르고 있었다. 그자의 몸에서도 푸르스름한 빛이 끊임없이 흘러나왔다.

[저한테 왜 그랬어요…….]

빈터는 구슬픈 목소리로 중얼거리는 이의 정체를 알아차리자마자 바닥에 풀썩 주저앉고 말았다. 그 소리에 침대에 올라가 있던 여자의 목이 천천히 돌아갔다.

"너… 넌!"

익히 아는 얼굴이다. 저 얼굴을 어찌 모르겠는가. 8년이나 자신들이 키운 아이인 것을!

"에, 에이미……!"

[왜 그랬어.]

"히익!"

자신에게 서서히 다가오는 에이미를 보며 빈터는 급히 뒷걸음질 쳤다.

[날 왜 죽였어!]

"이, 일부러 그런 거 아니야! 정말이야!"

[왜 그랬어! 왜!]

순식간에 거리를 좁힌 에이미가 빈터의 목에 손을 올렸다.

"커억!"

꿈이 아니다! 이건 절대 꿈이 아니었다!

빈터는 목에서 느껴지는 강렬한 압박에 결국 정신을 놓았다.

타악.

그렇게 부부가 정신을 잃자 기다렸다는 듯이 창문을 통해 안으로 들어서는 사람이 있었다. 검은 늑대를 타고 방 안에 모습을 드러낸 이는 바로 카밀라였다.

"생각보다 담이 약하네."

카밀라는 침대와 바닥에 쓰러져 있는 빈터 부부를 보며 작게 혀를 찼다. 여러 사람을 죽음으로 이끈 작자들이라 귀신을 봐도 아주 태연할 줄 알았더니.

"잘했어."

그녀는 자신의 주변을 빙글빙글 돌고 있는 검은 늑대의 머리를 가볍게 쓰다듬었다.

[와, 쟤는 정말 나랑 똑같이 생겼어.]

카밀라를 졸래졸래 따라온 여학생 귀신 에이미가 빈터의 옆에 서 있는 유령을 보며 연신 감탄했다.

"당연하지. 실제로 저들이 죽인 이들의 환상을 불러낸 거니까."

카밀라는 간단히 대답을 내뱉으며 다시 한번 세프라 가문의 신수, 검은 늑대 루나의 머리를 쓰다듬었다. 다정한 손길에 기분이 좋은 듯, 검은 늑대의 입에서 갸릉거리는 소리가 흘러나왔다.

오늘 빈터 부부가 겪은 일은 바로 이 신수의 능력이었다. 어둠을 다스린다고 하더니, 죽은 자의 모습을 똑같이 구현해 내는 능력을 가지고 있었다.

재미있는 건 살아 있는 자의 모습은 구현하지 못한다는 것이다. 오로지 죽은 자만, 이미 이 세상에 존재하지 않는 이의 모습만 불러낼 수 있었다.

'어둠의 신수답네.'

이번 일에 아주 딱인 능력이었다.

"정말 잘했어, 루나."

검은 늑대가 강아지처럼 꼬리를 마구 흔들며 카밀라의 손에 얼굴을 비볐다.

'한 일주일이면 되려나?'

카밀라는 바닥에 쓰러져 있는 빈터를 보며 피식 웃었다. 오늘 반응을 보니 일주일도 필요 없을 듯했다.

'조만간 알아서 자수하러 갈 것 같은데?'

그래도 바지까지 적실 줄은 몰랐다. 추태란 추태는 다 벌이네.

카밀라는 이곳에 오기 전 살펴보았던 빈터 부부의 약력을 떠올리며 쯧 혀를 찼다.

'그런 주제에 또 입양을 하다니.'

아이들이 소모품도 아니고 말이야. 도저히 이해가 가지 않았다.

빈터가 다락방에 가둬 두었던 아이는 이미 구출해 낸 뒤였다. 아홉 살쯤 되어 보이던 그 애는 피골이 상접했다는 말이 딱 어울리는 모습을 하고 있었다.

갑작스럽게 나타난 그녀에게 아이는 전혀 경계심을 보이지 않았다. 아니, 정확히는 경계할 기력이 없는 상태였다. 이곳에서 나가게 해 주겠다는 말에 두말없이 손을 잡아 오던 아이를 생각하자 속이 부글부글 끓었다.

"썩을 놈들."

카밀라는 쓰러져 있는 빈터 부부를 발로 잘근잘근 밟고 싶은 마음을 꾹 참으며 입을 열었다.

"앞으로 며칠만 더 수고해 줘."

그에 신수 루나가 알겠다는 듯 다시 한번 그녀의 손에 얼굴을 비볐다. 카밀라 역시 루나의 머리를 부드럽게 쓰다듬었다.

탁.

"무슨 생각이야?"

타악.

"뭐가?"

아르시안의 물음에 세프라 공작은 언제나처럼 시선도 주지 않은 채 되물었다. 지금 그의 눈은 자신의 앞에 놓여 있는 체스판에 고정되어 있었다.

타악.

"그놈을 그렇게 함부로 빌려줘도 돼?"

아르시안이 체스판의 말을 하나 옮기며 말을 이었다.

"뭘 믿고 막 빌려줘?"

"너 믿고."

"뭐?"

"체크메이트."

"아, 젠장!"

"또 졌구나."

아르시안은 투덜거리며 의자에 몸을 푹 파묻었다.

이렇게 두 사람이 체스를 두는 건 카밀라와의 약속 때문이다. 시에르의 영혼이 웃으며 떠날 수 있게 해 준 그녀에게 보답으로 무엇을 바라느냐고 물었다. 그런 두 사람에게 카밀라가 잠시 고민하다 요구한 것이 바로 하루에 한 시간씩 둘이서 꼭 체스를 둬 달라는 거였다.

왜 하필 체스냐는 말에…….

'그러면 그냥 둘이서 한 시간 동안 아무것도 안 하고 마주 앉아 있을래요? 뭐, 그 어색함도 괜찮을 것 같네. 설마 어색하다고 죽기야 하겠어?'

'…….'

'…….'

두 사람은 더 이상 토 달지 않고 체스로 합의를 봤다. 그리고 지금 이렇게 성실히 약속을 지키는 중이다.

'시에르가 그런 두 사람을 보면 아주 좋아할 거야.'

체스판에 다시 말들을 정렬하는 세프라 공작을 아르시안은 지그시 바라봤다.

얼마 전 세프라 공작은 가문의 신수인 검은 늑대를 카밀라에게 빌려줬다. 평소 가주 외에 다른 사람은 거들떠보지도 않는 녀석인데, 카밀라는 예외였다. 오히려 카밀라를 따라가라고 했더니 좋다고 먼저 문을 나섰다.

"맞은 뼈가 아파서."

"뭐라는 거야."

뼈?

"무슨 뼈?"

뒤늦은 세프라 공작의 대답에 아르시안이 의아한 눈빛을 보냈다. 신수를 왜 빌려줬냐고 물어봤는데 갑자기 뭔 뼈 타령이야.

그런 아들의 의문을 깔끔히 무시한 세프라 공작은 며칠 전 자신을 찾아왔던 카밀라와의 대화를 떠올렸다.

'신수 좀 빌려주세요.'

'그게 막 빌려줄 수 있는 거였나?'

'학대로 유지해 온 신수, 학대받는 아이들을 위해 좀 쓰시죠.'

'아픈 말을 참 아무렇지 않게도 하는군.'

'원래 진실이 아주 아프게 뼈를 때리는 법이거든요.'

그래서 빌려줬다. 맞은 뼈가 아파서.
"아직 한 시간 되려면 멀었나?"
"십 분 정도."
"한 판은 더 할 수 있겠구나."
세프라 공작의 말에 이번에는 꼭 이기겠다는 듯 체스판 위로 말을 올리는 아르시안의 눈이 날카롭게 빛났다.

"역시 일주일을 못 가네."
4일째 되던 날, 빈터 부부가 정신이 반쯤 나간 모습으로 경비대를 찾아갔다는 소식이 들려왔다. 이미 죽은 이들이 섬뜩한 모습을 한 채로 돌아가면서 나타나 죗값을 치르라고 고함을 질러 대니 결국 두 손을 든 것이다.
경비대를 찾은 그들은 자신들이 그동안 저지른 일들을 실토하며 용서를 빌었지만, 늦어도 너무 늦은 행동이었다.
'이미 죽은 이들에게 용서를 구하면 뭐 해?'
죄를 고백한 동시에 감옥에 갇힌 빈터 부부는 곧 재판을 받게 될 예정이었다. 말이 재판일 뿐 사실상 판결은 이미 내려진 것이나 다름없다. 십중팔구 사형에 처해지겠지.
'이 세계 법! 아주 마음에 들어.'
눈에는 눈, 이에는 이, 살인에는 사형!

죽임을 당한 자가 범죄자이거나 복수의 대상일 땐 재판 결과에 아주 큰 영향을 주지만, 그게 아닌 이상은 고의로 살인을 저지른 자는 100% 사형이었다.

'그래서 카밀라도 그리 매번 죽었지.'

살인 미수도 살인으로 치부하는 곳이다. 그러니 루드빌을 죽이려 한 혐의로 붙잡힌 카밀라의 삶이 매번 그렇게 목이 댕강 잘리며 끝난 게 아니겠는가.

"테리라고 했었나?"

빈터 부부로 인해 다락방에 갇혀 있었던 아이. 그 아이의 거처도 나름 잘 해결이 됐다.

샤일런 백작 부부. 오랜 시간 소식이 없다가 얼마 전에야 귀한 아이를 잉태한 그 부부가 테리의 후원자가 되어 주기로 한 것이다.

'앞으로도 이런 일이라면 언제든 돕겠습니다.'

일전에 그들에게 아이가 있을 것을 예견한 일로 카밀라의 열렬한 신봉자가 되어 버린 샤일런 백작은 흔쾌히 그녀의 부탁을 들어줬다.

'입양은 아니고.'

그건 테리도 원하지 않았다. 빈터 부부의 일로 한번 끔찍한 아픔을 겪은 아이는 입양이라는 것 자체에 아주 강한 거부감을 보였다.

그에 샤일런 백작 부부는 자신들이 후원하는 보육원에 아이를 맡겼고, 테리가 성인이 될 때까지 어떠한 지원도 아끼지 않을 것을 약속했다.

"이제 남은 건……."

카밀라는 자신의 주변을 여전히 서성이고 있는 여학생 귀신 에이미를 바라봤다.

"넌 안 가니?"

[어딜?]

카밀라는 손을 들어 하늘을 가리켰다. 그만 세상에 미련 접고 떠나라고 말이다.

살인자였던 오빠도 죽었고 그녀를 죽인 빈터 부부까지 곧 죗값을 치를 예정이다. 더 이상 이곳에 그녀가 남아 있을 이유가 없었다.

"그만 올라가지?"

헤르셀도 그랬고 시에르도 그랬다. 자신들이 원하는 결과를 보고 난 후 다들 미련 없이 떠났다. 그런데 저 귀신은 왜 아직도 남아 있냐고.

[아직 할 게 남았어.]

"또 뭐?"

[내 꿈.]

"꿈?"

카밀라의 물음에 에이미가 환하게 웃는다.

[내 꿈은 언젠가 대륙 이곳저곳을 돌아보는 거였거든.]

"여행?"

[응! 특히 유적지!]

에이미는 크게 고개를 끄덕였다. 보육원에 있을 때도, 빈터 부부 집에서 구박받을 때도 늘 꿈을 꿨다. 세상을 마음껏 돌아보고 싶다고.

[오빠가 굳이 역사학 교수가 된 것도 이런 내 꿈 때문이었어.]

언젠가 세상을 함께 둘러볼 때 곳곳에 숨겨진 역사적 얘기를 들려주고 싶어 했거든.

[결국 정말 꿈으로 남아 버렸지만 말이야.]

잠시 씁쓸한 미소를 그린 에이미는 이내 방긋 웃으며 제 포부를 밝혔다.

[그래도 이제 마음껏 돌아보려고.]

"잘 생각했네."

귀신이 여행 경비가 필요한 것도 아니고. 꿈을 이루기에는 딱이다.

[고마웠어.]

"알아."

대수롭지 않게 감사 인사를 받는 카밀라를 보며 에이미는 씨익 웃었다.

[그럼 나 간다.]

"응, 다시 보지 말자."

[너무하네.]

연신 투덜거리면서도 에이미의 표정은 여전히 밝았다. 마지막으로 카밀라를 향해 손을 흔들어 준 그녀는 빠르게 그 자리에서 모습을 감췄다.

"제발 다시 돌아오지 마."

카밀라 역시 마주 손을 흔들어 주며 그녀를 반갑게 배웅했다. 두 번 다시 보지 말기를 진심으로 기원하며.

파티에 참석하다

"아… 가기 싫다."

초대받았다. 파티에.

다른 이의 초대였다면 두말없이 바로 거절했을 것이다. 최근에 피곤한 일도 많았고 귀찮은 행사에 참가하는 건 딱 질색이었으니까.

'하지만 그 초대장을 보낸 사람이 제이빌런 공작이라면 얘기가 달라지지.'

제이빌런 공작의 생일을 맞아 열리는 축하 파티였던지라 초대장을 받고도 안 가기가 영 애매했다. 더구나 소르펠 공작까지 자신이 함께 가는 걸 당연시하고 있는 바람에 거절할 타이밍을 완전히 놓쳐 버렸다.

'두 오라비는 잘도 빠져나갔는데!'

라비는 바쁜 연구가 있다며 자연스럽게 빠져나갔고, 루드빌 역시 오늘 중요한 훈련이 있어 빠질 수 없다며 불참을 통보했다.

"오늘 날씨가 참 좋구나."

"네, 아버지."

결국 소르펠 공작과 단둘이 제이빌런 공작가로 향하는 중이었다. 속이야 어떻든 카밀라는 부친을 향해 방긋방긋 웃었다.

'뭐, 좋게 생각하자.'

소르펠 공작과 이런 시간을 자주 가져서 나쁠 게 없었으니까.

그런데도 자꾸 속에서 한숨이 튀어나오는 이유는…….

"어서 오세요."

바로 저 아이 때문이다.

제이빌런 공작가에 도착한 카밀라와 소르펠 공작을 제이빌런 공작가 사람들이 모두 다가와 반갑게 맞아 줬다. 그중 카밀라 나이대의 여자가 있었다.

제이빌런 공작의 딸이자 페트로의 하나밖에 없는 여동생, 엘리샤 제이빌런.

카밀라보다 한 살 어린 그녀는 오빠와 달리 천진난만한 구석이 많았다. 얼굴도 제법 귀엽게 생긴 데다 애교도 많아서 주변에 늘 사람이 넘쳐 났다.

문제는 엘리샤가 카밀라를 극히 싫어한다는 것이다.

'하긴, 사이가 좋았던 사람을 찾는 게 더 어렵지 않나?'

더 문제가 되는 건 그녀가 바로 페트로의 동생이라는 점이었다. 그 이유 하나로 카밀라가 유독 그녀에게 꼼짝하지 못했다. 엘리샤에게 잘 보이기 위해 늘 전전긍긍했다고나 할까?

'아주 염병할 상황이었지.'

그 사실을 엘리샤도 너무도 잘 알고 있었던지라 카밀라를 대하는 그녀의 행동이 도가 지나칠 때가 아주 많았다. 물론 제이빌런 공작이나 페트로가 없는 곳에서 말이다.

'그러니 내가 여기 오고 싶겠냐고.'

라비만큼은 아니었어도, 이쪽 세계를 지켜볼 때마다 정말 머리채를 잡고 탈탈 털어 주고 싶었던 사람들 중 한 명이 바로 엘리샤였다.

"왔군."

"카밀라 언니, 너무 보고 싶었어요!"

조르륵 자신에게 다가와 팔짱을 끼는 엘리샤의 모습은 누가 봐도 사랑스럽기 그지없었다. 카밀라보다 머리 하나는 작은 엘리샤가 연신 눈웃음을 날렸다.

'새끼 여우가 따로 없네.'

라비랑 아주 잘 어울리겠어.

"가주님, 세프라 공작님께서도 막 도착하셨습니다."

그때 집사로 보이는 이가 다가와 제이빌런 공작에게 조용히 말을 건넸다. 고개를 돌리자, 마침 홀 입구로 천천히 들어서고 있는 남자가 보였다. 검은 정장을 깔끔하게 차려입은 세프라 공작이었다.

'아르시안은 안 왔구나.'

하긴, 페트로와 엮이는 걸 질색하는 녀석인데 제 발로 제이빌런 가문의 저택에 찾아올 리가 없지.

"어서 오게."

"요즘 자주 보는군."

그의 등장에 제이빌런 공작과 소르펠 공작이 반갑게 인사를 건

냈다.

두 사람도 요즘 느끼고 있었다. 그가 최근 많이 변했다는 것을. 자신들이 초대한다고 하여 이렇게 쉽게 모습을 드러내는 이가 절대 아니었는데 말이다.

남들은 모를 테지만 어릴 때부터 함께한 소르펠 공작과 제이빌런 공작은 충분히 알 수 있었다. 저 무표정에 숨겨진 미세한 변화를!

'갑자기 표정이 확 밝아졌어.'

'내 말이.'

최근에 대체 무슨 일이 있었던 걸까? 늘 온갖 불행은 혼자 다 짊어지고 다니는 분위기를 풍겼던 녀석인데…….

무척 궁금했지만 두 사람으로서는 다 알아낼 방법이 없었다. 그것도 그럴 것이 상대가 세프라 공작이지 않은가. 아무리 날고 긴다는 자신들이라도 그가 스스로 밝히지 않는 상황을 조사하는 건 어려움이 있었다.

"왔구나."

두 공작의 인사에도 심드렁하게 고개만 끄덕이던 그가 처음으로 입을 연 상대는 다른 이도 아닌 바로 카밀라였다. 그녀를 본 세프라 공작은 성큼 먼저 다가가 말을 건넸다.

"네, 잘 지내셨죠?"

카밀라는 어느새 자신의 주변을 뱅뱅 돌고 있는 검은 늑대 루나의 머리를 다른 이들 모르게 슬쩍 쓰다듬었다. 소환된 상태가 아니었기에 그 모습을 볼 수 있는 건 세프라 공작뿐이었다.

[뭐야? 둘이 왜 갑자기 친한 척해?]

이곳에 들어서자마자 카밀라의 어깨에 올라와 앉아 있던 붉은 독수리 신수 제티가 불만을 토해 냈다. 본인이 날아왔을 땐 아는 척도 안 했던 카밀라가 루나는 반갑다며 쓰다듬어 주기까지 하니 못마땅한 모양이었다.

'왜긴 왜겠어?'

도움을 받았으니까. 빈터 부부가 넋을 놓고 스스로 죄를 고하게 만들 수 있었던 게 다 루나 덕이지 않은가. 이 녀석이 없었다면 일이 좀 더 복잡해졌을 것이다.

"자넨 나보다 내 딸이 더 반가운가 보군."

"그러게 말이야. 오늘 파티의 주인공은 나인데 말이지."

두 공작이 피식 웃으며 가까이 다가왔다. 뜻하지 않게 세 공작 사이에 끼어 버린 카밀라는 속으로 작게 한숨을 내쉬었다. 당연하게도 사람들의 시선이 모여들었기 때문이다.

'저런 사람들의 시선이야 익숙하지.'

그 시선에 질투와 선망이 뒤섞여 있다는 것도 너무도 익숙하다. 배우로 살던 자신에겐 늘 따라다니던 시선이니까.

다만, 이렇게 자신이 주목받는 걸 아주, 정말 아주 고깝게 여기는 사람이 이 자리에 같이 있다는 게 문제였다.

"언니!"

어느새 바짝 붙어 선 엘리샤가 방긋방긋 웃어 댔다. 하지만 그녀와 딱 붙어 서 있던 카밀라는 알 수 있었다. 자신을 향한 그녀의 눈이 전혀 웃고 있지 않다는 걸 말이다.

"아버지, 제가 언니 데리고 가도 되죠? 카밀라 언니, 저쪽에 제 친구들이 기다리고 있으니까 저리로 가요."

파티에 참석하다 — 81

제이빌런 공작이 무어라 말을 하기도 전에 엘리샤가 힘껏 카밀라의 팔을 잡아당겼다. 그런 엘리샤의 손길을 카밀라가 부드럽게 뿌리쳤다.

"잠시만."

"네?"

"그래도 생신이신데 선물은 드리고 가야지."

빙그레 웃으며 등을 돌리자 엘리샤는 적잖이 당황한 표정을 지었다. 지금껏 한 번도 자신의 의견을 단번에 거절한 적이 없는 카밀라였기에 퍽 놀란 듯했다.

그녀의 얼굴을 확인한 카밀라가 속으로 피식 웃었다.

"생신 축하드립니다."

제이빌런 공작에게 다가간 카밀라는 정중히 고개를 숙이며 가지고 온 선물을 그에게 건넸다.

"고맙구나."

카밀라에게 선물까지 받을 줄은 몰랐던 제이빌런 공작은 조금 놀란 표정을 지어 보였다.

카밀라가 내민 건 붉은빛이 도는 작은 상자였다.

달칵.

상자를 열어 본 그의 눈이 살짝 커졌다.

"이건……."

짙은 푸른빛이 감도는 브로치였다. 독수리의 형태를 한 그것은 눈동자 부분에 작은 다이아몬드가 박혀 있었는데, 전체적으로 과하지 않고 세련된 느낌이었다.

'하지만 여기서 중요한 건 디자인이 아니야.'

카밀라의 노림수는 따로 있었다.

"마력석으로 만든 브로치지."

"마력석?"

슬쩍 끼어드는 소르펠 공작의 말에 제이빌런 공작의 눈이 더욱 커졌다.

"방어 마법이 담겨 있어요."

"무슨……!"

이어지는 설명에 안 그래도 뭔가 얻어먹을 정보가 없나 귀를 쫑긋 세우고 있던 주변 사람들이 모두 놀라움을 표했다.

"저 작은 브로치가 마법 아티팩트라는 건가?"

"설마요."

사람들은 쉽게 믿지 못했다. 이미 시중에 유통되는 아티팩트는 무궁무진했다. 하지만 아무리 저급한 마법이 담긴 아티팩트라도 저 정도로 작게 만들기는 힘들었다.

당연하게도 '마법 수식이 얼마나 오랫동안 유지될 수 있는지'는 마력석, 즉 매개체가 품고 있는 마력의 양질에 따라 결정된다. 강력한 마법 수식을 새기기 위해서는 '양'에 해당하는 마력석의 크기 또한 일정 수준 이상이어야 했으며, 최상급 마력석이라도 그 크기가 변변찮으면 값어치가 현저히 떨어졌다.

이 사실을 잘 알고 있는 몇몇 귀족들이 카밀라가 허풍을 치고 있는 거라면서 대놓고 코웃음을 쳤다.

"설령 진짜라 한들 아주 저급한 마법을 담아 놓은 수준일 겁니다. 하여간 소르펠 공녀는 이런 자리에서까지 관심을 받고 싶―"

비아냥거리던 이들이 소르펠 공작의 싸늘한 눈을 마주하고 슬며시 입을 다물었다. 당장에라도 그들을 신의 곁으로 보내 버릴 듯한 부친을 향해 카밀라가 고개를 내저었다.

"아버지."

그러게 함부로 입을 놀리면 안 되지. 창백해진 얼굴들을 보며 카밀라는 내심 혀를 찼다.

이후 그녀는 아무 일도 없었다는 것처럼 발랄한 목소리로 분위기를 환기했다. 아니, 그러려고 했다.

"어지간한 공격은 다 무마시켜 줄 거다."

"……! 정말로?"

세프라 공작의 말에 파티장이 경악에 휩싸였다. 카밀라를 비웃은 이들을 태워 버릴 듯한 기세로 노려보던 제이빌런 공작마저 깜짝 놀라 그를 돌아볼 정도였다.

어지간한 공격은 다 막아 낸다고? 그 말은 저 작은 브로치 안에 담긴 방어 마법이 엄청나다는 뜻이지 않은가!

세프라 공작은 남들이 어떤 반응을 보이든 개의치 않고 말을 이었다. 영혼 관리자들, 혹은 사신들도 기겁하며 도망치게 할 법한 시선은 여전히 카밀라를 비방한 무리를 향한 채였다.

"내가 직접 수식을 새겨 넣었으니 보장하지."

"자네가 직접?"

그는 하얗게 질린 얼굴로 파티장을 빠져나가는 이들과 잠깐을 틈타 신수 루나와 발장난을 치는 카밀라를 한 번 흘끗하고 고개를 끄덕였다.

세프라 공작의 확답에 주변에서 탄성이 터져 나왔다.

"설마 이게……!"

"맞아. 최근 우리 가문에서 취급하는 최상급 마력석으로 만든 거다."

고급 마법 수식을 새겨 넣어도 충분히 감당할 수 있을 정도라는 첨언에 제이빌런 공작의 입이 턱 벌어졌다. 최근 마법사들이 세프라가의 마력석을 구하기 위해 혈안이 되어 있다는 걸 아는 사람들 또한 마찬가지였다.

"저게……."

"그 소문의 마력석?"

"저렇게 장신구로도 만들 수 있군요."

사람들의 웅성거림이 한층 더 커졌다.

"그런데 이걸 왜 이 아이가……."

제이빌런 공작이 의아한 눈으로 제 친구와 카밀라를 번갈아 쳐다보았다.

현재 세프라가의 새로운 마법석은 부르는 게 값이라 할 정도로 공급이 적었다. 그런 귀한 마법석을, 심지어 세프라 공작이 직접 만든 마법 아티팩트를 어떻게 카밀라가 자신에게 선물로 줄 수 있는 건지 전혀 이해가 가지 않는다는 얼굴이었다.

제대로 설명하라는 무언의 요구에 세프라 공작이 대수롭지 않은 투로 말했다.

"마력석을 브로치로 만들자는 아이디어를 낸 게 이 아이니까."

이쪽으로 센스가 좋다길래 조언을 좀 구했지.

전혀 예상하지 못했던 대답에 사람들의 눈이 휘둥그레졌다. 반면 이미 그 사실을 알고 있었던 소르펠 공작은 득의양양 미소를 지어 보였다.

"나도 받았다."

소르펠 공작의 가슴 쪽에도 호랑이 형상을 한 브로치가 달려 있긴 했다. 킹을 모티브로 한 귀여운… 아기 호랑이…….

'결국 호랑이…….'

카밀라는 그런 부친을 슬쩍 외면했다.

호랑이 브로치 또한 고급지고 세련된 느낌이 나긴 했으나, 사실 디자인만 보면 어린아이들의 의복에 더 잘 어울릴 법한 장신구였다. 다만 소르펠 공작이 본인 얼굴로 위화감을 상쇄시켰기 때문에 이를 눈치채는 사람이 없을 뿐.

이왕 이렇게 된 거 카밀라는 제이빌런 공작에게 줄 브로치도 신수-독수리를 모티브 삼아 제작했다. 이쪽 신수는 성체여서 그나마 좀 다행이었다.

'아버지가 조금 걸리긴 하는데…….'

쪽팔림을 함께하면 줄어들지도 모른다. 친구 좋다는 말이 괜히 있는 게 아니었다.

"내 브로치에도 보호 마법이 걸려 있다네."

소르펠 공작은 뿌듯한 눈빛으로 카밀라를 바라봤다. 이 브로치를 직접 가슴에 달아 준 게 그녀였기 때문이다.

"누구든 그렇지 않을까요?"

카밀라는 기다렸다는 듯 조금은 큰 목소리로 말을 이었다.

"소중한 분이 다치지 않기를 바라는 건 다 같은 마음이잖아요."

그 말에 사람들의 눈빛이 번뜩였다. 특히 연인을 두고 있는 이들은 새로운 선물 아이템을 발견한 것처럼 두 공작이 착용한 브로치를 뚫어져라 바라봤다.

'그래, 그래. 곧 판매 시작하니까 많이들 사 주세요.'

왜 굳이 저 비싼 브로치를 제이빌런 공작에게 선물로 줬겠는가. 딱히 사이가 좋은 것도 아닌데.

'나 뒤끝 엄청 길거든.'

그동안 저 인간에게 받은 무시만 모아도 배가 터져 나갈 지경이다. 그런 인간이 뭐가 예쁘다고!

그런데도 저런 귀한 선물을 한 이유는 딱 하나다.

'홍보 효과.'

두 공작이 저걸 착용하고 있다는 것만으로도 홍보 효과는 확실하니까.

'루드빌에게도 줬고.'

젊은 기사들 사이에서도 유행을 끌지 않을까 싶다. 부모님께 드리는 선물로도 의미가 있고, 멀리 떠나는 가족이나 연인에게 주기에도 안성맞춤인 선물이다.

"고맙구나."

"마음에 드시면 좋겠네요."

"아주 마음에 든다."

진심인 듯 제이빌런 공작의 입가에 미소가 걸렸다. 지금껏 한 번도 카밀라 앞에서 보여 준 적이 없는 미소였다.

그렇게 화기애애한 분위기 속에서 유일하게 어색한 모습을 보이는 이가 있었으니, 바로 엘리샤였다. 늘 파티장의 중심에 서 있던 그녀는 현 상황이 영 못마땅했다.

카밀라의 이름만 들어도 미간부터 찌푸리고 보던 아버지였는데, 요즘 들어 영 이상하게 돌아갔다. 아버지가 카밀라에게 직접 초대장을 보냈다는 사실도 믿기 힘들었다.

선심 쓰는 척, 자신이 카밀라에게 초대장을 보내겠다고 했을 때 이미 보냈다는 말을 듣곤 얼마나 놀랐던지. 언제부터 그녀를 그리 챙겼다고!

"아버지."

"음? 아! 그래, 그래. 우리가 너무 오래 붙잡고 있었구나. 젊은 사람은 젊은 사람끼리 놀아야지. 어서 가 보렴."

"네!"

엘리샤는 언제 시무룩했냐는 듯 밝게 웃으며 카밀라의 팔을 잡아끌었다. 더 이상 사람들의 주목을 받는 장소에 그녀를 두고 싶지 않다는 듯 잡아끄는 힘이 장난 아니다.

제 친구들이 기다리고 있다며 발걸음을 재촉하는 그녀의 모습에 카밀라는 못 이기는 척 따라가 주기로 했다.

'오늘은 또 뭔 짓거리를 하려나.'

은근히 기대되는데. 내가 이상한 건가?

이곳에 오기 전까지만 해도 귀찮고 짜증 났는데, 막상 그녀와 마주하고 보니 뭔가 속에서 꿈틀했다.

'뭐가 꿈틀하냐고?'

처음 이 세계에 제대로 들어오게 되었던 날, 라비와 처음으로 제대로 마주하던 그날!

그의 뒤통수를 있는 힘껏 때렸던 그때의 기분이 꿈틀거렸다.

"언니, 빨리 가요!"

"…그래, 나도 빨리 가고 싶네."

카밀라의 입꼬리가 슬쩍 올라갔다.

'품! 뭐야?'

'정말 저걸 하고 온 거야?'

'어쩜 좋아.'

'큭.'

'카밀라 양 은근히 순진하네.'

'왜들 그래, 잘 어울리는데. 우리 페트로 오라버니가 정말 저런 거 좋아한다니까.'

 신입생 환영 파티가 있던 날로 기억한다. 같이 아카데미에 다니게 되어서 기쁘다며 엘리샤가 선물을 하나 보내왔다. 머리에 꽂는 장식이었다.

 문제는 그 꽃장식이 너무도 촌스러웠다. 머리의 반은 차지할 정도의 큰 크기에 색깔이나 디자인 역시 조잡하기 짝이 없었다. 보석이 여기저기 주렁주렁 박혀 있었지만, 오히려 그로 인해 더 촌스러움의 극치를 달렸다.

 엘리샤는 그 장식물을 본인이 직접 디자인했다는 사족 뒤에 한마디를 더 덧붙였다. 자신의 오라버니가 이런 장식물을 무척 좋아한다고, 신입생 환영 파티 때 카밀라가 이걸 꼭 착용하고 왔으면 좋겠다고 말이다.

 결국 카밀라는 엘리샤의 선물을 착용한 채 파티에 참석했고, 당연히 사람들의 비웃음을 샀다. 선물을 한 엘리샤와 그녀의 친구들은 그 모습을 보며 아주 대놓고 즐거워했다.

'카밀라 소르펠, 이 헛똑똑이.'

카밀라 또한 엘리샤의 속셈을 알고 있었다. 아무리 패션 센스가 없다지만 그 정도로 멍청하진 않았다. 그럼에도 불구하고 그 얄은 수작에 넘어가 준 이유는 하나였다.

그녀가, 엘리샤가 페트로의 동생이니까. 그녀와 척지기 싫어서.

엘리샤의 장난기 가득한 호의나 부탁을 거절하는 순간 그녀가 어떤 행동을 취할지 너무도 잘 알고 있었으니까.

'그런데 어쩌나?'

이제 아무 상관 없는데.

카밀라는 자신을 둘러싼 이들을 보며 피식 웃음을 흘렸다. 이제 더 이상 페트로와 가까워질 생각이 없는 그녀로서는 엘리샤가 무슨 짓을 할지 그저 궁금할 뿐이었다.

"언니, 이번에 중간고사에서 수석을 차지하셨다면서요? 축하드려요."

"그래, 고맙다."

"정말 대단하세요. 어떻게 그런 성적을 받으셨어요?"

"저희 모두 깜짝 놀랐어요. 사실 그동안 카밀라 양의 성적이 좀……. 그래서인지 이상한 소문이 돌더라고요."

아, 그렇게 몰아가려나 보네. 얼추 감을 잡은 카밀라가 올라가려는 입꼬리를 억지로 끌어내렸다.

"소문?"

"어머, 너희들은 못 들었어?"

"뭔데?"

"이번 중간고사에서 부정행위가 있었다잖아."

"세상에! 누가 그래!"

네가 그랬겠지, 네가.

카밀라는 꼴같잖은 연기를 펼치고 있는 엘리샤와 그녀의 친구들을 보며 헛웃음이 나오려는 걸 간신히 참았다.

'저것도 연기라고.'

카메라 앞이었으면 NG 수십 번을 내고도 남았겠다.

'그나저나 내가 생각했던 것보다 약하네.'

하긴, 예전의 카밀라였다면 이 정도로도 충분했을 거다. 엘리샤에게 제대로 말도 못 하고 혼자 그냥 끙끙 앓았겠지.

"그러게."

하지만 난 아니거든.

"너희는 부정행위라도 좀 해야겠더라."

"…네?"

카밀라는 보란 듯이 빙그레 웃었다.

"너희들 성적 확인하려니까 고개를 위로 들 필요도 없던데?"

하도 밑바닥이라서 말이야.

'내가 또 이런 건 잘 외우거든.'

한 번 본 건 잘 잊지도 않아요.

"127등."

"헉!"

카밀라는 주변에 서 있는 엘리샤의 친구들 한 명 한 명과 차례로 눈을 맞췄다.

"107등."

"으……."

"97등."

그리고 마지막으로 엘리샤를 바라봤다.

"117등."

너희 짰니? 누가 친구 아니랄까 봐 다들 7자로 등수 맞추기를 했네.

"그러기도 참 힘들었을 텐데 나름 대단하다, 얘들아."

"카, 카밀라 양!"

1학년 전 학생 수는 132명. 한마디로 이들 모두 하위권에서 노는 성적이란 소리다.

"그 정도 성적이면 부정행위라도 해서 좀 올려야지 않겠니?"

어느새 얼굴이 새빨개진 이들을 보며 카밀라는 한마디 더 덧붙였다.

"겉치장만 하지 말고 머릿속도 좀 치장하는 게 어때?"

남 괴롭힐 생각만 머릿속에 채우지 말고, 이것들아.

"어, 언니, 말씀이 좀 지나치세요."

주먹을 꽉 쥔 엘리샤가 떨리는 목소리로 말을 내뱉었다.

"왜? 울게?"

"너, 너……!"

당장에라도 눈물을 쏟아 낼 것 같은 그녀를 보며 카밀라는 실소를 흘렸다.

'어쩜 저렇게 눈에 훤히 보일까?'

카밀라의 몸에 빙의된 채로 봤을 때는 아주 여우 같았는데, 직접 대면한 엘리샤는 뭔가 많이 어설펐다. 보아하니 당장 눈물이라도 터트려서 이 상황을 타개할 생각을 한 모양이지만…….

'애, 연기는 내가 한 수 위란다.'

그리고 이런 건 홈그라운드가 더 손해라는 걸 모르는구나.

쨍그랑!

카밀라는 한 손에 들고 있던 샴페인 잔을 바닥에 떨어트렸다. 그 소리에 자연스럽게 사람들의 시선이 모여들었다.

그 순간 기다렸다는 듯 카밀라의 눈에서 눈물이 주르륵 흘러내렸다. 볼을 타고 눈물을 흘려보내는 데 3초도 걸리지 않았다. 입술을 질끈 깨문 채 울음을 최대한 참고 있는 것이 누가 봐도 뭔가 아주 억울한 일을 겪은 모습이었다.

그 과정을 가까이에서 모두 지켜본 엘리샤와 친구들은 다들 멍하니 입을 벌렸다. 방금까지 자신들을 놀리며 실소를 흘리던 이가 갑자기 눈물을 뚝뚝 흘리는 모습은 그녀들을 황당하게 만들기 충분했다.

"카밀라!"

하지만 어쩌니? 다른 사람들은 반응이 좀 다를 텐데?

카밀라 곁으로 소르펠 공작이 성큼 다가섰다.

"무슨 일이냐."

울고 있는 카밀라의 모습에 그의 표정이 단박에 굳어졌다.

"아버지……."

소르펠 공작의 물음에 카밀라의 눈에선 더욱 서럽게 눈물이 뚝뚝 떨어졌다. 쉽게 말을 잇지 못하는 그녀의 모습에 소르펠 공작의 얼굴이 한층 차갑게 식어 갔다.

"제가, 제가…….."

"그래."

"부정행위를 했대요."

"뭐?"

"정말 죄송해요."

여기서 좀 더 처량한 표정을 지어 줘야겠지? 누가 봐도 마음이 아플 정도로.

"제가 부족해서… 그런 소문이나 돌게 만들고……."

"누가! 누가 감히 그딴 소리를 하더냐!"

"흑……."

쟤들이요.

서슬 퍼런 소르펠 공작의 외침에 카밀라는 눈물이 가득 맺힌 눈빛으로 엘리샤와 그녀의 친구들을 바라봤다. 그에 소르펠 공작의 사나운 눈빛 역시 그녀들에게 향했다.

"……!"

그녀들은 제대로 된 변명도 하지 못한 채 얼굴이 하얗게 질려 갔다. 엘리샤도 별반 다르지 않았다. 역시 아직은 미흡한 어린 여우답게 이런 갑작스러운 상황에 제대로 대처하지 못했다.

"엘리샤!"

"……! 아버지!"

제이빌린 공작을 발견한 엘리샤의 얼굴이 환해졌다.

자기편을 들어 줄 사람이 등장해서 두려움이 한순간에 사라진 모양인데……. 그 모습을 보며 카밀라는 속으로 연신 혀를 찼다.

'역시 어려.'

여기가 홈그라운드라서 네가 더더욱 불리하다니까.

"대체 무슨 짓을 한 거냐!"

"네?"

역시나 엘리샤의 예상은 완전히 빗나갔다. 다정하게 자신을 감싸 줄 거라 여겼던 아버지의 입에서 불호령이 떨어진 것이다.

"아버지, 그, 그게 아니라……!"

"손님한테 이게 무슨 짓이냐고 물었다!"

그래.

'난 손님이란다.'

축하를 위해 찾아온 손님의 눈에서 눈물이 쏟아졌다. 그것도 다른 이도 아닌 자신의 딸로 인해서.

주최자로선 아주 난감한 상황일 터. 아무리 딸아이라면 죽고 못 사는 제이빌런 공작이라도 여기서 엘리샤의 편을 들기는 힘들 것이다.

"미안하네."

결국 제이빌런 공작이 딸 대신 카밀라와 소르펠 공작을 향해 사과의 말을 건넸다.

"내가 딸아이의 교육을 잘못시켜 벌어진 일이니 이해해 주게."

"아버지!"

엘리샤의 외침에 제이빌런 공작의 싸늘한 눈빛이 날아들었다. 결국 엘리샤의 눈에도 눈물이 그렁그렁 맺히더니, 아니나 다를까 급히 그 자리를 도망치듯 사라졌다. 그 뒤를 그녀의 친구들이 서둘러 쫓았다.

'더 커서 오렴.'

카밀라는 여전히 소르펠 공작의 품에서 눈물을 훔치며 속으로 연신 엿을 날렸다.

"흠."

 감정을 추스른다는 핑계로 파티장을 나온 카밀라는 휴게실 쪽으로 향하다 잠시 걸음을 멈췄다. 복도 한쪽에 있는 무언가가 그녀의 시선을 확 잡아끌었다.

 가까이 다가가자 투명한 유리관 안에 놓인 검 한 자루가 눈에 들어왔다. 검이 놓인 곳의 벽면에 누군가의 초상화도 함께 걸려 있었다.

 '왜 익숙하지?'

 뜬금없이 남의 집 물건에 관심을 보인 이유는 유리관 안에 들어 있는 검을 어디선가 본 것 같았기 때문이다.

 이런 쪽으로 잘 모르는 자신이 보기에도 지금 눈앞의 검은 좀 달랐다. 푸른색 손잡이에 새겨진 정교한 문양과 그 위를 흐르는 찬란한 금빛. 진짜 황금을 입혀 놓았는지 검에서 고급스러운 티가 팍팍 났다.

 '어디서 봤더라?'

 분명 본 거 같은데…….

 "선대 가주님이십니다."

 그 순간 익숙한 목소리가 들려왔다. 고개를 돌리니 페트로가 빙그레 웃으며 서 있었다.

 그의 시선은 벽에 걸려 있는 초상화로 향해 있었다. 그제야 카밀라도 검에 두었던 시선을 들어 초상화를 자세히 바라봤다.

 '어…….'

카밀라의 눈빛이 순간 흔들렸다. 그제야 이 검을 어디서 봤는지 떠올랐다.

"저희 가문의 검술을 만드신 분이시죠."

"가주님이시라고요?"

"네."

"이 검은요?"

"그분께서 찾아오신 검입니다. 수호의 검이라 불리죠."

"수호의 검?"

신수도 있는데 수호의 검도 있어? 이놈의 세계는 이상한 것들이 참 많다.

'검이면 그냥 검이지.'

수호의 검은 또 뭐래?

"고대 문서에 나오는 검입니다. 스스로 주인을 선택하고 세상에 닥치는 위험을 알린다고 전해지지요."

"주인을 선택해요?"

"네, 스스로 선택한 주인이 만질 때만 반응을 한다고 합니다. 아쉽게도 아직 검의 선택을 받은 사람이 나타나지 않았어요."

심지어 검을 찾아내 제이빌런 가문으로 가지고 온 당사자이자 여기 걸린 초상화의 주인, 선대 가주마저 검의 선택을 받지 못했다.

"흐음."

카밀라는 새삼스러운 눈빛으로 검과 초상화를 번갈아 봤다. 그 순간, 페트로의 목소리가 그녀의 귀를 파고들었다.

"괜찮으십니까?"

조금 전 파티장에서 있었던 일을 걱정하는 페트로의 물음에 카밀라는 피식 웃었다.
"당연히 괜찮죠. 연기였으니까."
"연기요?"
"그쪽 동생을 좀 곤란하게 만들고 싶었거든요."
"…네?"
"그동안 당한 게 좀 많아서."
페트로가 이해하기 힘든 말을 들은 것처럼 쉽게 말을 잇지 못하는 걸 보며 카밀라는 속으로 연신 혀를 찼다.
'혹시나 했는데 역시나네.'
저 인간, 카밀라에게 전혀 관심이 없었던 게 확실하다.
자기 동생이 그렇게 카밀라를 여기저기 끌고 다니며 온갖 짓을 다 하고 다녔는데 저 반응 좀 봐라. 전혀 그 사실을 모르는 눈치지 않은가.
"갑자기 왜……."
페트로가 다시 물었다. 카밀라의 예상과 달리 페트로도 어느 정도 짐작은 하고 있었다. 자신의 동생이 카밀라에게 장난을 치고 있다는 사실을 말이다.
다만 그는 단순하게 생각했을 뿐이다. 카밀라가 늘 엘리샤의 장난을 잘 받아 줬으니까. 그리고 그녀가 엘리샤의 장난을 받아 주는 이유 역시 잘 알고 있었다.
카밀라, 그녀가 자신에게 관심이 있기 때문이라는 걸.
그런데 갑자기 왜? 엘리샤와 왜 척을 지려고 하는 걸까?
"이제 상관없으니까요."

"……."

"이제 더 이상 잘 보일 필요가 없으니까."

뭘까? 왜 저 말에 가슴이 아릿해지는 거지?

아무렇지 않은 얼굴로 자신과의 관계를 차갑게 정리하는 그녀의 말에 페트로는 순간 답답함을 느꼈다.

"언니."

그때 두 사람 사이를 파고드는 목소리가 있었으니, 바로 조금 전 파티장을 도망치듯 나갔던 엘리샤였다.

"미안해요, 언니."

그녀의 눈가가 아주 촉촉했다. 한참을 운 듯 붉게 충혈된 눈이 누가 봐도 안쓰럽게 여길 법한 모습이었다.

'또 뭔데?'

물론 카밀라는 그 모습에 속지 않았다. 엘리샤가 다시금 제게 다가왔다는 사실에 그저 속으로 웃었다. 자신이 아는 엘리샤는 이렇게 쉽게 본인의 잘못을 인정할 사람이 아니다. 그것도 다른 이도 아닌 카밀라에게.

"제 친구들도 사과하고 싶대요. 조금 전에 너무 큰 실수를 한 것 같다고……."

"그래?"

"같이 가 주시겠어요?"

"물론이지."

카밀라는 가볍게 고개를 끄덕였다. 뭔지 모르겠지만 한 번 더 놀아 줄 용의가 충분히 있었으니까.

"그럼 이만."

카밀라는 여전히 말이 없는 페트로에게 담담히 인사를 건넨 후 엘리샤의 뒤를 따랐다. 페트로의 시선이 느껴졌지만 그냥 무시했다.

저벅.

방에서 기다리고 있다는 말에 카밀라는 2층으로 향하는 계단에 올라섰다. 앞서 걷는 엘리샤를 보며 카밀라의 입에서 저도 모르게 실소가 흘러나왔다.

'사과를 하겠다더니.'

저 주먹은 뭐래?

'주먹은 좀 풀고 가지 그러니?'

양손 모두 주먹을 꽉 쥔 채 입을 꾹 다물고 걷고 있는 엘리샤의 모습은 사과는 고사하고 분을 참지 못하는 게 그대로 느껴졌다.

"풉."

순간 터진 카밀라의 웃음에 엘리샤의 걸음이 뚝 멈췄다.

"왜요, 언니?"

"그냥 좀 궁금해서."

"뭐가요?"

"뭘 또 꾸미고 있는 건지."

"…네?"

엘리샤의 얼굴이 사정없이 일그러졌다. 표정 관리에 실패한 것이다.

'미안하다. 여우라고 불러서.'

지금 보니 새끼 여우도 안 되는 녀석이었구나.

'고작 이런 말에 당황하는 꼴이라니.'

정말 날 잡아 연기 공부라도 따로 시켜 주든가 해야지, 보는 사람이 다 민망하다. 카밀라는 작게 혀를 차며 말을 이었다.

"하긴, 머리에 똥만 가득 찬 녀석들이 꾸미는 짓이야 뻔하지만 말이야."

"이익!"

엘리샤의 표정이 다시 한번 무너졌다. 분노가 가득 담긴 눈빛과 함께 질끈 깨문 입술 사이로 당장에라도 욕설이 튀어나올 듯했다.

"천박하게!"

역시나 거친 말이 쏟아진다. 평생을 귀족 여식으로만 산 그녀가 내뱉을 수 있는 가장 심한 말일 터.

"미안."

그래 봐야 카밀라에겐 전혀 타격을 주지 못했지만 말이다.

"천박한 애들을 상대해 주려다 보니 나도 모르게 같이 천박해지네."

오히려 그녀는 히죽 웃었다.

"다… 당신! 정말!"

엘리샤는 으득 이를 갈았다.

그녀의 말대로다. 카밀라를 이렇게 따로 불러낸 건 사과의 말을 전하기 위해서가 아니었다. 거짓 연기는 거짓 연기로. 조금 전에 파티장에서 당한 일을 그대로 대갚음해 주기 위해서였다.

현재 엘리샤의 친구들은 모두 옷을 여기저기 찢고 서로의 뺨을 몇 차례 때린 상태로 카밀라를 기다리는 중이었다. 엘리샤도 올라가 같은 짓을 한 뒤 가해자로 카밀라를 지목할 생각이었다. 그들이 진심으로 사과를 했음에도 불구하고 카밀라, 그녀가 행패를 부렸다고 사람들에게 말하는 것이다.

그런데 더 이상 연기를 이어 나가기가 너무도 힘들었다. 자신을 살살 긁는 그녀의 말에 머리가 핑 돌 지경이었다. 한마디도 지지 않고 실실 웃으며 약을 올리는 카밀라가 그렇게 얄미울 수가 없었다.

'미치기라도 한 건가!'

평소의 그녀가 아니었다. 늘 자신의 말이라면 바닥을 기는 시늉도 서슴지 않던 그녀의 예전 모습은 조금도 찾아볼 수가 없었다. 그래서 더 약이 오르고 화가 치밀어 올랐다.

저딴 게! 감히!

"내가 누군 줄 알고!"

"제이빌런 가문의 응석받이."

"……!"

"나잇값도 못 하고 여전히 철없이 구는 공작 영애."

"카… 카밀라!"

"아, 중간고사 117등?"

"이, 이!"

퍼억!

결국 폭발해 버린 엘리샤는 그대로 카밀라를 있는 힘껏 떠밀었다. 다른 곳도 아닌 2층 계단 끝자락에서 말이다.

카밀라는 충분히 피할 수 있었지만 그러지 않았다. 자신이 피하면 엘리샤가 대신 아래로 떨어질 상황이었다. 위치가 딱 그랬다.

엘리샤가 다치는 건 자업자득이니 상관없지만 쓸데없는 오해를 살 가능성이 너무도 컸다. 자신이 엘리샤를 떠밀어서 일어난 사고라고 말이다. 엘리샤가 진실을 말할 인간도 아니고, 옳다구나 거짓으로 자신을 곤란하게 만들겠지.

'내가 다치면 다쳤지.'

그딴 억울한 누명을 쓸 생각 따위 조금도 없다.

'저 철딱서니 좀 보소.'

여기서 날 떠밀면 완전히 끝이라는 생각은 안 드니? 변명의 여지가 없을 거란다, 이 새끼 여우야.

카밀라는 추락하는 와중에도 연신 혀를 찼다. 그제야 본인이 무슨 짓을 했는지 깨닫고 당황하는 엘리샤의 모습이 그렇게 한심해 보일 수가 없었다.

'적어도 전치 몇 주는 나오겠는데?'

카밀라는 질끈 눈을 감았다. 제발 팔이나 다리에 금이 가는 정도의 부상으로 끝나기를 바라면서.

'…어?'

그런데 시간이 지나도 몸에 별다른 통증이 일지 않았다. 대신 단단한 근육과 산뜻한 향이 그녀를 맞이했다.

"괜찮으십니까?"

페트로였다. 언제 온 것인지 그가 계단에서 떨어지는 자신을 감싸 안은 채 당황한 눈빛을 감추지 못하고 있었다.

"…덕분에요."

카밀라의 말에 짧은 한숨을 내쉰 그의 얼굴이 순식간에 변했다. 페트로의 얼굴이 아주 무섭게 굳어졌다.

"엘리샤!"

그의 입에서 큰소리가 터져 나왔다. 그 분노를 직접적으로 맞닥트린 당사자, 엘리샤는 난생처음 보는 오라비의 화난 모습에 부들부들 몸을 떨었다.

'그러게 넌 아직 멀었다니까.'

카밀라는 그런 엘리샤를 보며 속으로 연신 혀를 찼다.

수호의 검

 부친인 제이빌런 공작에게 눈물이 쏙 빠질 정도로 호되게 혼이 난 엘리샤는 근신 처분을 받았다. 덕분에 한동안 아카데미에서 마주칠 일이 없게 되었을 뿐만 아니라, 엘리샤의 친구들까지 기가 팍 죽어 카밀라를 슬슬 피해 다녔다.
 하지만 정신적인 배상과 물질적인 배상은 별개인 법. 소르펠 가문의 저택, 정확히는 카밀라 소르펠과 소르펠 공작의 앞으로 제이빌런 가문의 공식적인 사과문과 엄청난 선물들이 날아들었다.
 그에 더해 제이빌런 공작이 울며 겨자 먹기로 알짜배기 사업 하나를 소르펠 공작에게 넘겼다는 소문이 돌기도 했지만, 진실은 본인들만 알겠지.
 [⋯으로는 완전히 배제되었다고 합니다.]
 "아주 빠른 조치네요."
 카밀라는 쿠키를 우물거리며 최근 제이빌런 가문의 분위기와 파티장에서 자신을 거짓말쟁이로 매도했던 인물들의 근황을 청

취했다. 마음에 쏙 드는 시원한 결과와 데린의 깔끔한 브리핑이 더해지니 참 좋았다.

[발뺌할 수도 없는 상황이었으니까요. 차라리 빨리 인정하고 뒷수습에 집중하는 게 낫겠다고 판단했을 겁니다.]

"하긴……."

무려 손님으로 온 공작가의 영애를 계단에서 밀었으니 무슨 할 말이 있겠는가. 변명의 여지가 없지. 게다가 그 장면을 똑똑히 목격한 사람까지 있었다.

'페트로.'

그 사람이 엘리샤의 오라비인 페트로라는 건 전혀 문제가 되지 않았다. 페트로는 가족이라고 하여 불의를 감싸 주는 이가 절대 아니었으니까.

결국 엘리샤는 빠져나갈 구멍 없이 고스란히 벌을 받아야만 했다. 물론 소르펠 공작은 엘리샤에게 내려진 처분이 영 약하다며 여전히 불만을 제시하고 있었지만 말이다.

'그 인간은 대체 왜 그랬대?'

살인을 저지를 때도 연신 웃던 페트로가 그렇게 화내는 모습은 정말 의외였다. 상대가 그토록 애지중지하는 여동생이었다는 사실이 더더욱 놀라웠다.

평소 동생이라면 제이빌런 공작 못지않게 껌뻑 죽는 인간이지 않은가. 엘리샤 본인이 직접 어머니의 빈자리를 채워 준 사람이 바로 오빠인 페트로라고 말하고 다닐 정도였다.

'그랬던 페트로가 처음으로 자기에게 화를 냈으니.'

엄청 충격받았겠지.

"뭐, 내 알 바 아니지만."

카밀라는 천천히 걸음을 옮겼다.

수업이 모두 끝난 아카데미는 매우 조용했다. 그녀가 노을이 지기 시작한 이 시간까지 아카데미에 남아 있는 이유는 한 가지 궁금증을 풀기 위해서였다.

'내가 또 궁금한 게 생기면 잠을 못 자요.'

제이빌런가를 다녀온 후 계속 머릿속을 맴도는 의문에 결국 일을 저지르기로 했다.

그녀가 향한 곳은 바로 검술 훈련을 위해 마련된 아카데미 연무장이었다. 늦은 시간의 연무장은 역시나 인적이라고는 전혀 찾아볼 수 없었다.

'그렇다고 아무도 없는 건 아니지.'

잠시 걸음을 멈춘 카밀라는 연무장 내에서 자라고 있는 커다란 나무 한 그루를 응시했다.

그리고 그곳에 언제나처럼 앉아 있는 한 존재.

가슴에 검을 꽂은 채 연무장 쪽을 하염없이 바라보고 있는 20대 초반의 남자 귀신.

그는 여전히 그 자리를 지키고 있었다.

"역시."

그의 얼굴을 처음으로 제대로 바라본 카밀라는 고개를 끄덕였다. 가슴에 꽂혀 있는 검 역시 분명했다.

저벅.

카밀라는 남자에게 성큼 다가섰다. 연무장에 들를 때마다 시선을 마주치지 않기 위해 조심했던 것과 달리, 아주 대놓고 그에게 직선으로 다가갔다.
 타악.
 상대의 시선이 닿는 정면에 걸음을 멈춘 카밀라는 잠시 말없이 그를 바라봤다.
 […….]
 그러자 남자가 고개를 들어 그녀를 응시했다. 그의 눈을 직시하며 카밀라는 천천히 입을 열었다.
 "제노 제이빌런 맞으시죠?"
 제노 제이빌런. 제이빌런 가문의 저택에서 봤던 초상화의 주인.
 제이빌런가의 검술을 확립한 자.
 [날 알아?]
 "…….”
 [맞아, 내가 제노 제이빌런이야.]
 그런 그가, 제노 제이빌런이 지금 카밀라의 앞에 앉아 있었다.
 그것도 수호의 검으로 보이는 것을 가슴에 꽂은 채.

　'역시 제노 도련님은 대단하세요.'
　'그러게 말이야. 저 나이에 저런 성취라니.'
　'세상에! 제노 도련님이 수호의 검을 찾아오셨대요!'
　'그 전설의 검을?'
　'역시 다음 대 가문을 이끌 분답네요!'

 과거의 어느 날을 떠올린 그가 카밀라를 향해 빙그레 미소를 지었다.

그동안 가능한 한 귀신들과 엮이기 싫어서 얼굴은 고사하고 눈조차 제대로 마주하지 않으려 했기에 처음에는 긴가민가했다. 그리고 그 초상화의 주인공이 매번 아카데미 연무장에 죽치고 있는 남자 귀신이라는 사실을 알아챘을 땐 커다란 의문이 들었다.

'가주가 왜?'

다른 사람도 아닌 제이빌런가의 가주가 왜 아카데미 연무장을 떠돌고 있는 거지?

'그것도 가슴에 검을 꽂은 채?'

혹시나 해서 조사를 좀 해 봤다. 고위 귀족, 심지어 가주였으니 다른 누군가의 손에 죽었을 수도 있지 않을까 싶어서. 신수가 있다 해도 그게 100% 본인을 보호해 주는 건 아니지 않은가.

'헤르셀도 그랬잖아.'

소르펠 가문의 선대 가주였던 그 또한 자기가 그렇게 쉽게 독살당할 줄 어찌 알았겠냐고.

어쨌든 제노 제이빌런이라는 인물에 대한 조사를 시작했다. 이번에는 딱히 블랙 섀도우의 수장인 루브의 도움도 필요 없었다. 나에겐 전직 수장인 집사 유령 데린이 있으니까!

소르펠 공작이 알고 있는 정보라면 데린도 알고 있을 가능성이 컸다. 지금도 루브와 소르펠 공작이 대화를 나눌 때면 그 얘기를 옆에서 같이 듣는 식으로 정보를 캐치한다고 했다. 그리고 다행히 데린은 그녀의 기대를 저버리지 않았다.

데린에게서 들은 제노의 죽음은 딱히 특별할 게 없었다. 싸우다 죽은 것도 아니고 암살을 당한 것도 아니었다. 그냥 제 수명을 다해 맞이한 죽음이었다.

'그러니 더 궁금하잖아.'

평범하게 죽은 사람이 왜 저러고 있냐고.

제노 제이빌런은 그 '수호의 검'을 찾아낸 사람이었다.

수많은 예언자들이 언급한, 고대 문서 속 그림으로만 전해져 오던 물건. 주인을 스스로 선택한다는 신기한 검. 어둠에 잠식된 세상을 구할 유일한 빛.

하지만 그의 가슴에 꽂혀 있는 건 분명……. 카밀라가 복잡한 머릿속을 정리하는 동안 제노는 혼자 떠들기 바빴다.

[신기하네. 내가 보여?]

귀신들과 만나면 항상 듣는 말이라 딱히 새로울 것도 없었다. 다만 석상처럼 표정 없이 앉아 있던 모습과는 달리 실제로는 무척 밝은 사람이라는 게 느껴져 조금 신기했다.

[열나 신기하네.]

생각보다 말투도 아주 자유분방하고.

[내가 제노인 건 어떻게 알았어? 제이빌런 가문을 알아? 우리 집안 사람들은 다들 잘 살고 있지?]

말도 엄청 많다.

"네, 뭐…….."

대충 대답을 내뱉으며 카밀라는 슬쩍 한 걸음 뒤로 물러섰다. 왠지 잘못 건드린 것 같은 이 기분은 뭐지?

[넌 이름이 뭐야?]

"카밀라 소르펠이에요."

[아, 소르펠 가문 사람이구나! 그쪽 인간들도 잘 있지? 어릴 때 그 집에 참 많이 놀러 갔었는데. 저택이 더럽게 커서 종종 길을 잃곤 했어. 정원에 있던 분수는 여전히 잘 있나? 내가 예전에 거기서-]

"그런데 여기에 왜 이러고 계세요?"

카밀라는 그의 말이 더 길어지기 전에 급히 질문을 던졌다.

[여기? 연무장이니까.]

"제 말이 그 말이에요. 왜 연무장에 계시냐고요."

제이빌런가의 가주였던 사람이, 그것도 역대 제이빌런가의 가주들 중 가장 이름이 널리 알려진 그가 왜 이런 곳에 짱박혀 있냐고.

'그러고 보니 또 이상하네.'

제노 제이빌런이 죽은 나이가 67세라고 들었다. 그런데 눈앞에 있는 남자는 아무리 많이 쳐 줘도 스물을 갓 넘었을 법한 외양이었다.

'죽으면서 회춘이라도 한 건가?'

젊은 시절을 굉장히 그리워했던 이들은 죽어서 그때의 모습을 찾는 경우도 종종 있다던데, 이 사람이 그런 케이스일지도…….

끝없이 이어지려던 생각은 좀 전의 질문에 대한 답이 돌아오며 툭 끊겼다.

[검이 좋아서.]

"네?"

[난 검이 너무 좋거든.]

"……."

뭐, 그럴 수 있다. 검에 미친 인간이라면 죽어서도 연무장을 떠나지 못하는 게 이상한 일은 아니지.

"그런데 왜 하필 아카데미 연무장이에요?"

세상에는 연무장이 쌔고 쌨다. 그런데도 굳이 아카데미에 있는 연무장을 왜?

멀리 갈 필요도 없었다. 제이빌런가의 연무장에서도 기사들이 언제나 검을 수련하고 있지 않은가.

[아카데미 다닐 때가 제일 재미있었거든.]

"여기 출신이세요?"

[응! 선배님이라고 불러.]

"그건 됐고요."

단호한 거절에 남자는 어깨를 한 번 으쓱이고 다시 연무장으로 시선을 돌렸다.

[이곳은 시간이 지나도 그대로야.]

텅 빈 연무장을 바라보던 그의 표정이 이내 멍해졌다. 옛 추억을 꺼내는 그의 눈동자 위로 수많은 이들이 땀을 흘리고 있는 모습이 언뜻 비치는 것 같기도 했다. 그 안에 제노 본인도 있겠지?

"제노 님."

[그냥 제노라고 불러.]

카밀라의 부름에 그가 시선의 방향을 틀었다. 언제 멍해 있었냐는 듯 제노의 입가에 장난스러운 미소가 맺혔다.

"그 검이요."

[…….]

하지만 이어지는 말에 그의 표정이 살짝 굳어졌다.

"수호의 검이 맞나요?"

질문이 던져진 후에도 잠시 말이 없던 제노가 곧 다시 빙그레 웃었다.

[맞아.]

그의 시선이 자신의 왼쪽 가슴에 박혀 있는 검으로 향했다.

[내가 찾은 검이지.]

그리고-

[날 죽인 검이고.]

[오늘은 지도가 아니네?]

카밀라의 곁으로 다가선 요리사 유령 페롤이 그녀가 보고 있는 책을 확인하고 고개를 갸웃거렸다.

[수호의 검?]

"오."

카밀라는 진심으로 감탄했다. 지금 보고 있는 책이 고대어로 적혀 있었기 때문이다. 학자도 아니고 귀족도 아닌 페롤이 고대어를 읽어 내는 것이 놀라웠다.

[고대에는 어떤 음식을 먹었을지 궁금하더라고. 그걸 조사하면서 조금 익혔지.]

페롤은 흐뭇한 표정을 지었다. 카밀라의 감탄 어린 눈빛을 보니 한때 고대어를 익힌다고 밤을 새웠던 시간이 아깝지 않았다.

[그러는 자네야말로 고대어를 잘 아나 보군.]

"고대어는 고급까지 다 뗐죠."

원래의 카밀라가 유일하게 재미있어하고 남다른 재능을 보였던 분야가 바로 고대어였다. 빙의된 상태였던 그녀 또한 덩달아 고대어를 자주 접할 수밖에 없었고, 지금에 이르러선 이 정도의 고서 적은 번역본이 없어도 충분히 해독이 가능했다.

"카밀라 아가씨."

그때 카밀라의 곁으로 낑낑거리며 한 사람이 다가섰다. 서재 관리를 담당하는 시종, 지미였다. 여러 권의 책을 동시에 들고 온 그는 카밀라가 앉아 있는 책상 위에 조심스럽게 책들을 내려놓았다.

"부탁하신 책들입니다."

"이게 다 수호의 검에 대한 책이야?"

"그렇습니다."

생각보다 많은 양에 카밀라는 짧은 한숨을 내쉬었다.

'그냥 포기할까?'

이렇게 깊이 파고들어서 뭐 하겠는가? 그것도 자신과 전혀 상관없는 다른 가문의 일인데.

하지만 곧 카밀라는 지미가 가지고 온 책에 손을 뻗었다. 이미 머릿속에 자리 잡은 의문을 해결하지 못한 채 넘어가는 건 성미에 맞지 않았다.

'애초에 관심을 두지 않았다면 모를까.'

의문이 더 깊어진 지금에 와 손을 놓는 건 영 찜찜했다.

"아가씨도 수호의 검에 관심이 있으신가 보네요."

"응?"

아가씨도?

가장 위에 놓여 있던 책의 첫 페이지를 막 넘기려던 카밀라의 손이 멈칫했다.

"나 말고 또 이 책을 본 사람이 있어?"

지미는 바로 고개를 끄덕였다.
"루드빌 도련님이요."

'그러고 보니 처음이네.'

카밀라는 소르펠 가문의 기사들이 훈련하는 연무장을 바라보며 한 가지 사실을 깨달았다. 그 오랜 세월을 이곳에서 지냈음에도 불구하고 카밀라가 저택 내 연무장에 발걸음을 한 적이 단 한 번도 없다는 사실을 말이다.

원래의 카밀라는 소르펠 공작보다 루드빌을 더 어려워했다. 늘 무심한 표정과 먼저 말을 걸어 주는 법이 없는 무뚝뚝한 성정. 카밀라는 그와 마주하는 걸 굉장히 두려워했다. 루드빌이 자신을 싫어한다고 여겼다.

그리고 그런 의붓오빠를…….

'루드빌.'

'네, 아버지.'

무척 부러워했다. 라비만큼은 아니었지만 카밀라 역시 루드빌을 부러워했다.

소르펠 공작의 친아들. 아무것도 하지 않아도, 그 어떤 노력을 기울이지 않아도 그에게 가족이라 불릴 수 있는 루드빌.

언제 울타리 밖으로 내쳐질지 모른다는 불안감을 알지 못할 그가, 일말의 부채감도 없이 부친을 바라볼 수 있는 루드빌이 그렇게 부러울 수 없었다.

'그걸 들킬까 봐 더 열심히 피해 다녔던 거고.'

만약 루드빌이 이 사실을 알면 자신을 싫어하는 걸 넘어 경멸하게 될 거라고 생각했던 모양이지만… 글쎄.

카밀라는 기사들의 훈련을 봐주고 있는 루드빌을 바라봤다. 언제나처럼 무심한 표정으로 그들의 자세를 아주 꼼꼼하게 살피는 중인 그를 보고 있자니 피식 웃음이 났다.

먼저 다가가지는 않지만 다가오는 사람을 밀어내지도 않는다. 지금도 그랬다. 도움을 청하는 사람이 나타나자 그 옆에 바짝 붙어서 끝도 없이 가르쳐 주고 있지 않은가.

카밀라는 얼마간 더 그들의 훈련을 구경하다가 슬쩍 인기척을 냈다.

"어?"

"저기……."

"카밀라 아가씨?"

그녀를 발견한 기사들이 웅성거리기 시작했다. 그 소란에 루드빌 역시 고개를 들어 카밀라가 있는 곳을 바라봤다. 살짝 눈이 커지는 그를 향해서 카밀라는 가볍게 손을 흔들었다.

"어쩐 일이야?"

순식간에 그가 가까이 다가왔다.

"오라버니 보려고요."

"……."

'…뭐지?'

루드빌이 연신 눈을 끔벅였다. 한… 1초에 한 번씩?

'전에도 저런 모습을 본 적이 있는데.'

처음 그를 만났을 때였다. 소르펠 공작의 집무실에 둘 꽃을 꺾으러 갔다가 갑작스럽게 루드빌을 만나게 되어 안개꽃을 선물한 적이 있다. 그때 딱 저런 반응이었는데?

"혹시 제가 훈련을 방해한 건가요?"

"아니."

"그럼 지금 시간 괜―"

"괜찮아."

대답이 아주 바로바로 날아들었다. 그에 카밀라는 본격적으로 용건을 말하려 했다.

"루드빌 님, 다음 훈련을 지시해 주셔야 하는데요……."

아까부터 주변을 서성이던 기사 하나가 대화에 끼어들었다.

"아, 바쁘시면 다음에 올게요."

급한 일이 아니었기에 카밀라는 그냥 자리를 뜨려고 했다. 하지만 루드빌이 조금 더 빨랐다.

"해산."

"예?"

"오늘 훈련은 여기까지."

"…예에?"

"모두 해산."

훈련장에 있던 기사들이 하던 행동을 모두 멈추고 입을 쩍 벌렸다. 비가 오나 눈이 오나 훈련 시간을 어기는 걸 단 한 번도 허용한 적이 없던 그 루드빌이!

"저쪽으로."

그러거나 말거나 루드빌은 멍해 있는 기사들을 뒤로한 채 카밀라와 함께 훈련장 한쪽에 마련된 자리로 향했다.

"물 줄까?"

"아뇨."

"뭐 먹을래? 저쪽에 기사들이 먹던 간식이 있는데."

"괜찮아요."

뭔가를 자꾸 주려고 하는 루드빌의 모습에 카밀라는 고개를 갸웃했다. 내가 찾아온 게 불편한가?

"앉으세요."

카밀라가 오히려 그에게 자리를 권했다. 자꾸 서서 뭔가를 하려는 그가 이상해 보였으니까. 루드빌이 그제야 맞은편 자리에 앉았다.

"……."

하지만 그 후로 아무런 말이 없었다. 용건이 뭐냐고, 무슨 일이냐고 물어볼 만도 한데 말이다.

'역시.'

카밀라는 작게 웃음을 터트렸다.

루드빌은 자기에게 다가온 사람을 절대 밀어내지 않는다. 그 이유를 궁금해하지도 않고 상대가 무엇을 하든 그냥 내버려 둔다.

말을 꺼낼 준비를 마칠 때까지 묵묵히 함께 걸어 주는 사람. 도움을 청하면 선뜻 손을 내밀어 주는 사람. 그게 루드빌이었다.

'왜 진작 몰랐을까?'

그가 이런 사람이라는 걸.

'화가 난 게 아니었어.'

카밀라를 미워하고 싫어했던 게 아니다. 과거의 카밀라가 이 사실을 알았더라면 그 애의 삶이 좀 더 편하지 않았을까?

 그렇게 생각하니 조금… 아니, 많이 씁쓸했다.

"오라버니."

 나직한 부름에 루드빌이 고개를 들었다.

"수호의 검에 대해 알아본 적이 있으시다면서요? 관련 서적을 찾으니까 지미가 바로 가지고 오더라고요."

"서재에 들렀던 모양이네."

"네."

 루드빌이 가볍게 고개를 끄덕였다.

"지금은 제이빌런 가문에 있어."

"맞아요."

"뭐가 알고 싶지?"

"그 책들을 다 읽고 난 오라버니의 소감?"

 루드빌은 가만히 카밀라를 바라봤다. 그러고는 천천히 입을 열었다.

"고서적까지 다 정독했다면 한 가지 사실을 알 수 있어."

"……."

"수호의 검이 있는 장소."

 그렇다. 고서적을 비롯한 자료들을 대충 조합해 보면 수호의 검이 있을 법한 장소를 쉽게 유추해 낼 수 있었다.

 아주 오래전의 일이다. 페이블러 제국이 막 생겨났을 때, 대륙을 마구 뒤흔든 조직이 있었다. 바로 '에바'라는 신을 따르던 종교 무리, '에바교'.

 수많은 이들이 그들을 따랐다. 이유는 단 한 가지였다. 그들을 따르면 영원한 생명을 얻을 수 있었기 때문이다.

　정말로 영원히 삶을 영위할 수 있는 힘이었다. 알 수 없는 힘에 의해 에바 신을 따르는 이들은 늙지도, 죽지도 않았다. 영생을 얻을 수 있다는 말에 에바 신을 따르는 이들이 기하급수적으로 늘어났다.

　하지만…….

　'사람이 죽지 않는다는 게 말이 되냐고.'

　조금만 생각해 봐도 꺼림칙하고 이상한 일임을 알 수 있지 않나? 역시 그 힘에는 문제가 있었다. 그들이 얻는 영원한 생명은 바로 다른 사람의 생명을 제물로 써서 얻어지는 것이었다. 힘없고 가난하고 무지한 자들이 그들의 희생양이 되었다.

　이 사실이 밝혀진 직후, 에바 신을 따르는 이들과 그것을 악으로 여겨 단죄하고자 하는 세력 간의 전쟁이 시작되었다. 엄청난 힘을 가지게 된 에바 신의 신도들은 쉽게 물러서지 않았다. 수많은 사람의 피를 이용해 끈질기게 살아남았다.

　하지만 난세에는 언제나 영웅이 등장하는 법. 오랫동안 이어지던 전쟁을 종식시키고 악의 무리를 모두 몰아낸 자가 나타났으니, 마르스라는 남자였다.

　'그 남자가 쓰던 검이 바로 수호의 검이고.'

　심장이 터져 나가도 죽지 않던 에바 신의 신도들이 수호의 검 앞에서는 맥을 못 췄다. 에바 신을 따르던 교주의 목이 수호의 검에 걸리는 순간, 길고 길었던 전쟁은 끝이 났다.

　그리고 전쟁이 끝나자 마르스는 조용히 모습을 감췄다.

　'수호의 검도 그때 사라졌고.'

하지만 마르스의 행적을 뒤쫓다 보면 자연히 검의 행방도 따라 나오기 마련이다.

"그런데 아무도 찾지 못했어."

수많은 이들이 검을 찾기 위해 움직였지만 그 오랜 세월 아무도 검을 찾지 못했다. 오직 제노 제이빌런, 그만이 검을 찾아내는 데 성공했다.

"수호의 검을 이야기할 때 사람들이 가장 많이 거론하는 게 뭔지 알아?"

주인을 선택하는 검.

"수많은 이들이 같은 장소를 찾아갔음에도 왜 제노, 그분만이 검을 찾을 수 있었을까?"

카밀라는 아무런 대답도 하지 않았다. 루드빌 역시 딱히 대답을 듣기 위해 던진 질문은 아니었다는 듯 그녀의 침묵이 신경 쓰이지 않는 눈치였다.

그런 그를 묘한 눈으로 바라보던 카밀라의 입에서 결국 얇는 소리가 새어 나왔다.

"역시 오라버니도 알고 계셨군요."

수호의 검을 찾아온 당사자, 제노 제이빌런이 정작 검의 선택을 받지 못한 이유.

"수호의 검에 깊이 관심을 가졌던 사람이라면 어렵지 않게 유추해 낼 수 있는 일이야. 그런데도 왜 다들 침묵했을까?"

"…제이빌런 공작가니까요."

루드빌은 대답 없이 고개를 끄덕였다.

"다른 가문의 역사야."

남이 함부로 끼어들 일이 아니라는 말이다. 카밀라도 그의 말에 동의했다.

'다만……'

카밀라는 짧은 한숨을 내쉬었다.

'그 역사 속 인물이 현재 내 앞에 존재한다는 게 문제지.'

[넌 훈련 안 해?]

"안 해요."

검술 수업이 한창인 연무장. 하지만 카밀라는 언제나처럼 나무 그늘 아래 퍼질러 앉아 있었다.

그런 그녀를 제노가 한심하다는 듯한 눈빛으로 바라봤다. 그전에야 그녀가 농땡이를 피우든 말든 상관이 없었지만 이제는 아니지 않은가.

[날 볼 수 있는 유일한 녀석이 무려 검술 시간에 한가로이 놀고만 있을 줄이야.]

"저는 검술에 재능이 없어요."

훈련을 한다고 해서 실력이 늘 것 같지도 않은데 이 더운 날 검을 잡고 땀 뺄 생각은 조금도 없다.

[신체 조건은 나쁘지 않은데?]

카밀라를 이리저리 잠시 살피던 제노의 평이었다.

"됐고요."

신체 조건이 좋든 말든 애초에 검에 관심이 없다. 원래의 카밀라야 소르펠 가문의 일원이 되기 위해 죽자고 검술 수업을 받으려고 했지만 자신은 아니었다. 재능이 없는 걸 알았으면 빠르게 포기하는 것이 현명하지 않겠는가.

더군다나 저번에 보니 소르펠 공작도 딱히 자신이 검술을 배우는 것을 강요할 생각이 없어 보였다. 아니, 오히려 재능도 없는 검술에 괜히 쓸데없는 힘 쓰지 말고 하루라도 빨리 그만두기를 바라고 있는 듯했다.

'조만간 때려치우든가 해야지.'

여전히 자신이 뭔 짓을 하든 전혀 상관하지 않는 검술과 사람들을 보며 카밀라는 최대한 빨리 과를 옮기겠다고 다짐했다.

'더 이상 남의 세계가 아니잖아.'

자신이 앞으로 계속 살아가야 할 곳이라는 걸 알게 된 지금, 다른 이가 마음대로 싸질러 놓은 똥을 굳이 계속 묻히고 다닐 필요가 없다는 결론을 내렸다.

[기본적으로 갖고 있는 근육량도 나쁘지 않고 골격도 좋은데.]

"그걸 눈으로 본다고 알아요?"

[나 정도 되면 다 알지.]

"아, 예."

자기 잘난 걸 너무 잘 아는 귀신님이시네.

다시 연무장에 시선을 주는 제노에게서 카밀라는 시선을 떼지 못했다. 검술에 매진하는 학생들을 바라보는 그의 눈빛이 또다시 멍해진다. 자기가 이곳에 다니던 시절의 추억을 떠올리고 있는 거겠지?

"그 검."

카밀라의 시선이 그의 가슴으로 향했다. 왼쪽 가슴에 꽂혀 있는 수호의 검에.

"찾기 힘들지 않으셨어요?"

[당연히 힘들었지. 거의 1년이 걸렸을걸? 안개가 자욱하게 낀 절벽 끝자락에 꽂혀 있는 검을 내가 딱 발견했거든.]

"역시 그 검, 제노가 찾은 게 맞네요."

[다들 알고 있는 사실이잖아. 뭘 새삼.]

히죽 웃는 그를 보면서도 카밀라는 웃지 않았다.

"수호의 검이 스스로 주인을 선택한다는 사실은 잘 알고 계시죠?"

[그걸 모르는 사람도 있나?]

"그 오랜 세월 사람들이 검을 찾지 못한 이유도 아세요?"

[그거야…….]

술술 대답을 해 주던 제노가 멈칫했다. 그와 카밀라의 시선이 허공에서 마주쳤다.

"주인으로 인정받은 자만이 검을 찾을 수 있으니까요."

[…….]

"그런데 검을 들고 집으로 돌아온 제노 님은 검의 주인이 아니었어요."

너무도 큰 오류.

검을 찾아서 가져왔는데 그 검을 들고 온 이가 검에게 주인으로 인정을 받지 못했다? 애초에 인정을 받지 못했으면 찾지도 못했을 텐데?

"세상에 다시 모습을 드러낸 검은 더 이상 수호의 검이 아니었고요. 영혼을 잃어버린 사람처럼, 수호의 검은 그저 커다란 쇳덩

어리일 뿐이었어요."

고대 문서에 나온 것처럼 스스로 빛을 내지도 않았고 울지도 않았다.

"왜냐하면-"

제노의 얼굴에선 더 이상 웃음기를 찾아볼 수 없었다.

"검이 선택한 주인이 죽어 버렸으니까."

[…….]

카밀라의 시선이 제노의 가슴에 꽂혀 있는 검으로 향했다.

"형이 있으시더군요."

카밀라는 검에서 시선을 떼지 않은 채 말을 이었다.

"아주 오래전에 죽은-"

[…….]

"쌍둥이 형."

✳

"제노, 여기가 맞아?"

"분명 여기야. 너도 말했잖아. 고대 문서에 아주 대놓고 찾아오라는 듯이 단서들이 즐비하다고."

"그런데도 다들 찾지 못한 건 뭔가 위험한 게 있기 때문이지 않을까?"

"위험하면 어때? 난 수호의 검을 꼭 찾을 거야."

20대 초반의 두 남자가 깊은 산속을 헤매고 있었다.

한 치 앞도 보이지 않을 정도로 짙은 안개가 자욱한 공간. 하지만 앞서 걷는 남자, 제노의 발걸음은 그 어느 때보다 힘차고 신이 나 있었다.

"제발 조심 좀 해."

그런 동생의 모습을 보며 형인 미하이는 연신 한숨을 내쉬었다. 수호의 검을 찾겠다면서 집을 나서는 그를 아무도 말리지 못했다. 검이라면 눈에 뵈는 게 없는 동생의 성격을 다들 너무도 잘 알기 때문이다.

아마 가지 말라고 막았다면 가출을 해서라도 분명 검을 찾아 나섰을 것이라 결국 미하이가 그를 따라나섰다. 혼자 보내기에는 영 불안했으니까.

이 안개산에 들어와 헤맨 지도 벌써 일주일째. 근처 마을에서 준비한 식량이 거의 바닥난 상태였다.

'이러다 정말 큰일 나겠어.'

더는 버틸 재간이 없다. 미하이는 빨리 제노가 검을 찾는 걸 포기하기를 바라며 연신 한숨을 내쉬었다. 정 안 되면 강제로라도 끌고 내려갈 생각이었다.

"미하이!"

"응?"

"저기 봐!"

그런데 그때 앞서 걷던 제노가 잔뜩 흥분한 목소리로 그를 불렀다.

제노가 가리킨 곳을 바라본 미하이는 미간을 찌푸렸다. 딱히 특별해 보이는 것은 없었다. 그저 가파른 절벽이 눈앞에 펼쳐져 있을 뿐이었다.

"검이야!"

"뭐?"

"검이라고! 우리가 드디어 수호의 검을 찾았어!"

어린아이처럼 신이 나 방방 뛰는 그를 보면서도 미하이는 동조할 수가 없었다. 자신의 눈에는 아무것도 보이는 것이 없었으니까.

하지만…….

"이거 보라니까!"

스릉!

"……!"

보였다. 제노가 땅에서 검을 뽑아내는 모습이!

그제야 미하이도 검의 존재를 인식할 수 있었다.

"책에서 본 거랑 똑같아!"

그의 말대로였다. 책에 그려져 있던 수호의 검과 조금의 차이도 없는 모습이다.

우우우웅-!

"우와!"

순간 검에서 흘러나오는 울음소리에 움찔 몸을 떠는 미하이와 달리 제노는 더욱 환한 미소를 지었다. 그가 들고 있는 검에선 은은한 빛까지 뿜어져 나왔다.

"나도…….'

"어?"

"나도 들어 봐도 돼?"

"물론이지!"

제노가 바로 수호의 검을 미하이에게 넘겼다.

우우웅…….

미하이가 검을 잡는 순간, 방금까지 빛을 내고 소리를 내던 검이 잠잠해졌다.

"뭐야? 안 우네?"

"……."

"하하, 검이 미하이, 넌 싫은가 보다."

또다.

또, 또 저 녀석만 선택받았다.

'역시 제노 님이세요.'

'어떻게 저런 검술을 만들 수 있죠?'

'천재예요! 천재!'

'그에 비하면 미하이 님은…….'

'미하이 도련님이 장자인데.'

'아무래도 다음 대 가주가 될 분은…….'

"…왜."

왜, 왜, 왜……!

"미하이?"

"왜 또 너야."

"뭐?"

"왜 또 너냐고!"

어릴 때부터 그랬다. 자신이 죽자고 이룬 일을 저 녀석은 너무도 쉽게 해냈다.

공부하기 싫다며 매번 농땡이를 피우는 녀석이 늘 성적은 자신보다 좋았다. 검술 실력은 말할 것도 없었다. 생각 없이 지껄여 대는 녀석의 곁엔 늘 사람이 넘쳐 났다.

"왜……."

아버지의 관심도, 어머니의 사랑도. 그리고-

'사람들의 칭송까지!'

모두, 모두 제노의 것이었다. 그런데 이젠 수호의 검까지 그를 선택했다.

'내가 형인데…….'

내가 장자인데!

자신의 손에선 아무런 반응을 보이지 않는 검을 보며 그는 다시 한번 절망했다.

"너만 없었으면……."

"……."

"너만 없었으면!"

순간 검이 앞으로 뻗어 나갔다. 그곳에 제노가 서 있다는 걸 알면서도.

푸욱!

검이 너무도 쉽게 그의 가슴을 파고들었다.

"미, 하이……."

동생의 심장에 검을 찔러 넣은 미하이의 손이 벌벌 떨렸다. 한 걸음 뒤로 비틀거리며 물러서던 제노가 절벽 아래로 떨어져 내렸다.

"……!"

그제야 정신이 돌아온 미하이는 그대로 풀썩 자리에 주저앉았다.

그의 손에는 여전히 수호의 검이 들려 있었다. 주인을 잃고 이미 싸늘히 죽어 버린 수호의 검이.

※

"그때 죽은 사람, 형인 미하이가 아니라 동생인 제노였던 거죠?"

그래야 모든 게 맞아떨어진다.

수호의 검을 찾은 당사자임에도 불구하고 그가 검에게 선택받지 못한 이유. 제이빌런가의 가주였던 이가 검에 찔려 죽은 모습으로 연무장을 돌아다니는 이유.

이 모든 것이 설명이 되는 거다.

[맞아.]

역시나 제노가 고개를 바로 끄덕였다.

[그때 죽은 건 나야. 형이 아니라.]

"어째서……."

수호의 검을 찾으러 간 절벽에서 이런저런 일이 있었다고 한들 그걸 본 사람은 아무도 없다. 미하이가 굳이 제노 행세를 해 가며 돌아올 이유가 없었다는 말이다. 그냥 미하이 본인이 검을 찾았다고 했어도 됐을 텐데?

'그런데 왜?'

그는 왜 자신의 이름을 버리고 제노 행세를 했을까?

[스스로에게 내린 벌이지.]

"벌이요?"

[자기가 죽인 사람의 이름을 평생 듣고 사는 기분이 어떨 것 같아?]

모든 이들이 자신을 그 사람의 이름으로 부른다.

[그 녀석은 그걸 선택한 거야.]

평생 자신이 저지른 죄를 잊지 않도록, 잊지 못하도록.

찰나의 순간, 끔찍한 분노에 휩싸여 저지른 살인의 대가를 미하이 제이빌런은 평생 짊어지고 살았다.

"그게 가능해요?"

아무리 쌍둥이라 해도 그렇지……. 카밀라가 이해할 수 없다는 얼굴로 물었다.

"어떻게 평생 다른 사람으로 살 수가 있어요?"

그걸 아무도 눈치채지 못했다고?

[아버지는 아셨어.]

"……!"

역시나. 아무리 닮았다고 하지만, 다른 이들은 몰라도 부모까지 자식을 구분하지 못한다는 건 말이 되지 않는다.

[하지만 침묵하셨지.]

이미 한 아들은 죽었고 한 아들만이 살아서 돌아왔다.

제노의 아버지는 침묵했다. 분명 모든 상황을 짐작했겠지만 남은 아들마저 잃을 수는 없었을 테니까.

[그리고 1년이라는 공백이 있었잖아.]

제노와 미하이가 검을 찾겠다고 집을 떠난 지 1년이라는 시간이 흘렀다. 짧다면 짧고 길다면 긴 시간이다. 다시 집으로 돌아온 이의 성격이나 행동이 조금 변했다 하여도 쉽게 눈치챌 수 있을 리가 없다.

[재밌지 않아? 죽은 내 이름은 오랫동안 잊히지 않고 정작 살아 있던 미하이 이름은 완전히 사라져 버린 게.]

제노는 씁쓸하게 웃었다.

검을 찾아 집으로 돌아온 제노… 아니, 미하이는 아주 좋은 가주였다. 인망도 두터웠고 사람들에게 늘 선의를 베풀었으며 가문을 누구보다 잘 이끌었다. 오랜 세월이 지난 지금까지도 그를 칭송하는 이들이 많았다.

다만 미하이가 아닌 제노라는 이름으로.

과거의 얘기를 꺼내는 제노의 표정은 무척 담담했다. 분노라고는 전혀 찾아볼 수가 없었다.

[처음에야 억울하고 원통하고 화도 났어.]

카밀라의 생각을 읽은 것처럼 제노는 히죽 웃으며 말을 이었다.

[내가 왜 죽어야 하냐며 미하이를 저주하고 쌍욕을 엄청 퍼부었지.]

하지만…….

'제노 님이 돌아오셨어!'

'제노 도련님이 살아 계셔서 정말 다행이야.'

'제노 님까지 잘못되셨으면 어쩔 뻔했어.'

미하이가 스스로를 제노라 밝히기도 전에 사람들은 홀로 살아 돌아온 이를 당연히 제노라 여기며 반겼다. 죽은 게 제노가 아니라 미하이라서 다행이라며.
 그때야 알았다.

 '네, 미하이는 죽었어요.'

[더 미워할 수가 없더군.]
 미하이가 평생 어떤 시선과 말에 둘러싸여 살았는지.

 '왜 또 너냐고!'

 그가 수호의 검을 찾은 자신을 향해 왜 그토록 원망 어린 말들을 터트렸는지.
 [난 그 녀석이 제 죗값을 충분히 치렀다고 생각해.]
 자신의 이름으로 평생을 살아간 미하이에게 더 이상 미움 따윈 남아 있지 않았다. 오히려 연민을 느꼈다고나 할까.
 [바보 같은 놈.]
 자식에게조차 진실을 밝히지 못하고 끝까지 거짓된 이름으로 죽은 녀석을 어찌 더 미워하겠는가.
 [시간이 많이 지나기도 했고.]
 "그렇긴 했죠."
 카밀라는 가볍게 고개를 끄덕였다.
 시간이라는 건 아주 많은 힘을 가진 녀석이니까. 커다란 분노도 사라지게 만들 만큼.
 다만 여전히 한 가지 의문이 남았다.

"그러면 왜 아직 여기에 계세요?"

이미 미하이는 오래전에 죽었고, 딱히 그에 대한 원망이나 분노도 남아 있지 않다며. 그런데 왜 아직 이곳에 남아 있는 건데?

의아한 눈으로 바라보자 제노가 히죽 웃었다.

[검이 좋아서.]

"......?"

[검이 너무 좋아서 못 떠나겠어.]

그의 시선이 어느새 다시 연무장으로 향했다.

[제대로 휘둘러 본 적이 없거든.]

"네?"

무슨 말도 안 되는 소리를……. 무려 검의 천재라 불렸던 사람이고 제이빌런가의 검술을 만든 당사자다. 검을 잡은 이후 그것을 단 한 번도 손에서 놓지 않았던 인물로 유명한 그가 제대로 검을 휘둘러 본 적이 없다니?

대체 무슨 소리를 하냐는 듯한 표정에 제노가 팔을 위로 쭉 뻗어 기지개를 켜면서 대답했다.

[적수가 없었으니까.]

마치 '해는 동쪽에서 뜬다.'라는 당연한 사실을 알려 주는 양 천진한 목소리였다.

[날 상대할 수 있는 인간이 없었거든.]

"와…….."

재수 없어. 반박을 할 수가 없어서 더 재수 없다.

검의 최고 경지에 오른 사람을 일컫는 칭호, 마스터. 제노는 열아홉 살이라는 믿기 힘든 나이로 그 경지에 이르렀다고 했다. 당시 제이빌런 가문의 가주였던 제노의 아버지도 마스터가 아니었으니, 조금 전 마음껏 검을 휘둘러 본 적이 없다는 그의 푸념은 분명 사실일 것이다.

'소드마스터가 그리 흔한 존재도 아니… 음?'

잠깐만.

'흔한 존재가 아닌 게 맞나?'

문득 떠오르는 얼굴이 있었다. 그것도… 하나, 둘, 셋… 어라?

'…많은데?'

같이 살고 있는 인간 중에도 둘이나 있잖아?

"……."

카밀라는 여전히 검을 휘두르는 이들을 아련하게 바라보는 제노를 한 번 힐끗하고 폭 한숨을 쉬었다. 에휴, 내 팔자야.

[왜? 내 얼굴에 뭐 묻었어? 하긴, 잘생김이 묻긴 했ㅡ]

"웃기지도 않은 아재 개그는 그만하시고요."

카밀라는 천천히 자리에서 일어섰다. 분명 후회할 행동인 건 알지만…….

"제노."

[응?]

"검 한번 제대로 휘둘러 보실래요?"

[…뭐?]

모른 척 놔두면 계속 신경 쓰일 테니까 어쩔 수 없지.

"대련?"

"네."

집으로 돌아온 카밀라는 대련을 신청했다. 누구에게?

"…너와?"

"네, 저랑요."

루드빌에게.

멀뚱멀뚱 보고만 있는 큰오라비를 향해 카밀라가 방긋 미소 지었다. 그 옆에서 그녀를 따라 소르펠 저택으로 온 제노가 루드빌을 꼼꼼히 살펴보았다.

[이야, 얘 대단하네. 할 만하겠다. 근데 얘가 네 대련 신청을 받아 줄까?]

카밀라는 스트레칭하듯 고개를 몇 번 주억거리는 것으로 제노의 물음에 긍정했다. 세 공작은 모두 마스터이고, 아르시안은 거의 근접한 수준이라고 들었다. 페트로도 마찬가지고.

그렇게 주변에 마스터, 혹은 예비 마스터가 넘쳐 나는데도 굳이 루드빌에게 부탁한 이유가 있었다.

'그러면 내 말을 장난으로 받아들이지 않을 테니까.'

어떤 말도 허투루 넘어가는 법이 없는 사람이니까.

지금도 그랬다. 다른 이라면 비웃음을 날리거나 어이없어했을 일인데 루드빌은 표정만 굳어졌을 뿐, 조용히 생각에 잠겨 있었다.

"왜?"

"네?"

"나와 대련을 하려는 이유가 뭐야?"

"제 한계를 시험해 보고 싶어서요."

이미 예상한 질문이었기에 카밀라는 곧바로 대답을 내뱉었다.

'한계는 개뿔.'

내 한계야 루드빌이 휘두르는 검 한 방에 날아갈 수치지.

자신이 생각해도 말도 안 되는 대답이었지만, 이번에도 역시 루드빌은 진지하게 그 말을 들어줬다.

"다칠 수도 있어."

"검을 잡은 사람이 다치는 걸 두려워하면 쓰나요."

"……."

아우, 그렇게 진지하게 쳐다보면 양심이 콕콕 찔리는데.

속이야 어쨌든 카밀라의 표정만은 태연했다.

"…그래."

결국 루드빌의 입에서 허락의 말이 떨어졌다.

잠시 후 두 사람이 향한 곳은 훈련이 모두 끝나 텅 비어 있는 연무장이었다. 카밀라가 자신의 검을 들고 연무장으로 들어섰을 때, 이미 루드빌은 모든 준비를 마치고 연무장 한가운데에 서 있었다.

검을 자연스럽게 늘어트린 채 연무장에 서 있는 루드빌의 모습을 보며 카밀라는 마른침을 꿀꺽 삼켰다.

…이거 진짜 괜찮을까. 괜히 나섰다는 생각이 팍팍 드는데.

'미쳤지, 미쳤어. 퇴마사도 아니면서 대체 무슨 자신감으로 일을 벌인 거야…….'

잠시 정신이 나갔던 게 틀림없다.

'내가 이렇게 기분파였던가?'

아련하게 연무장을 바라보던 제노의 눈빛을 끝까지 외면했어야 했거늘……!

"제노."

카밀라는 아주 나직한 목소리로 제노를 불렀다.

이미 엎질러진 물이다. 그것도 자신이 좋다고 엎지른 물이다. 주워 담긴 늦었다.

"준비됐어요?"

[…거절하지 못하겠다.]

스으윽.

제노의 영혼이 몸으로 들어왔다.

"…아!"

순간 강렬한 어지러움이 밀려들었다. 동시에 온몸의 감각도 사라졌다.

머리부터 발끝까지 그 어떤 것도 내 것이 아닌 것 같은 느낌.

'이게 귀신이 들린다는 건가?'

카밀라로서도 생전 처음 겪는 일이었다. 요리사 유령 페롤의 도움을 종종 받긴 했지만 그땐 그의 손만 빙의되었을 뿐이다. 이런 식으로 온몸이 잠식된 건 이번이 처음이었다.

'…기뻐하고 있구나.'

자신의 몸에 들어온 제노가 기뻐하는 것이 그대로 느껴졌다.

다시 검을 잡았다는 기쁨. 자신의 앞에 서 있는 자가 마스터인 것에 대한 희열. 그가 느끼는 모든 감정이 고스란히 밀려들었다.

순식간에 루드빌에게로 달려간 카밀라… 아니, 제노는 말 그대로 미친 듯이 날뛰었다.

콰앙!

한 번의 부딪침으로 루드빌의 표정이 바뀐다. 물론 카밀라도 놀랐다.

'이게 나한테서 나온 힘이라고?'

귀신 들린 사람은 성인 남자 여럿이 붙들어도 그 힘을 주체하지 못한다더니, 이건 자신이 낼 수 있는 힘이 절대 아니었다.

 "어떻게 네가 이 검술을……."

 제이빌런가의 검술을 알아본 그가 카밀라를 향해 놀라움과 의아함이 담긴 눈빛을 보냈다. 하지만 그뿐이었다. 루드빌은 아무런 말 없이 대련에 집중했다.

 연무장 안에서 검이 부딪치는 소리가 울려 퍼지기 시작했다.

 수십 번의 검이 오가는 동안 카밀라에게는 아무런 감각도 느껴지지 않았다. 통증 따위도 없었고, 지쳐 가는 느낌도 없었다.

 즐거움. 검을 휘두른다는 기쁨.

 대련이 끝나 간다는 아쉬움.

 오로지 제노가 느끼는 감정에 휩쓸릴 뿐이다.

 콰아아앙!

 마지막이라는 듯 온 힘을 다해 부딪친 두 사람이 동시에 뒤로 물러섰다.

 "카밀라, 너……."

 처음처럼 검을 늘어트린 채 서 있는 루드빌이 멍한 눈빛으로 카밀라를 바라봤다.

 [제법이야.]

 스으윽.

 마지막 소감을 끝으로 제노가 몸에서 빠져나갔다. 동시에-

 "……!"

 털썩!

 "카밀라!"

엄청난 통증이 밀려들었다. 온몸이 그대로 부서지는 듯한, 근육이란 근육은 다 찢어지는 듯한 고통!

'씨……!'

내가 진짜 미쳤지.

[야… 괜찮냐?]

너 님의 눈에는 이게 괜찮아 보이니?

[미, 미안!]

됐고요!

'내가 두 번 다시 이딴 짓 하면 사람이 아니다!'

이런 결과를 미처 예상하지 못했던 듯 당황한 표정으로 어쩔 줄 몰라 하는 제노와 자신을 향해 달려오는 루드빌을 뒤로한 채, 카밀라는 그대로 정신을 잃었다.

초대장

"너 도대체가 제정신인 거냐!"

흐릿한 의식 속에서 누군가의 호통이 귀를 파고들었다. 그 목소리의 주인공이 소르펠 공작이라는 사실을 알아차린 카밀라는 떠지려는 눈을 꾸욱 감았다. 화가 난 소르펠 공작과 마주해서 좋을 게 없었으니까.

'그런데 뭐지?'

누구한테 저렇게 화를 내고 계시는 거지?

"애를 어떻게 훈련시켰기에 저 지경이 돼!"

훈련?

'잠깐, 잠깐만!'

그럼 지금 혼나는 사람이 루드빌이야?

"아, 아버지!"

카밀라는 급히 소르펠 공작을 불렀다.

"……!"

하지만 몸을 살짝 움직이는 순간 온몸에서 느껴지는 끔찍한 통증에 그대로 말을 멈췄다. 숨을 쉬는 것만으로도 온몸이 끊어지는 듯한 통증이 이는 것 같았다. 이 엄청난 고통은 대체 뭐야?

"카밀라!"

급히 자신의 곁으로 다가서는 소르펠 공작을 보면서도 카밀라는 아무런 말도 하지 못했다. 한참이 지나서야, 고통이 좀 잦아든 후에야 입을 열 수 있었다.

"오라버니 잘못이… 아니에요."

입을 여는 것만으로도 온몸에 식은땀이 주르륵 흘러내렸다. 한 번의 대련으로 이런 몸 상태가 될 수 있다는 게 신기하다. 이게 말이 돼? 대체 검을 어떻게 휘둘렀기에?

"제가 부탁한 일이에요."

"아무리 부탁을 했다지만……."

소르펠 공작은 짧게 혀를 차며 다시 한번 루드빌을 나무라듯 바라봤다. 카밀라의 눈도 그에게로 향했다.

'훈련이라고?'

대련에 대해선 말하지 않은 거구나.

자신이 제이빌런가의 검술로 엄청난 실력을 보였다는 사실은 루드빌이 비밀로 한 듯했다.

"괜찮아?"

"네."

전혀 괜찮지 않았지만 루드빌의 물음에 카밀라는 애써 입가에 미소를 지었다.

"죄송해요, 오라버니. 저 때문에……."

소르펠 공작이 루드빌에게 큰소리를 내는 모습은 처음 봤다. 괜히 자신 때문에 받지 않아도 될 오해를 받았음에도, 변명 따위 전혀 하지 않은 채 사실을 숨겨 준 그가 고맙기도 하고 미안하기도 했다.

어쩔 줄 몰라 하는 카밀라의 모습에 소르펠 공작이 한숨을 내쉰 뒤 고목처럼 버티고 선 아들의 멱살을 잡아챘다.

"그만 쉬어라."

소르펠 공작과 루드빌이 나가는 모습을 보면서도 카밀라는 움직일 엄두를 내지 못했다. 손가락 하나 뻗는 것도 힘들었다.

'그건 그렇고…….'

저분들은 왜 저러고 있대?

카밀라는 한쪽에 모여 있는 이들을 바라봤다. 두 유령이 한 유령을 압박하듯 노려보며 나무라고 있었다.

[대체 무슨 생각으로 그러신 겁니까.]

[애를 아주 잡을 생각이었군.]

[체력이 제대로 단련되지도 않은 분의 몸에 들어가 그리 날뛰시다니요.]

[들어오란다고 막 들어가면 쓰나.]

[유령이 양심이 있으셔야죠.]

두 유령, 데린과 페롤에게 혼이 나고 있는 제노는 아무런 말도 하지 못했다.

오랜만에 검을 잡았다는 사실에 무아지경으로 내달렸다. 카밀라의 몸 상태를 전혀 고려하지 않은 건 분명 자신의 잘못이었다.

[미안… 아, 아니! 잠깐만!]

계속 야단을 맞다 결국 사과의 말까지 내뱉던 그는 순간 뭔가를 깨닫곤 번쩍 고개를 들었다.

[내가 잘못한 건 알겠는데, 당신들은 뭐야? 뭔데 나한테 난리야? 내가 그쪽들한테까지 미안해해야 하는 거야?]

[저흰……!]

[우린……!]

데린과 페롤의 말문이 막혔다. 카밀라와 그들의 사이를 무어라 정의할 수 없었기 때문이다.

자신들이 이렇게 화를 낼 자격이 없다는 걸 깨달은 두 유령이 시무룩해지자 카밀라가 끼어들었다.

"저에겐 가족 같은 분들이에요."

그러니까 우리 영감님들 괴롭히지 마라.

[가, 가족!]

[아가씨……!]

데린과 페롤이 감격한 얼굴로 카밀라를 바라봤다.

[미안.]

어느새 그녀의 곁으로 다가온 제노는 고개를 푹 숙이며 사과의 말을 건넸다.

[그리고…….]

고개를 드는 그의 입매가 어느새 부드럽게 올라가 있었다.

[고맙다.]

검을 잡는 즐거움을 얼마 만에 느껴 본 건지 모르겠어.

[아주 멋진 대련이었어.]

"즐거우셨다니 다행이네요."

[루드빌이라는 녀석도 아주 대단했고.]

"네, 네."

카밀라도 동의하는 바였다. 그 인간이 좀 대단하긴 하지. 제노 못지않게 어린 나이에 마스터 자리에 올랐고 그 나이대 기사들의 우상 같은 존재니까.

[다음에는 좀 더 살살 하마.]

"네, 네. …네?"

…지금 뭐라고?

별생각 없이 한 귀로 듣고 흘리던 카밀라가 움찔했다.

[이번에는 내가 너무 흥분해서 힘 조절을 전혀 못 했어. 다음에는 너의 상태를 잘 확인해서-]

"잠깐, 잠깐!"

이 귀신이 지금 뭐라고 지껄이는 거야?

"다음이라니요?"

[어?]

"안 떠나요?"

[떠나? 내가? 어딜?]

"어디긴 어디예요."

저세상이지!

"검을 마음껏 휘둘러 보는 게 소원이라면서요. 소원 이뤘으면 떠나셔야죠."

[마음껏? 내가? 언제?]

헐, 이 귀신 놈 좀 봐라.

'뭐지? 이 뻔뻔함은?'

초대장 — 149

[난 아직 마음껏 못 휘둘렀는데? 오히려 갈증만 더 생겼어.]

"……."

[그러니 앞으로도 종종 부탁하마.]

"……."

[다음에는 정말 조심해서―]

"꺼져요."

당장!

똑똑.

"들어와."

노크 소리에 언제나와 같은 차분한 목소리가 들려왔다. 카밀라는 조심스럽게 문을 열고 방 안으로 들어섰다.

'이것도 처음이네.'

여기에 들어와 보는 건.

카밀라는 루드빌의 방으로 들어서며 묘한 기분을 느꼈다. 정말 그의 손에 죽임을 당할 때 외에는 별다른 접점이 없었다는 걸 새삼 깨달았다.

"바쁘세요?"

"아니."

책을 읽고 있었던 듯 루드빌이 들고 있던 서책을 내려놓으며 그녀에게 자리를 권했다.

"이거 드세요."

카밀라는 들고 온 간식을 탁자에 내려놓았다. 자신이 직접 만든 푸딩이었다. 맛은 보장한다. 요리사 유령 페롤의 도움을 받은 음식이니까.

"몸은?"

"이제 괜찮아요."

처음에 비해 괜찮다는 거지 여전히 몸 여기저기가 찌릿찌릿했다. 그게 눈에 빤히 보였을 테지만 루드빌은 더 이상 묻지 않고 고개를 끄덕였다.

카밀라는 별다른 말 없이 푸딩을 맛보는 그를 물끄러미 쳐다봤다. 다행히 입에 맞는지 금세 푸딩 하나를 싹 비운다.

"오라버니."

카밀라는 조용히 그를 불렀다.

"저한테 물어보실 거 없으세요?"

대련이 있은 후 벌써 5일이라는 시간이 흘렀지만, 루드빌은 그동안 단 한 번도 그날 일에 대해 묻지 않았다.

'궁금할 텐데.'

검에 재능이라고는 전혀 없던 자신이 갑자기 제이빌런가의 검술을 펼치며 말도 안 되는 실력을 선보였다. 분명 묻고 싶은 게 많을 것이다.

하지만 그는 주변에 아무도 없는 때에도 거기에 대해 일절 언급하지 않고 있었다. 도둑이 제 발 저린다고, 결국 애가 탄 카밀라가 직접 찾아온 지금까지도 그러했다.

루드빌은 가만히 카밀라를 바라봤다.

"물으면 대답해 줄 거야?"

"물론이죠."

"거짓 없이?"

"그……."

그건 아니지.

그렇게 하겠다고 내뱉으려던 카밀라는 끝까지 말을 잇지 못했다. 귀신 제노가 몸에 들어와 검을 대신 휘두른 거라고 말할 수는 없지 않은가. 대충 변명거리를 준비했던 카밀라는 자신을 지그시 응시하는 루드빌의 눈빛에 말문이 턱 막혔다.

'이 기분을 뭐라고 해야 하지…….'

왠지 지금 그의 앞에서 거짓을 고했다간 평생 죄책감을 안고 살 것 같은 묘한 기분이……. 성인 남자 눈빛이 어쩜 저렇게 초롱초롱할까?

"말하기 싫으면 안 해도 돼."

잠시 고민하는 사이 루드빌의 조용한 목소리가 이어졌다.

"앞으로도 말하기 곤란한 건 굳이 말하지 않아도 돼."

"그게……."

"단, 거짓말은 하지 않으면 좋겠어. 말을 하지 않아도 좋으니까."

카밀라는 대답을 요구하듯 자신을 지그시 바라보는 루드빌의 시선에 결국 천천히 고개를 끄덕였다.

"고마워요, 오라버니."

무리한 부탁이었음에도 대련을 해 준 것도, 다른 이들에게 진실을 감추어 준 것도, 굳이 곤란한 질문을 하지 않는 것도 모두 다 고마웠다.

"다음에 또 만들어 드릴게요."

카밀라는 빈 푸딩 접시를 보며 방긋 웃었다.

"…그래."

모든 볼일이 끝난 카밀라는 자리에서 일어섰다.

'어?'

그런 그녀의 눈에 들어온 게 있었다.

침대 머리맡 탁자에 놓여 있는 꽃 뭉치. 이미 수명이 다해 바짝 말라 있는 안개꽃 한 다발.

'저거…….'

처음 그를 만났을 때 얼떨결에 넘겼던 그 안개꽃이 분명했다. 저걸 왜 아직까지 가지고 있는 거지?

"…마른 꽃 좋아해."

"마른 꽃이요?"

"응."

"아… 예."

다음부턴 아예 꽃을 말려서 드려야 하나?

남의 취향에 더 참견할 일이 아니었기에 카밀라는 더 묻지 않고 조용히 방을 나섰다.

그렇게 카밀라가 떠난 후 안개꽃에 시선을 준 루드빌의 입가에 아주 희미한 미소가 잠시 맺혔다 사라진다.

"어이, 갑부."

"네, 갑부입니다."

당당한 대답에 아르시안은 피식 웃음을 터트렸다.

자신의 놀림에도 마냥 헤실헤실 웃고 있는 카밀라를 보고 있자니 절로 웃음이 났다.

 그는 제이비 교수 사건에 대해 이제 막 들은 참이었다. 워낙 다른 이들과 소통이 없다 보니 소식이 늦은 것이다. 홀로 살인마를 잡아 감옥에 처넣었다는 카밀라의 소식에 황당하기도 하고 화가 나기도 했다.

 '겁이 없는 줄은 알았지만.'

 살인마까지 홀로 상대하려 하다니. 만나면 한 소리 해 주려고 했는데 막상 그녀의 얼굴을 보니 아무 말도 할 수가 없었다.

 이미 끝난 일이기도 하고, 해맑게 웃는 걸 보자 뭐 어떤가 싶었다. 더 이상 그런 위험에 노출되지 않게 옆에서 잘 지키면 될 일이다.

 "그 돈으로 뭐 할 거야?"

 카밀라의 손에는 한 장의 전표가 들려 있었다. 황실에서 직접 관리하는 제국 유일의 은행, '페이블러 은행'의 전표였다. 전표에 찍힌 금액을 보며 카밀라는 연신 웃음을 흘렸다.

 "으흐흐."

 "제발 그렇게 좀 웃지 마."

 "이걸 보고 어떻게 안 웃어? 아하하하!"

 세프라 공작이 마력석을 판 첫 달 수입금을 보내왔다.

 전표에는 어마어마한 금액이 적혀 있었다. 고작 한 달 판 금액이 이 정도라니……!

 '아직 마법 아이템은 제대로 팔지도 않았는데!'

 저번에 제이빌런 공작의 생일 파티에서 선보인 마력석 브로치에 대한 문의가 쇄도하는 중이라고 들었다. 아직 판매를 시작도 하지 않은 상태임에도 불구하고 말이다.

 마력석 아이템까지 팔기 시작하면 얼마나 큰돈이 들어올지 짐작도 가지 않았다. 희희낙락한 카밀라를 얼마간 조용히 지켜보던 아르시안이 툭 물었다.

 "그렇게 좋아?"

 "그럼 좋지, 싫어?"

 "그깟 돈이 뭐라고."

 "어디 가서 뒤통수 세게 맞을 소리 하고 앉아 있네. 하긴, 돈이 없어 본 적이 없으니 저딴 소리를 하지."

 세상 물정 모르는 도련님 보는 듯한 시선에 아르시안의 눈썹이 살짝 위로 올라갔다. 그가 황당하다는 표정으로 툴툴거렸다.

 "누가 들으면 넌 가난하게 산 줄 알겠다."

 무슨 대답이 돌아올지도 모르고.

 "나? 어릴 때 엄청 가난했는데?"

 "뭐?"

 "까먹었어?"

 카밀라는 피식 웃었다.

 "내가 소르펠 공작가에 들어온 건 일곱 살 때야. 그전까진 엄청 가난했어."

 거짓말이 아니다. 지금 그들 남매가 이렇게 살 수 있는 건 길가에 쓰러져 있던 소르펠 공작과 어머니의 연이 닿았기 때문이었다.

 '정확히는 어려운 상황에서도 도움의 손길을 뻗은 어머니의 고운 마음씨와 아름다운 외모에 아버지가 홀딱 빠져 결혼까지 하게 된 덕분이지.'

그 전까지는 당장 내일 먹을 것을 걱정해야 할 정도로 가난한 삶을 살았다.

'내가 보기엔 아버지한테 돈 좀 있어 보여서 도와준 것 같지만.'

가족들 먹일 음식 살 돈도 없던 상황에서 비싼 약까지 구해 와 그를 치료한 걸 오로지 순수한 선의라고 생각하기에는 좀 무리가 있지 않을까? 그가 남루한 차림새로 길가에 쓰러져 있었어도 그렇게 도왔을까 싶단 말이지.

어쨌든 어머니의 선택은 옳았다. 가난에서 벗어났으니까.

"4일 동안 물만 마시며 버틴 적도 있어."

이건 카밀라가 아니라 이시아로 살 때의 일이다. 그 망할 놈의 아버지라는 인간이 가출해서 두 달 가까이 집에 돌아오지 않았을 때가 있었다.

엄마마저 다니던 공장에서 잘리는 바람에 집에 먹을 게 하나도 없던 시절. 그때 배고픔을 정말 물로 채우며 버텼다.

"그……."

아르시안은 당황한 듯 제대로 말을 잇지 못했다. 그녀가 소르펠 공작의 의붓딸인 건 알고 있었지만 그리 깊게 생각해 본 적은 없었기에 이런 과거가 있었는지 전혀 몰랐다.

"뭘 당황해? 이젠 난 갑부인걸."

카밀라는 전표를 보며 다시 히죽 웃었다. 그러고는-

"자."

"어?"

그 전표를 도로 아르시안에게 건넸다.

"공작님께 드려."

"이걸 왜? 그 인간이 너 주라고 한 거라니까."

"일단 들고 계시라고 해. 나중에 찾아뵐 테니까."

최근 카밀라는 새로운 계획을 세웠다.

생각보다 훨씬 마력석에 대한 사람들의 관심도가 컸고 계속해서 세프라가 판매를 맡기는 건 문제가 있었다. 지금이야 세프라 가문에서 운영하는 상회를 통해 마력석을 공급하고 있지만, 수요자들이 더 늘면 관리에 문제가 생길 가능성이 매우 컸다.

골머리를 앓는 그녀를 본 세프라 공작이 의견을 하나 냈다. 마력석만 파는 상회를 만들어 직접 운영해 보는 건 어떠냐는 것이었다. 카밀라가 앞으로 나서는 걸 꺼리자 명목상 상회의 주인으로 내세울 만한 사람을 소개해 주겠다는 말까지 했다.

'나쁘지 않아.'

한동안 고민하던 카밀라는 결국 세프라 공작의 말에 따르기로 했다. 그런 결정을 내린 건 집사 유령 데린의 도움이 무척 컸다. 이런저런 정보가 많은 그의 생각에도 그게 가장 좋은 선택일 것 같다는 조언을 들었기 때문이다.

'이건 기초 자금.'

아르시안에게 건넨 저 자금이 상회를 만들 기반이 될 것이다. 아마 돈을 돌려받게 된 세프라 공작은 바로 카밀라의 뜻을 알아챌 것이 분명했다.

"그건 그렇고……."

아르시안의 시선이 카밀라 옆으로 향했다.

"넌 나보다 저런 것들을 더 자주 달고 다니는 것 같다."

그의 못마땅한 시선이 카밀라 옆을 서성이는 유령 제노에게로 향했다. 유령의 정체는 알 수 없지만, 뭔가 기이한 존재가 카밀라 옆에 붙어 있다는 사실만은 확실했다.

[뭐야? 저놈도 날 볼 수 있는 거야?]

"그러게 제가 따라오지 말라고 했잖아요."

카밀라는 쯧 혀를 차며 제노를 타박했다. 루드빌과의 대련 후 이젠 연무장이 아니라 카밀라 곁을 연신 맴도는 그였다. 다시 또 검을 쓸 기회가 오지 않을까 계속 그녀의 눈치를 보면서 말이다.

'미쳤냐?'

내가 그 짓을 또 하게! 지금도 근육이 완전히 풀리지 않아서 조금만 힘을 줘도 찌릿찌릿하단 말이야.

살짝 짜증을 담아 제노를 흘겨보았는데, 그에 대한 반응이 전혀 예상치 못한 곳에서 튀어나왔다.

"뭐야, 네가 싫다는데도 따라다니고 있는 거야?"

"어?"

카밀라의 대답에 따라 당장에라도 제노를 없애 버릴 것처럼 아르시안이 은근한 살기를 흘렸다.

"아냐, 아냐. 잘 아는 유령이야."

그녀는 급히 고개를 저었다.

"넌 저런 것들 보는 게 아무렇지 않아?"

하지만 아르시안은 쉬이 살기를 거두지 않았다. 제노를 바라보는 눈빛이 곱지 않았다.

"딱히."

카밀라는 슬쩍 제노가 있는 곳을 가리키며 말을 이었다. 제노가 아무리 얄밉긴 해도 소멸은 좀 그렇지.

"이런 이들은 괜찮아."

귀신들이야 어릴 때부터 보던 거라 딱히 무섭거나 불편하다 여긴 적은 없다. 귀찮거나 짜증을 일으키게 한 적은 많지만 말이다.

"힘들었던 적은 없어?"

"없을 리가."

딱 한 번, 귀신을 보는 능력을 가졌다는 사실에 무척 힘들었던 적이 있었다.

"큰 사고가 있었거든."

"사고?"

"응, 폭발 사고. 수많은 사람들이 죽었지."

여느 때처럼 촬영을 위해 차를 타고 이동하던 날이었다. 거리가 그리 멀지 않은 곳에서 폭발 사고가 일어났다. 도로를 달리던 가스차가 폭발한 것이다.

'하필 폭발이 일어난 주변에 버스들이 즐비했던지라.'

다행히 자신은 아무런 피해를 입지 않았지만 수많은 사상자가 나왔다. 죽음을 제대로 인지하지 못한 귀신들이 거리를 가득 메웠다.

아비규환. 검은 손에 이끌려 땅 밑으로 끌려가는 사람들이 질러대는 처절한 비명 소리. 스스로의 죽음을 인지하지 못하고 울부짖던 수많은 사람들. 손발이 터져 나간 모습으로 엄마를 찾아 슬피 울던 아이와 머리가 반쯤 사라진 채 그런 아이를 찾아 거리를 헤매던 어머니.

그렇게 수많은 귀신들을 보며 카밀라는 처음으로 자신이 가진 능력을 저주했다.

"정말 두 번 다시 보고 싶지 않은 장면이었어."

"……."

[…….]

아르시안과 제노 둘 다 입을 꾹 다물었다. 가볍게 말을 하고 있지만 그녀의 눈빛이 아주 깊게 가라앉아 있었다. 자신들이 쉽게 끼어들 분위기가 아니었다.

"카밀라 양!"

그때 익숙한 목소리가 들려왔다.

라일라다. 그녀가 언제나처럼 함박웃음을 지으며 총총 달려왔다.

"여기 계셨, 아……."

반갑게 카밀라에게 인사를 건네던 그녀는 아르시안을 발견하곤 멈칫했다.

"안녕하세요."

라일라의 인사에도 아르시안은 별다른 말이 없었다. 아니, 아예 그녀에게 시선도 주지 않았다.

'성질머리하고는.'

여전히 다른 사람들 앞에서는 싸가지 가득한 포스를 풍기는 아르시안을 보며 카밀라는 작게 고개를 내저었다. 라일라와는 이미 몇 번 얼굴을 마주한 적이 있거늘, 마치 처음 보는 사람처럼 무시로 일관한다.

'전에는 그렇게 죽고 못 살더니.'

아르시안은 매번 라일라에게 목을 매던 인간들 중 한 명이었다. 세프라 공작이 죽고 난 후 미친 듯이 폭주하던 그를 유일하게 제어할 수 있었던 진정제 같은 존재가 라일라였고.

'역시 세프라 공작을 죽인 게 저놈 같지?'

전의 삶에선 이미 세프라 공작이 죽고도 한참 지나 있을 시기다. 하지만 아직까지도 세프라 공작은 멀쩡하게 살아 있고, 아르시안과 세프라 공작의 관계도 나름 잘 유지되고 있는 중이었다.

'역시 체스를 두게 하길 잘한 것 같아.'

관계가 더 나빠지지는 않은 것 같으니 말이야.

솔직히 세프라 공작과 아르시안 사이가 나쁘든 말든 자신이 상관할 일이 아니었다. 단지 사업이 고달파질 뿐. 과거처럼 아르시안이 세프라 공작을 죽이기라도 하면? 그럼 내 사업도 올 스톱이 되는 거잖아!

'그건 안 되지.'

그래서 체스를 권했다. 둘 사이가 더 나빠지지 않기를 바라며.

그리고 그 바람 덕인지 세프라 공작이 여전히 잘 살아 있었다. 그럼 된 거지, 뭐.

'혹 그게 원인인가?'

라일라에게 전혀 관심을 보이지 않는 아르시안을 보며 카밀라는 연신 고개를 갸웃했다. 폭주하지 않으니 라일라라는 진정제도 필요 없는 게 아닐까?

"짜잔."

아르시안이 그러거나 말거나 라일라 역시 그에게 별다른 신경을 쓰지 않았다. 이미 그의 냉대에 익숙하다는 듯 카밀라에게만 방긋방긋 웃어 주며 자신이 들고 온 것들을 펼쳐 보였다.

"카밀라 양이 좋아하는 디저트들이에요!"

오늘도 먹음직한 케이크와 파이, 쿠키들이 자리에 쫙 깔렸다.

신기하게도 그 많은 디저트 중에 사과로 된 건 하나도 없었다. 마치 원래 이 몸의 주인이었던 카밀라가 사과를 싫어하는 걸 알기라도 하는 듯.

"많이 드세요."

"너 때문에 살찌겠어."

"카밀라 양은 좀 쪄서도 돼요."

매니저였던 현석 오빠가 들었음 기절할 소리를 잘도 하네.

'하긴, 이젠 연예인 생활을 하는 것도 아니고 좀 찌면 어때?'

그리고 지금껏 본 카밀라는 살이 잘 찌지 않는 축복받은 유전자를 소유하고 있었다.

"먹을래?"

파이 하나를 입에 넣던 카밀라는 다른 디저트를 들어 아르시안에게 건넸다.

"단거 안 좋아해."

뭐래?

"전에 내가 싸 온 거 너 혼자 다 먹었잖아."

"그거야 네가 싸……!"

"어?"

"…됐어."

"되긴 뭐가 돼."

그땐 잘만 먹더니, 답지 않게 뭔 체면치레래? 너야말로 살 좀 쪄야 한다고.

"자! 아, 해."

"뭐? 됐… 읍!"

카밀라는 쿠키 하나를 그의 입에 쏙 집어넣었다.

'어라?'

정말 싫어하나?

쿠키를 씹으며 오만상을 찌푸리는 아르시안의 모습에 카밀라는 눈을 연신 끔벅였다.

'그럼 그땐 왜 그렇게 잘 먹었대?'

아르시안의 죽은 동생, 시에르에게 주려고 가져온 음식들을 결국 아이가 그냥 떠나 버려 아르시안에게 다 먹였었다. 그땐 맛있게 잘 먹더니, 이번엔 왜… 아.

'우리 집 주방장 솜씨가 나쁘지 않긴 하지.'

하지만 라일라의 음식 솜씨도 그에 못지않다. 요리사 유령 페롤이 엄지를 척 들어 올려 인정할 정도인걸?

'이상한 놈.'

입맛도 은근히 까다롭나 보네.

당장에라도 입에 들어온 쿠키를 뱉어 내고 싶어 하는 아르시안에게 물을 건네며 카밀라는 더 이상 그에게 라일라의 디저트를 권하지 않았다.

"흐음."

그런 아르시안의 모습을 보며 라일라는 묘한 미소를 흘렸다.

"참! 얘기 들으셨어요?"

"무슨 얘기?"

잠시 후 라일라가 다른 화제를 꺼내 들었다.

"사냥 대회요."

"사냥 대회?"

"네! 황실에서 사냥 대회를 개최한대요!"

'완전히 잊고 있었어.'
그 인간을.
'황태자 새끼.'
라비만큼 카밀라의 인생에 도움이 안 되던 놈! 실실 웃으며 사람 속을 있는 대로 긁던 재수 없는 새끼!
"아우……."
결국 그 인간과 마주해야 하는 건가?
이번에 황실에서 열리는 사냥 대회의 주최자가 바로 에드센 드 페이블러, 이 제국의 황태자였다. 그의 생일을 맞이해 사냥 대회가 열리게 된 것이니까.
타국에서도 귀한 손님들이 많이 참석한다고 했는데… 문제는 그 황태자라는 인간이 자신에게 초대장을 보냈다는 거다. 그것도 본인이 직접 썼는지, 황태자의 인장까지 꾹 찍힌 초대장이 그녀의 앞으로 도착했다.
"뭔 생각이래?"
에드센 황태자가 카밀라 소르펠을 싫어한다는 사실을 모르는 이가 없다. 대놓고 싫은 티를 팍팍 내는데 어찌 모르겠는가.
그는 지금껏 단 한 번도 카밀라에게 이런 초대장을 따로 보낸 적이 없었다. 소르펠 공작이나 루드빌, 라비에게는 매번 초대장이 발송되지만 카밀라의 이름은 쏙 빼놓기 일쑤였다.
"짜증 나……."
다른 인간이라면 무시라도 하지.

라비는 뒤통수라도 힘껏 때려 보기라도 했다. 하지만 황태자한테 그런 짓을 할 수는 없지 않은가.

'목이 댕강 잘리고도 남을 일이니까.'

그 더러운 성질머리에 황족 모독죄를 물어 당장 자신을 죽이고도 남을 인간이었다. 그나마 최근 사망 엔딩에서 좀 멀어졌나 했더니 갑자기 이런 복병이 출몰할 줄이야……!

'카밀라야, 카밀라야.'

넌 대체 인간관계가 왜 이 모양이니? 어떻게 된 게 사방에 다 적뿐이냐!

똑똑.

"아가씨, 시원한 아이스티를 좀 만들어 왔……."

마침 문을 열고 시종 도르만이 안으로 들어섰다. 그러고는 흠칫했다. 자신을 지그시 노려보는 카밀라의 시선에.

"너 때문이야."

"네?"

"이게 다 너 때문이라고!"

새삼 열이 뻗쳤다. 카밀라의 인간관계가 개떡 같은 게 다 저놈 때문인 것 같아 속이 부글거렸다.

'아니지!'

같은 게 아니라 진짜 저놈 때문이었다. 사람들이 카밀라를 싫어하는 건 다 저 새끼가 영혼을 잘못 처넣어서잖아!

"아, 아이스티 말고 다른 거 갖다 드릴까요?"

"도르만."

"넵!"

분위기가 심상치 않다는 걸 깨달았는지 그에게서 바짝 군기가 든 대답이 들려왔다.

"이번 사냥 대회에 너도 간다."

"네?"

"사냥 대회에 너도 나 따라 참석하라고."

"저, 저도요?"

"방패 하나는 챙겨 가야지."

"방패라 하시면……."

"내가 황태자 새끼 때문에 열받아서 빡 돌면 어떡해?"

"…네에?"

"빡 돌아서 그놈 죽이겠다고 마구 설치다 오히려 그 새끼가 날 죽이려 들면 네가 방패가 되어 먼저 죽어 주는 거야. 그사이 난 정신 차리고 도망갈 테니까. 오케이?"

"하, 하하… 무슨 그런 농담을……."

"……."

"…농담이시죠?"

점점 울상이 되어 가는 도르만을 외면하며 카밀라는 말없이 아이스티를 쭉 들이켰다.

사냥 대회

"오랜만에 다 같이 외출하는구나."

소르펠 가문의 인장이 새겨진 고급 마차. 화려한 외관과 안락한 좌석을 보장하긴 했지만, 아쉽게도 편안한 분위기까지 제공하는 건 아니었다.

'아우, 진짜…….'

적어도 카밀라에겐 그랬다.

그녀는 자신을 쳐다보는 소르펠 공작과 루드빌, 라비에게 가까스로 미소를 지으며 고개를 끄덕였다.

"넌 꼴이 그게 뭐냐?"

"내 꼴이 왜?"

공작과 몇 마디 주거니 받거니 하는데, 별안간 맞은편에 앉아 있던 라비가 시비를 걸어왔다. 자신의 옷차림을 훑은 그의 눈빛에 못마땅함이 가득했다.

'아까부터 왜 저래?'

마차에 탄 뒤로 라비가 계속 저렇게 틱틱거린다. 여우 놈이 답지 않게 소르펠 공작이 있음에도 자꾸 본색을 드러내려 했다.

'내가 루드빌 오라버니 손을 잡아서 그런가?'

정말 그렇다면 쪼잔하기 짝이 없는 이유였다. 소르펠 공작과 라비는 먼저 마차 안에 앉아 있었고, 루드빌은 자신이 마차 타는 걸 도와주기 위해 밖에 서 있지 않았던가. 충분히 혼자 마차에 오를 수 있었지만 그가 내민 손을 외면할 수 없었기에 도움을 받았을 뿐이다.

'그게 마음에 안 들었으면 자기가 밖에 나와 있었어야지.'

라비로서는 그녀가 일말의 망설임도 없이 자신이 아닌 소르펠 공작의 옆자리를 차지해 뿔이 난 것이었지만, 이를 전혀 짐작하지 못한 카밀라는 그저 제 입술만 삐죽였다.

"진짜 사냥이라도 하게?"

"그럼 사냥 대회에 사냥하러 가지, 뭐 하러 가?"

그가 무슨 말을 하는지 다 알지만 모른 척했다. 사냥 대회라고는 해도 귀족 여성들까지 사냥을 나가는 건 아니었다. 남자들이 사냥을 하는 동안 친목을 다진다는 목적으로 끼리끼리 모여 티타임을 가지는 게 다였다.

하지만…….

'말이 티타임이지.'

사람 하나 바보로 만드는 건 일도 아닌 자리다.

'여자들만의 사냥 대회가 열리는 장소라고나 할까.'

문제는 그 사냥감이 늘 카밀라였다는 것이다.

트집 잡을 것이 산더미처럼 쌓여 있으니 그보다 더 좋은 사냥

감이 또 어디 있겠는가.

'그 자리에 끼느니 내가 직접 사냥을 나가고 만다.'

사냥을 해 본 적은 없지만 여자들의 먹잇감이 되는 것보다는 낫지 않겠는가.

"내가 곰 한 마리 잡아서 너 줄게."

"미……!"

미쳤냐고 말하려다 소르펠 공작의 눈치를 보며 입을 다무는 라비의 모습에, 카밀라는 피식 웃었다.

"왔냐."

얼마 후 사냥 대회가 열리는 장소에 도착한 그들을 제이빌런 공작이 반갑게 맞이했다.

'요즘 들어 정말 자주 뵙게 되네.'

"몸은 괜찮니?"

"네, 신경 써 주신 덕분에 괜찮아요."

그녀를 본 제이빌런 공작이 안부를 물어 왔다.

"엘리샤."

잠시 후 그는 곧장 자신의 딸을 불렀다. 그 소리에 한쪽에 조용히 서 있던 엘리샤가 주춤거리며 카밀라에게 다가섰다. 이미 언질이 있었던 듯 그녀는 곧바로 고개를 정중히 숙였다.

"언니, 정말 미안해요. 제가 저번에 큰 실수를 했어요."

진심인지 아닌지는 모르겠지만 잔뜩 풀이 죽어 사과의 말을 건네는 엘리샤를 향해 카밀라는 최대한 인자한 미소를 날렸다. 수많은 이들이 지켜보는 곳에서 사과하는 그녀를 냉대할 수는 없는 일이니까.

"그래, 크게 다치지도 않았으니 걱정 마렴."

그제야 제이빌런 공작이 굳어 있던 표정을 풀며 흐뭇한 얼굴로 딸의 머리를 다정히 쓰다듬었다.

"너 뭐 잘못 먹었냐?"

"너 어디 아프냐?"

최대한 너그럽고 온화한 표정으로 연기를 펼치고 있는 자신의 곁으로 슬쩍 다가선 라비와 아르시안이 작은 목소리로 동시에 말을 건네 왔다. 아르시안, 저 인간은 언제 왔대?

"……"

"……"

순간 두 사람이 서로를 응시했다.

"너……"

먼저 반응을 한 건 라비였다.

"너 왜 내 동생한테 친한 척 굴어?"

"동생? 아, 날 싫어한다던 그 오라비?"

"뭐야? 둘이 그런 얘기까지 했어? 내가 저 인간이랑 가깝게 지내지 말라고 했지!"

"동생의 인간관계까지 참견하는 건 지나친 거 아닌가?"

"난 얘 오빠야. 그쪽이야말로 괜한 참견하지 말라고."

애들은 또 왜 이래?

귀찮은 일에 휘말리기 싫어 카밀라는 슬쩍 자리를 피했다. 그러는 동안에도 그녀가 사라졌음을 눈치채지 못한 두 사람의 말다툼은 계속되었다.

"저… 한테 가까이… 마."

"그거 과보호… 애초에 그건 나랑 카밀라가… 이지."

'웬일이래?'

일행이 아닌 것처럼 두 사람에게서 멀찍이 떨어진 카밀라는 라비와 다투고 있는 아르시안을 조금 신기하게 바라봤다.

'저놈이 말싸움을 할 인간은 아닌데.'

패면 팼지. 좋은 주먹 놔두고 귀찮게 말싸움을 왜 하냐는 개념을 가진 이가 바로 아르시안이지 않은가.

하긴, 그렇게 따지면 이 자리에 저 인간이 있는 것부터가 웃긴 일이긴 했다. 이렇게 사람들이 많이 모이는 공식 행사는 치를 떨며 싫어하는 인간이 아르시안이다. 세프라 공작도 참가하지 않은 것 같은데…….

"왜 왔지?"

이번 사냥 대회 우승 상품이 좋은가? 그러고 보니 우승 상품이 뭔지도 아직 모르네.

"사냥에 참가하실 생각입니까?"

"……!"

두 사람을 피해 점점 더 뒤로 물러서던 카밀라의 곁으로 페트로가 다가섰다. 사냥하기 편한 옷차림을 한 그는 여전히 훤칠하고 깔끔했다.

"활을 쏘실 줄 아십니까?"

"뭐 대충은요."

사극 연기할 때 활을 오래 배우기는 했다.

제법 잘 맞는 것 같아 드라마가 끝난 후에도 활을 종종 쏘러 다녔다. 솜씨가 좋다는 말도 많이 들었고. 움직이는 사냥감을 잡는 건 또 다른 문제겠지만 일단은 그러했다.

"사냥을 하실 거면 저쪽 초입 부분에서만 하십시오. 안쪽으로 들어갈수록 위험한 동물들이 많습니다."

그녀가 황실 사냥 대회에 처음 참가했다는 사실을 알고 있는 페트로가 주의를 줬다.

"그러죠."

카밀라는 간단히 대답을 내뱉으며 돌아섰다. 그가 뭔가 더 할 말이 있는 것처럼 자신을 빤히 쳐다봤지만 신경 쓰지 않았다.

"언제 시작하는 거지?"

슬슬 사람들의 시선이 꽂히는 게 느껴졌다. 특히 사냥복을 입고 있는 자신의 모습을 두고 귀부인들과 아가씨들이 연신 수군거리는 게 참…….

'짜증 나.'

차를 마시겠다고 드레스를 차려입고 왔다면 그건 그거대로 또 수군거렸을 게 분명하다. 이래도 욕을 먹고 저래도 욕을 먹는다면, 그냥 하고 싶은 대로 하는 게 정답이지 않겠는가.

"황태자 전하를 뵙습니다."

"작은 태양을 뵈옵니다."

"전하, 오셨습니까."

잠시 후 또 다른 웅성거림이 한쪽에서 시작됐다. 드디어 이번 행사의 주인공, 1황자 에드센이 등장한 것이다.

카밀라는 그의 등장에 슬금슬금 뒤로 더 물러섰다. 최대한 눈에 띄지 않는 곳을 찾아서!

'저쪽은 절대 금지!'

소르펠 공작의 곁은 가장 안전하면서도 가장 위험한 장소였다. 황태자 새끼가 제일 먼저 인사를 나눌 상대는 소르펠 공작과 제이빌런 공작일 테니까.

[큐우?]

"어?"

티 나지 않게 열심히 뒤로 물러서던 카밀라는 순간 들려오는 작은 울음소리에 멈칫했다. 아래를 내려다보니 익숙한 존재가 자신을 물끄러미 바라보고 있었다.

"킹."

저택에 두고 오려 했지만 낑낑거리며 계속 울어서 결국 데리고 올 수밖에 없었던 킹이었다. 카밀라는 다른 이들이 보기 전에 얼른 킹을 안아 들었다.

"언제 나왔어?"

조금 전까지만 해도 아버지의 겉옷 안주머니 속에 있었는데.

"갑갑해도 좀 참아."

[큐우!]

"다른 사람들한테 으르렁거리면 안 돼. 혼낼 거야."

[큐······.]

알겠다는 듯 살짝 풀이 죽은 킹을 보며 피식 웃음을 터트린 카밀라는 사선으로 메고 있는 작은 가방에 킹을 쏙 집어넣었다. 입구를 살짝 연 채.

"오랜만이군."

···젠장. 엿 됐다. 그사이 곁으로 다가선 한 사람을 보며 카밀라는 속으로 쌍욕을 날렸다.

물론 겉으로는 전혀 그런 내색을 하지 않았다.

"황태자 전하를 뵙습니다."

자신의 곁에 다가온 이가 바로 1황자 에드센이었으니까.

'재수 없는 놈이 얼굴은 잘생겨서.'

황금빛 머리에 황금색 눈동자를 가진 그는 확실히 사람들의 시선을 확 끄는 미모를 소유하고 있었다. 선한 눈매와 웃음기가 가득한 입가에는 보는 이들의 마음을 혹하게 만드는 뭔가가 분명 존재했다.

'그럼 뭐 해. 성격은 외모랑 완전 딴판으로 노는데.'

아르시안과 페트로를 반씩 섞어 놓은 놈이라고나 할까? 겉으로는 늘 웃는 얼굴이지만 성격은 아주 지랄맞다. 자기 눈에 거슬리는 인간을 절대 그냥 못 본다. 실실 웃으며 사람 뒤통수를 치는 능력이 아주 탁월하다.

"얼굴 보기가 참 힘들군. 저번 황실 파티에도 나오지 않았던 것 같은데."

"제가 몸이 좀 좋지 않았던지라……."

"난 또 뭔가 재미있는 사고를 치고 외출 금지를 당했나 했지."

"……."

사고는 뭔 사고! 내가 맨날 남들 머리채 잡고 싸우는 인간인 줄 아니!

'…좀 싸우긴 했지.'

그렇다고 내가 매번 방에 갇히는 건 아니, …좀 자주 갇히긴 했나?

'에이씨.'

카밀라야, 카밀라야! 너 대체 왜 그러고 산 거니!

"아니면 내가 보기 싫어 안 왔던 건가?"

표정 관리! 표정 관리!

'알면 좀 꺼져 주면 안 되겠니?'

이게 문제였다. 카밀라도 그를 싫어하고 그도 카밀라를 싫어한 다는 사실을 서로가 너무 잘 알고 있었다.

다만, 카밀라는 그걸 대놓고 표현할 수 없어도 저 인간은 아무렇지 않게 그걸 표현해 댈 수 있을 뿐.

'이래서 저 인간과 마주치는 걸 꺼렸던 거라고.'

이런 속 터지는 상황이 또 어디 있겠는가.

"요즘 그대에 대한 재미있는 소문이 돌던데."

"소문이요?"

"예지 능력이 생겼다지? 점괘로 사람의 과거도 볼 수 있고."

"그건……."

"어때? 나한테서도 뭐가 보이나?"

에드센이 지그시 카밀라를 바라봤다.

"매번 보이는 게 아닙니다, 전하. 아주 가끔 특정 사건이나 인물이 예고 없이 보일 뿐이지요."

"흐음."

에드센의 표정이 심드렁해졌다. 네가 그럼 그렇지, 하는 눈빛이라고나 할까?

표정 하나로 사람을 울컥하게 만드는 것도 참 재주다.

"그래도 한 가지는 말씀드릴 수 있겠네요."

"한 가지?"

"이번 사냥 대회의 우승자가 전하는 아니라는 것이죠."

이때 열린 사냥 대회에 대한 정보는 거의 없다. 원래의 카밀라가 라일라를 괴롭힌 걸 소르펠 공작에게 들켜서 엄청 혼이 난 후 수도에서 쫓겨났기 때문이다. 수도를 떠나 있으니 정보를 제공해 주는 이들도 없고, 당시 카밀라는 거의 고립된 생활을 해야만 했다.

다만 한 가지, 사냥 대회에 참가한 황태자가 큰 부상을 입고 쓰러졌다는 소식은 얼핏 들었다. 그에 대한 소식은 딱히 궁금하지도 않아 제대로 알아볼 생각도 안 했다. 자신을 매번 긁는 그가 다쳤다는 소식에 오히려 카밀라는 속으로 무척 기뻐했었다.

'어쩌다 다쳤는지는 모르겠지만······.'

사냥 대회에 1등을 하지 못했을 게 분명하다. 다친 인간이 무슨 수로 우승을 하겠는가.

너도 약 좀 올라 보라는 생각으로 카밀라는 빙그레 웃다가 아차 한 표정을 지었다.

"시작도 전인데 제가 괜한 말을······. 너무 신경 쓰지 마셔요, 전하."

곧바로 비아냥이 돌아올 줄 알았는데, 어째서인지 에드센은 아무런 말을 하지 않았다. 길어지는 침묵에 카밀라는 속으로 살짝 떨었다.

'아씨, 너무 갔나?'

괜한 말을 한 것 같아 후회가 밀려들었지만 겉으로는 여유를 부렸다. 여기서 밀리면 죽도 밥도 안 된다.

그렇게 얼마나 지났을까. 그녀를 묘한 눈으로 바라보던 에드센 황태자가 별안간 입을 열었다.

"그거 아나?"

"네?"

"전에는 말이야."

그가 한 걸음 가까이 다가오더니 목소리를 한층 낮췄다. 입가에는 언제나처럼 천사 같은 미소를 띤 채였다.

"이유 없이 내 앞에서 벌벌 떠는 그대를 보고 있으면 괜히 검을 뽑고 싶은 충동이 일었거든."

야, 이 미친놈아!

"그런데 이상하지?"

에드센이 진심으로 이해가 가지 않는다는 듯 고개를 살짝 갸웃했다.

"지금은 굳이 검까지 들고 싶지 않아. 왜지? 혹시 그 이유를 아나?"

'내가 그걸 어떻게 알아!'

미친놈이다, 미친놈!

'도르만! 도르만, 이 자식 어디 갔어!'

나 아무래도 저놈 뒤통수 한 번 칠 것 같은데! 내 방패 어디 갔니?

카밀라는 급히 주변을 획획 살폈다. 그런 그녀의 눈에 저 멀리 슬금슬금 자리를 피하고 있는 도르만이 보였다.

두 사람의 눈이 딱 마주쳤다.

'너 당장 이리 안 와?'

도리도리!

카밀라의 눈빛을 읽은 그가 거세게 고개를 젓는다.

저 새끼가 진짜!

시한폭탄을 앞에 두고 멋대로 움직일 수도 없어서 이만 으득으득 가는 때였다.

"뭐, 자네의 예언이 맞나 안 맞나 지켜보는 것도 재밌겠군."

에드센은 그 말을 끝으로 돌아섰다.

'갔다.'

미친놈이 갔다!

'아우, 정말……'

뭐 때문에 다치는지는 모르겠지만 제발 크게 다쳐라!

카밀라는 속으로 연신 저주의 말을 내뱉으며 행여 다시 마주칠까, 그가 사라진 쪽으로 고개도 돌리지 않았다. 그리고…….

"도르만……!"

"헉!"

잠시 추격전이 벌어졌다.

※

"혼자 괜찮겠니?"

"그럼요. 걱정 마세요, 아버지."

"네가 그렇다면 어쩔 수 없다만… 가능한 한 루드빌이나 라비, 둘 중 한 사람과는 같이 움직이는 게 어떨까 싶구나."

"오라버니들은 더 큰 사냥감을 찾으러 가셔야죠. 저처럼 초입 부분에 계실 분들이 아니잖아요. 제게 위협이 될 만큼 위험한 동물이 나오지도 않을 테고요."

"흐음……."

개회식이 끝난 후 소르펠 공작과 제이빌런 공작은 따로 마련된 곳으로 자리를 옮길 예정이었다. 그들이 참가하는 순간 우승자는 이미 정해진 것과 다름이 없었으니까.

"조심하거라."

"네."

소르펠 공작은 사냥 대회에 처음 참가하는 카밀라를 홀로 두고 떠나는 것이 영 불안한 듯 쉬이 발걸음을 떼지 못했다.

"킹은… 네가 데리고 있으렴."

카밀라의 가방 안에서 놀고 있던 녀석을 꺼내려고 하자, 킹이 발톱까지 세워 가며 가방을 놓지 않았다. 그 애처로운 모습에 소르펠 공작은 피식 웃으며 카밀라에게 킹을 맡겼다.

아직 성장 중이라 제대로 능력을 발휘하지 못하지만 그래도 신수다. 킹이라도 카밀라 옆에 있는 게 낫겠지.

"호오."

부친을 배웅한 뒤 홀로 남은 카밀라는 주변을 잠시 살폈다. 그런 그녀의 눈에 수많은 아가씨들에게 둘러싸여 있는 이들이 보였다.

루드빌과 라비, 그리고 페트로가 그들에게서 뭔가를 잔뜩 건네받고 있었다. 그 물건이 무엇인지 알아본 카밀라의 입꼬리가 자꾸만 하늘 높은 줄 모르고 올라갔다.

'아주 좋아.'

최근에 판매를 시작한 마력석 브로치. 보호 마법과 그 외 각종 마법이 새겨진 마력석 브로치를 영애들이 자신이 흠모하는 이들에게 선물하고 있었다.

예상했던 것처럼 그 수요가 아주 어마어마했다. 비록 세 사람이 그 선물을 독식하고 있었지만 상관없었다. 다른 영식들이 부러워하든 말든, 질투를 하든 말든 알 게 뭐람. 누군가가 마력석 장식물을 샀다는 사실 자체가 중요한 게 아니겠는가.

"저기……!"

"음?"

그때 세 사람을 흐뭇하게 보고 있는 카밀라의 곁으로 누군가 다가섰다. 고개를 돌리니 그리 낯설지 않은 인물이 있었다.

어디서 봤더라?

'아!'

카밀라는 이내 그가 누군지 알아챘다.

시에르가 형을 말려 달라며 찾아왔던 날, 그녀가 아르시안에게 주전자 물을 있는 대로 다 퍼부었던 그날.

"카… 카밀라 양!"

"네."

눈이 확 돈 아르시안에게 두들겨 맞고 있던 그 학생이었다.

'백작 영식이라고 했던가?'

그 이후로도 몇 번 마주치긴 했다. 말을 걸 것처럼 다가오다 말고 급히 돌아서던 모습을 본 적이 있다.

"카, 카밀라 양, 제가 드릴 말씀이 있습니다!"

"……?"

"그때 정말 감사했-"

퍼억!

'퍽?'

말을 내뱉던 사람이 갑자기 눈앞에서 사라졌다.

무슨 일인가 싶어 눈이 동그래진 카밀라가 시선을 내렸다. 바닥에 쓰러져 있는 남자의 모습이 보였다.

그리고 쓰러진 남자의 몸을 잘근잘근 밟고 있는 한 사람.

"…너 뭐 하니?"

"가는 길에 걸리적거리는 게 있어서."

아르시안이다.

"죄, 죄송합니다! 죄송합니다!"

벌떡 자리에서 일어난 그가 급히 도망치듯 사라졌다.

"……."

카밀라는 어이가 없다는 눈빛을 아르시안에게 보냈다. 성질 좀 죽었나 했더니 여전하다.

"네가 이러니까 인기가 없지."

"내가 뭐?"

"저 사람들 보고 뭐 느끼는 거 없니?"

카밀라는 여전히 수많은 여자들에게 둘러싸여 있는 자신의 두 오라비와 페트로를 가리켰다. 그러다 고개를 돌려 아주 단조로운 옷차림을 한, 브로치는 고사하고 손수건 하나 받지 못한 아르시안을 쳐다봤다.

"어쩜 이렇게 도움이 안 될까."

"뭔 도움?"

"마력석 브로치를 하나라도 받을 정도의 인기는 좀 가지고 있으면 안 되니?"

"그딴 거 받아서 뭐 해?"

"뭐 하긴!"

카밀라는 나무라듯 소리치다 다시 고개를 돌려 세 사람을 가리켰다.

"저게 다 돈이잖아."

내 돈!

"…받을 걸 그랬나."

"뭐?"

"아냐."

영애들에게 브로치를 받는 세 사람을 보며 흐뭇해하는 그녀의 모습에 아르시안은 피식 웃었다. 특히 페트로가 여자들에게 둘러싸여 있음에도 전혀 개의치 않는 카밀라를 보고 있자니 이상하게 자꾸 웃음이 났다.

"그런데 너, 사냥은 할 줄 알아?"

"그럼!"

카밀라는 당당히 고개를 끄덕였다.

'그럼은 무슨 그럼!'

카밀라는 활을 들었다가 내려놓기를 반복했다.

현재 그녀가 잡은 사냥감은 제로.

'미친 거 아냐? 저걸 어떻게 쏴?'

활을 쏘는 건 문제가 아니었다. 예전에 배웠던 실력이 남아 있어 움직이는 물체를 겨냥하는 건 생각보다 어렵지 않았다. 잘하면 맞힐 수도 있을 듯했다.

'다만…….'

깡충깡충 뛰어가는 토끼를 쫓아 활을 드는 게 끝이었다. 도저히 활시위를 놓을 수가 없었다.

"대체 그걸 어떻게 할 수 있는 거지? 정말 아무렇지도 않은가?"

살아 있는 생명체를 향해 활시위를 당기는 건 생각보다 아주 큰 용기가 필요한 일이라는 걸 깨달았다.

"…포기, 포기!"

몇 번 토끼나 작은 새를 향해 활을 들었다가 그대로 다시 내려놓기를 수십 번. 카밀라는 결국 깔끔히 사냥을 포기하기로 했다.

[신기하네.]

"뭐가요?"

활을 아예 바닥에 내려놓는 카밀라를 보며 유령 제노가 고개를 갸웃거렸다.

[나 같은 유령을 상대할 땐 눈 하나 깜짝하지 않을 정도로 간이 큰 녀석이 고작 저딴 걸 못 죽여?]

"이미 죽은 것을 상대하는 거랑 살아 있는 걸 죽이는 건 완전 다르죠."

평범한 일반인들에게 칼이나 활을 던져 준 뒤 닭이나 작은 생명체를 죽이라 명령했다고 해 보자. 그걸 바로 행동으로 옮길 수 있는 사람이 과연 몇이나 될까? 이쪽 세계는 어떨지 모르겠지만, 그녀가 오랫동안 살았던 현대 사회에선 진저리를 치며 물러서는 게 일반적인 반응일 것이다.

[그런가?]

"그렇죠."

"…소르펠 공녀가 정신 줄을 놓았다는 소문을 듣긴 했는데, 정말이었군."

"내가 언제 정신 줄을 놓았……!"

순간 들려오는 목소리에 버럭 소리치며 돌아선 카밀라의 몸이 그대로 굳어졌다.

"…놓긴 했죠. 지금처럼 제가 가끔 정신 줄을 놓는답니다."

"……."

사나운 눈빛을 했던 카밀라가 순식간에 표정과 말투를 바꾸었다. 그 모습에 에드센 황태자가 황당하다는 표정을 지었지만, 그녀는 당당했다.

'뭐? 당연한 거 아냐?'

쪽팔리지 않냐고? 쪽팔림도 살아 있을 때나 느끼는 거다. 일단 사는 게 중요한 거 아니겠어?

카밀라는 더욱 공손히 고개를 숙였다.

"전하께선 어쩐 일로 이곳에……."

여긴 말 그대로 초보자 구역이다. 사냥 대회에 제대로 참가할 의사가 있는 사람이라면 당연히 뒤도 돌아보지 않고 지나쳐야 할 장소라는 뜻이다.

"그대가 그러지 않았나. 내가 이번에 우승하기는 글렀다고."

"그 말을 믿으십니까……?"

"그럼 내게 거짓을 고했다는 건가?"

"아뇨!"

눈빛이 순간 달라지는 그를 보며 카밀라는 급히 고개를 저었다.

"전하는 절대 우승 못 하십니다. 우승은 고사하고 크게 다치실……!"

"……."

…젠장. 미친놈의 표정이 싸늘해지는 바람에 괜히 움찔해서 안 해도 될 말까지 내뱉고 말았다.

"다쳐? 내가?"

"그냥 정신 줄 놓은 인간이 내뱉은 헛소리라 여겨 주십―"

"내가 다친단 말이지……."

이 자식이! 야, 네가 언제부터 내 말을 그렇게 잘 들었다고 그래? 헛소리였다고 했잖아!

"재미있군."

난 하나도 재미없어!

황태자건 뭐건 일단 이 자리를 피해야겠다는 생각이 들었다. 몸이 좋지 않은 나머지 무례를 저질렀다고 하면 자기가 뭐 어쩔 거야. 나 소르펠 공작 영애라고!

어색한 미소를 지은 채 슬금슬금 뒷걸음치는데 에드센이 씨익 웃으며 바짝 다가왔다. 오지 마, 오지 마!

"뭐가 날 다치게 하는 거지?"

"헛소리였―"

콰아앙!

그때였다. 엄청난 폭발음이 들려왔다. 카밀라와 에드센은 동시에 소리가 들려온 곳을 바라봤다.

쾅! 콰앙!

그러는 사이에도 폭발음은 끊이지 않았다.

"저쪽은……."

사냥터 중간 지점이다. 사람들이 가장 많이 모여 있을 만한 곳!

서로를 마주 본 카밀라와 에드센은 누가 먼저라 할 것 없이 그곳을 향해 달려가기 시작했다.

쾅!
"으아악!"
"커억!"

여기저기 폭발음이 계속 들려온다. 미리 폭발물을 심어 둔 듯 끊임없이 크고 작은 소리가 터져 나왔.

폭발에 휩쓸린 사람들의 고통 어린 비명과 그걸 수습하기 위해 애쓰는 이들이 내지르는 고함으로 사냥터는 순식간에 전쟁터를 방불케 하는 장소로 변했다.

'어디야?'

그런 사람들 속을 헤치며 카밀라는 달리고 또 달렸다.

'어디 있는 거야!'

모르겠다. 내가 왜 이렇게 달리고 있는 거지?

도망쳐야 하는데, 오히려 이곳에서 더 멀리 도망쳐야 하는데 이상하게 그럴 수가 없었다. 그저 이 현장에 있을 한 사람의 얼굴만이 머릿속에 떠오를 뿐이었다.

"라비!"

카밀라는 있는 힘껏 그의 이름을 불렀다.

어디선가 응답이 들려오기를 바랐다. 그놈이 죽든 말든 신경 쓰지 않는 게 정상인데, 폭발음이 들리는 순간 아무 생각도 들지 않았다. 저곳에, 폭발이 일어난 곳에 라비가 있다는 사실을 인지하자 몸이 먼저 움직였다.

"라비!"

다시 이름을 불렀다. 빌어먹게도 진짜 나의 오빠인 그의 이름을!

"라비! 라비!"

카밀라는 목이 터져라 그를 부르고 또 불렀다.

"카밀라?"

"……!"

그리고 그의 목소리가 들려왔다.

상처 입은 이들을 마법으로 치료하고 있는 라비를 발견한 카밀라는 그대로 걸음을 멈췄다.

"네가 여기 왜 있어? 여길 왜 와!"

보자마자 소리부터 지르는 그를 향해 카밀라는 성큼 다가섰다.

"정신 나갔냐! 폭발 소리 들었으면 도망부터 쳐야지, 여기가 어디라고 기어들……!"

와락!

짜증을 가득 담아 잔소리를 해 대던 라비의 목소리가 뚝 멈췄다. 달려오던 그대로 자신을 끌어안는 카밀라의 행동에.

"야."

자신의 옷자락을 꼭 붙들고 연신 안도의 한숨을 토해 내는 카밀라를 라비는 조심스럽게 불렀다.

"너 왜 그래? 무슨 일-"

"싫어."

"뭐?"

"싫다고……."

"……."

"나 또다시 고아 되는 거 싫어……."

"무슨 소리야? 네가 언제 고아였던 적이 있다고 그-"

"너 죽으면 나 진짜 고아 되는 거 알지?"

"……."

"그러니까 죽지 마."

카밀라는 그의 옷자락을 더욱 꼭 쥐었다.

"죽으면 평생 원망할 거야. 저주할 거라고. 죽어서도 후회하게 만들어 줄 테니까 알아서 해."

"…아주 악담을 해라."

잠시 어이없다는 표정을 짓던 라비가 허탈한 웃음을 터트렸다. 그의 시선이 자신의 옷자락을 꽉 붙잡고 있는, 미세하게 떨리고 있는 카밀라의 손으로 향했다.

"걱정 마. 너보다 훨씬 오래 살 테니까."

"어? 그건 아니지."

"뭐?"

"살기는 어린 내가 더 오래 살… 아아아아!"

라비가 카밀라의 볼을 쭈욱 늘어트렸다. 고통을 호소하며 자신을 노려보는 카밀라의 머리를 가볍게 툭 친 그는 다시 환자들에게 향했다.

"내려가 있어. 위험하니까."

두 사람이 그러는 사이에도 사냥터 곳곳에서 폭발이 잇따라 일어났다. 대체 폭발물을 얼마나 많이 심어 놓은 것인지 알 수가 없었다.

"나 혼자 내려가다 폭발에 휘말리면 어떡해?"

"…그냥 여기 있어라."

"응."

카밀라는 라비의 곁으로 조르륵 달려가 팔을 걷어붙이고 그가 환자를 치료하는 걸 옆에서 도왔다.

"흐음."

그녀와 함께 이곳으로 달려온 에드센 황태자가 재미있다는 표정으로 그런 두 사람의 모습을 지그시 바라봤다.

'이거였나?'

에드센 황태자가 사냥 대회에서 크게 다쳤다는 얘기가 나돌긴 했지만, 이런 사정이 있었을 거라곤 전혀 생각하지 못했다.

'이건 뭐 황태자 혼자 다친 걸로 끝날 일이 아니었잖아?'

애초에 에드센 황태자가 크게 다쳤다는 말조차도 우연히 전해 들은… 에휴.

'역시 왕따도 이런 왕따가 없었던 거구나.'

하긴, 친한 친구가 한 명이라도 있었어야 이런저런 얘기를 전해 듣기라도 하지. 하인이고 시녀들이고 하나같이 카밀라를 애물단지 취급했는데, 제대로 된 소식이 그녀의 귀에 전해졌겠는가.

"오라비, 폭발이 멈춘 것 같아."

"그러냐."

더 이상 폭음이 들려오지 않았다.

카밀라는 자리에서 일어나 주변을 살폈다. 여기저기 신음하는 이들이 가득했다.

"소르펠 공자."

그때 에드센 황태자가 두 사람에게 다가왔다. 그의 황금빛 눈동자는 아까와 달리 낮게 가라앉아 있었다.

"치료 쪽은… 아예 그대에게 맡기는 편이 낫겠군. 부탁 좀 하지."

"네, 전하."

"부상자들은 작은 소르펠 공자에게 가고, 다친 곳이 없거나 다쳤어도 사지 멀쩡하게 움직일 수 있는 사람은 다 나오게. 상황 파악부터 하자고."

부상자들은 치료 마법을 시전하는 라비의 곁으로, 폭발에 휩쓸리지 않은 사람들은 사방으로 흩어져 생존자들을 한곳으로 모았다. 루드빌과 페트로, 심지어 아르시안까지 손을 보탰다. 아르시안은 치료 마법을 쓸 수 있었기에 환자를 데려오면서 치료도 함께 했다.

"이상해."

그 모습을 잠시 바라보던 카밀라는 미간을 찌푸렸다.

"뭐가?"

"왜 아무도 안 오지?"

"뭐?"

"이런 큰 폭발이 일어났는데 아무도 안 오잖아."

사냥터 아래쪽에 수많은 병사들과 마법사들, 그리고 치료사들이 여러 사고를 대비해 이른 아침부터 대기 중이었다. 심지어 상처를 입지 않은 이들 중 일부가 도망치듯 사냥터 초입으로 향했다. 그들이 소식을 전해도 벌써 전했을 시간인데…….

[크르르-]

"킹?"

카밀라는 순간 들려오는 소리에 자신이 메고 있는 가방에 시선을 줬다. 조금 전까지만 해도 얌전히 있는 듯 없는 듯 있던 신수 킹이 날카로운 이빨을 드러내며 사납게 울음소리를 내고 있었다.

스윽.

그와 동시에 누군가 그녀의 앞을 가로막았다.

"루드빌 오라버니?"

방금까지 생존자를 찾는 일을 돕던 루드빌이 갑자기 카밀라를 보호하는 자세를 취하면서 천천히 검을 뽑아 들었다. 그 주변에 있던 이들도 각자 하던 일들을 멈추며 몸을 긴장시켰다.

"무슨 일이지?"

"검을 드셔야 할 듯합니다, 전하."

루드빌의 말이 끝나기 무섭게 수많은 이들이 자신의 존재를 드러냈다.

검은색 바지에 하얀색 윗옷을 똑같이 차려입고 이미 온몸이 붉게 물들어 있는 아주 기이한 모습. 그들이 들고 있는 검에서 떨어진 붉은 무언가가 흙을 적셨다. 비릿한 냄새가 코끝을 맴돌았다.

'뭐야?'

카밀라는 저도 모르게 주춤 뒤로 한 걸음 물러섰다. 감정이라고는 전혀 없는 얼굴로 피 칠갑을 한 모습들을 보고 두려움을 느끼지 않는 게 오히려 이상한 일이다.

"저것들은 또 뭐야?"

언제 온 것인지 아르시안이 카밀라의 곁으로 바짝 다가섰다.

"우리를 도우러 온 이들은 아닌 것 같군요."

이런 상황에서도 웃음을 잃지 않는 페트로의 목소리도 들려왔다.

"라비, 카밀라 곁을 지켜라."

그 말을 끝으로 루드빌이 가장 먼저 달려 나갔다. 그 뒤를 아르시안과 페트로가 따랐다.

'지금 무슨 일이 벌어지고 있는 거지?'

전투가 시작됐다. 그 모습을 카밀라는 멍하니 바라봤다.

사람을 죽이고 죽임당하는 모습을 코앞에서 보게 되자 심장이 미친 듯이 뛰었다. 당장에라도 도망치고 싶은데 발이 땅에 못이 박힌 것처럼 전혀 움직이질 않았다.

"야, 괜찮아?"

공격 마법을 간간이 퍼부으며 사람들을 돕던 라비가 걱정스러운 목소리로 물었다. 하지만 정말 아무런 대답도 할 수가 없었다. 눈앞에서 펼쳐지는 끔찍한 장면에 온몸이 꽁꽁 얼어붙어 버렸다. 순식간에 퍼져 오는 피 냄새에 머리가 어질했다.

[흐음… 저놈들 좀 이상한데…….]

그때 유령 제노의 목소리가 귀를 파고들었다. 간신히 고개를 돌려 그가 있는 곳을 바라봤다.

"…뭐, 가 이상한데요?"

[반응이 없어.]

"반응이요?"

카밀라의 시선이 다시 전투가 이루어지고 있는 곳으로 향했다. 그리고 그의 말을 이해할 수 있었다.

루드빌이 휘두른 검에 팔이 잘리고 배가 꿰뚫리고, 아르시안의 마법에 온몸이 불타는 와중에도 적들은 끝까지 손에서 검을 놓지 않았다. 비명은 고사하고 표정 하나 흐트리지 않은 채 공격만 죽어라 퍼부었다.

서걱!

"꺄아아악!"

"목, 목을 노려! 목을, 야, 이 멍청한 새끼야! 애먼 데 찌르지 말고 목을 노리라고!"

"으아아아악! 사, 살려……!"

그들이 쓰러진 건 목이 잘린 이후였다. 머리와 몸통이 분리되고 나서야 실이 끊어진 인형처럼 모든 행동을 멈췄다.

'저 좀비 같은 것들은 뭐지?'

인간 같지 않은 괴이한 모습에 카밀라는 입을 멍하니 벌렸다. 그건 다른 사람들도 마찬가지였다. 고통을 느끼지 못하는 적들의 모습에 다들 당황하고 있었다.

물론 예외도 있었다.

"검에 찔려도 별 반응이 없군."

"목을 공격하시죠. 조용해집니다."

"화염 마법에도 멀쩡한가 보고 싶네."

"양팔이 없으면 공격을 못 하겠죠?"

에드센 황태자와 루드빌, 그리고 아르시안과 페트로는 여전히 침착하게 적들을 계속 상대해 나갔다.

하지만 다른 이들은 이미 잔뜩 겁을 먹은 상태. 검은 들고 있지만 제대로 휘두르지 못하고 있었다.

'게다가 숫자가 너무 많아.'

똑같은 옷을 입은 채 끝도 없이 밀려드는 적들은 사람들을 질리게 하기 충분했다. 대체 어디에 숨어 있다 나타난 거지?

"크윽!"

"으윽!"

여기저기서 고통 어린 신음 소리가 들려왔다. 역시나 적들의 검에 상처를 입는 이들이 속출하기 시작했다.

카밀라 역시 두렵기는 마찬가지였다. 자신이 무슨 수로 적들을 상대하겠는가. 토끼 한 마리도 죽이지 못하는데, 사람을 어떻게 죽이겠어.

하지만…….

"제노."

그라면 얘기가 달라진다.

"2주 정도는 감수할게요."

[뭐?]

사람이 죽는 것보다 자신이 며칠 앓아눕는 게 낫지 않겠는가.

"마음껏 날뛰어 보시죠."

[……]

카밀라는 주변에 떨어져 있는 검을 집어 들었다.

"야, 너 뭐 해?"

라비의 목소리가 들려왔지만 무시했다. 자신에게 다가서는 제노의 입꼬리가 슬쩍 올라간다.

[사양하지 않으마.]

감각이 사라졌다. 언제 두려움을 느꼈냐는 듯 온몸에 기쁨과 흥분이 가득 차올랐다. 자신의 검에 적들이 죽어 나가도 끔찍하다는 생각 따윈 전혀 들지 않았다.

말 그대로 미쳐 날뛰는 제노에게 모든 걸 맡긴 채 검을 휘두르고 또 휘둘렀다. 경악 어린 시선이 느껴졌지만 상관없었다. 지금은 그저 모든 걸 제노에게 맡긴 채 이 상황을 즐길 뿐이다.

'정말 마음껏 날뛰시네.'

카밀라는 실소를 흘렸다.

'나쁘지 않아.'

후에 닥칠 고통은 잠시 잊기로 했다.

"카밀라 양이 어떻게……."

그 모습을 보고 가장 놀란 사람은 당연히 페트로였다. 제이빌런 가문의 검술을 너무도 능숙하게, 자신보다 더 강렬하게 펼치고 있는 카밀라의 모습은 그에게 충격을 안기기 충분했다.

이미 그런 카밀라의 검술을 경험한 적이 있는 루드빌 역시 그녀에게서 시선을 떼지 못했다. 대련 때와는 또 다른 모습이다.

"뭐야?"

아르시안 역시 카밀라를 멍하니 바라봤다. 모든 검술 선생들이 포기한 검의 둔재와 지금 눈앞에 있는 여자가 같은 인물이라는 게 믿기지 않았다.

"맙소사."

"카, 카밀라 양이……."

다른 이들도 마찬가지였다. 다들 넋을 놓은 채 적들을 거침없이 베어 가는 카밀라의 모습을 바라봤다.

"뭐 하는가!"

그 순간 에드센 황태자의 일갈이 그들의 정신을 일깨웠다. 멍해 있던 이들은 그 소리에 다시 검을 고쳐 잡았다. 겁을 먹었던 이들도 눈빛이 달라졌다.

어린 아가씨도 저렇게 싸우는데, 하물며 기사인 우리가……!

엄청난 무위로 주변을 압도하는 카밀라의 모습에 용기를 얻은 이들이 앞다투어 적들을 향해 검을 뻗었다.

"미친! 야, 카밀라!"

유일하게 그런 카밀라를 보며 욕설을 내뱉는 사람이 있었으니, 바로 라비였다.

그는 카밀라의 주변으로 다가서는 적들에게 마법을 퍼붓느라 정신이 하나도 없었다. 사소한 공격은 신경도 쓰지 않고 검을 휘두르고 있는 카밀라의 모습이 무척이나 위태로워 보였다.

"주위도 좀 살피라고!"

저러다 몸에 상처라도 입으면 어쩌려고! 이번 일 끝나기만 해 봐. 진짜 가만 안……!

서걱!

뒤에서 들려오는 섬뜩한 소리에 라비는 급히 돌아섰다. 그리고 그대로 굳어져 버렸다. 언제 다가선 것인지 자신을 향해 검을 겨누고 있는 적의 모습이 보였다.

그것도…….

"목이, 없어?"

말이 떨어지기 무섭게 목 없는 시신이 천천히 기울어졌다. 쓰러지는 몸뚱이 뒤로 피 묻은 검을 든 남자가 불쑥 나타났다.

"넌······."

"이런, 이런."

카밀라의 시종, 도르만이 작게 혀를 찼다.

"이렇게 끼어들면 안 되는데······. 또 벌점이 추가되었겠네요."

짧은 한숨을 내쉰 그는 어쩔 수 없다는 듯 빙그레 웃었다.

"하지만 아무래도 라비 님께 문제가 생기면 아가씨께서 무척 슬퍼하실 거 같아서요. 역시 피의 끌림은 어쩔 수 없는 걸까요?"

알 수 없는 말을 끝으로 도르만은 고개를 돌렸다. 그는 더 이상 전투엔 끼어들 생각이 없는 듯 라비의 곁에 서서 가만히 카밀라를 응시했다.

"······."

라비는 아무 말도 하지 못했다. 뭐지, 이놈은?

수많은 의문이 밀려들었지만, 현 상황에선 그저 멍하니 그를 바라보는 게 라비가 할 수 있는 일의 전부였다.

✶
대회가 끝난 후

'젠장.'

또 기절한 건가?

'요즘 너무 자주 기절하는 거 아냐?'

이러다 습관 되겠다, 습관.

카밀라는 정신을 잃기 직전에 있었던 일을 떠올렸다. 전투가 모두 끝나고 유령 제노가 몸에서 빠져나오며 아주 후련한 듯 한마디를 건네 왔다.

　[고생했다.]

그때 주변은 쥐 죽은 듯 고요했다. 다들 자신을 넋을 놓고 바라보고 있었다.

하긴, 그렇게 날뛰었으니.

'또 한동안 소문이 돌겠구나.'

소르펠 공작 영애가 이젠 칼까지 들고 설친다고.

어쨌든 그게 마지막 기억이다. 그 후의 기억은 없다. 저번처럼 그대로 정신을 놓아 버린 것이다. 이제 이번 일에 대한 변명거리를 생각해 내야…….

"깼어?"

카밀라는 잠시 눈을 끔벅였다. 자신이 누군가의 무릎을 베고 있다는 사실을 그제야 깨달았기 때문이다.

"…아르시안?"

"몸은 어때?"

정신을 차리자마자 '어째서 내가 이 녀석을 베개로 쓰고 있는 것인가……?'를 주제로 생각에 잠겼던 카밀라는 아르시안의 물음에 그제야 또 하나의 사실을 깨달았다.

"어?"

몸에 통증이 거의 느껴지지 않았다. 전에는 숨을 쉬는 것조차 힘들 정도로 온몸의 근육이 비명을 질러 댔는데 지금은 참을 만했다.

'그새 내 근육이 적응을 한 건가?'

말도 안 되는 생각이다.

"완전히 치료된 상태는 아니야. 현재로선 마법으로 통증을 줄이는 게 다야."

"아……."

그제야 카밀라는 상황을 이해했다. 아마도 아르시안이 자신에게 치료 마법을 시전한 듯했다.

'그런데 왜 이 녀석 무릎을 베고 있는 거지?'

수많은 사람이 모여 있는 자리에서 이러고 있기 민망해 카밀라는 바로 몸을 일으키려 했다.

"좀 더 그대로 있어. 치료 다 안 됐으니까."

하지만 아르시안이 그런 그녀의 머리를 살짝 눌러 도로 눕혔다.

"아니, 괜찮은데."

"안 괜찮아. 지금은 간신히 통증만 잠재운 거라 계속 치료 마법을 걸어 줘야 해. 아니면 너 통증으로 또 기절할 거다."

"아니, 그래도……."

계속 이 자세를 유지하는 건 좀.

카밀라는 슬쩍 주변을 살폈다.

'자리를 옮겼네?'

주변이 깨끗했다. 전투가 있었던 곳을 벗어난 듯 시신 따윈 전혀 보이지 않았다. 그리고 역시나 자신이 있는 쪽을 힐끔거리고 있는 사람들의 모습도 볼 수 있었다.

'하아.'

에이, 모르겠다. 이제 칼까지 들고 설치는 미친 공녀로 불리게 생긴 판국에 얘깃거리 하나 더 는다고 뭐가 달라지겠어.

"그만 내려가야 할 것 같은데."

잠시 후 황태자 에드센이 앞으로 나섰다. 아무래도 아래쪽 상황이 신경 쓰이는 모양이었다. 이런 큰 소란이 일어났음에도 아무도 그들을 찾으러 오지 않았으니 이상하게 여길 만도 했다.

"일단 움직이도록 하지. 공격이 또 있을 수도 있고."

"알겠습니다."

사람들이 에드센 황태자의 말에 동의하며 지친 몸을 일으켰다.

카밀라도 그 소리에 다시 몸을 일으키려 했다.

스윽.

"……!"

하지만 그보다 먼저 아르시안이 카밀라를 안아 들었다.

"뭐 하는 거야? 나 걸을 수 있어."

"말했잖아. 계속 치료 마법을 걸어 줘야 한다고."

"그렇다고 이런 자세로 가자고?"

"뭐 문제 있어?"

"……."

문제가 너무 많아서 탈이지.

'나도 나름 뻔뻔한 편인데.'

처음 알았다. 남에게 안기는 게 이렇게 쪽팔릴 수 있다는 걸.

'나름 로코의 퀸이었거늘…….'

배우 생활을 하며 남자에게 안겨만 봤겠는가. 업혀도 보고 들려도 봤다. 자신의 앞에서 무릎 꿇는 남자들도 수도 없이 접했다.

그런데… 단지 치료의 목적으로 안겨 있는 이 상황이 왜 이렇게 쪽팔리지?

"그냥 내가 걸을래. 네가 계속 옆에서 마법을 시전해 주면 되잖아."

굳이 이 자세를 유지하지 않아도 되지 않아? 이 자세로 마법을 쓸 수 있다는 건 부축하며 걸어도 쓸 수 있다는 말 아냐?

"이게 더 편해. 도움받는 주제에 뭘 그렇게 따져?"

아, 예.

카밀라는 결국 그냥 조용히 입을 다물기로 했다.

여기서 이 이상으로 반응하면 오히려 오버다. 주변 공기만 더 어색해질 뿐이었다.

그렇게 카밀라는 아르시안에게 안겨 사냥터를 빠르게 벗어났다. 그 뒤를 루드빌과 라비가 조용히 따랐다. 힐끔 보았던 두 사람의 얼굴이 유독 굳어 있었던지라 카밀라는 무척 불편해졌다.

'내가 무슨 실수라도 한 건가?'

검을 쓰는 건 모두 제노에게 맡겼기에 솔직히 자신이 조금 전에 어떤 짓을 했는지 잘 기억도 나지 않았다.

혹시 제노가 저들에게 뭔가 피해를 줬던 건 아닐까? 카밀라는 제 옆에서 둥둥 떠다니는 유령을 슬쩍 노려봤다.

[얘 좀 봐라? 너 설마 지금 내 실력을 의심하는 거야?]

그녀의 불안한 표정을 본 제노가 어이없다는 듯 말을 이었다.

[쟤들 표정이 안 좋은 건 이 녀석 때문이야.]

'이 녀석?'

제노가 가리킨 건 바로 아르시안이었다.

[네 오라비가 밀렸거든.]

'뭐?'

'나보다 이 녀석 더 잘 치료할 수 있으면 그쪽한테 넘기고.'
'…….'

[그 한마디로 끝.]

…역시 예의를 밥 말아 먹은 놈.

카밀라는 긴 한숨을 내쉬었다.

라비가 왜 저렇게 저기압인지 충분히 이해가 갔다. 그가 아르시안을 왜 그리 싫어하는지도 충분히 이해할 수 있었다. 자기 잘난 맛에 사는 인간이 얼마나 열받았을까.

'그런데 이상하네.'

저 자존심 센 라비가 그런 말을 듣고도 그냥 넘어갔다고?

'끝까지 우기면 우겼지, 그냥 물러설 인간이 절대 아닌데?'

그리고 루드빌, 저 인간은 또 왜 저렇게 기분이 다운되어 있어?

제노에게 눈짓해 물었지만, 라비 못지않게 저조한 분위기를 풍기고 있는 루드빌에 대해선 저도 아는 것이 없다는 대답이 돌아왔다.

"헉!"

"저기!"

"으……."

잠시 후 앞서 걷던 이들에게서 경악에 찬 목소리가 들려왔다.

카밀라 역시 고개를 들어 앞을 바라봤다. 그리고 아무런 반응도 할 수 없었다.

적들이 처음 눈앞에 나타났을 때 그들의 옷은 이미 피로 붉게 물들어 있는 상태였다. 설마…….

"아르시안, 저거……."

가까스로 입을 열었지만 말에 떨림이 묻어 나왔다. 자신을 안은 팔에 더욱 힘이 들어가는 것을 느낀 카밀라가 이를 악물었다.

'대체 무슨 일이 일어나고 있는 거야?'

전투가 일어날 기미가 보이자 부랴부랴 저 혼자 아래로 내려갔던, 도와줄 사람을 불러오겠다며 도망치듯 떠났던 이들이 모두 한 자리에 죽어 있었다.

하지만 그들을 더욱 경악하게 만든 건 죽은 자들의 모습이었다. 성한 곳이 하나도 없었다.

"윽!"

그 참상을 마주한 사람들은 하나같이 고개를 돌리거나 입을 틀어막았다. 구역질이 올라왔기 때문이다.

카밀라의 얼굴 또한 딱딱하게 얼어붙었지만 그들과는 이유가 달랐다. 그녀의 눈에 보이는 건 더욱 진저리가 쳐지는 장면이었다.

[으아아악! 아파! 아프다고!]

[흑… 흐흑…….]

[그만… 제발, 그만!]

[살려 주세요. 제발, 살려…….]

자신이 죽었다는 걸 모른 채 여전히 고통을 호소하고 있는 사람들… 아니, 귀신들.

처절했다. 마지막 순간에 박제된, 죽음의 고통에 몸부림치며 울부짖는 이들의 모습이 머릿속을 새하얗게 만들었다.

"보지 마."

그 순간 아르시안의 나직한 목소리가 귀를 파고들었다.

"눈 감아."

카밀라는 그의 말을 거부하지 않았다. 그저 자신을 더욱 힘껏 끌어안는 아르시안의 손길을 느끼며 두 눈을 지그시 감았다.

[으아아악!]

조금이라도 빨리 이 자리를 벗어나고 싶었다.

"라일라."

"흑, 네……."

"나 안 죽었어."

"으아아앙!"

안 죽었다고……. 카밀라는 작게 한숨을 내쉬었다.

사냥 대회 다음 날, 당연하다시피 제국이 발칵 뒤집혔다. 황태자가 주최한 사냥 대회에 괴한들이 난입해 수많은 이들이 다치고 죽었다는 소식이 빠르게 퍼져 나갔다.

각국에서 온 귀빈 중에도 사망자가 나왔기에 더더욱 파장이 컸다. 이후 예정되어 있던 파티는 자연히 취소되었으므로, 결국 에드센 황태자의 생일 파티는 역대 최악의 파티라는 오명만 남긴 채 막을 내릴 수밖에 없었다.

"흑, 크게… 흑흑, 크게 안 다치셔서 정말 다행이에요……."

그 소식을 들은 라일라가 다음 날 바로 공작가를 찾아왔다. 두 눈이 퉁퉁 부은 채로.

"카밀라 양이 그 자리에 있었다는 소식을 듣고 너무, 너무… 흑."

눈물을 또르르 떨어트리는 라일라를 보며 카밀라는 다시 한숨을 내쉬었다.

'누가 보면 진짜 초상난 줄 알겠네.'

아르시안의 말대로 자신의 몸 상태는 치료 마법으로 해결될 일이 아니었다. 특정 어딘가를 다친 것이 아닌 근육과 체력에 문제가 생긴 일이라, 통증을 줄이는 마법 효과가 사라진 즉시 침대 신세를 져야만 했다.

 한참 훌쩍인 라일라는 어느 정도 진정이 되자 조심스럽게 자신의 생각을 밝혔다.

 "정말 이상해요. 어떻게 폭발 소리를 아무도 못 들을 수가 있죠?"
 "마법적인 방해가 있었다네."

 그런 큰 소란이 일어났음에도 병사들이 도움을 주러 나타나지 않은 이유가 있었다. 사냥터 밖에 대기하고 있던 이들에겐 폭발음이 전혀 들리지 않았다고 한다. 사냥터 주변으로 그 안팎을 유리시키는 차단 마법이 시전된 것 같다고 하는데…….

 '마법사들이 그걸 모를 수 있나?'

 마력 파장이라는 게 있다. 강대한 마법이 시전되면 마법사들은 자연스럽게 그 파장을 느낄 수 있었다. 하지만 사냥터 주변에 있던 그 어떤 마법사도 수상쩍은 마력을 감지해 내지 못했다.

 '게다가 시체들도 다 사라지고.'

 사냥 대회 참가자 일행을 습격했던 그 이상한 무리. 고통조차 느끼지 못하던 그 좀비 같은 이들의 흔적이 모두 사라져 버렸다.

 병사들이 현장 조사를 위해 습격이 있었던 장소를 찾아갔을 땐, 시체는 물론이고 핏자국조차 남아 있지 않은 상태였다고 전해 들었다.

 '대체 뭐지?'

 아무리 생각해도 이상했다. 하나부터 열까지 상식적으로 이해되는 부분이 하나도 없었다. 그 수많은 사람이 갑자기 나타난 것도 그렇고, 시신이 다 사라진 것도 그렇고. 제대로 설명할 수 있는 게 하나도 없었다.

하지만 단 한 가지, 그들의 목적이 무엇이었는지는 그 자리에 있던 모두가 알 수 있었다. 그들이 처음 나타났을 때부터 공격 대상이 한 명으로 정해져 있었기 때문이다.

에드센 드 페이블러. 습격자들은 하나같이 에드센 황태자의 목숨을 집중적으로 노리는 모습을 보였다.

'그래서였나?'

자신의 개입 때문인지 이번 대회에서 에드센 황태자는 폭발에 휩쓸리지도 상처를 입지도 않았지만, 과거에는 늘 크게 다치곤 했다.

"아니, 황태자 전하가 목표였으면 황궁에나 쳐들어갈 것이지! 카밀라 양까지 죽을 뻔했잖아요!"

"……."

얘도 가끔 참 깬다.

진심으로 씩씩거리며 적들을 향해 분노를 표하는 라일라의 모습에 카밀라는 피식 웃었다. 그렇게 열을 내는 라일라를 달래 돌려보낸 지 얼마 지나지 않았을 때다.

똑똑.

방문이 열리며 도르만이 안으로 빠르게 들어섰다.

"아, 아가씨."

"왜?"

"황실에서 사람이 나왔어요."

"뭐?"

카밀라가 제대로 상황을 인식하기도 전에 방 안으로 뭔가가 끊임없이 들어오기 시작했다. 선물 상자들이다.

"저게 다 뭐야?"

잠시 후, 방 안 한쪽에 가득 쌓인 선물 상자들을 보며 카밀라는 어이가 없다는 표정으로 도르만에게 물었다.

하지만 대답은 다른 곳에서 들려왔다.

"황태자 전하께서 보내신 선물들입니다."

황실에서 나온 시종이 그 말과 함께 정중히 고개를 숙이며 무언가를 건넸다. 에드센 황태자의 인장으로 밀봉된 편지였다.

"그럼 쾌유를 바랍니다."

시종은 자신이 할 일을 다 했다는 듯 다시 한번 정중히 고개를 숙여 보인 후 그 자리를 빠르게 떠나갔다.

카밀라는 손에 들린 편지를 뚫어져라 바라봤다. 왠지 어두운 기운이 풀풀 흘러나오는 거 같은데……. 착각이겠지?

찌이익.

그녀는 바로 편지를 뜯었다.

검 좀 쓰더군.
적들의 피를 뒤집어쓴 모습이 지금껏 내가 본 그대의
모습 중 가장 아름다웠어.

  - *에드센 드 페이블러*

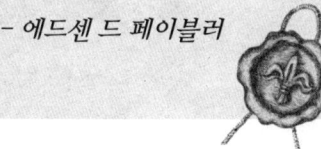

"……."

찌이익, 찌익!

"헉!"

에드센이 보낸 편지를 쭉쭉 찢는 카밀라의 모습에 도르만이 급히 문 쪽을 바라봤다. 황실에서 나온 이들의 모습이 보이지 않는다는 걸 재차 확인한 후에야 그의 입에서 안도의 한숨이 흘러나왔다. 황태자가 보낸 편지를 저리 함부로 찢는 것 또한 황실 모독죄를 물을 수 있는 일이었으니까.

"서, 선물 뜯어 볼까요?"

도르만은 분위기를 전환하듯 선물 쪽으로 향했다.

"뜯지 마, 뜯지 마."

"네?"

"너 혼자 있을 때 뜯어."

"저 혼자요?"

"폭발물이나 독극물 같은 게 들어 있을지 누가 알아."

다른 놈도 아니고 그 인간이 보낸 선물인데!

못마땅한 표정으로 툴툴거리는데, 그녀의 불평을 조용히 듣고 있던 도르만이 한 손을 들어 올리며 물었다.

"그, 그런데 왜 저 혼자 있을 때……?"

"응?"

당연한 걸 왜 묻냐는 눈으로 멀뚱멀뚱 쳐다보자, 도르만의 얼굴이 조금 전보다 더 어두워졌다.

"단순한 계산이잖아."

"계산이요?"

"둘이 죽는 것보다 혼자 죽는 게 낫다는 계산."

"……."

뭐? 뭐? 할 말 있어?

카밀라는 부들거리며 자신을 노려보는 도르만의 시선을 아주 당당히 무시했다.

"아버지는 또 나가신 거야?"

"네."

며칠이 지나자 거동하는 데 별 불편함은 없었다. 이것도 적응이 됐는지 저번보다 회복이 빨랐다.

"루드빌 오라버니도?"

"같이 출타하셨습니다."

소르펠 공작과 루드빌은 최근 집에 붙어 있는 시간이 거의 없었다. 사냥 대회 사건으로 연일 회의가 열리고 있었기 때문이다. 하지만 아직까지 전혀 범인에 대한 그 어떤 단서도 찾아내지 못하고 있었다.

'의심 가는 무리는 있지만.'

적들이 에드센 황태자를 노렸다는 것은 명백한 사실. 그에 가장 먼저 이번 일의 배후로 지목된 건 2황자 파였다. 다만 심증은 있어도 물증이 없는 상황이고, 의심만으로 2황자 쪽을 몰아붙일 수는 없기에 조사에 난항을 겪고 있다고 들었다.

"라비 오라비는?"

그러고 보니 요즘 그 인간 얼굴 보기가 힘드네.

아버지나 루드빌 오라버니는 그 바쁜 와중에도 하루에 한 번은 꼭꼭 들러서 얼굴을 보여 줬는데, 정작 친오빠라는 놈은 한 번도 찾아온 적이 없다.

"그게……."

그녀의 물음에 집사 루브가 말끝을 흐렸다.

"라비 오라비한테 무슨 일 있어?"

"작은 도련님께서 일주일이 넘도록 연구실 밖으로 나오질 않고 계십니다."

"일주일이나?"

"네, 사냥 대회에서 돌아오신 후 계속 그러시네요."

"에휴……."

이 인간 또 시작이네.

카밀라는 짐작 가는 부분이 있었기에 작게 한숨을 내쉬었다. 그녀는 주방에 들러 무언가를 바리바리 챙긴 뒤 거침없이 라비의 방으로 걸음을 옮겼다.

똑똑.

반응이 없다. 그래서-

달칵!

카밀라는 개의치 않고 곧바로 문을 열어젖혔다.

"뭐야?"

날카로운 음성이 곧장 날아들었다.

"방해하지 말……!"

무심코 소리쳤던 라비가 방문 앞에 서 있는 카밀라를 보곤 멈칫했다.

"여기 왜 왔어?"

"왜 왔겠니?"

카밀라는 어이가 없다는 듯한 눈으로 그를 바라봤다.

'저 떡 진 머리를 어쩌면 좋아…….'

사냥 대회에서 돌아온 후 연구실에서 나오지 않는다더니 그동안 제대로 씻지도 않았나 보다.

"밥 먹어."

카밀라는 직접 들고 온 음식을 탁자에 툭툭 내려놓았다. 부드러운 수프와 신선한 과일, 방금 막 오븐에서 꺼낸 빵이 접시에 놓여 있었다.

"안 먹어. 들고 나가."

하지만 라비는 음식을 쳐다보지도 않고 바로 고개를 돌렸다. 책상과 바닥에는 수많은 마법 서적이 널브러져 있었다. 그 책들이 대부분 치료 마법 관련이라는 걸 안 카밀라는 다시 짧은 한숨을 내쉬었다.

"밥 먹으라고."

"안 먹는다고."

"진짜 안 먹어?"

"안 먹어."

"마지막으로 묻는다. 진짜 안 먹어?"

"귀찮게 하지 말고 꺼-"

빠악!

"윽!"

라비의 고개가 그대로 앞으로 숙여졌다.

"야!"

"왜!"

자신보다 더 큰 소리로 덤벼들 듯 받아치는 카밀라의 모습에 라비는 저도 모르게 멈칫했다. 카밀라는 거기서 멈추지 않고 그를 더더욱 몰아붙였다.

"당장 씻고 와! 한 대 더 맞기 전에!"

"……."

"안 가?"

"…젠장!"

라비는 결국 자리에서 일어나 연구실을 나섰다.

그사이 카밀라는 고용인들을 불러 지저분한 연구실을 정리했다. 그동안 아무도 들어오지 못하게 했다더니 방 안이 아주 엉망이었다. 이후 주방에 연락해서 음식을 새로 가져오게 했다.

"먹어."

그사이 깔끔해진 라비가 돌아왔다. 하지만 여전히 음식에 손을 댈 생각이 없는 듯 반응이 없다.

그의 뚱한 얼굴을 잠시간 지켜보던 카밀라의 입꼬리가 비스듬하게 올라갔다.

"입에 직접 넣어 줘야 먹을 거야?"

"이게 진짜!"

결국 라비의 입에서 분노가 터졌다.

"내가 우습냐! 그 새끼보다 마법도 못 쓰고 도움도 안 되니까 이제 내가 우습냐고! 이제 오빠로 보이지도 않, 제길!"

본인이 내뱉은 말에 오히려 비참함이 밀려든 듯, 그가 작게 욕설을 내뱉었다. 그런 라비를 지켜보던 카밀라는 내심 고개를 가로저었다.

'자기가 잘났다는 걸 잘 아는 놈이 한 번씩 꼭 이렇게 땅을 파더라.'

라비 본인보다 능력이 부족한 인간이 넘쳐 남에도 불구하고 아주 조금, 정말 조금 자신보다 잘난 인간이 보이면 저렇게 맥을 못 춘다.

'루드빌에 이어 이젠 아르시안이냐?'

사냥 대회에서의 일로 자괴감을 느끼고 있으리란 건 짐작했지만, 그 꼴을 직접 보니까 참……. 카밀라는 속으로 연신 혀를 찼다.

"오라비."

라비는 삐진 것처럼 고개를 획 돌린 채 대답이 없었다. 하지만 그것도 잠시였다.

"나 저번에 진짜 죽을 뻔했다."

"…무슨 말이야?"

부릅떠진 그의 시선이 바로 날아든다.

"제이비 교수 말이야. 그놈한테 정말 죽을 뻔했다고."

"야! 너 그땐 그런 말 안 했잖아!"

라비가 벌떡 자리에서 일어섰다.

"하나도 안 위험했다며!"

"응, 하나도 안 위험했어."

"이게 진짜! 너 지금 나랑 장난-"

"이거 덕분에."

카밀라는 자신의 손목에 찬 팔찌를 내보였다. 라비가 전에 만들어 준 그 마법 팔찌다.

"그 인간, 생각보다 엄청 힘이 세더라고. 목을 조르는데 제대로 대응을 못 하겠더라."

"너……!"

"그런데 이거 앞에서는 그 인간도 맥을 못 추더란 말이지."

잠시 입을 빼끔거리던 라비가 다시 자리에 풀썩 앉았다.

"아마 이거 없었으면 그런 일 할 생각도 못 했을걸? 오라비가 만들어 준 이 팔찌를 믿고 그런 짓을 한 거야."

거짓말은 아니다. 팔찌보다 블랙 섀도우의 수장인 루브를 더 믿긴 했지만, 이 팔찌가 큰 도움이 된 건 사실이니까.

"내가 전에 말했지. 오라비 없으면 나 고아라고."

"……."

"다른 말로 오라비가 있으니까 내가 그거 하나 믿고 설치는 거잖아."

라비는 한동안 아무런 말이 없었다. 하지만 카밀라는 알 수 있었다. 그의 분위기가 한결 나아졌다는 사실을.

본인은 그걸 감추고 싶어 애써 무거운 분위기를 유지하려고 하지만 연기의 고수인 카밀라의 눈에는 다 보였다. 그의 입가가 아주 미세하게 씰룩거리고 있다는 걸. 얼굴빛도 살짝 붉어져 있었다.

"밥 먹을 거야, 안 먹을 거야? 진짜 입에 처넣어 줘?"

"…넌 어째 갈수록 점점 더 과격해지는 거 같냐."

"오라비 닮아서 그러지."

"말이라도 못하면."

"헐, 말 못하는 동생이 좋아? 평생 입 닫고 살아 줘?"

"…먹으면 되잖아, 먹으면."

라비는 너 때문에 억지로 먹는다는 듯 스푼을 들어 음식을 깨작거렸다. 그러나 잠시 후 접시에 올려져 있던 음식들이 하나도 남김없이 깨끗하게 비워졌다.

일주일 동안 입 안에 제대로 넣은 음식이 없으니 얼마나 배가 고팠겠는가. 그런 주제에 또 안 고픈 척 연기하는 것이 라비다웠다.

'에휴.'

카밀라는 속으로 짧은 한숨을 내쉬었다.

'우쭈쭈 하기도 힘들다.'

그래도 어쩌겠어. 저 인간 멘탈 관리를 잘해 둬야 앞으로의 삶이 평안하겠지. 자유롭게 살라며 방생했다간 또 뭔 헛짓거리를 할지 모를 일이다.

'아이고, 내 팔자야.'

✷
학생회장

"이게 다 뭐래?"
 오랜만에 등교한 카밀라는 자신의 책상 위에 가득 쌓여 있는 수많은 선물 상자들을 보며 고개를 갸웃했다.
 "나 오늘 생일인가?"
 아니지, 생일이라고 한들 아카데미에서 이런 선물을 받을 리가 없잖아.
 '뭔 장난질이야?'
 카밀라는 살짝 미간을 찌푸렸다. 상자 안에 쓰레기라도 들어 있는 거 아냐?
 "저, 저기, 카밀라 양!"
 순간 들려오는 앳된 목소리에 카밀라는 고개를 들었다. 자신의 앞에 처음 보는 여학생이 서 있었다.
 "이거요!"
 조금은 붉어진 얼굴로 여학생은 뭔가를 쓱 내밀었다. 작은 선물 상자였다.

'뭐지?'

선뜻 선물을 받지 않자 여학생의 얼굴이 더욱 붉어졌다.

"저, 저희 오라버니를 구해 주셔서 정말 고맙습니다."

"뭐?"

내가 뭘 해? 카밀라의 얼굴에 더욱 의아함이 깃들었다.

"사냥 대회에서 저희 오라버니가 큰 도움을 받았다 들었어요. 카밀라 양이 아니었다면 정말 죽을 뻔했다고……."

"아."

상황을 이해한 카밀라가 고개를 끄덕이자 여학생이 자신의 선물을 재차 앞으로 내밀었다. 묘한 표정으로 그것을 받은 카밀라에게 다시금 감사 인사를 한 여학생은 총총걸음으로 교실을 빠져나갔다.

'제노가 내 몸에 빙의했을 때 있었던 일인가 보네.'

자신의 기억에 없는 걸 보면 분명 그럴 것이다. 생각보다 제노의 활약이 더 대단했던 모양이었다.

"흐음, 그럼 이것들도 전부……."

카밀라의 눈이 선물 상자로 뒤덮여 있는 책상으로 향했다.

[맞아, 맞아. 그날 대회에 참석했던 당사자나 그 가족들이 너한테 보낸 선물들이래.]

그새 아카데미 안을 돌아다니며 상황을 파악하고 온 제노가 그녀의 귀에 대고 열심히 종알거렸다.

'이건 좀 당황스러운데.'

주변의 온도가 확 달라져 있었다. 적의까지는 아니어도 무시와

경멸이 가득 맺혀 있었던 눈동자들에 지금은 제법 호감이 가득했다.

물론 여전히 고깝게 여기는 시선도 있었지만, 그 비율이 줄어든 건 확실했다. 갑작스럽게 바뀐 분위기에 카밀라는 적잖이 당혹스러웠다.

[다 내 덕분인 거 알지?]

제노가 득의양양하게 함박웃음을 지었다.

[앞으로도 많이 이용해 줘.]

뭐래?

쇼핑 호스트처럼 눈을 반짝반짝 빛내며 자기를 어필하는 제노의 모습에 카밀라는 살며시 고개를 내저었다.

[정말 그만둘 거야?]

"네."

사냥 대회에서의 일이 학생들에게만 영향을 끼친 건 아니었다. 검술 선생과의 면담을 마치고 홀가분한 얼굴로 돌아가는 카밀라의 옆에서 제노가 연신 불만을 토해 냈다.

[아니, 왜! 왜! 왜!]

"아우, 시끄러워요."

그간 철저한 무관심을 고수하던 검술 선생이 난데없이 잠깐 보자고 하길래 대충 짐작은 했다. 아니나 다를까, 앞으로 자신에게 체계적으로 검술 수업을 받는 게 어떻겠냐는 제안을 받았다.

티끌만큼의 예의를 갖춰 대놓고 빈정거리진 않았지만, 속으로 코웃음을 쳤다.

'이제 와 스승 노릇이라도 하게?'

웃기지도 않았다. 자신의 검술 실력에 대해 말이 많아지자 거기에 숟가락 하나 얹어 명성을 얻고 싶어 하는 게 눈에 보였다.

검술 선생의 허황된 망상을 얼마간 잠자코 들어 주던 카밀라는, 그가 갈증을 달래고자 차를 마시는 순간 검술부를 나가겠다고 통보했다. 검술 선생이 입을 멍하니 벌리며 당황하는 모습을 보였지만 무시했다.

[너 재능 있다니까! 신체 조건이 아주 좋다고!]

"네, 네."

[아니, 대체 왜 검술부를 관두려고 해? 갖고 있는 재능이 아깝지 않아?]

하나도 안 아깝다고 했다간 계속 시끄럽게 굴 것 같은데……. 잠시 고민하던 카밀라는 그의 얼굴에 금칠을 하는 쪽으로 가닥을 잡았다.

"제노가 있잖아요."

[어?]

"제노가 있는데 다른 검술 선생이 왜 필요해요? 안 그래요?"

그 말에 금세 그가 조용해졌다. 언제 화를 냈냐는 듯 얼굴에도 빠르게 미소가 떠오른다.

[하긴! 내가 있는데!]

네, 네.

'이제 어떤 부에 들어갈까?'

검술부를 나왔으니 새로운 부를 찾아야 한다. 연기에 관련된 건 당연히 없을 거고… 고민을 좀 해 봐야겠-

투욱.

"죄, 죄송합니다!"

생각에 잠긴 채 걷던 카밀라에게 누군가 다가와 부딪쳤다. 그녀와 부딪친 이의 손에 들려 있던 물건들이 바닥에 우수수 떨어져 내렸다.

바닥에 떨어진 물건을 본 카밀라는 그가 왜 자신을 보지 못하고 부딪쳐 왔는지 충분히 이해할 수 있었다. 두꺼운 책부터 수많은 간식거리까지, 딱 봐도 혼자서 들기에는 너무 많았다.

"죄송… 아!"

카밀라가 떨어진 물건을 같이 주워 주자 남학생이 흠칫하며 놀란 눈빛을 보내왔다.

"고, 고맙습니다."

"들어 줄까?"

"아뇨!"

그가 기겁하며 급히 고개를 저었다. 그러곤 떨어진 물건을 다시 차곡차곡 쌓더니 서둘러 움직였다. 시야가 거의 보이지 않는 높이로 쌓인 물건을 들고 움직이는 모습이 그리 위태로워 보일 수 없었다.

하지만 카밀라는 더 이상 그에게 도움의 손길을 내밀 수 없었다. 그가 조금 전 도와주겠다는 말에 흠칫하며 급히 고개를 내저은 건 다 이유가 있었기 때문이다.

[저놈은 뭐야? 저걸 혼자 왜 다 들고 가?]

"도와주는 사람이 아무도 없으니까요."

[왜?]

"다들 대놓고 따돌리며 괴롭히거든요."

[뭐?]

케빈 브라이안. 카밀라도 잘 아는 사람이었다. 집안이 좋고 인물이 좋아서 잘 아는 것이 아니라 그 반대라 잘 알았다.

브라이안 남작가는 정말 이름뿐인 가문이었다. 돈도 없고 권력도 없는, 평민보다 조금도 나을 것이 없는 귀족이었다.

'나와는 또 다른 의미의 왕따지.'

자신은 그래도 대놓고 괴롭히는 이는 없지 않은가. 기껏해야 뒤에서 수군거리거나 무시받는 것이 다이지만, 케빈 브라이안은 많이 달랐다. 폭행을 당하는 건 예사고, 아카데미에 들어설 때부터 쉬지도 못하고 온갖 심부름을 도맡아 해야 했다.

'물론 주동자가 있어.'

그 주동자가 누군지도 너무 잘 안다.

저벅.

"어머? 카밀라 양, 오랜만이에요."

그 순간 또래의 여학생이 나타나 고운 미소를 지으며 카밀라에게 인사를 건넸다.

"이번에 활약이 아주 대단했다면서요?"

가브엘 후작의 딸, 메리즈 가브엘.

돈 많고 얼굴 예쁘고 성적도 아주 좋은 아가씨로, 아카데미의 학생회장이었다. 교장부터 시작해 모든 교수들이 총애하는 인물이자 동시에······.

'왕따 주동자.'

자신을 보며 방긋 웃는 메리즈 가브엘에게, 카밀라 역시 마주 웃음을 날려 줬다.

[아니, 전교생이 똘똘 뭉쳐서 한 학생을 괴롭힌다고? 미친 거 아니야?]

"엄밀히 말하면 전교생이 다 그런 건 아니에요. 안 끼는 사람도 있어요."

페트로 같은 인간이 그런 일에 동참할 리가 없지 않은가. 그는 아카데미에서 이런 일이 일어나고 있다는 사실조차 모른다.

'아르시안도 마찬가지고.'

남이 괴롭힘을 당하든 말든 애초에 관심도 없는 녀석이니까.

"자신들이 하는 일에 방해가 될 것 같은 이들은 애초에 동참시키지를 않죠."

[학생회장이 그래도 돼?]

"학생회장이라서 가능하다는 생각은 안 들어요?"

교수들의 눈을 가리기 아주 좋은 자리다.

[그걸 다들 그냥 두고 본다고!]

"내가 당하는 게 아니니까요."

[뭐?]

"내가 타깃이 아니니까."

그래서 그냥 두고 보는 거다. 젊은 날에 즐기는 가벼운 유희처럼. 다들 장난스럽게 동조하고 외면하는 상황이었다.

[아무도 돕지 않는다는 게 말이 돼?]

물론 그런 짓을 껄끄럽게 여기는 이들은 분명 존재한다. 그런데도 그냥 지켜보고만 있는 이유는 단 하나다.

"자칫하면 본인이 다음 타깃이 될 텐데, 누가 나설 수 있을까요?"

'뭐야?'
'왜 혼자 착한 척이야?'
'재수 없어.'

이렇게 되는 거다.
[너라도 도우면 되잖아!]
"고마워요."
[뭐가?]
"절 그렇게 착한 인간으로 봐주셔서요."
남을 괴롭히는 일에 동참할 생각은 없지만, 그렇다고 앞에 나서서 도와줄 마음도 딱히 없다. 방금 말했다시피, 끼어드는 순간 아주 귀찮은 일에 휘말리는 거다.
'일개 학생이 학생회 전체를 상대하긴 힘들지.'
학생회장인 메리즈뿐만 아니라 그 밑에 있는 학생회 간부 모두가 한통속이다. 한마디로 아카데미를 쥐락펴락하고 있는 그들과 대립해야 한다는 말이었다. 어중간하게 끼어들었다간 그 순간부터 학교생활이 지옥이 되는 거다.
[아씨! 아무리 그래도!]
"너무 열 내지 마세요. 오늘 본 그 학생은 곧 아카데미를 그만두니까."
결국 괴롭힘을 참지 못한 케빈 브라이안은 아카데미를 자퇴하고 떠난다. 어떻게든 아카데미만은 졸업하고 싶어 했지만, 그가 괴롭힘을 당하고 있다는 사실을 그의 부모가 알게 돼 버린다.

 브라이안 남작 부부는 케빈에게 아카데미를 그만둘 것을 권했다. 그러곤 모든 걸 청산하고 조용히 시골로 내려가 살기를 바랐다.

 '신고할 생각도 못 하지.'

 괴롭힘을 주도한 이들의 신분이 너무도 높으니까.

 학생회장인 메리즈만 해도 후작의 딸이고, 학생회 다른 간부들 역시 제국 안에서 날고 긴다는 귀족가의 자제들이다. 아무런 힘도 없는 자신들이 항의를 해 봐야 돌아오는 건 더 큰 피해라는 걸 너무도 잘 아는 것이다.

 카밀라의 기억에 따르면 학생회 간부들은 케빈의 아카데미 자퇴 소식을 듣고 오히려 즐거워했다.

 '드디어 떠났네.'

 '그렇게 죽자고 붙어 있더니.'

 누가 들어도 상관없다는 양 교실 안에서 대놓고 낄낄거렸다. 아카데미에서 겉도는 카밀라도 들은 적이 있으니 말 다 했지 뭐.

 [X 같은 것들!]

 "선을 넘긴 했죠."

 하지만 그렇다고 해서 마음이 동하진 않았다. 여전히 학생회 일에 끼어들 생각은 조금도 없다.

 그런데 문제는 다음 타깃이다.

"조만간 새로운 대상이 정해질 거예요."

[새로운 대상?]

"케빈이 사라졌으니까요."

[이런 미친 것들이!]

그리고 이번 타깃이 누가 되는지 카밀라는 아주 잘 알고 있었다.

✦

"케빈, 그 녀석은 너무 순했어."

"맞아."

학생회 간부만 드나들 수 있는 학생회실. 그 자리에 모인 이들은 책상에 놓여 있는 한 사람의 자퇴서를 두고 키득거렸다. 케빈 브라이안의 자퇴서였다.

"다음은 누구로 할까?"

가장 상석에 앉아 빙그레 웃고 있던 학생회장 메리즈가 본론을 꺼내 들었다.

"다음 대상 정해졌어?"

"응, 여기."

"이번에는 누구야?"

메리즈의 물음에 간부 하나가 종이 한 장을 건넸다. 그곳에 이름 하나가 적혀 있었다.

"그 반 학생들이 단체로 뽑은 것 같더라."

"아무래도 누가 손을 쓴 거 같던데?"

"흐음."

이름을 확인한 메리즈의 입꼬리가 부드럽게 올라갔다.

새로운 게임의 시작이었다.

"어?"

점심을 먹고 교실로 돌아온 라일라는 자신의 책상에 가득 쌓여 있는 쪽지들에 눈이 동그래졌다. 무슨 일인가 싶어 주위를 두리번거렸지만 그 누구도 답해 주지 않았다. 오히려 눈이 마주치자 은근히 시선을 다른 곳으로 돌렸다.

"뭐지?"

잠시 고개를 갸웃한 라일라는 쪽지들을 하나하나 펴 읽기 시작했다.

― 라일라, 너 보육원 출신이라며?
― 너희 부모님 농장에서 일한다던데? 정말이야?
― 너한테 가끔 이상한 냄새 나.
― 아카데미에서 장학금 받으며 거지처럼 빌붙어 있는 게 너라며? 그 장학금 우리가 내주는 거 아니?

쪽지를 읽어 내려가는 라일라를 교실 안에 있는 모든 학생이 쳐다봤다. 키득거리는 이들도 있었고, 그런 학생들을 한심해하며 외면하는 학생들도 있었다. 하지만 학생들 대부분이 라일라의 반응을 즐기고 있는 건 사실이었다.

"와……."

쪽지를 다 읽은 라일라의 반응이다. 그녀는 진심으로 감탄했다는 듯 입을 살짝 벌렸다.

"너희들 나에 대해 아는 게 정말 많구나!"

"……?"

"관심 가져 줘서 고마워!"

활짝 웃는 라일라의 모습에 순간적으로 정적이 감돌았다. 그러거나 말거나 라일라는 자신의 옷소매를 킁킁거렸다.

"옷은 자주 빠는데……. 미안, 좀 더 신경 쓸게. 내가 기르는 농작물이 좀 많긴 해."

"라일라."

배시시 웃는 라일라 곁으로 한 무리가 다가섰다. 전에 숙제를 보여 달라고 했다가 카밀라로 인해 뜻을 이루지 못하고 그 자리에서 쫓겨났던 그레이스와 그 친구들이었다.

"그거 알아?"

"어?"

"너희 어머니가 우리 집에서 일거리 받아 가는 거."

그레이스의 입가에 미소가 짙어졌다.

물론 거짓말이다. 다만 소문으로 듣기는 했다. 라일라의 어머니가 주변 귀족가에서 바느질감 같은 소일거리를 받아서 돈을 벌고 있다는 사실을 말이다.

"진짜?"

"그럼 진짜지. 내가 거짓말을 할-"

덥석!

"고마워!"

라일라는 함박웃음을 지으며 그레이스의 손을 꼭 잡았다.

"어머니가 요즘 일감이 없다고 많이 속상해하셨는데……. 앞으로도 잘 부탁할게."

"……."

"괜찮으면 나한테도 일감을 좀 줄 수 있을까? 나도 바느질 잘해!"

놀리려고 한 말인데, 창피를 주려고 한 말인데…….

"역시 그레이스, 넌 정말 좋은 친구야!"

타격감 제로.

오히려 그레이스가 붉어진 얼굴로 급히 그녀에게서 물러섰다. 다른 학생들도 어이가 없다는 눈으로 라일라를 쳐다봤다.

"미안한데 이 종이는 버려도 되지? 너무 많아서 간직하기에는 좀 힘들겠다."

그러거나 말거나 라일라는 책상에 쌓여 있는 쪽지들을 빠르게 치워 나갔다.

'푸훕.'

한편 그 모습을 슬쩍 지켜보는 이가 있었으니, 바로 카밀라였다.

혹시나 해 찾아왔던 카밀라는 평소와 다름없는 라일라의 그 모습에 속으로 웃음을 터트렸다. 이번 일은 시작에 불과하다는 걸 잘 알기에 마냥 웃고 있을 수는 없었지만, 그들의 망연한 표정을 보니 속은 좀 시원했다.

'이번에는 어떻게 되려나?'

초반 몇 번은 지금처럼 의도치 않은 천진함으로 잘 대응하겠지만, 괴롭힘의 수위가 점점 높아지면서 라일라도 상황이 이상하게 돌아간다는 걸 알아차릴 것이다.

이전엔 악의를 깨닫고 힘들어하는 그녀를 페트로와 아르시안이 도왔다. 상황이 어떻게 돌아가는지 관심도 없고 아는 것도 없었던 두 사람이 라일라로 인해 모든 걸 알게 되고, 그 결과 학생회는 붕괴된다. 그들이 라일라에게 한창 관심을 두고 있던 시기에 벌어진 일이라 그렇게 되기까지 오래 걸리지도 않았다.

'하지만 지금은?'

솔직히 잘 모르겠다. 아르시안도 그렇고, 페트로도 라일라와 별다른 접점이 없을 뿐만 아니라 라일라를 대하는 분위기가 전과 달리 아주 심드렁했다.

카밀라는 여전히 밝은 표정으로 쪽지들을 열심히 치우고 있는 라일라를 바라봤다.

"일단은 상황을 좀 지켜볼까?"

…계속 지켜봐도 되는 건가?

"에췪!"

"감기 걸린 거 아니야?"

"괜찮아요."

안 괜찮은 것 같은데.

"친구들이 실수로 물을 쏟아서요."

"그 친구들은 매일같이 실수를 하네."

"하, 하하……."

"무릎도 또 까졌고."

"아, 친구들 발에 걸려 넘어져서…….."

라일라의 웃음소리가 점점 잦아들었다. 입가에 지어져 있던 미소도 사라졌다. 아무리 둔한 그녀라도 이 정도가 되니 뭔가 이상한 걸 느낀 거다.

'흐음.'

악의를 담은 쪽지나 편지를 보내고, 등에 놀림감이 될 수 있는 문구를 적어 붙이는 것과 같은 유치한 짓거리로 시작된 괴롭힘은 점점 더 심해져 갔다.

사실 처음의 것들도 유치하다는 말로 치부할 만한 일은 아니었다. 라일라야 덤덤하게 넘겼지만 다른 이들이 당했다면 정신적으로 무척 힘든 내용들이 적혀 있었다.

주변 학생들이 자신이 지나갈 때마다 수군거리거나 낄낄거린다고 생각해 봐라. 그게 그저 유치하기만 할까? 더 이상 장난이라고 부르기 어려운 정도가 되자 라일라는 몹시 당황해했다.

하지만 그뿐이었다. 자신을 둘러싼 기묘한 분위기를 알아차리는 수준에 그친 것이다. 그녀는 여전히 자신에게 무슨 일이 일어나고 있는 것인지 제대로 파악하지 못했다.

'그 인간들도 조용하고.'

아르시안과 페트로는 라일라에게 아무런 관심도 보이지 않는 상태. 당연히 그녀가 무슨 일을 당하고 있는지도 모른다.

'이건 과거와 너무 다른데.'

물론 아직 그들이 나설 때가 아니긴 했다. 아르시안과 페트로가 끼어드는 건 학생회가 라일라에게 직접적으로 폭력을 가하기 직전이었으니까.

그래도 그렇지, 이번엔 너무 관심이 없잖아. 그땐 어렴풋이 눈치는 채고 있었다고!

 카밀라는 지끈거리는 이마를 붙잡고 한숨을 내쉬었다. 머리가 복잡했다.

 '그때까지는 기다려 봐야 하는 건가?'

 과거에는 자연스럽게 풀렸던 일이다. 그때와는 상황이 좀 다르긴 해도 큰 줄기는 같다 보니 함부로 끼어들어도 되는 건지 판단이 서질 않았다.

 괜히 끼어들었다가 상황이 더 꼬이면 어떻게 하냐고.

 "걱정 마세요. 저 갈아입을 옷도 미리 준비해 왔어요. 잘했죠?"

 별일 아니라는 듯 씩씩하게 웃는 라일라를 보며 카밀라의 고민은 점점 더 깊어져 갔다.

 "이번 아이는 좀 특이하네?"

 학생회장 메리즈는 연신 웃음을 터트렸다.

 "반응이 남달라."

 "자기가 괴롭힘을 당하고 있다는 사실을 인지하지 못하는 것 같아."

 "애들이 너무 살살 봐주면서 괴롭히는 거 아냐?"

 메리즈의 말에 간부 한 명이 고개를 저으며 부정했다.

 "그것보다는 이번 타깃이 좀 둔감한 거 같아. 오히려 웃었다는군."

'쓰레기 버려 달라고 말을 하지. 알았어. 내가 다 치울게!'

라일라는 오히려 환하게 웃으며 아무렇지 않게 자리를 정리했다.

"재밌네."

메리즈의 미소가 더욱 짙어졌다.

"학생들이 아주 골이 났겠어."

"아무래도 그렇지."

온갖 괴롭힘에도 아무런 반응이 없는 라일라를 보며 다들 약이 오를 대로 오른 상태다.

"우리가 직접 겁을 줘도 괜찮을 것 같은데?"

"그런데……."

즐겁게 키득거리던 메리즈의 시선이 부회장 루히스에게 향했다. 뭔가 마음에 걸리는 것이 있는 듯 그의 표정이 그다지 좋지 않았다.

"그 애, 카밀라 양과 친분이 있는 것 같던데."

"카밀라? 카밀라 소르펠?"

"맞아."

의외라는 듯 메리즈의 눈이 살짝 커졌다.

"카밀라 양과 친하게 지내는 인간도 있어? 확실히 이번 아이는 좀 특이하구나."

잠시 고민하던 그녀의 입가에 다시 미소가 걸렸다.

"근데 그게 무슨 상관이야? 카밀라 소르펠과 친하다고 해서 라일라 헤스팀이 뭘 할 수 있는데? 그 '카밀라 소르펠'이 이런 일에 발 벗고 나서기라도 할까 봐?"

메리즈의 말에 동조하듯 여기저기서 웃음이 터져 나왔다.

"걱정이 너무 과하다, 루히스."

"말이 좋아 친구지, 사실상 카밀라 소르펠의 시녀 노릇 하는 애인데 뭘 그렇게 몸을 사리냐."

하지만 루히스는 고개를 저으며 조심스럽게 입을 열었다.

"대수롭지 않게 여길 일이 아닌 거 같아서 하는 말이야. 많이 달라졌어. 예전의 카밀라 소르펠이 아니라고."

"뭐?"

"그녀가 이번 사냥 대회에서 어땠는지 들었지? 평판도 이전처럼 나쁘지만은 않―"

"루히스."

메리즈의 싸늘한 목소리에 루히스가 멈칫했다.

"너 지금 뭐 하자는 거야? 카밀라 소르펠이 그렇게 신경 쓰여?"

"그게 아니라……."

이번 사냥 대회에 참석했다가 그녀에게 도움을 받았다. 적의 공격으로 부상을 입을 뻔했을 때 카밀라가 자신을 구해 줬다. 목숨의 빚을 진 그녀와 척을 지게 될지도 모른다는 사실이 좀 찜찜했다.

루히스의 안색이 어두워질수록 메리즈의 입꼬리가 비뚜름히 올라갔다. 잠시간의 기묘한 침묵 끝에 메리즈는 싱긋 웃으며 지령을 내렸다.

"루히스, 네가 데리고 와."

"뭐?"

"그 아이."

"……!"

"네가 그곳으로 데리고 와."

'하아.'

라일라는 속으로 긴 한숨을 내쉬었다. 그러다 자신의 집 앞에서 걸음을 멈췄다.

짝, 짝!

스스로의 뺨을 몇 대 찰싹찰싹 때리며 라일라는 굳어 있던 표정을 급히 풀었다. 어느새 그녀의 입가에는 환한 미소가 걸려 있었다.

"다녀왔습니다."

라일라는 씩씩하게 외치며 안으로 들어섰다. 그리 크지 않은 집이지만 마당은 넓었다. 그 넓은 마당에는 수많은 채소와 과일이 풍성하게 자라고 있었다.

그 모습을 본 라일라의 입가에 진심 어린 미소가 퍼져 나갔다. 아무리 힘든 일이 있어도 집에만 오면 마음이 편안하다.

"왔니?"

"네."

문을 열고 들어서자, 언제나처럼 어머니가 반갑게 그녀를 맞아줬다.

"어?"

그런데 집에는 어머니만 계시는 게 아니었다.

"손님이 왔단다. 친구라던데."

"친구요?"

말이 떨어지기 무섭게 뒤돌아 앉아 있던 남자가 천천히 자리에서 일어섰다.

"안녕."

"어……."

아는 얼굴이긴 했다. 학생회 부회장 루히스. 학생회 공지 사항을 전하기 위해 돌아다니는 그의 모습을 몇 번 본 적이 있었다.

"여긴 어떻게……."

"할 얘기가 있어서."

루히스가 빙그레 웃으며 그녀에게 다가섰다.

"잠시 시간 좀 내줄래?"

"아, 네."

여기서 할 얘기가 아니라는 듯 문간을 눈짓하는 그의 모습에 라일라는 고개를 끄덕였다.

"다음에 또 뵙겠습니다."

"그래요. 식사라도 하고 가면 좋을 텐데."

"아닙니다. 맛있는 차로 충분합니다."

그는 예의 바른 모습으로 고개를 숙여 보인 후 먼저 밖으로 향했다. 그런 그의 뒤를 라일라가 따랐다.

"얘기 들었어."

"얘기요?"

루이스는 바로 본론을 꺼내 들었다.

"요즘 학교생활이 힘들다며?"

"네?"

"아이들이 괴롭힌다고 들었는데."

라일라는 선뜻 대답하지 못했다. 다른 사람의 눈에도 그렇게 보일 정도면… 역시 이건 괴롭힘이 맞는 거겠지?

아니라고, 아닐 거라고 몇 번이고 되뇌었지만 사실 많이 힘들었다. 그녀의 어깨가 축 처지자 루히스가 부드러운 목소리로 말했다.

"그래서 우리 학생회가 도움을 좀 주려고."

"도움이요?"

"응, 이런 일을 돕는 게 우리 학생회에서 해야 할 일이니까."

지금 다들 기다리고 있는데, 같이 갈래?

루히스의 친절한 물음에 라일라는 결국 고개를 끄덕였다.

"들어가."

"여긴……."

학생회실이 아니었다. 루히스를 따라 도착한 곳에는 으리으리한 건물이 서 있었다.

"학생회장 소유의 건물이야. 학생회실보다는 여기가 편할 것 같아서."

"아."

라일라는 문을 열어 주는 루히스의 친절에 가볍게 고개를 숙여 보인 후 안으로 들어섰다.

촤아아악!

안으로 들어서는 순간, 그녀의 머릿속이 멍해졌다. 위에서 쓰레기와 차가운 물이 쏟아졌기 때문이다.

"큭."

"저 멍청한 표정 좀 봐."

"어때? 여전히 이게 실수 같아?"

라일라는 가까이에서 들려오는 목소리에 천천히 고개를 들었다. 그곳에 익히 아는 얼굴들이 있었다.

학생회장 메리즈와 학생회 간부들.

"저기, 지금 뭐 하는 거야?"

잠시 굳어 있던 라일라는 물기를 대충 털어 낸 뒤 차분히 물었다. 그녀의 표정은 어느새 편안해져 있었다.

"역시 특이하네."

"내가 말했잖아. 이번 타깃은 무척 둔감하다고."

학생회 간부들의 시선이 이 모든 상황을 주도한 한 사람, 학생회장 메리즈에게 향했다. 이제 어떻게 할지 묻는 것이었다.

이 모든 걸 팔짱을 낀 채 여유롭게 구경하고 있던 메리즈가 라일라와 눈을 맞추고 방긋 웃었다.

"우선 내려갈까? 이곳까지 걸음 해 준 헤스팀 양에게 인사를 해야지."

그녀는 키득거리기 바쁜 학생회 간부들을 이끌고 계단을 내려갔다. 걸음을 옮기는 메리즈의 얼굴에서 알 수 없는 희열감이 번뜩였다.

'처음에는 그저 재미였어.'

따분한 일상에 작은 유희를 위해 행한 일이었다. 마침 눈에 거슬리는 인간도 있었고. 하지만 일이 진행될수록 부수적인 이득이 생겼다.

'학생들의 중심이 내가 되는 거.'

놀이를 주도하니 당연히 놀이를 즐기는 이들이 자신을 따랐다. 알게 모르게 생겨난 권력은 황홀했다. 학생회장에게 밉보이는 순간, 투표고 뭐고 바로 다음 장난감이 된다는 사실을 안 이들 모두가 두려움에 떨기 시작했다.

다음 타깃이 될지도 모른다는 불안감에 자신의 말에 토를 다는 이가 사라졌다. 동시에 기묘한 동질감이 형성되었다. 당하는 아이들을 보며 학생들은 새로운 감정을 느꼈다.

안도감. 자기가 저 대상이 아니라는 것에 대한 묘한 안도감.

"일단 무릎부터 꿇게 해."

메리즈의 말에 몇몇 학생들이 라일라에게 다가섰다.

털썩.

"뭐, 뭐야?"

하지만 그들보다 라일라의 행동이 조금 더 빨랐다. 그녀는 다른 이들이 자신을 강제하기 전에 스스로 무릎을 꿇었다. 그러곤 빙그레 웃는다.

"미안해. 내가 뭔가 실수한 게 있는 거지? 뭔지는 모르겠지만 사과할게. 무릎 꿇어서 용서받을 수 있으면 꿇어야지."

생각지도 못한 반응에 다들 어이가 없다는 표정을 지었다. 얜 진짜 뭐지? 아직도 상황 파악이 안 되나?

황당한 건 메리즈 역시 마찬가지였다.

"우와. 라일라 헤스텀, 너 정말 재미있다."

전혀 겁을 먹지 않은 눈빛으로 자신을 응시하는 라일라의 모습에 메리즈는 작게 혀를 찼다.

몰라서 저러는 게 아니다. 본인의 굳은 심지를 여실히 드러내는 눈동자가 상당히 거슬렸다.

"머리 모양이 별로 마음에 들지 않네."

마음에 들지 않으면 바꾸면 된다.

"쟤 머리카락 좀 잘라 봐. 아주 짧게."

익숙한 일인 듯, 주변에 있던 한 학생이 금세 가위 하나를 들고 와 라일라에게 다가섰다. 가위를 본 라일라의 눈빛이 처음으로 흔들렸다.

"…왜들 이러는 거야?"

아무리 생각해도 이유를 알 수 없었다.

오해가 있으면 풀면 된다. 그에 앞서 뭔지 모를 잘못에 대해 미리 사과도 했다. 그랬는데 왜? 이렇게까지 철저히 깔아뭉개려는 이유가 대체…….

"그냥."

"뭐?"

"꼭 이유가 있어야 하나?"

메리즈의 미소가 다시 짙어졌다.

"그냥 놀이야. 노는데 꼭 이유가 있어야 해?"

"놀…이?"

"그래, 놀이."

뭐 해? 잘라.

라일라는 눈을 질끈 감았다.

괜찮아. 머리는 또 자랄 거야.

울지 마. 쉽게 울지 않기로 했잖아. 이 정도는 괜찮아.

스윽.

가위가 다가오는 게 느껴졌다.

"……?"

하지만 시간이 지나도 머리카락이 잘리는 느낌이 들지 않았다.

천천히 고개를 든 라일라의 눈이 커다래졌다. 가위를 쥐고 있는 이의 손을 멈춰 세운 또 다른 손이 보였다.

"너희 선 넘은 거 알지?"

'잘 지내야 해. 알았지?'

언제나처럼, 아주 오래전 그때처럼 너무도 따스한 목소리.

카밀라였다.

※

카밀라는 연신 혀를 차며 한자리에 모여 있는 이들을 바라봤다.

어디서 못된 것만 배워 와 가지고.

"가위 계속 들고 있을 거야?"

쨍그랑!

난데없는 등장으로 굳어 있던 이가 흠칫하며 저도 모르게 가위를 떨어트렸다. 그제야 카밀라는 잡고 있던 손을 놓았다.

"하아."

그녀의 입에서 짧은 한숨이 흘러나왔다.

역시나 아르시안과 페트로, 두 사람은 끝까지 이번 일에 전혀 반응하지 않았다.

'제노를 붙여 놓길 잘했네.'

혹시나 해서 제노를 라일라 곁에 붙여 뒀었다. 무슨 일이 생기면 자신에게 바로 알려 달라는 말과 함께.

아니나 다를까, 조금 전 제노가 학생회 부회장이 라일라를 어딘가로 데리고 갔다며 자신을 급히 찾아왔다.

대략적인 주소를 들은 카밀라는 그곳이 메리즈 소유의 건물, 즉 가해 영상을 찍는 장소임을 곧바로 알아차렸다. 이미 알 만한 사람은 다 알고 있는 장소라 찾아가기 어렵지 않았다.

"쯧."

카밀라는 자신을 멍하니 바라보는 라일라를 보며 작게 혀를 찼다. 흠뻑 젖은 채 쓰레기를 뒤집어쓰고 있는 그녀를 보고 있자니 절로 한숨이 나왔다. 진작 도와줬어야 했던 걸까?

그래도 마지막으로 한번 물어본다.

"여전히 괜찮아?"

그동안 늘 걱정 말라며, 괜찮다고 씩씩하게 외치던 그녀다.

"여전히 도와주지 않아도 돼?"

자신을 바라보는 라일라의 눈시울이 점점 붉어졌다.

"도와줘……."

결국 그녀의 눈에서 눈물이 떨어져 내렸다. 동시에 카밀라의 몸이 움직이기 시작했다.

"도와줘, 카밀라……."

카밀라는 자신의 등장 이후 잔뜩 얼어붙어 버린 이들 한 명 한 명과 눈을 마주쳤다. 이윽고 라일라를 등지고 선 그녀의 붉은 눈동자가 학생회장 메리즈에게로 향했다.
 잔뜩 털을 세우고 경계하는 메리즈를 응시하는 얼굴에 스산한 미소가 맺혔다.

SIDE STORY. 공주와 마녀

"어?"

내가 그 아이를 처음 본 건 여섯 살 때다.

"와, 예쁘다!"

얼마 전에 마을에 새로 온 아이. 입고 있는 옷은 고아인 나보다 더 후줄근했지만 얼굴은 꼭 공주님 같았다.

"우리 쟤랑도 같이 놀자."

내 말에 함께 놀고 있던 아이들이 멈칫했다.

"싫어."

"나도 싫어."

"쟤 마음에 안 들어."

"응, 같이 놀기 싫어."

아이들이 동시에 고개를 저었다.

"왜? 예쁜데."

"몰라."

SIDE STORY. 공주와 마녀

"그냥 싫어."

"으음……."

난 다시 아이를 바라봤다. 저 아이도 우리와 놀고 싶은 게 아닐까? 자꾸 이쪽을 보는데?

하지만 막상 눈이 마주치자 휙 고개를 돌린다.

'눈도 예뻐.'

보석처럼 반짝이는 붉은 눈이 유독 예쁜 아이였다. 그 후로도 그 아이를 종종 볼 수 있었다. 늘 우리가 노는 모습을 지켜보고 있었지만 정작 다가와 말을 걸지는 않았다.

"너 이름이 뭐야?"

결국 내가 먼저 다가갔다.

"…카밀라."

"와! 이름도 예쁘다."

내 말에 아이가 입을 멍하니 벌렸다. 그런 말은 생전 처음 들어 본 것처럼.

"나랑 놀자, 응?"

"…정말?"

"응!"

살짝 웃는 모습에 난 다시 감탄했다. 공주님처럼 예쁜 아이가 웃으니 더 예뻤다. 그렇게 나에게 새로운 친구가 생겼다.

"너 거지라며?"

"아, 아니야!"

"우리 엄마가 그랬어. 고아들은 다 거지라고."

"맞아. 우리 엄마도 그랬어."

"아니야! 우리 거지 아냐!"

어제까지만 해도 같이 놀던 아이들이 무슨 말을 들은 것인지 갑자기 나를 놀리기 시작했다.

"우리가 버린 옷, 너희들이 주워 입는다던데?"

"우리 과수원 과일도 너희들이 훔쳐 간 거랬어."

"어? 그거 도둑 아냐?"

"맞아. 쟤들 도둑이야."

"아니야! 우리는 과일 같은 거 안 훔쳐!"

"도둑이래요~ 도둑이래요~"

"아니라고!"

난 주먹을 꼭 쥐고 아이들에게 달려들었다.

퍼억.

"아앗!"

하지만 덩치가 작았던 난 오히려 아이들에게 떠밀려 넘어졌다.

"거지래요~"

"도둑이래요~"

"으… 으……."

결국 울음이 터졌다. 억울하고 아팠다. 하지만 아이들은 그런 나를 오히려 더욱 놀렸다.

그때였다.

따악!

"아야!"

따악! 딱!

"악!"

"아파!"

"으아앙!"

그 순간 아이들을 향해 뭔가가 날아왔다. 작은 돌멩이였다. 정말로 아픈 듯 아이들이 동시에 울음을 터트렸다.

"더 맞을래?"

그 아이다. 카밀라!

따악!

"악! 으아앙!"

카밀라가 새총으로 보이는 도구에 작은 돌멩이를 걸자 아이들이 울며 도망쳤다. 바닥에 주저앉아 울고 있던 난 그런 카밀라를 멍하니 바라봤다.

"울지 마."

"어?"

"울면 사람들이 더 얕잡아 봐. 앞으로 이런 일에 울지 마."

"으, 응!"

난 열심히 고개를 끄덕였다. 무슨 말인지 잘 모르겠지만 카밀라의 말이 다 맞는 것 같았다.

"일어나."

나를 향해 내밀어진 새하얀 손을 보며 언제 울었냐는 듯 배시시 웃었다.

친구. 내 친구 카밀라.

나는 카밀라가 정말 좋았다.

"카밀라, 이거 먹어!"
낮에 간식으로 나왔던 사과 한 알을 안 먹고 들고 나왔다. 빨간 사과가 무척 맛있어 보였지만 카밀라에게 주고 싶어서 꾹 참았다.
"나 주는 거야?"
"응!"
"…고마워."
카밀라의 얼굴이 사과처럼 빨개졌다. 좋아하는 모습을 보니 역시 안 먹고 주기를 잘한 것 같았다.
"그런데 이거……."
"어?"
"이거, 우리 엄마 줘도 돼?"
"엄마?"
"응."
"그래!"
좋겠다. 엄마도 있고.
조금 부럽고 쫑하긴 했지만 얼굴이 밝아지는 카밀라의 모습에 나도 웃었다. 카밀라는 빨리 사과를 엄마에게 주고 싶은 듯 바로 자리에서 일어섰다.
'더 놀고 싶은데.'
사과만 주고 다시 놀면 되잖아.
그 생각을 한 난 카밀라의 뒤를 쫓아갔다.
오늘은 뭐 하고 놀까? 같이 그림 그리며 놀까?

"카밀라."

카밀라의 집에 다다랐을 때 낯선 목소리가 들려왔다. 무척 고운 음성이었다.

하지만 그 소리를 듣는 순간 난 저도 모르게 걸음을 멈췄다. 왠지 무섭다는 생각이 들었기 때문이다.

'저분이 카밀라의 엄마?'

슬쩍 바라본 곳에 아주 예쁜 여자가 카밀라와 함께 있었다.

"이거 어디서 났어?"

"치, 친구가 줬어요."

"친구?"

"네!"

"이제 거짓말까지 하니?"

"…네?"

"사실대로 말해. 이거 어디서 났어?"

"정말 친구가-"

"카밀라!"

'허억!'

난 그대로 몸이 굳어 버렸다. 여자의 분노 어린 외침에.

얼어붙어 버린 카밀라와 일그러진 여자의 얼굴을 난 멍하니 바라봤다. 엄마라면서? 엄마가 왜 저래? 엄마는 저런 거 아니잖아.

'책에서 본 엄마는, 엄마는…….'

저런 게 아닌데.

"요즘 동네 과수원에 과일을 훔쳐 먹는 이들이 있다더니, 너였구나."

"아, 아니에……!"

"또또, 거짓말!"

카밀라가 급히 입을 다물었다.

"엄마가 거짓말은 절대 하지 말랬지."

"……."

"역시 너 같은 건 낳는 게 아니었는데. 하아…….."

"…죄송해요, 엄마."

온몸이 얼어붙었다. 아니라고, 카밀라가 훔친 게 아니라고, 내가 그 애에게 준 거라고 말해야 하는데 아무것도 할 수가 없었다.

'무서워…….'

동화 속 마녀처럼 카밀라를 혼내는 여자를 향해 난 아무 말도 할 수 없었다. 익숙한 일처럼 눈물조차 흘리지 않고 고개를 숙이는 카밀라를 보자 그 애 대신 내 눈에 눈물이 주르륵 흘러내렸다.

내 친구. 나의 새로운 친구는 엄마가 아닌 마녀와 살고 있었다.

"미안해, 미안……."

"네가 왜 미안해."

다음 날 카밀라를 본 내 눈에서 눈물이 주르륵 흘러내렸다.

"울지 마. 내가 말했지? 울면 사람들이 얕잡아 본다고. 그래서 난 안 울어."

"으응… 미안."

난 급히 눈을 소매로 닦았다.

"이거 먹어."

그리고 오늘도 남겨 온 사과를 카밀라에게 건넸다. 내가 친구에게 줄 수 있는 건 이것뿐이었으니까.

"안 먹어."

"왜? 이거 엄마 주지 말고 너 먹어."

"…아파."

"어?"

"여기가 아파서 못 먹겠어."

사과를 보며 카밀라가 자기 심장이 있는 부분을 손으로 꾹 누른다. 그 모습에 와앙 소리를 내며 울음을 터트리는데, 카밀라가 머뭇머뭇 말을 이었다.

"나, 오늘 떠나."

"뭐? 왜?"

이사 온 지 얼마 되지도 않았는데?

"일 때문에 잠시 머문 거였대. 일이 끝나서 이제 떠난대."

갑작스러운 소식에 우는 것도 잊고 멍하니 그 애를 응시했다. 그런 나를 카밀라가 몇 번 더 토닥였다.

"카밀라."

"……!"

마녀다!

카밀라는 여자의 부름에 자리에서 벌떡 일어섰다.

"잘 지내야 해. 알았지?"

그러곤 마지막으로 날 한 번 바라본 뒤 빠르게 여자에게 달려갔다.

그게 마지막이었다. 내 친구, 공주 같았던 내 친구는 그렇게 마녀와 함께 떠났다.

"라일라."

"원장 어머니! 으아앙!"

"무슨 일 있었니? 왜 울어?"

"으앙… 친구가, 마녀랑……!"

"뭐?"

"으아앙!"

"자, 뚝. 이렇게 울 때가 아니에요."

"흑… 네?"

"널 찾아온 손님이 계서."

"손님이요?"

"응, 너의 엄마 아빠가 되어 주실 분들이란다."

 원장 어머니가 부드럽게 웃으며 내 머리를 쓰다듬었다.

 난 그런 원장 어머니의 손을 잡고 걸음을 옮겼다. 고개를 돌려 뒤를 돌아봤지만 카밀라는 이미 사라져 모습을 찾아볼 수 없었다. 그렇게 우리의 인연은 끝이라 생각했다.

 하지만…….

"계속 그러고 있을 거야?"

 다시 만난 내 친구는 여전히 나에게 손을 내밀었다.

"도와주셔서 감사합니다."

 여전히 공주님처럼 예쁜 내 친구.

"제 이름은 라일라예요."

 나를 전혀 기억하지 못하는 듯했지만 상관없었다.

'내가…….'

 내가 기억하고 있으니까.

CHAPTER 4

~~~

되돌려주다 / 클럽 / 사신 하벨 / 공작 부인의 팔찌
라니아 / 고스트 상회 / 중독 / 범인을 잡다
SIDE STORY. 또 하나의 삶

되돌려주다

"마셔."

"네, 잘 마실게요."

목욕을 마치고 나온 라일라를 향해 카밀라는 미리 준비한 따뜻한 차를 건넸다. 아직도 미세하게 떨림이 느껴지는 그녀의 손에 찻잔을 쥐여 줬다. 그 모습을 보고 있자니 새삼 열이 뻗쳤다.

"한바탕 칼춤이라도 추고 나올 걸 그랬나."

제노도 같이 있었는데 말이야.

"네? 카, 칼춤이요?"

"차나 마셔."

라일라를 그곳에서 데리고 나오는 건 어렵지 않았다.

'나 검 좀 쓰는데.'

그 한마디로 끝이었다.

사냥 대회에서 있었던 일이 학생회 내에서도 소문이 쫙 돌았는지 다들 움찔하며 멀찍이 떨어져 나갔다. 라일라를 데리고 밖으로 나서는데도 그 앞을 막아서는 이가 아무도 없었다.

학생회장 메리즈가 잔뜩 굳은 표정으로 살벌하게 노려봤지만, 아주 싱그러운 미소를 날려 주고 여봐란듯이 유유히 그 자리를 빠져나왔다.

"집에는 연락해 뒀어."

온몸이 다 젖은 채로 쓰레기를 뒤집어쓴 라일라를 그냥 돌려보낼 수는 없었기에 공작가로 데리고 왔다. 헤스팀 남작 부부에게는 급하게 해야 할 과제가 생겨 라일라를 소르펠 공작저에서 하룻밤 머물게 하고 싶다는 말을 전했다.

자기를 부엉이로 쓰는 법이 어디 있냐고 징징거리던 도르만은 남작 부인이 잔뜩 보내온 쿠키를 몇 개 물려주자 조용해졌다. 카밀라는 좋다고 웃던 도르만을 떠올리며 고개를 살랑살랑 흔들었다.

"신경 써 주셔서 고마워요, 카밀라 양."

"그냥 카밀라라고 불러."

"네? 제가 어떻게……."

"아까는 잘 부르던데."

라일라의 얼굴이 순식간에 붉어졌다.

'도와줘, 카밀라.'

울먹이며 도와 달라 말했던 게 떠올랐는지 민망한 표정으로 이리저리 눈도 굴렸다. 저러다 울겠네.
"그, 그땐 제가 정신이 없어서……."
"상관없어."
"네?"
"앞으로도 그렇게 불러."
"……!"
"싫으면 말고."
"아뇨!"
라일라의 표정이 환해졌다. 이름을 불러도 좋다는 그 한마디에 기분 좋은 웃음을 연신 터트리는 그녀를 보며 카밀라 역시 가볍게 미소 지었다.
'그래, 친구라고 할 수 있는 사람이 한 명 정도는 있는 게 좋겠지.'

'네가 친구가 어디 있어?'

그 물음에 이젠 움찔하지 않아도 되는 거다.
똑똑.
"들어와."
누군가 문을 열고 방 안으로 들어섰다. 라비였다.
평소와 달리 노크를 하고 들어오는 모습이 무척 낯설었다. 아마도 손님이 찾아왔다는 소리를 들은 거겠지?
"정말이네?"
라일라를 발견한 그의 눈이 살짝 커졌다.
"뭐가?"

"네 아카데미 친구가 찾아왔다고 듣긴 했는데……. 흐음…….."

"그게 뭐?"

"말이 안 되잖아."

라비가 라일라를 향해 미심쩍다는 듯한 시선을 던졌다.

"친구라잖아, 친구. 그게 말이 되냐?"

이 인간이 진짜! 야!

살벌한 눈빛을 날리는 카밀라를 모른 척 외면한 라비는 나름 진지한 어조로 라일라에게 물었다.

"뭐라고 협박하던?"

"혀, 협박이요?"

"저 녀석한테 협박받은 거잖아, 그렇지?"

라비는 라일라를 살살 달랬다.

"괜찮으니까 나한테 사실대로 말해 봐. 도와줄게."

"아니에요!"

이게 대체 무슨 상황인가 싶어 잠시 멍해 있던 라일라가 급히 고개를 저었다.

"친구 맞아요!"

"저런……."

그녀의 강한 부정에 라비는 오히려 안타까운 표정을 지었다.

"얼마나 심하게 협박받았으면……."

"나가."

"지금이라도 늦지 않았어. 진실을 말하면 도와준다니까."

"나가라고."

"너 그거 아냐?"

"뭘?"

"납치는 범-"

콰앙!

카밀라는 자신을 범죄자로 만들려는 라비를 내쫓으며 문을 세차게 닫았다. 밖으로 내쳐진 라비가 연신 키득거리는 소리가 들려왔다. 이는 안이라고 다르지 않았다.

'젠장.'

뭐가 그리도 즐거운지 한쪽에서 까르르 웃음을 터트리고 있는 라일라를 보며 카밀라는 찌푸려진 미간을 꾹꾹 손으로 눌렀다.

"다행이에요."

"…다행이라고? 뭐가?"

그렇게 한참을 웃던 라일라가 어쩐지 안심한 표정으로 말했다. 갑자기 무슨 소리래?

"가족분들과 잘 지내시는 것 같아서요."

네 눈에는 이게 잘 지내는 걸로 보이니? 짧은 한숨을 내쉰 카밀라는 이윽고 라비의 폭소가 들려오는 문 쪽으로 시선을 던졌다.

묘한 기분이 들었다. 라비와 라일라, 그들의 첫 만남이 드디어 이루어진 것이다.

근데 라비 저놈은 왜 안 가고 저러고 있어?

"흐음."

라비 녀석도 라일라를 따라다니던 놈들 중 한 명이었는데.

'라일라가 루드빌에게 관심을 보이는 것에 아주 빡 돌았었지.'

안 그래도 루드빌을 향한 질투심과 경쟁심을 활활 불태우고 있던 라비에게 라일라라는 기름이 퍼부어진 것이다.

'그 결과는 늘 죽음이었고.'

카밀라는 새삼스러운 눈빛으로 라일라를 바라봤다.

솔직히 이번 삶에서는 어떻게 될지 잘 모르겠다. 아르시안과 페트로도 그렇고 루드빌까지……. 전과 너무도 다른 모습을 보여 주고 있는 주변 인물들이 떠올랐다. 그들과 라일라의 관계에 대해 더 이상 감을 잡기가 힘들었다.

'대체 뭐가 달라진 걸까?'

전에는 그렇게들 난리였는데 말이지. 설마 원래의 카밀라가 라일라에게 부렸던 패악이 오히려 그들의 집착을 부추겼던 걸까?

'예전과 달라진 점이라고 해 봐야 그것밖에 없잖아.'

자신이 이번에는 라일라를 적대하지도, 딱히 괴롭히지도 않았다는 것.

"에휴, 모르겠다."

카밀라는 다시 짧은 한숨을 내쉬었다.

"그런데 카밀라……."

라일라가 그런 그녀를 보며 조심스럽게 말을 건네 왔다.

"괜찮을까요?"

"뭐가?"

"저 도와주신 거요."

태평한 카밀라와 달리 라일라의 표정은 살짝 굳어 있었다.

"저 때문에 괜히 카밀라까지……."

혹여 이번에 자신을 도와준 일로 카밀라까지 학생회 간부들의 눈 밖에 난 것은 아닐까 걱정이 되는 모양이었다.

"어, 어쩌죠?"

안절부절못하던 라일라가 자리에서 벌떡 일어섰다.

"역시 제가 다시 가서 용서를 비는 게……!"

말을 할수록 불안감이 밀려드는 듯, 당장에라도 학생회 간부들을 찾아갈 기세였다.

"라일라."

짧게 혀를 찬 카밀라는 그녀를 붙잡아 자리에 앉혔다.

"차나 마셔."

"하지만……."

"식기 전에 마시라고."

"아… 네."

말 잘 듣는 아이처럼 라일라는 두 손으로 찻잔을 꼭 감싼 채 차를 홀짝였다. 하지만 눈에는 여전히 초조한 기색이 가득했다.

"걱정 마."

카밀라는 그런 그녀를 안심시키듯 가볍게 말을 이었다.

"내가 생각보다 가진 게 좀 많거든."

"네?"

"차나 마시라고."

"……? 네에……."

"…지금 뭐라고 했나?"

"오늘부터 공식적으로 가브엘 후작가와의 모든 거래를 중단한다고 했습니다."

"갑자기 그게 무슨 말인가!"

"다시 말씀드릴까요? 거래 중단이라고요."

가브엘 후작은 자신의 앞에 앉아 있는 이를 살벌하게 노려봤다. 하지만 그 이상의 행동은 할 수 없었다. 저자가 바로 마탑의 수뇌부 중 한 명인 카도르였기 때문이었다.

고작 서른이 갓 넘은 나이에 그는 이미 수장 다음으로 가장 큰 힘을 발휘하는 직책을 맡고 있었다. 게다가 다음 대 마탑의 수장이 될 가능성이 가장 높은 인물이기도 했다.

"더 이상 마탑에 마력석을 공급하실 필요 없습니다."

가브엘 후작이 자신을 노려보거나 말거나 카도르는 처음과 똑같이 덤덤한 표정으로 말을 내뱉었다.

"마탑과 우리 가문의 거래가 얼마나 오래되었는지 모르진 않을 텐데."

"그럼요. 충분히 잘 알죠."

"…그런데도 이런다고?"

"네, 그런데도 이러기로 했습니다."

"세상에 이런 법이 어디 있나!"

"그러게나 말입니다. 세상에… 이딴 거래를 이렇게도 오래 해 왔다니. 제 입으로 말하면서도 믿을 수가 없군요. 얼른 헤어집시다."

얼굴을 무참히 일그러트리는 가브엘 후작을 보면서도 카도르는 앞에 놓여 있는 찻잔을 아무렇지 않게 집어 들어 한 모금 마셨다. 그는 오히려 후작이 왜 이렇게 나오는지 이해하지 못하겠다는 투로 말을 이었다.

"그리 놀라운 일은 아닐 텐데요. 매번 말도 안 되는 가격으로 마력석을 저희에게 공급하지 않으셨습니까."

"그거야……!"

"네, 마력석을 유통하는 게 후작님뿐이셨으니 다들 가격을 따질 엄두도 내지 못했지요."

언제나 가브엘 후작이 부르는 대로 지급해야 했고 말도 안 되는 요청을 해 와도 다 들어줘야만 했다. 그런 거래를 수십 년 동안 해 왔다.

마탑이라고 가만히 있었던 건 아니다. 오랫동안 새로운 루트를 뚫으려 했지만 매번 실패했다. 가브엘 후작이 언제나 방해해 왔으니까.

마력석을 판매하려는 곳을 먼저 알아내 그들의 판매권을 강제로 사들여 독점권을 절대 놓지 않았다. 그러니 어쩌겠는가. 그와의 불공정 거래를 계속 유지할 수밖에 없었다.

"하지만 이제 아니죠. 마력석, 더 이상 후작님의 전유물이 아니지 않습니까."

그렇게 눈물을 머금고 진행해 온 거래에 생각지도 못한 변수가 생겼다. 새로운 판매처가 나타난 것이다.

지금껏 한 번도 본 적 없는 최상급 마력석을 취급한다는 사실만으로도 눈물이 나올 거 같은데, 심지어 가브엘 후작이 손을 댈 수 없는 판매처였다.

"세프라 공작가에서 취급하는 마력석이 참으로 좋더군요……. 신세계를 경험했습니다."

"이보게, 카도르!"

무언가를 떠올리며 황홀한 표정을 짓는 마법사 카도르를 향해 가브엘 후작이 꽥 소리를 질렀다. 아무리 날고 긴다 해도 결국 그는 가브엘 '후작'이다. 페이블러의 3대 수호 가문 중 하나인 세프라 공작가를 건드릴 수는 없었다.

그에 얼마 전 가브엘 후작은 울며 겨자 먹기로 마탑에 공급하는 마력석 가격을 대폭 인하했다. 다른 자잘한 조건들도 다 취소하고 최대한 꼬리를 내렸다.

그가 거래를 유지하려고 용을 쓰고 있다는 걸 마탑에서도 뻔히 알고 있을 터였다. 그런데 그마저도 거부하고 거래를 완전히 끊겠다고 통보를 해 와? 마탑, 이 상도덕도 없는 미친놈들이!

가브엘 후작은 길길이 날뛰며 반발했다.

"아무리 그래도 그렇지, 이건 너무한 거 아닌가!"

"네, 너무하지 않습니다. 그렇게 따지면 제 귀에 공격을 가하는 후작님이 더 너무하시지요."

"야!"

"야?"

얻다 대고 반말이야?

카도르가 눈썹을 휙 추어올리며 살기를 내보이자, 가브엘 후작이 움찔 몸을 떨었다. 그 모습을 못마땅한 눈으로 한 번 힐끗한 카도르가 호록호록 차를 마시고 말을 이었다.

"단순한 계산입니다."

"계산?"

"저쪽에서 통보해 왔거든요."

"무슨……."

"이쪽과의 거래를 끊지 않으면 자신들의 물건을 공급해 주지 않겠다고 하더군요."

"……!"

"그러니 어쩌겠습니까. 저희에게 필요한 건 싸구려 마력석이 아니라 비싸도 질 좋은 마력석인 것을요."

그동안 가브엘 후작에게 쌓인 게 많았던 마탑은 별 고민 없이 세프라 공작의 손을 들어줬다.

"세프라 공작이 왜……!"

뜻밖의 사실에 가브엘 후작의 표정이 더욱 어두워졌다.

세프라 공작이 마력석 유통 사업을 시작한 건 알지만, 자신은 그의 사업에 조금도 간섭하지 않았다. 평소처럼 어떻게든 방해하고 싶었지만 그럴 수가 없었다. 자금으로도, 권력으로도 그를 압박할 수 있는 것이 없었으니까.

의도한 건 아니었지만, 결국 세프라 공작에게 그 어떤 피해도 주지 않은 꼴이 되어 배가 아플 지경인데……!

"그런데 왜!"

그가 왜 갑자기 자신에게 이런 짓을 한단 말인가!

"그것까지는 제가 알 수가 없지요."

"이, 이보게!"

카도르는 더 할 말이 없다는 듯 자리에서 일어섰다. 그런 그를 가브엘 후작이 급히 막아섰다.

이대로 그를 보낼 수는 없었다. 마력석 사업은 후작가의 가장 주축이 되는 사업이다. 이 사업이 흔들리는 순간 어떤 일이 벌어질지 생각도 하고 싶지 않았다.

"아."

그러건 말건 밖으로 나갈 채비를 하던 카도르가 문득 떠올랐다는 것처럼 툭 던지듯 한마디를 보탰다.

"제 제자 놈이 그러더군요."

카도르의 제자라면 가브엘 후작도 아는 이였다. 소르펠 공작의 의붓아들인 라비라는 녀석이 그의 제자였다.

"요즘 해괴한 영상이 하나 돌고 있다던데……."

"영상?"

그가 묘하게 말끝을 흐리자 가브엘 후작의 얼굴이 더욱 험악하게 일그러졌다. 지금 이 판국에 영상은 또 무슨 영상이란 말인가!

"따님과 관련된 영상이라 들었습니다."

"무슨……!"

미간을 찌푸리는 가브엘 후작을 뒤로한 채 카도르는 그대로 응접실을 나섰다. 그런 그를 가브엘 후작은 더 이상 잡지 못했다.

"마탑, 이놈들이!"

절로 이가 갈렸다. 내 앞에서 굽실거리며 꼬리를 흔들 때는 언제고!

"하아."

하지만 곧 그의 입에서 긴 한숨이 흘러나왔다. 마력석 사업이 흔들리게 생겼다는 사실에 정말로 골치가 아팠다.

똑똑! 벌컥!

"후작님!"

그때 문이 세차게 열리며 보좌관이 안으로 들어섰다. 그는 당황한 표정을 감추지 않은 채 뭔가를 꺼내 가브엘 후작에게 내밀었다.

"이것 좀 보셔야겠습니다."

"이게 뭔가?"

보좌관이 내민 건 영상 구슬이었다. 그는 이렇다 저렇다 설명 없이 바로 마법 영상 구슬을 틀었다.

「뭐 해? 꿇어.」

「미안해. 내가 잘못했어…….」

여러 사람이 한 사람을 괴롭히고 있는 장면이 가브엘 후작의 눈에 들어왔다. 하지만 영상 속 인물들의 얼굴은 정확하게 보이지 않았다. 괴롭힘을 당하는 쪽과 행하는 쪽 모두 뿌옇게 안개가 낀 것처럼 얼굴 부분이 흐릿했다. 목소리도 변조가 된 것처럼 이상하게 들렸다.

「계속해.」

하지만 단 한 사람, 유일하게 정확하게 얼굴이 보이고 목소리가 들리는 이가 있었다.

"메…리즈?"

자신의 딸인 메리즈였다.

"이게 뭔가!"

"지, 지금 귀족가에 돌고 있는 영상입니다."

"뭐?"

퍼억!

가브엘 후작은 더 볼 것도 없다는 듯이 영상 구슬을 집어 던졌다. 벽에 그대로 부딪힌 영상 구슬은 산산조각이 나면서 부서졌다.

그의 입에서 부득부득 이를 가는 소리가 새어 나왔다. 조금 전

카도르가 말한 영상이 이거였나?

바깥세상 이야기에 그다지 관심이 없는 마탑에서조차 이 영상에 대해 안다는 건, 제국 안에 이미 쫙 퍼졌다는 말이다.

"당장 잡아들여!"

"네?"

"이 영상 푼 놈 당장 잡아들이라고!"

메리즈가 아카데미에서 무슨 짓을 했든 그건 상관없다. 힘없는 놈들이 힘 있는 이들에게 당하는 게 뭐가 문제겠는가. 다만 그걸 다른 사람들, 특히 귀족들이 알게 해서는 안 되는 일이었다. 괜히 논란이 되고 책잡힐 일을 왜 만드느냐는 말이다!

"바보 같은 게!"

대체 일을 어떻게 처리했기에 이런 영상이 나돌게 해!

가브엘 후작은 씨근덕거리며 생각을 정리해 나갔다. 당장은 영상을 푼 놈부터 잡아야 한다. 메리즈를 혼내는 건 그 뒤의 일이다. 수습이 먼저였다.

영상 푼 놈을 잡아 이 영상이 모두 가짜라고, 자기가 거짓으로 꾸민 일이라고 자백하게 만들어야 한다.

"그게……."

"또 뭐야!"

보좌관은 쉽게 말을 잇지 못했다.

"영상을 푼 사람이 소르펠 공녀입니다."

"누구?"

"소르펠 가문의 카밀라 양입니다……."

가브엘 후작의 표정이 순간 멍해졌다. 너무도 뜬금없는 이름이 갑자기 튀어나왔기 때문이다.

"아니, 그 아이가 왜 그런 짓을 해!"

최근에야 평판이 좀 나아지긴 했지만, 얼마 전까지만 하여도 최악의 귀족 영애로 손꼽히던 인물이다.

'메리즈에게 무슨 억하심정이라도 있나?'

그래서 이번 일로 제 딸의 평판을 떨어트리려고 하는 건가? 카밀라가 갑자기 왜 이딴 짓을 저지른 건지 이해가 되지 않았다.

"이번에 아가씨께서 건드린 이가 아무래도 소르펠 공녀와 잘 아는 사람인 듯합니다."

가브엘 후작은 쉽게 말을 잇지 못했다. 세프라 공작가와 소르펠 공작가, 이 두 공작가와 갑자기 엮인 지금 이 상황이 그저 우연일까?

'아니, 아니다! 지금 그게 문제가 아니야!'

여기서 중요한 건 단 하나다. 카밀라 소르펠을, 영상을 배포한 자를 마음대로 잡아들일 수 없다는 것.

"하……."

감이 왔다. 뭔가 왕창 꼬이고 있다는 감이!

"메리즈 당장 데리고 와!"

"저런 걸 보고 뭐라는 줄 알아?"

"뭐라고 하는데요?"

"뿌린 대로 거둔다."

교실 창가 아래로 구정물과 쓰레기를 뒤집어쓴 채 힘없이 걷고 있는 전 학생회장 메리즈의 모습이 보였다. 수업이 다 끝나지도 않았는데 도망치듯 아카데미를 떠나는 초라한 행색에 카밀라는 쯧쯧 혀를 찼다.

"자기가 한 짓을 그대로 당하고 있네."

현재 학생들의 타깃이 된 건 다른 이도 아닌 바로 메리즈였다. 그 모든 일을 꾸민 건 카밀라였고.

'영상 구슬로 협박을 좀 했지.'

학생회장 메리즈와 학생회 간부들이 지금껏 아이들을 괴롭힌 영상을 구하는 건 별로 어렵지 않았다.

그 영상을 들고 카밀라는 학생회장을 제외한 다른 학생회 간부들을 모두 찾아갔다. 그리고 협박했다. 영상을 퍼트리겠다고.

'그게 뭐?'

'힘없는 것들 좀 건드린 게 뭐 죄라고.'

'우리가 사람을 죽인 것도 아니잖아?'

처음 그 말을 들은 간부들은 별다른 반응을 하지 않았다. 그런 영상이 퍼져 봐야 자기들이 크게 타격을 받을 거라는 생각 자체를 가지고 있지 않았기 때문이다.

카밀라는 기꺼이 그 착각을 산산조각 내 줬다.

'내가 평생 이 영상 들고 널 따라다닐 거야.'

'뭐?'

'네가 앞으로 일할 곳에도 찾아갈 거고, 결혼할 때도 찾아갈 거야. 네가 참석하는 파티마다 찾아가서 영상을 틀 거고, 네 주변 모든 사람이 볼 수 있게, 잊히지 않도록 매일같이 틀어 댈 거야.'
 '⋯⋯!'
 '네가 어떤 인간인지 만천하가 다 알 수 있게 해 줄게. 평생.'

 끝이었다. 진심으로, 소르펠 가문의 모든 힘을 쏟아부어 영상을 두고두고 퍼트려 주겠다는 말에 다들 안색이 하얗게 질렸다.
 그 말을 꺼낸 사람이 카밀라 '소르펠'이고, '소르펠'이라는 이름이 가진 무게를 그들도 잘 알고 있었기에 가능한 일이었다. 아마 다른 이들이 같은 협박을 했다면 들어 먹히지도 않았을 것이다. 오히려 주제에 누굴 협박하냐고 거친 욕설만 잔뜩 날렸겠지.
 실제로도 그랬다. 그들의 괴롭힘에 항의를 한 이들도 있었다. 하지만 돌아오는 건 비웃음, 도움을 청할 곳이 없었다. 다들 학생회 간부들, 정확히는 그들의 부모가 가진 힘에 모른 척 고개를 돌렸다.
 이는 영상이라는 아주 좋은 증거 자료가 눈앞에 있음에도 피해자들이 도망칠 수밖에 없었던 이유였다.
 '하긴, 그게 옳은 선택이었을지도.'
 맞서 싸우기에는 가해자들의 배경이 너무 막강했다. 이 일을 공론화했다가 오히려 역풍을 맞을 가능성이 크니 어쩔 수 없이 포기한 거겠지.
 "카밀라는 정말 괜찮은 거죠?"
 "별걱정을⋯⋯. 울상 짓지 말고 이거 먹어, 라일라."

두려움에 떠는 학생회 간부들에게 카밀라는 한 가지 조건을 걸었다.

영상을 공개하지 않겠다.

대신 메리즈와의 관계를 완전히 끊어 내라.

고작 그게 끝이냐는 눈빛을 보내는 간부들에게 카밀라는 고개를 끄덕였다. 정말 그것만으로도 충분했으니까.

이후에는 영상에 메리즈만 나오도록 작업을 좀 했다. 라비의 도움을 받아서.

'이게 뭔데?'
'뭐 같은 것들이 뭐 같은 짓만 골라 하는 영상.'
'뭐?'
'여기에 나오는 여자 한 명 빼고 얼굴하고 목소리 좀 지워 줄 수 있어?'
'너 또 뭔 짓을 하고 다니는 거야?'
'좋은 짓.'
'나 바빠.'
'해 주면 최상급 마력석 얻어다 줄게.'
'…뭘 어떻게 해 달라고?'

영상에 나오는 인물들의 모자이크와 음성 변조를 부탁했는데 생각보다 결과물이 빨리 나왔다. 일주일도 채 되지 않아서 학생회장 메리즈가 1인 주연으로 나오는 학교 폭력 가해 영상이 세상에 공개되었다.

"다들 독이 올랐네."

왜 메리즈만 나온 걸까? 다른 사람들의 얼굴은 왜 가려 둔 거지?

꼬리에 꼬리를 물고 퍼지던 의문은 학생회장을 본 척도 하지 않는 학생회 간부들에 의해 해소되었다.

간부들에게 외면당한 메리즈의 상황을 알아차린 이들은 그 기회를 놓치지 않았다. 메리즈 가브엘을 주축으로 한 학생회 일당에게 괴롭힘을 당했던 피해자들은 그녀를 괴롭히는 일에 열과 성을 다하기 시작했다. 자신들이 당했던 걸 그대로 돌려주는 것이었다.

이미 예상한 일이었다. 눈 가리고 아웅 했을 뿐, 영상에 나온 가해자들의 정체를 아카데미의 모두가 알았다.

학생회의 권위는 땅으로 처박혔다. 메리즈는 물론, 학생회 자체도 더 이상 두려움의 대상이 되지 못했다. 이후 그녀가 겪게 될 일도 쉽게 짐작할 수 있었다.

"그래도 집안에 힘이 있으니 곧 해결되지 않을까요?"

힘없이 걸어가는 메리즈를 바라보며 라일라가 조금은 억울한 목소리로 투덜거렸다. 이번 일로 돈 있고 힘 있는 자들이 얼마나 손쉽게 범죄를 저지르고 그 일을 무마하는지 확실히 깨달은 모양이었다.

"가브엘 후작도 지금 정신없을걸."

"네?"

"내가 말했잖아."

내가 좀 가진 게 많다고.

카밀라는 조금 더 자세히 말해 달라는 듯이 쳐다보는 라일라의 입에 타르트 한 조각을 넣어 주며 주의를 다른 곳으로 돌렸다. 이후 너무 맛있다고 행복해하는 라일라의 목소리를 배경음 삼아 교문에 가까워진 메리즈의 뒷모습을 물끄러미 응시했다.

 메리즈를 건드리기 전에 가브엘 후작 쪽에 먼저 손을 써 놨다. 어쨌든 메리즈가 그동안 아카데미에서 자기 마음대로 설칠 수 있었던 건 누가 뭐라 해도 가브엘 후작이 가진 힘이 컸기 때문이었으니까.

 가브엘 후작의 주된 사업은 명실공히 마력석이다. 그 마력석 사업을 방해할 힘을 운 좋게도 자신이 가지고 있었고. 마력석 사업이 흔들리자 다른 사업을 흔드는 건 일도 아니었다.

 가브엘 부녀를 보내 버릴 판을 짠 뒤, 카밀라는 학생회 간부들의 부모를 찾아갔다. 그리고 똑같이 협박했다. 가브엘 후작의 사업에 크고 작게 관련이 되어 있는 그들에게 후작과의 모든 거래를 끊을 것을 요구했다.

 "꼴에 부모인 척들을 하더란 말이지."

 "네?"

 "그런 게 있어."

 가해자의 부모들은 자식의 앞날을 생각하는 척하며 자신의 손을 들어줬다. 하지만 후작의 사업이 여전히 탄탄대로를 걷고 있었다 해도 그런 결정을 내렸을까?

 '그건 알 수 없는 일이지.'

 자식보다 가문의 이득을 더 따지는 게 귀족들이니까. 어쨌든 마력석 사업이 흔들리고 있는 후작을 보며 다들 머릿속에 수많은 계산이 오갔을 게 분명하다.

끝까지 후작의 손을 들어주면? 그게 소르펠 가문과 척을 지게 되는 상황을 감수할 만큼의 가치가 있나?

그 질문에 대한 답으로 가브엘 후작의 사업 곳곳에 브레이크가 걸렸다. 그걸 해결하느라 현재 가브엘 후작가는 정신이 하나도 없는 상황일 것이다. 메리즈의 영상을 배포한 게 누군지 알면서도 아직까지 잠잠한 걸 보면 뻔했다.

카밀라는 메리즈의 영상을 배포한 게 자신이라는 사실을 숨기지 않았다. 별다른 목적이 있는 건 아니었다.

'딱히 숨길 이유가 없었으니까.'

메리즈가 피해 학생들의 부모에게 아무런 두려움 없이 영상을 보낸 것과 같은 의미였다. 알아봤자 어쩔 건데.

"메리즈는 어떻게 될까요?"

"글쎄."

뒷일은 카밀라도 알 수 없었다.

자신은 그저 아주 조금 판을 깔아 줬을 뿐이다. 메리즈가 그랬던 것처럼.

메리즈는 학생회장이라는 타이틀을 잃었고, 학생회 간부들 역시 더 이상 그들만의 놀이를 즐기기 힘든 상황이 되어 버렸다. 학생회가 가지고 있던 권위를 완전히 잃어버린 것이다.

"뭐가 됐든 난 여기까지만 할 거야."

또 다른 피해자가 나오든 말든 더 이상 자신이 상관할 일이 아니었다. 여기서 더 나가면 말 그대로 오지랖이다.

이번 일도 그렇다. 타깃이 만약 라일라가 아니었다면 결코 끼어들지 않았을 것이다.

"어쨌든 이제 아카데미 안에서 저 애를 볼 일은 없을 거 같네."
 이미 희미해진 메리즈의 뒷모습을 마지막으로 카밀라는 열려 있던 교실 창문을 굳게 닫았다.

✳
클럽

다다다다!

"……?"

누군가 자신을 향해 달려오는 소리에 아르시안이 습관처럼 살기를 훅 내뿜었다. 그러다 그 상대의 얼굴을 확인하고는 곧바로 살기를 지우며 의아한 눈빛을 보냈다.

따악!

평소답지 않게 자신의 머리를 향해 날아드는 작은 주먹을 보면서도 아무런 대응도 하지 못했다.

"뭐 하냐?"

"고맙다."

"뭐가?"

"맞아 줘서."

그 상대가 바로 카밀라였으니까.

갑자기 달려와 머리를 가볍게 한 대 쥐어박는 그녀의 행동에 아르시안은 어이가 없다는 표정을 지었다.
"뭐 하는 거냐고. 왜 때리는 건데."
"그냥 너희를 보니까 갑자기 열받아서."
카밀라는 아르시안과 그 옆에서 쿡쿡거리고 있는 페트로를 가볍게 흘겼다.
'그 많은 삶에서 매번 하던 일을 이번에는 왜 안 하냐고!'
대체 왜, 왜!
새삼 열이 뻗쳤다. 자신이 이 세계에 완전히 들어서기 전, 원래의 카밀라가 살아갔던 반복되는 삶에선 늘 저 두 녀석이 라일라를 돕곤 했다.
'그런데 왜……!'
갑자기 이번 삶에선 왜 아무것도 하지 않는 건지 이해가 가지 않았다. 인내심을 가지고 '하겠지. 곧 나서겠지. 그래도 제법 비슷하게 흘러가겠지…….' 하며 기다렸건만, 결국 자신이 나서서 해결하고 말았지 않은가!
"덕분에 한동안 아주 바빴어."
"뭔 말이야?"
"그런 게 있어."
"…다짜고짜 사람을 때려 놓고는 뭐? 그게 변명으로 할 소리야?"
"그런 게 있다니까."
카밀라는 뻔뻔하게 대답하며 획 고개를 돌렸다.
"……!"
그러다 페트로와 눈이 딱 마주쳤다. 그가 언제나처럼 빙그레 웃는 얼굴로 자신을 보고 있었다.

"저도 맞을 준비 됐습니다, 카밀라."

"아니, 뭐… 딱히 그쪽까지 때릴 마음은…….."

이 인간 요즘 좀 이상해!

어느 순간부터 '양'을 뗀 채 이름으로만 부르기 시작하더니, 지금처럼 갑자기 훅훅 들어오는 일이 잦아졌다.

'왜? 왜?'

빨강이 네놈이 언제부터 나한테 그랬다고!

"야."

"응?"

"너 방금 너희라고 했잖아."

"그런데?"

"우리를 보니까 갑자기 열받았다며."

"그래서 뭐?"

"그런데 왜 나만 때려?"

"……."

"저 인간도 때려야지."

"…아르시안."

"왜?"

"너 은근히 우리 라비 오라비랑 닮은 거 알아?"

"욕하지 마."

…눈치는 빨라 가지고.

카밀라는 슬쩍 시선을 피했다. 그러자 다시 페트로의 모습이 눈에 들어왔다. 주인에게 버림받은 강아지처럼 축 처져 있는 그를 보며 카밀라는 짧은 한숨을 내쉬었다. 안 때릴 거라는데 왜 저런 표정이냐고.

'확실히 이상해졌어.'

살며시 고개를 내저은 카밀라는 슬금슬금 뒤로 물러서기 시작했다. 지금 이렇게 저 인간, 페트로와 한가로이 마주할 상황이 아니거든.

그날 이후, 그러니까 사냥터에서 제이빌런가의 검술을 마음껏 펼친 뒤로 그녀는 페트로를 최대한 피해 다니는 중이었다. 만나면 우리 가문의 검술을 대체 언제 배운 거냐고 물을 것이 뻔하지 않은가. 거기다 대고 뭐라 답해야 하냐고.

'귀신 놈한테 배웠다고 할 수도 없잖아!'

좀 더 정확히 말하면 귀신이 몸에 들어와 펼친 검술이었지만 이리저리 설명할 방법이 없었다.

"카밀라."

그런 그녀를 페트로가 다급히 불렀다.

"묻지 않겠습니다."

자신이 그를 피하고 있었다는 사실을, 더 나아가 그 이유도 이미 짐작하고 있었던 듯 페트로는 한 걸음 가까이 다가서며 말을 이었다.

"묻지 않을 테니 피하지 마십시오."

왼쪽 가슴에 손을 올린 그가 짧은 한숨을 내쉬었다.

"여기가 아픕니다."

입가는 습관처럼 웃고 있었지만, 표정은 더욱 처량해져 있었다.

"기다리겠습니다. 말씀해 주실 때까지."

"아니, 뭐… 딱히 피한 건 아닌데……."

일단 거짓 변명을 하지 않아도 된다는 사실에 안도하면서도 카밀라는 의아함을 감추지 못했다.

'왜 이렇게 친근하게 굴지?'

사람 신경 쓰이게. 나한테 뭐 죄지은 거라도 있는 건가?

카밀라는 의심의 눈초리를 슬쩍 보냈다.

"그런데 두 사람, 웬일로 같이 있어?"

카밀라는 곧바로 화제를 돌렸다. 사냥터에 있었던 일을 자꾸 언급해 봐야 좋을 게 없었으니까.

그리고 궁금하기도 했다. 늘 으르렁거리던 두 사람이 같이 길을 걷고 있는 게.

"우연이야."

"어?"

"우연이라고. 내가 미쳤냐? 일부러 이 인간이랑 같이 걷게?"

"검술 수업을 받으러 가는 길이었습니다. 요즘 아르시안도 수업에 빠지지 않고 성실히 참석하는-"

"내 이름 함부로 부르지 말랬지."

"그럼 뭐라고 불러 줄까? 저 인간? 네, 저 인간이 요즘은 수업에 빠지지 않고 잘 참석하거든요."

"야!"

"저 인간님은 뭐가 또 불만이신지."

맞아, 검술 수업!

티격태격하는 두 사람을 보며 카밀라는 자신이 한 가지 사실을 완전히 잊고 있었다는 걸 깨달았다.

'나, 전공을 뭐로 하지?'

"클럽?"

"네!"

새로운 과를 뭐로 선택할까, 며칠 머리를 싸매고 고민하는 카밀라 곁으로 라일라가 슬쩍 다가섰다. 그녀는 새로운 제안을 했다.

카밀라처럼 처음 입학할 때 선택한 전공 수업이 적성에 맞지 않아 고민하는 이들이 생각보다 많았다. 다른 과를 선택하는 게 애매한 상황에서 학생들이 선택의 폭을 좀 더 넓힐 수 있도록 마련된 제도가 바로 클럽 활동이었다. 그에 아카데미에는 수많은 클럽이 존재했다.

전공 수업을 듣는 이들도 누구나 클럽에 가입할 수 있었다. 다만 전공 수업을 듣는 이들은 클럽 활동이 무척 자유로웠다. 활동하고 싶을 때만 참가해도 상관없었으니까.

전공 선택을 보류하고 클럽 활동에만 전념하는 것도 가능했다. 단, 클럽 활동을 선택한 이들은 수업을 받는 시간만큼 클럽에서 활동한 내용을 확인받아야 했다. 그렇게 클럽 활동 시간을 채우면 똑같이 수업으로 인정해 주는 제도였다.

"클럽이라……."

나쁘지 않은 선택지였다. 딱히 눈에 들어오는 과가 없었던 카밀라의 귀가 솔깃해지는 제안이었다.

"저희 클럽에 들어오시는 건 어때요?"

"너도 클럽 활동해?"

"네!"

카밀라가 관심을 보이는 듯하자 라일라의 눈빛이 더욱 반짝거렸다.

"아주 좋은 클럽이에요! 보람도 있고 너무 즐거워요. 아이들도 만날 수 있고 어르신들과도 종종 어울리죠."

"무슨 클럽인데?"

"봉사 클럽이요."

"…뭔 클럽?"

"봉사 클럽!"

"……."

역시 고대어 수업이 나으려나? 아니면 수학과?

카밀라는 바로 클럽에 대한 관심을 끄고 제 손에 들린 수업 안내서를 훑었다.

"저, 저희 클럽 정말 좋아요!"

"응, 아냐."

봉사라니, 난 나한테 봉사하기도 바쁘거든.

"애들이 엄청 예쁘고 귀여워요. 저희가 가면 정말 좋아해요."

"응, 내가 애들을 안 좋아해."

"할아버지 할머니들도 저희를 정말 친손자 친손녀처럼 대해 주세요."

"응, 새로운 가족 필요 없어."

역시 고대어과로 가서 쉬엄쉬엄 노는 게…….

"저희 클럽 정말 재밌어요! 노래도 하고 연극도 하고 또-"

"연극?"

수업 설명서를 넘기던 카밀라의 손길이 멈칫했다.

"네, 연극도 해요. 아이들과 어르신들 모두 연극을 엄청 좋아하거든요."

"흐음."

아주 조금 솔깃했다.

'나도 연극 좀 했었는데.'

무대에 서는 건 스크린 연기와 또 다른 맛이 있다. 발성법도 다르고 연기하는 방법도 많이 달랐지만, 한때 그 재미에 푹 빠져 시간 날 때마다 설 수 있는 무대를 찾아다녔었다.

"오늘 아이들 만나러 가는데 같이 가실래요?"

"오늘?"

"네, 당장 가입하시라는 건 아니고 일단 견학이요. 어떠세요?"

"견학······."

"같이 가요, 네?"

"···뭐, 구경 정도라면."

"잘 생각하셨어요!"

"와아!"

"언니!"

"형!"

"어서들 오세요."

보육원에 들어서는 순간, 수많은 이들이 입구까지 달려 나와 클럽 사람들을 반겼다.

"루니, 잘 있었어?"

"네!"

"메이는 저번보다 키가 더 큰 것 같아."

"헤헤."

역시나 가장 인기가 많은 사람은 라일라였다. 아이들 한 명 한 명의 이름을 다 불러 주며 인사를 나누는 그녀의 모습은 누가 봐도 다정한 이웃집 언니, 누나의 모습이었다.

"아이들이 정말 많군요."

그 모습을 잠시 지켜보던 카밀라는 자신의 곁으로 다가서는 남자를 지그시 바라봤다. 그 시선에 빙그레 웃음을 날려 주는 이, 바로 페트로였다.

"클럽 활동도 해요?"

전공 수업을 받는 이가 클럽 활동을 열심히 하는 경우는 매우 드물었다. 말 그대로 자신이 정말 좋아하는 게 아닌 이상 굳이 학과 점수에 플러스 되는 것도 아닌 일에 노력과 열정을 쏟는 이는 드물었으니까. 친분이 있는 이들이 이름만 명단에 좀 올려 달라고 해서 서류상으로만 가입하는 경우가 대부분이었다.

"봉사 클럽이 있다는 사실을 최근에 알게 되어 가입했습니다."

…뭐, 그럴 수 있지.

카밀라는 너무 페트로다운 대답이라 그러려니 했다. 라일라와 페트로, 두 사람 다 '봉사'라는 단어와 참 잘 어울리는 이들이었으니까.

'게다가 예전에도 그랬던 것 같고.'

라일라가 활동하는 클럽에 늘 가입해서 그녀의 환심을 사려고 노력했던 페트로다. 그 모습에 카밀라는 더욱 질투심에 날뛰었고. 라일라는 그런 페트로를 멀리하고 외면했지만, 그녀의 행동은 카밀라를 더욱 열받게 했다. 자신이 좋아하는 이를 밀어내는 라일라의 모습이 엄청 얄미웠으니까.

'어쨌든 낯선 일은 아니긴 한데……'

이제야 라일라에게 관심이 생긴 건가? 카밀라는 자신의 옆에 서 있는 그를 새삼스러운 눈빛으로 바라봤다. 그 시선에 페트로의 눈가가 더욱 곱게 휜다.

"라일라 양과 친하시다더니 정말이군요. 이곳에서 카밀라를 보게 될 줄은 몰랐습니다."

뭔 뜻이지? 봉사와 내가 전혀 안 어울린다고 비꼬는 건가? 이 자리에 내가 있는 게 신기하다는 뜻?

"역시 이 클럽에 가입하시는 거군요."

"아뇨."

"아닙니까?"

살며시 고개를 젓는 카밀라의 모습에 페트로의 입가에 지어져 있던 미소가 잠시 흐릿해졌다.

"오늘은 그냥 견학하러 온 건데요."

"아, 견학."

그러다 이어지는 그녀의 말에 다시 입가에 미소가 번진다.

"아직 희망은 있는 거군요."

희망? 뭔 희망? 카밀라의 의아한 시선에도 페트로는 그저 빙그레 웃을 뿐이었다.

잠시 후 아이들과 반갑게 인사를 나눈 라일라와 클럽 사람들은 준비해 온 간식들을 각자 구역을 맡아 나눠 주기 시작했다.

"와!"

"난 저거!"

"나도!"

아이들은 자신들이 좋아하는 간식 앞으로 조르륵 달려가 줄을 섰다. 라일라는 직접 만들어 온 게 분명해 보이는 알록달록한 컵케이크를 줄을 선 아이들에게 하나씩 나눠 줬다. 페트로는 예쁜 포장지에 싸여 있는 작은 사탕을 아이들의 손에 가득 쥐어 줬다.

"사탕 주세요!"

네 살쯤 되어 보이는 남자아이가 도도도 달려와 페트로 앞에서 양손을 쫙 펼쳤다. 그 모습이 너무 귀여워 페트로는 무릎을 굽혀 아이와 눈을 맞췄다.

"이름이 뭐야?"

"리오!"

"그래, 리오. 사탕 몇 개 줄까?"

"다섯 개!"

양손을 쫙 펴며 큰 소리로 외치는 아이의 머리를 그는 연신 쓰다듬었다. 그러곤 정확히 사탕 다섯 개를 아이의 손에 쥐어 줬다.

"……"

"……?"

그런데 사탕을 받은 아이가 자리를 뜨지 않았다. 멍한 표정으로 자기 손에 올려진 사탕과 페트로를 연신 번갈아 봤다.

"으……"

"……?"

"으… 으……"

"……??"

"으… 으아앙!"

"……!"

갑자기 큰 소리로 울음을 터트리는 아이의 모습에 페트로는 당혹감을 감추지 못했다. 그는 급히 다시 무릎을 굽혔다. 내가 뭘 잘못했나?

"리오, 왜? 왜 울어?"

"으… 다섯… 으으, 으아아앙!"

자신의 물음에 더욱 크게 우는 아이를 보며 페트로는 어쩔 줄 몰라 했다. 사탕을 달라고 해서 줬는데 왜 우는 거지?

스윽.

그때였다. 누군가 사탕을 가득 집어 아이의 손에 쥐여 줬다. 아이의 작은 두 손에 넘치도록 가득.

"이제 다섯 개 맞지?"

카밀라였다.

"응!"

그녀의 물음에 크게 고개를 끄덕인 아이는 여전히 눈물이 가득 맺힌 얼굴로 페트로를 바라봤다. 자신의 말도 못 알아듣는 답답한 형아를 보는 눈빛이었다.

"아니……."

그 시선에 억울함과 당혹감을 감추지 못하는 페트로를 보며 카밀라는 피식 웃었다.

"저 나이대 아이에게는 다섯이 가장 큰 숫자예요."

"네?"

"자기가 아는 가장 큰 수가 다섯이라는 거죠. 다섯 개를 달라는 건 아주 많이 달라는 뜻이에요."

 그러니 정말 사탕 다섯 개만 달랑 손에 쥐어 준 페트로의 행동에 울음보가 터져 버린 거다. 형들과 누나들은 양손 가득 사탕을 받아 갔으니까.

"아, 그런 거군요."

 페트로는 언제 울었냐는 듯 다른 간식을 받으러 도도도 달려가는 아이를 보며 허탈한 웃음을 터트렸다.

"아이들에 대해 잘 아시네요."

 그러다 카밀라를 새삼스럽게 바라봤다.

"그냥, 뭐……."

 보육원에서 지내다 보니 자연스럽게 알게 된 거다.

 이시아로 살 때, 엄마가 죽고 아빠라는 인간도 감옥에 들어간 후 자연스럽게 보육원에 맡겨졌다. 당연하게도 자신을 입양하려는 이가 아무도 없었다. 사진을 보고 입양할 마음을 먹었다가도 자신을 막상 대면한 이들은 모두 고개를 절레절레 저으며 거부했다. 마음이 동하지 않는다면서.

 '그게 다 영혼이 바뀌어서 그런 거였잖아.'

 그땐 그런 사실을 몰랐기에 그냥 스스로가 재수 없는 아이인 줄 알았다. 아버지라는 인간이 매번 하던 말이었으니까.

 '너만 보면 재수가 없어! 퉷!'

 그래서 다른 이들도 그런 거라 생각하며 입양에 대한 기대도 하지 않았다.

클럽 — 305

어쨌든 그로 인해 열네 살에 배우로 데뷔하기 전까지 보육원에서 지내며 어린 동생들을 돌봐야 했다.

"여기나 거기나……."

아이들은 별다를 게 없다.

아무것도 모르는 아주 어린아이들은 정에 굶주린 걸 그대로 표하며 자신들을 찾아온 이들을 그저 반긴다. 반면 머리가 좀 큰 아이들은 봉사 활동을 하러 온 이들에게 선뜻 다가서지 않았다.

'가까워져 봐야 상처받는 건 자신들이라는 사실을 너무도 잘 아니까.'

그런 아이들의 모습을 살피던 카밀라는 순간 멈칫했다. 여섯 살쯤 되어 보이는 여자아이가 자기 몸만 한 곰 인형을 품에 꼭 안은 채 걷고 있는 게 보였다.

카밀라는 아이와 곰 인형에게서 쉬이 시선을 떼지 못했다.

"아!"

총총 걷던 아이가 별안간 균형을 잃고 앞으로 넘어졌다. 아니, 넘어질 뻔했다.

신기하게도 아이가 그대로 다시 균형을 잡으며 바로 섰다.

"헤헤."

아이는 함박웃음을 머금은 채 곰 인형을 더욱 꼭 끌어안았다.

'헐.'

그 모습을 지켜보던 카밀라는 살며시 고개를 내저었다.

"왜 그러십니까?"

"…아무것도 아니에요."

페트로의 의아한 시선이 날아들자 카밀라는 아이에게서 눈을 떴다. 속으로 연신 짧은 한숨을 내쉬면서.
'어디를 가나 귀신들 천지네.'

※

간식으로 배를 든든히 채운 아이들은 클럽 사람들과 흩어져 원하는 놀이를 했다. 라일라는 몇몇 아이들에게 노래를 가르쳐 주었고, 페트로는 나무 검을 들고 덤비는 아이들을 상대해 주었다.
다다다다-!
"음?"
그때 한 아이가 카밀라를 향해 달려왔다. 조금 전에 페트로에게서 사탕을 달랑 다섯 개 받아 울음을 터트렸던 아이, 리오였다.
"책!"
"…읽어 달라고?"
"네!"
리오의 손에는 동화책 한 권이 들려 있었다. 『루루 공주』. 아이에게서 책을 받아 대충 내용을 훑어본 카밀라는 피식 웃었다.
공주의 이름만 달랐지, 저쪽 세계에서 너무도 유명했던 동화 『백설 공주』와 별다를 게 없었다. 신기할 정도로 설정이 똑같았다.
잠시 후…….
"거울아, 거울아. 이 세상에서 제일 아름다운 사람이 누구지?"
카밀라는 책에 나오는 모든 캐릭터를 연기하며 글을 읽어 나갔다.
"그건 머리부터 발끝까지 세상의 모든 아름다움을 소유한 루루 공주님이십니다."

동화가 중반에 이르렀을 때 카밀라의 주변에는 리오뿐만 아니라 아이들이 모두 옹기종기 모여 앉아 있었다. 덩달아 아이들과 놀아 주던 이들까지 동화에 귀를 기울였다.

'이상하네.'

너무도 유명한 동화였기에 그 내용을 모르는 이가 없었지만, 다들 카밀라에게서 귀와 눈을 돌리지 못했다.

이 동화가 원래 이렇게 긴장감 넘치는 내용이었나? 분명 아는 내용임에도, 다음 대사가 뭐가 나올지도 뻔히 알고 있음에도 다들 마른침을 꿀꺽 삼켰다.

그건 아이들도 마찬가지였다. 모두가 입을 멍하니 벌린 채 카밀라의 얼굴을 뚫어져라 바라보았다.

"뭣이!"

"……!"

살기등등한 목소리가 방 안을 가득 채웠다.

"당장 루루 공주의 심장을 파내어 나에게 가져오너라!"

카밀라는 무대에 설 때 배웠던 발성법으로 한 번에 대사를 쭉 내뱉었다. 표정까지 악독한 왕비 그 자체였다.

"으……."

"으… 으……."

"으아아앙!"

어라? 다음 페이지를 읽기 위해 책장을 넘기려던 카밀라는 여기저기서 들려오는 울음소리에 멈칫했다.

"무서워!"

"으앙!"

"왕비 너무 무서워요."

"왕비 나빠!"

"왕비! 마녀야!"

…오랜만에 하는 연기에 내가 너무 오버했나?

카밀라는 볼을 슬쩍 긁적였다.

"와아……."

그 모습을 한쪽에서 지켜보고 있던 라일라는 연신 감탄사를 토해 냈다. 카밀라가 연기를 펼치는 내내 숨소리조차 크게 내지 못했다.

"카밀라는 정말 대단해요. 어쩜 저렇게 연기를 잘하죠?"

그녀 또한 아이들에게 책을 읽어 준 적이 많았다. 다른 이들도 마찬가지다. 하지만 카밀라가 읽어 주는 동화는 자신들이 어설프게 하는 연기와는 차원이 달랐다. 동화를 듣는 게 아니라 한 편의 극을 보는 것 같았다.

"그러게요."

페트로 역시 조금은 감탄한 눈빛으로 카밀라에게서 시선을 떼지 못했다.

정말 요즘 들어 예상 밖의 모습을 자주 보여 주는 그녀다. 전에 자신이 알던 카밀라와 너무 달랐다. 다른 사람이라고 해도 믿을 정도였다.

"너무 잔인해! 으앙!"

"원래 동화는 잔인한 거야."

아이들의 울음에 답지 않게 어쩔 줄 몰라 하는 카밀라의 모습을 보며 라일라와 페트로는 동시에 웃음을 터트렸다.

사신 하벨

늦은 밤. 모두가 잠이 든 시간이다. 카밀라 역시 오늘 계획에 없는 일정이었던 보육원 방문이 피곤했던 듯 평소보다 이른 시간에 잠자리에 들었다.

스륵.

그렇게 침묵과 어둠에 휩싸인 카밀라의 방에 소리 없이 모습을 드러낸 이가 있었다. 20대 초반의 남자였다.

짙은 회색 머리에 새벽을 알리는 듯한 푸른 눈동자. 무엇보다 눈에 띄는 건 온몸에 주렁주렁 달린 액세서리였다. 손가락마다 검은 반지가 끼워져 있었고 귀에도 빈자리를 찾기 힘들 정도로 빼곡하게 검은 보석이 박혀 있었다.

그는 잠들어 있는 카밀라를 유심히 바라보다 이내 그녀를 향해 한 걸음 발을 내디뎠다.

휘익!

그 순간 누군가 그를 빠르게 휘감듯 낚아채 한쪽으로 끌고 갔다.

카밀라에게서 최대한 멀리 떨어진 후에야 남자는 상대의 목소리를 들을 수 있었다.

"쉿!"

남자의 입을 틀어막은 누군가, 카밀라의 시종 도르만이 빙그레 웃으며 손에 힘을 주었다.

"조용히."

그는 그대로 남자의 멱살을 잡은 채 창문 밖으로 뛰어내렸다. 조금의 주저함도 없는 행동이었다.

"뭐야?"

2층에서 가볍게 뛰어내린 그는 여전히 남자의 목을 쥔 손을 풀지 않았다.

"여기까지 무슨 일이지?"

"오랜만에 뵙습니다, 선배."

남자 역시 그런 도르만의 행동에 전혀 당황하는 기색이 없었다. 오히려 정중한 목소리로 인사를 건넬 뿐이다.

"내가 왜 네 선배야."

짧게 혀를 찬 도르만이 틀린 부분을 정정했다.

"난 상급 관리자였고 넌 일개 하급 잡부인 것을. 내가 네 선배는 아니지."

그 말에 남자의 무심한 얼굴에서 처음으로 감정이 드러났다. 서운함이었다.

"여긴 어쩐 일이야? 현신까지 해서."

"그래야 선… 도르만 님께서 제 모습을 볼 수 있으니까요."

"날 만나러 온 거였어? 그럼 카밀라 아가씨 곁은 왜 서성거렸어?"

"저분께 부탁드릴 것이 있습니다."

"부탁?"

"네."

"뭔데?"

"저분께 직접 말씀드리고 싶습니다."

"만나겠다고?"

"네."

"…카밀라 아가씨를?"

"네."

"진짜?"

"……? 네."

반복해서 같은 질문을 던지는 도르만의 모습에 남자는 고개를 갸웃했다.

투욱.

도르만은 그제야 잡고 있던 남자의 목을 놓았다. 그러곤 아주 정답게 그의 어깨를 다독였다.

"그래, 아니, 그러시죠, 하벨 사신님."

"……?"

조금 전과 딴판으로 갑자기 친근한 표정과 함께 말을 높이는 도르만의 모습에 하벨은 왠지 모를 불안감을 느껴야만 했다.

"누구라고?"

"저와 같은 영혼 관리자 중 한 명입니다."

"아니, 전 관리자라 불리기에는-"

"아주 유능한 분이시죠."

당황하는 하벨의 말을 자르며 도르만이 다시 끼어들었다.

"너보다 윗대가리라는 거야?"

"위, 윗대가리라니! 난—"

"현재는 그렇습니다."

"네? 아니, 전……!"

급히 손을 내젓던 하벨은 순간 멈칫했다.

"…갑자기 구두는 왜?"

자신의 앞에 앉아 있던 카밀라가 천천히 자리에서 일어서더니 신고 있던 구두를 벗어 한 손에 집어 들었기 때문이다.

"내가 그쪽한테 할 얘기가 좀 많아."

"아니, 그러니까 왜 갑자기 구두를……?"

"너도 막 성별이 변하고 그러는 건 아니지? 갑자기 여자가 된다던가?"

"어?"

"일단 좀 맞고 시작할까?"

"어어?"

하벨은 도르만을 바라보며 상황 설명을 요청했지만, 도르만은 새로운 방패의 탄생을 기뻐하며 그저 흐뭇한 미소를 지을 뿐이었다. 기쁨은 독식해야 좋은 거고, 고통은 나눠야 행복한 게 아니겠는가.

잠시 후.

"그러니까 뭐야? 나한테 도움을 청하러 왔다는 거야?"

"그렇다."

"영혼 하나를 설득해 달라는 거지?"
"그래. 그건 그렇고 이제 좀……."
"쓰읍, 누가 손 내리래."
 하벨은 정신이 하나도 없었다. 자신이 왜 무릎을 꿇은 채 손을 들고 있어야 하는 건지 이해할 수 없었다. 그렇지만 반항도 할 수 없었다.
 처음 알았다. 구두도 무기가 될 수 있다는 것을.
"어이가 없네."
 카밀라는 연신 혀를 찼다.
"내가 네놈 부탁을 들어줄 거라고 생각하니?"
 안 그래도 매일매일 벼르고 있었다. 꼬일 대로 꼬인 자신의 상황을 마주할 때마다 이를 갈고 또 갈았다.
 그리고 다짐했다.
"저놈 윗대가리가 나타나면 머리털을 다 뽑아 버릴 거라고."
 그런데 뭐?
"부탁?"
 부탁 같은 소리 하고 자빠졌네.
"아니, 뭔가 착각하고 있는 것 같은데 난 저분의 상관이 아-"
"제 상관이 원래 좀 눈치가 없습니다. 부디 아가씨께서 넓은 아량으로 이해해 주세요."
 도르만의 말을 들으며 카밀라는 연신 혀를 찼다.
 상관이나 부하나 뻔뻔한 게 아주 똑 닮았다. 제 부하가 그딴 큰 실수를 저질렀는데 사과는커녕, 뭐? 도와줘?
"누가 보면 너희가 피해자인 줄 알겠다?"

어떻게 도와 달라며 찾아올 수가 있지?

뻔뻔하다, 뻔뻔해.

"그래도 일단 부탁이 뭔지 들어 보시는 게 어떨까요?"

"내가 왜?"

"영혼 관리자와 친분을 만들어 둬서 나쁠 게 없으니까요."

"좋을 건 또 뭐야."

"카밀라 님 곁을 맴도는 죽은 자들을 함부로 끌고 가지는 않겠지요."

그러고 보니 아까부터 제노도 그렇고 데린과 페롤 또한 보이지 않았다. 아마도 저 하벨이라는 영혼 관리자 때문에 다들 숨은 듯했다.

그들의 능력이 아무리 뛰어나다고 한들 결국 살아생전의 이야기다. 현재 영혼 상태로 세상을 유영하고 있는 그들로서는 하벨을 충분히 경계할 법했다.

죽은 자들에게 있어서 그 누구보다 무섭고 피하고 싶은 존재가 바로 저런 이들일 테니까.

'제노는 몰라도 데린과 페롤이 끌려가는 건 좀 그렇지.'

제노가 들었다면 너무하다며 날뛰었을 만한 생각을 한 카밀라는 새삼스러운 눈빛으로 하벨을 바라봤다.

"일단은 들어나 보자."

"……!"

여전히 현 상황이 어떻게 돌아가는 건지 전혀 감을 못 잡고 있었지만, 하벨은 카밀라의 말에 처음으로 표정이 밝아졌다.

✳

"으음… 이잉……."

토닥토닥.

잠결에 칭얼거리는 아이의 등을 조심스럽게 다독이는 손길이 있었다. 그런데 일반적인 사람의 손이 아니었다. 천으로 감싸져 있는 두툼한 손, 바로 인형의 손이었다.

스륵.

이불까지 토닥거리며 덮어 준 후 침대에서 톡 하고 뛰어내린 건 연한 갈색곰 인형이었다.

[…….]

곰 인형은 매우 익숙한 동작으로 다섯 명의 어린아이가 각자의 침대에서 곤히 자고 있는 방 안을 이리저리 돌아다녔다.

이불을 걷어찬 채 자고 있는 아이의 이불을 도로 올려 주고, 머리카락이 엉망으로 얼굴을 덮고 있는 아이는 머리카락을 한쪽으로 잘 정돈해 줬다. 한쪽으로 떨어질 듯 놓여 있는 베개도 도로 잘 놓아 주고 바닥에 흐트러져 있는 책들도 차곡차곡 정리했다.

마지막으로 아이들이 잘 자고 있는지 한 번 더 확인한 곰 인형은, 능숙하게 점프해 닫혀 있는 문을 열고 밖으로 나갔다.

작은 걸음을 총총 옮긴 곰 인형은 바로 다른 방으로 향했다. 그러곤 똑같은 행동을 반복했다. 자고 있는 아이들을 한 명 한 명 꼼꼼하게 살피며 어디가 아프지는 않은지, 불편한 곳은 없는지 차근차근 살폈다.

한참 후, 창밖이 짙은 푸른색으로 변하며 동이 떠오를 때가 되자 곰 인형은 작은 발을 바삐 옮겼다.

달칵!

스르륵.

처음 자신이 뛰어내렸던 침대 위로 올라간 곰 인형은 새근새근 잠들어 있는 아이의 품으로 쏘옥 들어갔다.

"으음……."

토닥토닥.

[…….]

마지막으로 칭얼거리는 아이를 다독인 곰 인형은 아무 일도 없었던 것처럼 곧 모든 행동을 멈추었다.

"그게 원장이라고?"

"그렇다."

하벨의 말에 카밀라는 오늘 낮에 보육원에서 보았던 한 아이를 떠올렸다.

제법 큰 곰 인형을 품에 안은 채 도도도 달려가던 아이. 발이 꼬여 넘어질 뻔했던 아이는 금세 균형을 잡았고, 이후 아무 일도 없었던 것처럼 달려갔다.

그때 카밀라는 똑똑히 볼 수 있었다. 넘어지려는 아이의 중심을 대신 잡아 주던 곰 인형의 모습을.

처음에는 긴가민가했는데, 그 모습을 보는 순간 확신했다. 곰 인형 속에 뭔가가 들어가 있다는 사실을 말이다.

"그런데 그게 보육원 원장이었단 말이지?"

2개월 전, 보육원을 운영하던 원장이 숨을 거뒀다. 65세에 생을 마감한 그녀를 대신해 현재는 그녀의 친아들이 보육원을 맡아 운영하고 있었다.

"그런데 뭐가 문제야?"

"떠나려고 하지를 않는다."

"그게 뭐?"

그런 귀신이 어디 한둘인가? 세상에 미련이 남아 떠나지 못하고 있는 귀신이라고 해 봐야 특별할 것도 없었다.

"신으로 내정된 분이시다."

"신?"

"아이들을 돌보는 수호신이 되실 예정이지."

"인간이 신도 돼?"

"그리 흔한 경우는 아니지만, 덕을 많이 쌓으신 분 중 간혹 하급 신으로 임명되는 분들이 계십니다."

카밀라의 의문을 도르만이 슬쩍 끼어들어 풀어 줬다.

"그래서?"

"신이 되셔야 할 분이 계속 이렇게 세상에 미련을 버리지 못하고 머무시면 임명이 취소될 수도 있습니다."

"그럼 데리고 가면 되잖아."

자신의 주변에 있던 귀신들이 왜 갑자기 다들 도망치듯 사라졌겠는가. 저 하벨이라는 놈과 마주치기 싫어서, 무서워서 도망친 거다. 영혼을 관리하는 이들에게 잘못 걸리면 본인들의 의지와는 전혀 상관없이 그대로 끌려가야 하니까.

"신으로 내정된 분은 우리 마음대로 강제할 수가 없다."

하벨이 답답하다는 듯 긴 한숨을 내쉬었다.

"몇 번 찾아가 설득해 봤지만 들어 먹질 않더군."

아이들 곁에 계속 머물고 싶다면서 말이지.

"그래서 나보고 어쩌라고."

"대신 설득 좀 해 달라는 거다."

"내가? 왜? 어떻게?"

카밀라는 답답하다는 듯 작게 혀를 찼다.

"안면 없기로는 내가 더 하잖아. 그냥 네가 계속 찾아가 설득해. 뜬금없이 내가 찾아간다고 설득이 되겠니?"

"나도 그러고 싶지만 그분이 계신 곳이 문제다."

"계신 곳?"

카밀라는 하벨의 말을 바로 이해할 수가 없었다.

"보육원이 뭐?"

그게 왜 문제가 된다는 거지?

"어른과 달리 아이들은 나 같은 존재에 계속해서 노출될 시 여러 가지로 좋지 않은 현상을 겪게 된다."

카밀라처럼 갑자기 영안이 트여 죽은 자들을 볼 수 있게 될 수도 있고, 영혼이 타격을 받아 몸이 약해질 수도 있다. 죽음과 가장 가까운 존재인 사신이 아이들과 자주 접촉하는 건 결코 좋은 일이 아니었다.

"그분이 들어가 있는 곰 인형을 늘 아이들이 품에 안고 다닌다. 내가 계속 찾아가 만날 수 있는 상황이 아니다."

그래서 카밀라에게 도움을 청하러 온 거였다. 사신이 아니면서도 죽은 자를 볼 수 있고 대화를 할 수 있는 존재였으니까.

"굳이 그래야 해?"

잠시 고민하던 그녀가 고개를 갸웃했다.

"무슨 말이지?"

"본인이 싫다잖아."

본인 의사가 가장 중요한 거 아닌가?

"신이 되기도 싫고 떠나기도 싫고, 지금처럼 그냥 아이들 곁에 있고 싶다는데 굳이 데리고 가야 할 이유가 뭐야?"

"소멸한다."

"…뭐?"

"신으로 내정된 이가 그 직책을 끝까지 거부하면 소멸이다. 그래야 다음 신을 새로 정할 수 있으니까."

…역시 뭐 같은 윗대가리들.

"자기들 마음대로 직책을 내려 주곤 그걸 또 거부한다고 소멸시킨다고?"

"그게 아니라……."

"진짜 마음에 안 드네."

순간적으로 표정이 살벌해지는 카밀라의 모습에 하벨이 움찔하며 뒤로 슬쩍 물러섰다. 다시 또 구두를 집어 드는 건 아닌가 싶었는지, 계속 시선이 그녀의 발로 향했다.

"무, 물론 날 따라간다면 직책을 거부한다고 하여도 소멸까지 되지는 않는다. 거기선 여러 가지 선택 사항이 주어지니까."

하벨은 급히 말을 이었다.

"하지만 계속 현세에 머물면서 직책을 거부한다면 결국은 소멸이다."

"어쨌든 널 따라가야 한다는 거잖아."

"그렇지."
카밀라는 작게 혀를 찼다. 뭔가 또 귀찮은 일을 떠맡는 듯한 기분에 연신 한숨이 흘러나왔다.

"와아!"
돈 좀 썼다.
"옷이 정말 고급지네요."
좀 많이 썼다.
"이 장난감들 샤이먼 공방 거 아니에요? 왜, 그 엄청 유명한 공방 있잖아요!"
…엄청 쓴 것 같다. 젠장.
"정말 고맙습니다, 카밀라 님!"
마차 가득 옷과 장난감을 실은 채 카밀라는 홀로 보육원을 다시 찾았다. 물질의 양만큼 자신을 아주 극진히 환대해 주는 사람들을 보며 카밀라는 최대한 밝은 미소를 지어 보였다. 이왕 돈 쓴 거 좋은 이미지라도 챙겨 가야지.
"아이들과 잠시 놀아 줘도 될까?"
"물론이죠!"
"아이들은 안 그래도 카밀라 님 얘기를 많이 했어요."
"이렇게 신경 써 주셔서 정말 감사합니다."
보육원 관계자들의 열렬한 허락을 받은 카밀라는 선물을 둘러싼 채 환호성을 지르고 있는 아이들을 살폈다.
'저기 있네.'
그리고 원하는 아이… 아니, 인형을 찾을 수 있었다.

여전히 곰 인형을 품에 꼭 안은 채 새로운 장난감을 반짝이는 눈빛으로 살피고 있는 한 여자아이.

"너 이름이 뭐야?"

카밀라는 아이에게 슬쩍 다가가 말을 걸었다.

"어!"

여섯 살쯤 되어 보이는 아이는 처음엔 눈을 크게 떴다가 이내 환한 미소를 입가에 머금었다.

"마녀 언니다!"

"…카밀라라고 부르렴."

"네!"

저번에 보여 준 연기가 유독 인상 깊었던 듯 아이는 금세 그녀를 알아봤다.

"인형이 귀엽네."

"비토예요."

"비토? 곰 인형 이름이야?"

"네!"

"너무 귀여워서 그러는데 그 인형, 언니가 잠시 살펴봐도 될까?"

"아뇨."

"……."

연신 웃던 아이가 순식간에 표정을 바꾸며 인형을 자신의 뒤로 숨겼다. 너무도 즉각적인 반응에 카밀라는 살짝 당황했다.

"친구는 빌려주는 게 아니에요."

…똑똑한데?

"언니도 비토와 친구가 되고 싶어서 그래."

"으음…….."
"그동안 넌 새로운 친구를 사귀고 있으면 어떨까?"
카밀라는 아까부터 아이가 눈여겨보고 있던 구체 관절 인형 하나를 집어 들었다. 그러자 아이의 얼굴이 다시 밝아진다.
"네! 새로운 친구가 생기면 비토도 좋아할 거예요."
"그렇지."
카밀라는 곰 인형을 건네는 아이의 손에 구체 관절 인형을 쥐여 줬다.
"……."
그리고 볼 수 있었다. 아이와 떨어지고 싶지 않다는 듯, 곰 인형이 아이의 팔을 슬쩍 감싸듯 붙잡는 모습을.
"구체 관절 인형한테 밀린 곰 인형님께선 조용히 저를 따라오시죠."
[…….]
카밀라는 인형을 아이에게서 떼어 내며 소곤거렸다. 순간 인형이 부르르 몸을 떠는 것 같았지만 무시한 채 그대로 밖으로 향했다.
착각이겠지? 아니면 뭐 어때.
"나오시죠."
본 건물과 한참 떨어진 곳에 도착한 카밀라는 주변에 사람이 없는 걸 확인한 후에야 인형을 바닥에 내려놓았다. 역시나 곰 인형은 힘없이 쓰러지기는커녕 사람처럼 중심을 잡은 채 바닥에 떡하니 섰다.
[…….]

"침묵한다고 해결될 문제가 아니에요."

여전히 난 인형이오, 하고 입을 꾹 다물고 있는 곰 인형을 보며 카밀라는 속으로 짧은 한숨을 내쉬었다.

"사신이 자꾸 들락거리면 아이들한테도 좋지 않다던데……."

[…….]

"그냥 다시 사신 부를까요?"

스르륵.

그제야 곰 인형에 들어가 있던 이가 모습을 드러냈다.

[하아…….]

곱게 머리를 빗어 넘긴 깔끔한 차림의 할머니가 긴 한숨을 토해 냈다. 눈매도 선하고 주름도 거의 없는 것이, 참 고운 분이었다.

[전 분명 더 이상 찾아오지 말라고 했어요. 그런데도 그들이―]

"소멸된대요."

[…….]

"이대로 계속 버티시면 소멸 확정이랍니다."

[알아요.]

"아는데 계속 이러고 계신다고요?"

[어쩔 수 없어요.]

이미 사신 하벨에게 들은 바 있는지 소멸이라는 단어에도 원장 할머니의 얼굴은 담담했다.

[저 아이들에겐 제가 필요해요.]

"하지만 돌아가셨잖아요. 죽은 자가 뭘 할 수 있는데요?"

[…….]

"잠시 잠깐 아이들을 돌보는 거요? 원장님 욕심인 거 아시잖아요."

[전······.]

"아이들에게도 좋지 않고요. 소멸을 감수할 만한 일이 아니에요."

카밀라는 쯧 혀를 찼다.

"무엇보다, 그 정도는 여기 계시는 선생님들도 충분히 할 수 있어요. 원장님이 직접 뽑은 사람들인데 그렇게 못 미더우세요?"

결국 원장 할머니의 입에서 긴 한숨이 흘러나왔다.

[불안해서 그래요.]

"뭐가요?"

원장 할머니의 시선이 본 건물 쪽으로 향했다.

[제 아들이요.]

※

"네?"

"식비를 줄이라 했습니다."

얼마 전에 운명한 원장을 대신해 새로 부임한 그녀의 아들은 30대 중반의 나름 젊은 남자였다. 그가 이곳의 원장으로 부임해 제일 먼저 한 일은 보육원의 그간 장부를 모두 모아 확인하는 것이었다.

"식비뿐만 아닙니다."

그는 책상 가득 쌓여 있는 장부를 하나 집어 들며 연신 혀를 찼다.

"쓸데없는 곳에 지출되는 금액이 너무도 많더군요."

책상에 도로 장부를 집어 던진 새로운 원장은 눈앞에 서 있는 이들을 날카로운 눈빛으로 연신 쏘아봤다.

"여기가 귀족 가문입니까? 식재료를 왜 이렇게 고급으로 준비하시는 거죠? 옷도 그래요. 이것보다 훨씬 저렴한 옷들도 많거늘. 쯧."

"하, 하지만 이건 전 원장님께서 지시하셨던 겁니다."

"맞아요. 아이들이 쓰고 먹고 하는 모든 것을 가장 좋은 걸로 사 들이라고-"

"그만."

그는 더 들을 필요도 없다는 듯 바로 말을 잘랐다.

"그래서 바꾸자는 겁니다."

새로운 원장 헤만. 그는 어머니가 그동안 고수해 온 운영 방침이 하나부터 열까지 다 마음에 들지 않았다.

"자선 사업도 정도껏 하셨어야지."

헤만의 집안은 대대로 사업을 해 온 가문으로 남부럽지 않은 부를 소유하고 있었다. 하지만 헤만은 어릴 때부터 지금까지 단 한 번도 자신의 집이 부자라는 걸 체감해 본 적이 없었다.

왜냐고? 부를 누려 볼 기회가 전혀 없었으니까.

'대체 내가 고아와 다를 게 뭐야.'

어머니는 자신을 보육원 아이들과 달리 키우지 않았다. 아이들이 먹는 음식을 그대로 자신에게 제공했고 입는 옷도 마찬가지였다.

'아니, 오히려 친자식이라는 이유로 순위가 더 뒤로 밀렸었지.'

그러니 다른 이들의 눈에 자신이 어떻게 보였을까?

다들 헤만을 부모도 없는 고아로 취급했다. 아니라고, 난 고아가 아니라고 아무리 외쳐 봐야 소용없었다. 아버지와 어머니, 두 분 모두 친자식보다 보육원 아이들을 더 우선시했다.

국가에서 나오는 지원금은 물론이고 다른 사업으로 벌어들이는 수익금까지, 대부분을 보육원 아이들에게 퍼부었다.

'왜 그래야 하는데?'

나이가 들수록 부모님이 더더욱 이해되지 않았다.

아버지가 돌아가실 때도, 어머니가 돌아가실 때도 그들이 자신에게 남긴 말은 단 하나였다.

'아이들을 잘 부탁한다.'

고작 그게 그분들의 유언이었다.

다른 보육원도 이러냐고? 그럴 리가. 국가에서 지급하는 지원금도 본인 주머니에 넣기 바쁘다. 그런데 자신의 부모님은 이 빌어먹을 놈의 보육원에다 가지고 있는 재산까지 아주 탈탈 털어 모두 갖다 바치고 있으니…….

"오늘부터 사용되는 대금 하나하나 다 저에게 보고하십시오."

"하지만……!"

"불만 있으십니까?"

"그게-"

"그런 분들은 바로 나가시면 됩니다. 퇴직금은 정확히 계산해서 챙겨 드리지요."

다들 입을 꾹 다물었다.

지금 이 자리에 모여 있는 대부분이 20년 넘게 이곳에서 일해

왔다. 직장이기 이전에 자신의 삶을 평생 바쳐 온 공간이었고, 사랑하는 가족들이 있는 곳이었다. 저 수많은 아이들을 두고 어찌 떠난다는 말인가.

다들 새로운 원장의 말에 그저 고개를 푹 숙일 뿐이었다.

"당연한 거 아니에요?"

[당연하다니요?]

"저라도 싫었을 것 같은데."

새로 부임한 원장에 대한 얘기를 듣던 카밀라는 연신 혀를 찼다. 자신의 말을 전혀 이해하지 못하는 원장 할머니의 모습이 오히려 답답했다.

"자기보다 다른 아이를 더 챙기는 부모를 좋아할 사람이 있을까요?"

고아들의 입장에서는, 다른 이들이 보기에는 더없이 좋은 분들이다. 당장 저부터도 어떻게 저리 선하고 덕이 많은 분들이 있을까 싶었다.

하지만 자식의 입장에서 봤을 땐?

'최악이지 않나?'

어릴 때부터 고아들과 별다를 것 없이 자란 아들의 심정이 어땠을까? 늘 고아들을 먼저 챙기는 부모를 바라보는 심정은?

"할머니가 잘못하셨네."

과연 부모의 정, 가족의 사랑 같은 걸 제대로 느낄 수 있었을까?

아이들은 생각보다 단순한 것에서 여러 가지 감정을 느낀다. 남들과 다른 취급을 받을 때 자존감이 올라가기도 하고 내려가기도 한다.

다른 아이들보다 칭찬을 더 받았을 때, 쓰다듬을 한 번 더 받았을 때. 그 과정에서 아이는 누군가 자신을 특별하게 여긴다는 것을, 그에게 사랑받고 있다는 것을 여실히 깨닫게 된다. 그러한 단계를 거치며 자존감이 올라가는 것이다.

"그런데 다른 아이들과 똑같은 취급을 받는다면 어떨까요?"

다른 사람도 아닌 자신의 친부모에게서 말이에요.

[전 제 아들을 사랑했어요. 다른 아이들도 똑같이 사랑한 게 잘못인가요?]

"그런 뜻이 아니에요."

대단한 분이라는 데는 이견이 없다. 어떻게 친자식과 남의 자식을 똑같이 사랑할 수 있지? 그게 가능하다니 신기할 정도다.

'하긴.'

그러니 신으로 추대까지 받은 거겠지.

하지만······.

"아들도 알았을까요?"

[네?]

"어머니가 자신을 사랑했다는 걸요."

[그야 당연히—]

"글쎄요."

카밀라는 고개를 저었다.

"말하지 않아도 아는 게 가족의 사랑이라고는 하지만······."

그게 정말 가능한가? 자신은 제대로 된 가족이 있어 본 적이 없어서 잘 모르겠다.

"가끔은 말을 해야 알아먹을 때도 있지 않을까요?"
[…….]
원장 할머니는 더 이상 쉽게 말을 잇지 못했다.
아들에게 충분히 부모로서 사랑을 전했다고 생각했는데, 그게 아니었나? 다른 아이들과 차별하지 않고 똑같이 사랑해 준 것이 잘못된 일인가?

'엄마, 저 이번 시험에서 백 점 받았어요!'
'우리 아들, 정말 잘했구나.'
'헤헤.'
'오늘 엄마가 맛있는 거 해 줘야겠다.'
'정말요?'
'물론이지. 오늘은 일찍 같이 집에 가-'
벌컥!
'원장님, 제니가 드디어 글자를 다 익혔어요!'
'세상에! 정말이니? 우리 제니 정말 대단하구나!'
'엄마, 저…….'
'제니, 오늘 선생님이 아주 맛있는 걸 해 줄게. 헤만도 오늘 저녁 식사는 여기서 하고 가렴.'
'…네.'

왜 갑자기 그때의 기억이 떠오를까? 아홉 살 때 처음으로 백 점을 맞은 시험지를 들고 와 자랑하던 아들의 모습이. 자신의 말에 힘없이 고개를 끄덕이던 아이의 모습이…….

잠시 침묵하던 원장 할머니가 힘겹게 입을 열었다.
[제가 자기를, 제 아들을 너무도 사랑했다는 사실을 헤만이 알게 된다면 보육원을 망치려는 저 행동이 조금은 달라질까요?]
"그렇겠죠."
어머니의 사랑을 깨닫는다면 적어도 어머니가 죽도록 아꼈던 보육원을 함부로 망치지는 않을 것 같은데?
대수롭지 않게 긍정하기 무섭게 원한 적 없는 퀘스트가 떨어졌다.
[부탁을 하나 드려도 될까요?]

"어서 오십시오."
보육원 원장 헤만은 이른 아침부터 사전 약속도 없이 불쑥 찾아온 손님을 마주했다. 찾아온 이가 다른 이였다면 미간을 찌푸렸을 일이지만 상대가 제국에 몇 되지 않는 공녀라면 얘기가 달라진다.
"며칠 전에도 저희 보육원을 찾아 주셨다고 들었습니다."
후원은 언제나 환영이니까.
"이곳과 인연이 좀 있어서."
"인연이요?"
"그쪽 어머님과 잘 아는 사이야."
"…네?"
처음 듣는 얘기였다. 어머니에게서는 물론이고 다른 관계자들에게도 그런 말은 들은 적이 없다.
"서로서로 고민을 털어놓는 사이였지."
"…네에?"
헤만의 표정이 더욱 기이해졌다.

'어떻게?'

아무리 생각해도 이해가 되지 않았다. 그가 아는 한 어머니는 소르펠가와 전혀 접점이 없었다. 눈앞의 카밀라 소르펠 또한 얼마 전에 자신의 보육원을 처음 찾았다고 들었다.

그런데 어머니와 아는 사이였다고?

"전해 줄 게 있어."

"저에게요?"

카밀라는 헤만이 더 깊이 파고들기 전에 다른 화제를 꺼내 들었다.

"전 원장 선생님이 돌아가시기 전에 나에게 맡겨 놓은 물건이 있거든."

카밀라가 옆으로 시선을 주자 한쪽에 조용히 서 있던 도르만이 제법 큰 상자 하나를 탁자에 내려놓았다.

"이게 뭡니까?"

"나도 몰라."

"모르신다고요?"

"그저 부탁받았을 뿐이야. 본인이 죽거든 이걸 자기 아들에게 전해 달라고 하셨어."

더욱 알 수 없는 표정을 짓는 헤만을 잠시 바라보던 카밀라는 그의 질문이 더 이어지기 전에 자리에서 일어섰다.

"벌써 가시려고요? 차라도……."

"차는 됐어. 집에서 마시고 왔으니까."

그에 덩달아 헤만도 급히 자리에서 몸을 일으켰다.

"나올 필요 없어."

"아, 네."

카밀라는 가볍게 손 인사를 남긴 후 그 자리를 빠르게 떠났다.

타악.

문이 닫히는 것과 동시에 그의 시선이 다시 상자로 향했다.

"이게 뭐기에……."

여전히 그의 얼굴에는 의문이 가득했다.

대체 이 상자 안에 뭐가 들었기에? 어머니는 소르펠 공녀에게 뭘 맡겨 놓은 걸까?

달칵!

나무 상자를 연 헤만은 그 안에 가득 들어 있는 잡동사니를 보곤 살며시 미간을 찌푸렸다. 말 그대로 정말 잡동사니였다.

"대체 이게… 음?"

그러다 안의 내용물을 알아본 그의 눈빛이 점점 흔들리기 시작했다.

"이건……."

제일 먼저 눈에 들어온 건 책이었다.

자신이 어릴 때 제일 좋아했던 책.

"설마……."

헤만은 급히 다른 물건들도 확인했다.

달칵!

책 옆에 놓여 있는 작은 케이스 안에는 아주 작은 이 하나가 들어 있었다.

그리고 거기에 붙어 있는 작은 메모.

> 사랑하는 우리 아들 첫이

다른 물건에도 메모지가 하나하나 붙어 있었다.

> 나의 소중한 아들이 처음 입은…….

> 우리 아들 헤만이 가장 좋아했던…….

자신이 어머니께 보냈던 편지도 있었고 어릴 때 좋아하던 장난감도 수두룩했다. 처음 백 점을 받아 왔던 시험지도 보였다.
 자신의 기억 속에서는 이미 희미해진 물건들도 많았다. 그 물건들 하나하나 다 추억이 담긴 메모지가 붙어 있었다.
 "버린 줄 알았는데……."
 생각지도 못했다. 어머니가 이 낡은 물건들을 다 가지고 계셨다니.
 한참을 멍하니 상자 안 물건을 바라보던 헤만은 그제야 미처 보지 못한 문구 하나를 발견할 수 있었다.
 나무 상자 한 귀퉁이에 새겨져 있는 작은 문구.

〈 나의 첫 번째 보물 〉

"……."
 헤만은 한동안 아무런 말도 하지 못했다. 그저 상자에 새겨진 그 짧은 문구를 읽고 또 읽을 뿐이었다.

※

[…….]
"제 얼굴에 뭐 묻었어요?"
[아니에요. 그냥… 바뀔 줄 알았어요.]
"……."
[제가 자기를 얼마나 사랑하는지 깨달으면 달라질 줄 알았는데…….]

 원장 할머니는 조금은 허탈한 눈빛으로 카밀라를 멍하니 응시했다. 자신의 개인 공간에 숨겨져 있던 상자를 꺼내 아들에게 전해 달라고 부탁할 때와는 달리 목소리에 힘이 없었다.
 아들이 어릴 때 아끼고 좋아했던 물건들을 모아 둔 상자. 헤만이 그걸 본다면 자신이 미처 전하지 못했던 사랑을 충분히 느낄 수 있을 거라고 확신할 때와 완전히 상반된 모습이었다.
 "식재료를 좀 더 싼 걸로 구하라고 하지 않았습니까!"
 "절약하세요!"
 "대체 이런 쓸데없는 물건을 왜 사 오신 거죠? 아이들이 좋아한다고 다 사다 놓습니까? 재정이 그리 남아도나요?"
 바뀐 게 없었다. 여전히 아들인 헤만은 근검절약을 외치며 그동안 자신이 행해 온 모든 방침을 뜯어고치고 있었다.
 [하아.]
 원장 할머니의 입에선 연신 긴 한숨이 흘러나왔다. 역시 아들에

게 모든 걸 맡기고 떠나는 건 힘들 것 같았다.

"아들에 대해 얼마나 아세요?"

[네?]

"지켜보시죠."

[무슨…….]

"그냥 좀 지켜보시라고요."

원장 할머니는 고개를 갸웃했다. 연신 한숨을 내쉬는 자신을 보면서도 오히려 희미한 미소를 날리는 카밀라의 모습이 무척 의아했다.

다다다-! 철퍼덕!

"으… 으아앙!"

여섯 살쯤 되어 보이는 남자아이가 달려가다 그대로 앞으로 넘어졌다. 신발 끈이 풀려 거기에 걸려 넘어진 것이었다. 마침 그 앞을 지나가던 원장 헤만은 그런 아이를 무심히 쳐다봤다.

"으…….."

아이 역시 울먹이는 눈빛으로 헤만을 올려다봤다. 다른 선생님들이 그랬듯 그가 자신을 일으켜 줄 거라고 여기는 눈치였다. 새로운 원장 선생님이 곧 제 눈물을 닦아 주며 달래 줄 것이라 믿는 아이가 그를 애처롭게 바라봤다.

"……."

하지만 헤만은 아무런 행동도 하지 않았다. 아이를 일으켜 주지도 않았고 일어서라는 말도 하지 않았다.

그렇다고 그 자리를 떠나지도 않았다. 그저 처음 모습 그대로 말없이 아이를 뚫어져라 바라볼 뿐이었다.

결국 아이가 눈물을 닦아 내며 자리에서 일어섰다.

저벅.

그제야 헤만은 아이에게 한 걸음 다가섰다.

스읔.

그는 멀쩡히 잘 묶여 있는 본인의 구두끈을 풀더니 아주 천천히 묶기 시작했다.

그 모습을 아이는 멀뚱멀뚱 쳐다봤다. 뭐 하는 거지?

그 시선 속에서 헤만은 묶었던 끈을 풀더니 다시 묶었다. 그 동작을 계속 천천히, 아주 천천히 반복했다.

그렇게 얼마의 시간이 지났을까?

"저도 할래요!"

멍하니 그 모습을 지켜보던 아이가 바닥에 주저앉더니 풀어져 있던 자기 신발 끈을 작은 손으로 움켜쥐었다. 하지만 역시 의욕만 앞설 뿐, 처음 해 보는 일에 아이는 제대로 동작을 따라 하지 못했다.

헤만은 그런 아이를 보면서도 도움을 주는 대신 자신의 신발 끈을 다시 풀었다. 그러곤 조금 전과 마찬가지로 끈을 묶는 행동을 반복했다.

더욱 천천히, 천천히.

"와아! 됐어요!"

결국 한참 후에야 아이는 스스로 신발 끈 묶는 걸 완성했다. 무척 어설펐지만 어쨌든 리본까지 잘 마무리가 됐다.

"이제 저도 묶을 수 있어요!"

처음으로 끈을 묶었다는 사실에 아이는 스스로를 아주 대견해 했다. 그 모습을 무심히 바라보던 헤만은 그제야 그 자리를 떠나갔다. 단 한마디의 말도 없이.
[헤만…….]
이를 처음부터 끝까지 지켜본 그의 어머니는 사라져 가는 자신의 아들을 묘한 눈빛으로 바라봤다.

"밤에는 여기 복도 불은 다 끄라고 하지 않았습니까."
"그게……."
"쓸데없이 왜 이렇게 환하게 불을 켜 놓는 거죠? 마법 등도 쓰면 쓸수록 충전 기간이 짧아지는 거 몰라요?"
"아, 압니다."
"알면서도 이럽니까? 마탑에 대체 얼마나 많은 돈을 갖다 바칠 생각입니까! 혹시 마탑 관계자세요?"
"아, 아뇨."
"절약하세요! 절약!"
"죄송합니다."
관리자 한 명이 서둘러 건물 곳곳에 켜 놓은 마법 등을 끄기 시작했다.
"잠시만요."
"네?"
"계단 불까지 끄면 어떡합니까?"
"아니, 방금-"
"밤에 아이들이 돌아다니다 굴러떨어지기라도 하면 어쩌려고요. 치료비가 더 들지 않겠습니까! 계단 불은 켜 놓으세요."

"아, 네!"

"쯧, 여기 좀 보세요. 여기 삐죽 튀어나온 못 보이세요, 안 보이세요?"

"보, 보입니다."

"쓸데없이 비싼 가구들 살 시간에 이런 못이나 제대로 박으십시오! 이런 거에 걸려 아이들이 다치는 거 몰라요? 치료비는 어디 땅 파서 나옵니까!"

"시정하겠습니다."

다들 정신이 하나도 없었다. 뭔가 구두쇠 포스가 마구 풍기는데, 그렇다고 또 아이들을 완전히 외면하는 것 같진 않고.

다들 새로 온 원장인 혜만을 기이한 눈빛으로 바라봤다.

[……]

그리고 그건 그의 어머니도 마찬가지였다.

"이게 그자의 책상 위에 있었다고?"

"네."

원장 할머니가 부탁한 상자를 가지러 갔다 온 도르만과 사신 하벨은 다른 것도 함께 들고 왔다. 혹시 몰라 원장인 혜만의 약점이 될 만한 게 보이면 들고 오라고 했더니 뭔가를 갖고 오긴 했다.

'정 안 되면 협박이라도 해야지.'

그렇게라도 해서 혜만을 보육원 원장직에서 내려오게 할 생각이었다. 어쨌든 원장 할머니가 지금 걱정하는 건 보육원과 원생들이었으니까.

그렇게 도르만과 하벨이 들고 온 건 제법 두꺼워 보이는 서류 뭉치였다.

"음?"

서류 뭉치를 읽어 내려가던 카밀라는 잠시 후 피식 웃음을 터트렸다.

"이 할머니 안 되겠네."

자식에 대해 정말 너무 모르시는데?

서류에는 헤만이 앞으로 보육원 운영을 어떻게 할 것인지 고민한 결과가 아주 꼼꼼하게 적혀 있었다. 일종의 계획서였다.

"보육원 싫어하는 거 맞아?"

"싫어했다면 다른 사람들에게 넘기지 않았을까요?"

"그러게."

지금 생각해 보면 너무도 이상한 일이다. 그리 싫어하고 지긋지긋해하는 보육원을 본인 스스로가 맡아 운영을 한다는 것 자체가 말이 되지 않았다.

"흐음."

분명 전보다 절약을 외치는 게 눈에 확 보이는 계획서다. 하지만 아이들에게 꼭 필요한 부분에 한해서는 손을 댄 곳이 없었다. 지나치게 사용된 부분에 대해선 아주 과감하게 손을 댔지만, 카밀라가 보기에는 합리적인 계획서였다.

"이거 제자리에 돌려놓고 와."

"알겠습니다."

서류를 대충 다 훑은 카밀라는 도로 그걸 헤만의 책상에 가져다 놓게 했다. 그리고 며칠 후, 자신을 조금은 원망스럽게 바라보는 원장 할머니에게 웃으며 말할 수 있었다.

그냥 좀 지켜보라고. 아들을 믿어 보라고.

그렇게 일주일이 흘렀을 때.

[그대의 말이 맞았어요.]

카밀라를 찾아온 원장 할머니의 입가에는 미소가 걸려 있었다.

[우리 아들은 우리 아들만의 방침이 있더군요.]

일주일 동안 곰 인형에 들어가지 않고 오로지 아들만 쫓아다니며 지켜본 그녀는 흐뭇한 표정을 감추지 못했다.

자신처럼 아이들에게 무작정 친절하고 정을 주지는 않지만, 아이들에게 필요한 게 무엇인지 그는 충분히 알고 있었다.

[고마워요.]

카밀라에게 감사 인사를 건넨 그녀는 자신의 옆에 서 있는 사신 하벨을 바라봤다.

[폐를 끼쳐 미안해요.]

"바로 떠나셔야 합니다."

[네.]

더 이상 그의 말을 거부할 생각이 없는지 원장 할머니는 순순히 고개를 끄덕였다. 그녀는 마지막으로 카밀라를 향해 다시 한번 정중히 고개를 숙였다.

[앞으로도 우리 아이들 잘 부탁드려요.]

"…네?"

[그럼 이만…….]

"아니, 잠깐……!"

나한테 애들을 왜?

그녀의 부름에도 빙그레 웃으며 원장 할머니는 그대로 모습을 감췄다. 사신 하벨 역시 별다른 말 없이 카밀라를 한 번 쳐다본 뒤 바로 그 자리에서 사라졌다.

"하아."

그렇게 둘이 사라진 공간을 보며 그녀는 짧은 한숨을 내쉬었다.

"도르만."

"네, 아가씨."

"쟤, 네 윗대가리 아니지?"

"…예?"

"널 대하는 태도가 너무 정중하던데? 가끔 존댓말도 쓰는 것도 같고."

"제 상관이 원래 예의가 무척 바르……."

"……."

"…죄송합니다."

지그시 자신을 노려보는 카밀라의 시선에 결국 도르만은 고개를 숙였다.

"쯧."

짧게 혀를 찬 카밀라가 하벨이 사라진 곳을 바라봤다.

"다시 볼 일은 없겠지?"

그러면 됐지, 뭐. 영혼 하나도 잘 보냈고.

하지만 며칠 후.

"너 뭐야?"

"하벨이다."

"누가 이름 물어봤어! 왜 또 왔냐고!"

"내 말을 듣지 않는 영혼이 또 있다."

"…그래서?"

"한 번 더 도와 달라는 뜻이지."

"……."

"자, 잠깐. 구두는 벗지 마라. 말로 하자."

공작 부인의 팔찌

"정말요?"

"응."

"와! 정말 잘 생각하셨어요!"

라일라는 말 그대로 방방 뛰어다녔다. 방금 카밀라가 봉사 클럽에 들어오겠다는 의사를 밝혔기 때문이다.

"정말로 딱 수업 인정받는 시간만 채울 거야."

"네, 아무것도 안 하셔도 돼요! 그냥 제 곁에만 있어 주세요."

"…너 그런 말 아무 때나 날리지 마."

난 여자한테 고백받는 취미 없다고.

"그런데 갑자기 왜 마음을 바꾸신 거예요?"

"뭐, 그냥. 딱히 마음에 드는 수업도 없고."

다른 클럽도 대충 살펴봤는데 끌리는 게 없었다. 귀족들이 많은 곳답게 다들 고급스러운 주제로 클럽을 만들어 놔서 선뜻 문을 열 마음이 들지 않았다. 이왕 뭔가를 해야 한다면 그래도 아는 사람이 있는, 저렇게 간절히 새로운 부원이 들어오기를 바라는 사람이 있는 곳이 좋지 않을까 싶었다.
"부탁도 받았고."
"부탁이요?"
"…그런 게 있어."
정말, 진짜로! 먼지 한 톨만큼의 신경도 쓰고 싶지 않았지만, 원장 할머니의 부탁을 완전히 무시하기가 영 께름칙했다. 신으로까지 추대받은 이와 척을 지어 좋을 게 없으니까.
뭐, 겸사겸사 꼬맹이들과 한 번씩 놀아 주는 것도 나쁘지 않을 것 같고…….
'리오라고 했나?'
자신에게 책을 읽어 달라고 달려오던 네 살 꼬맹이가 아주 살짝 눈에 밟혔다.
"이 기쁜 소식을 빨리 알려야겠어요."
"알려? 누구한테?"
"저희 클럽분들에게요."
"아."
"다른 클럽보다 유독 인원수가 적어서 다들 고민이 많거든요."
그렇겠지. 요즘 같은 세상에 누가 봉사 같은 데 관심을 가지겠는가.
'이러다 들어가자마자 폐쇄되는 거 아냐?'
인기가 없는 클럽은 당연히 문을 닫을 수밖에 없다. 일정 인원수가 되지 않으면 다음 학기에 운영이 위태로워지기 때문이다. 아카데미에서 지원금을 딱 끊어 버리니까.

"그리고 저희 클럽에 들어올 예정인 분에게도 알려야죠."
"응? 그런 사람이 있어?"
"그럼요!"
라일라의 미소가 짙어졌다.

"…무슨 클럽?"
"봉사 클럽이요."
"카밀라가 봉…사 클럽에 들어갔다고? 카밀라 소르펠 말하는 거 맞아?"
"네!"
아르시안은 연신 미간을 찌푸렸다. 갑자기 자신을 찾아온 라일라를 그대로 무시하고 지나치려는데 그녀가 이상한 말을 하길래 걸음을 잠깐 멈춘 참이었다.

카밀라가 더 이상 검술 수업을 듣지 않게 되었다는 건 알고 있었다. 조만간 다른 전공을 택하거나 클럽 활동을 시작할 예정이라는 건 본인에게 직접 들었다. 분명 그때까지만 해도 고대어과를 염두에 두고 있었는데…….

'봉사 클럽… 전혀 안 어울려.'

어디 아픈가? 저번에 쓰러졌을 때 머리라도 다친 걸까? 그게 아니고서야 말이 되지 않았다.

전에 자신이 전해 준 은행 전표를 들고 괴상한 웃음을 터트리던 카밀라의 모습이 떠올랐다. 그런 그녀가 자기 돈까지 쓰며 봉사 활동을 다닌다고?

"의외로 저희 클럽이 인기가 많아요."

"그런 클럽이 있다는 것도 오늘 처음 알았는데."

"어머, 정말요?"

라일라는 태연하게 놀란 표정을 지었다.

"얼마 전에 페트로 님도 저희 클럽에 들어오셨는데요."

"…누구?"

"페트로 님이요."

라일라가 유독 페트로의 이름을 또박또박 외쳤다.

"저번에 보육원 갈 때도 카밀라 님과 페트로 님이 함께해 주셨어요."

"둘이 같이 갔다고?"

"네! 아주 즐거워하셨죠."

"……."

"두 분이 같이 사탕도 나눠 주고 아이들에게 책도 읽어 주면서-"

"…있어?"

"네?"

"그 클럽에 아직 자리 있냐고."

라일라는 그 어느 때보다 환한 미소를 입가에 머금었다.

"물론이죠!"

추가 회원 한 명이 확보되는 순간이었다.

"흐음, 생각보다 깨끗하네요."

[창고라고 함부로 버려둘 수는 없으니까요.]

카밀라가 창고를 찾은 이유는 안 쓰는 물건들을 정리하기 위해서였다. 원래의 카밀라가 어릴 때 쓰던 물건부터 루드빌과 라비가 쓰던 물건까지. 그것들을 정리해 보육원에 가져다줄 계획이다.
 비록 쓰던 물건들이지만 하나같이 새것처럼 깨끗했고, 무엇보다 최고급 제품들이었기에 그냥 창고에 묵혀 두기에는 너무도 아까웠다.
 '돈은 쓰라고 있는 게 아니라 아끼라고 있는 거지.'
 이시아로 살 때도 그랬지만 쓸데없는 곳에 돈 쓰는 건 딱 질색이다. 저번에 보육원을 찾아가며 쓴 돈이 대체 얼마였더라? 더 이상은 사절이었다.
 루드빌과 라비에게도 사정을 애기하니 바로 허락해 줬다. 두 사람 다 과거의 물건에 딱히 정을 붙여 두는 타입은 아니었으니까.
 다만······.

 '보육원?'
 '어.'
 '네가?'
 '어!'
 '···가서 뭐 하는데?'
 '애들이랑 놀아.'
 '······.'
 '그 눈빛은 뭔데?'
 '보육원 아이들은 뭔 죄인가 싶어서.'

라비가 기이한 눈빛으로 쳐다봤지만 언제나처럼 깔끔하게 무시해 줬다.

[다른 이들을 시키시지요.]

물건을 이리저리 살펴보기 바쁜 카밀라에게 집사 유령 데린이 말을 붙였다.

[혼자 정리하기 힘드실 겁니다.]

이런 거야 시녀나 시종을 시키면 간단히 끝날 일인데, 굳이 혼자 정리하겠다고 창고에 들어온 그녀의 행동이 이해되지 않는다는 투였다.

"그냥 좀 보고 싶어서요."

[무엇을요?]

"내가 쓰던 물건들."

좀 더 정확히 말하면 원래의 카밀라가 과거에 썼던 물건들이.

수도 없이 카밀라의 삶을 지켜봤지만 그녀의 어릴 적 모습은 단 한 번도 본 적이 없다.

공작가에 들어오기 전에 무지 가난했다는 것. 카밀라의 어머니가 카밀라를 그리 좋아하지 않았다는 것. 자신이 알고 있는 건 고작 그 정도였다. 나머지는 이리저리 다른 이들이 하는 얘기를 들은 게 다였다.

'혹 뭔가 단서가 될 만한 게 나올지도 모르니까.'

일기장 같은 거.

갑자기 이런 마음을 먹은 건 어제 라비와 나눈 대화 때문이다.

'옛날 물건을 정리하겠다고?'

'응.'

'창고 뒤지면 그것도 나오겠네.'

'그거? 뭐?'

'네가 어릴 때 좋아했던 인형 말이야.'

'…인형?'

'뭐야, 기억 안 나? 몇 년을 옆에 끼고 다녔는데. 어머니가 처음으로 사 준 거라고 엄청 좋아했잖아, 너.'

'……'

'허, 진짜 기억 안 나나 보네. 사자 인형 몰라? 버리라고 했는데 끝내 안 버리고 상자에 보관한다고 했으면서.'

'…그랬나?'

그렇지 않아도 가끔 불안할 때가 있었다. 혹여 아주 오래전의 일, 아주 어릴 때 일에 대해 묻는 이가 있을까 봐. 자신은 아는 것이 하나도 없지 않은가.

물론 어릴 때 일이니까 잘 기억이 나지 않는다는 말로 충분히 넘어갈 수는 있었다. 이번에도 그랬고.

하지만 라비와의 대화를 통해 확실히 깨달았다. 과거와 관련된 뭔가를 찾아보는 것도 좋을 것 같다고 말이다.

[이쪽에 있는 게 아가씨께서 쓰셨던 물건들입니다.]

창고 한쪽에 나무 상자 몇 개가 쌓여 있었다.

달칵.

제일 위에 있는 상자를 내려 뚜껑을 열었다. 안에는 수많은 물건이 가득 담겨 있었다. 옷도 있었고 인형들도 넘쳐 났다.

'저거구나.'

라비가 말한 사자 인형도 보였다. 다른 거에 비해 유독 싸구려 티가 팍팍 나 금세 알아볼 수 있었다. 사자 인형을 제외한 다른 것들은 새것처럼 너무도 깨끗했다.

"10년이나 지난 물건들인데……."

깨끗해도 너무 깨끗한 거 아닌가? 조금은 오래된 느낌이 날 줄 알았는데 먼지 한 톨 묻어 있지 않았다.

[보존 마법이 걸린 상자들입니다.]

"보존 마법이요?"

[마탑에 직접 제작 주문 넣어 만든 상자이지요.]

"헐."

공작가는 역시 공작가라는 건가? 창고에 이렇게 잡동사니처럼 처박혀 있는 상자마저 마법 물품이라니.

[이것들 다 기증하시게요?]

"네."

카밀라는 상자들을 하나하나 꼼꼼하게 확인하며 쓸 만한 물건들을 챙겼다. 일반 아이들이 입기에는 너무 화려한 옷은 제외했다.

'역시 일기장 같은 건 없네.'

카밀라가 어릴 때 썼던 물건들을 전부 확인했지만 특별한 건 없었다. 일기장은 고사하고 작은 메모지 하나 나오지 않았다.

"그래도 뭐, 나쁘지 않네."

한쪽에 수북이 쌓인 물건들, 아이들에게 가져다줄 물건들을 보니 나름 뿌듯했다.

"오라버니들 건요?"

[저쪽입니다.]

데린의 안내를 받아 간 곳에도 여러 상자가 쌓여 있었다. 카밀라는 이번에도 가장 가까이 있는 상자부터 열었다.

역시나 딱 봐도 고급스러운 물건들이 상자에 가득 담겨 있었다. 자신의 물건을 정리했던 것과 같이 너무 화려하거나 부담스러운 물건들은 한쪽으로 치우고 당장 쓸 수 있는 것들만 추려 냈다.

"어?"

그러다 시선을 잡아끄는 물건을 하나 발견했다.

"영상 구슬이네."

[그건……]

"네?"

[…아닙니다.]

"……?"

루드빌의 상자를 정리하다 나온 물건이었다. 상자 귀퉁이에 고이 놓여 있는 영상 구슬을 카밀라는 조심스럽게 집어 들었다.

"이런 게 왜 여기 있지?"

영상 구슬은 보관하는 장소가 따로 있었다. 주기적으로 마력을 충전시키며 관리가 필요한 마법 물품이기에 이렇게 창고에 처박아 두는 경우는 드물었다.

"역시 충전이 안 되어 있네요."

[그러게요. 다시 그냥 상자에 넣어 둬야겠습니다.]

궁금한데. 대체 무슨 영상이 들어 있기에 이런 창고에다 둔 것일까?

[규우!]

"…어?"

[규규!]

창고에 들어설 때부터 자신의 옷 주머니에 쏙 들어가 있던 킹이 처음으로 얼굴을 내밀었다. 그러곤 폴짝 아래로 뛰어내린다.

[규!]

"달라고?"

[규규!]

자신의 손에 들린 영상 구슬을 향해 얼굴을 쭉쭉 들이밀며 앞발을 휘젓는 킹의 모습에 카밀라는 고개를 갸웃하다 녀석의 앞에 구슬을 내려놓았다.

우우웅-

순간 킹에게서 희미한 빛이 흘러나왔다. 녀석의 털 색깔처럼 새하얀 빛이 흘러나오더니 순식간에 영상 구슬 속으로 쏙 빨려 들어갔다.

그렇게 5분 정도의 시간이 지났을 때, 킹이 힘없이 철퍼덕 바닥에 쓰러졌다.

"킹!"

깜짝 놀란 카밀라는 바로 킹을 다시 안아 들었다.

[규우…….]

"설마 마력 충전한 거야?"

방금까지 아무런 반응도 없던 영상 구슬에서 아주 희미한 빛이 흘러나오기 시작했다.

[신수가 마력도 충전하는군요. 처음 알았습니다.]

"저도요."

달랑 영상 구슬 하나 충전하고 뻗어 버린 킹이지만 카밀라는 그런 녀석이 기특해 연신 머리를 쓰다듬었다.

"그럼 한번 볼까요?"

…봐도 되겠지?

자신의 것도 아닌데 함부로 봐도 될까 잠시 고민했지만 버리다시피 이런 곳에 처박아 둔 물건이지 않은가. 좀 본다고 해서 뭐라 할 사람은 없겠지.

잠시 달그락달그락 소리를 내던 영상 구슬은 얼마 지나지 않아 자신이 기억하고 있던 시간을 토해 냈다.

「루드빌! 이쪽이야, 이쪽!」

「세상에! 봤어? 우리 루드빌이 걸었어!」

「루드빌, 다시 엄마에게 와 보렴.」

「아니지, 이번에는 아빠에게 와 봐.」

"아……."

구슬 속 세상엔 다정한 가족의 모습이 담겨 있었다. 그곳에서 아주 익숙한 이름이 흘러나왔다.

"저분이…….'

카밀라는 바로 알 수 있었다. 저 영상 속에 나오는 아름다운 여자가 누구인지.

'전 공작 부인.'

루드빌의 어머니.

선하고 아름다운 외모를 가지고 있는 여자는 막 걸음마를 시작한 아기를 향해 한없이 사랑스러운 눈빛을 보내고 있었다.

"사고사라고 들었는데."

루드빌이 다섯 살이 되던 해에 휴식차 홀로 떠난 여행길에서 공작 부인이 타고 있던 마차가 전복됐다. 하필 절벽 아래로 떨어져 시신조차 찾지 못했단다.

"저런 분이셨구나."

카밀라는 영상이 끝날 때까지 눈을 떼지 못했다. 처음 보는 다정한 '엄마'라는 존재에 낯설면서도 뭔가 아련한 기분이 들었다.

[…아가씨, 카밀라 아가씨.]

"아, 네."

영상이 모두 끝난 뒤에도 한참 멍하니 서 있던 카밀라는 데린의 부름에 그제야 반응을 보였다.

"정리는 대충 된 것 같네요. 그만 나가죠."

[네.]

카밀라는 영상 구슬을 도로 상자 안에 조심스레 집어넣었다.

"그런데 왜 이게 여기에 있는 걸까요?"

돌아가신 공작 부인의 모습이 담긴 영상이라면 아주 귀한 것일 텐데.

"아버지께서 배려하신 걸까요? 저희 어머니를 위해?"

재혼하면서 전 부인에 대한 물건을 치우는 건 나름 예의였으니까. 데린은 뭔가 알고 있지 않을까?

[…글쎄요.]

어라?

그런데 그의 반응이 좀 이상했다.

'왜 저러시지?'

조금 전에도 저러더니, 영상 구슬이 발견된 후 계속 자신의 시선을 피하는 눈치였다. 언제나 자신이 궁금해하는 일에 막힘없이 대답해 주던 그였거늘.

 자신에게서 점점 멀어지며 안절부절못하는 데린의 모습에 카밀라는 한 가지 사실을 확실히 깨달았다.

 데린은 연기를 무지하게 못한다.

 '저렇게 표정 관리를 못해서야…….'

 블랙 섀도우 수장직은 어떻게 했을까? 현 블랙 섀도우의 수장인 집사 루브는 그 속을 전혀 알 수 없을 정도로 표정을 감추는 것에 탁월한데 말이지.

 '모르겠다.'

 뭔가 무척 곤란한 듯한 데린을 보며 카밀라는 더 깊게 파고들지 않고 조용히 창고를 나섰다.

 "와! 카밀라, 아이들이 정말 좋아하겠어요!"

 "그럼 다행이고."

 "전혀 쓰던 물건으로 보이지 않아요."

 "쓸 만한 것만 골라 왔으니까."

 카밀라가 타고 온 마차에서 수많은 물건이 내려졌다. 그걸 본 라일라가 연신 감탄사를 내뱉었다.

 그건 다른 이들도 마찬가지였다. 검의 천재인 루드빌과 마법 쪽에서 두각을 드러내고 있는 라비가 쓴 물건이라는 말에 다들 눈을 반짝였다. 부적처럼 하나쯤 갖고 싶어 하는 이들의 손길을 말리느라 클럽 부장의 눈이 매서워졌다.

"……."

그런 사람들의 열렬한 반응에 대충 호응해 준 카밀라는 조금은 어이가 없다는 듯한 눈으로 누군가를 바라보았다.

"왜?"

"……."

"말을 해."

아르시안이 그곳에 서 있었다.

"할 말 있으면 하라고."

"…네가 여기 왜 있는 건데?"

"있으면 안 돼?"

"아니, 안 되는 건 아닌데……."

…이런 기분이구나.

봉사 클럽에 들어갔다고 말했을 때 라비와 소르펠 공작이 보였던 이상한 반응이 이제야 좀 이해가 갔다. 지금 아마 자신도 딱 그런 표정을 짓고 있지 않을까 싶었다.

"정말 이 클럽에 들어오는 거야?"

"어."

"…네가 봉사 활동을 한다고?"

다른 사람도 아니고 아르시안 세프라, 네가? 남들이 부탁이라는 걸 하는 순간 주먹과 살기를 날려 보내는 녀석이 봉사 활동을 해……?

"뭐지? 그 반응은?"

"좋아서……."

그렇게 살벌한 표정을 지으면 내가 할 말이 없잖니?

카밀라는 어색한 미소를 흘리며 아르시안의 시선을 슬쩍 회피했다.

"자, 다들 모였으면 들어갈까?"

"네!"

클럽 부장의 말에 라일라가 가장 밝게 대답했다. 다른 이들은 그녀가 꼬셔서 데리고 온 아르시안의 눈치를 보느라 제대로 대답도 하지 못했다.

"우리도 들어가죠, 카밀라."

어느새 곁으로 다가온 페트로가 언제나처럼 친절하게 말을 건네 왔다.

"또 오셨네요."

"가입했으니 열심히 활동해야죠."

너희 안 바쁘니?

카밀라는 검술부의 최고 인재인 두 사람의 뜬금없는 클럽 활동에 살며시 고개를 내저었다. 검술 선생이 이 사실을 알면 뭐라고 할까?

한숨을 내쉬며 안으로 들어서자, 먼저 온 이들의 모습이 보였다. 자신들과 비슷한 또래의 이들이 아이들에게 선물을 나눠 주거나 함께 놀아 주며 시간을 보내고 있었다.

"어머! 오셨어요?"

잠시 후 자신들을 발견한 몇몇 선생들이 다가왔다.

"오늘은 사람들이 많네요?"

"네, 저분들도 자주 오세요. 근처 신전에서 오신 분들이에요."

자주 찾는다는 말이 맞는 듯 아이들이 저쪽 팀 사람들 역시 잘 따르는 모습을 보였다.

"어! 마녀 누나다!"

"정말?"

"와! 마녀 언니!"

이것들이.

"이렇게 예쁜 마녀 봤어?"

"마녀는 예쁘면 안 돼요?"

…여기 보육원 아이들은 다 천잰가? 매번 핵심을 마구 찔러 대네.

"오늘도 책 읽어 주세요!"

순식간에 카밀라의 주변으로 아이들이 모여들었다.

"…마녀?"

그런 아이들과 카밀라를 잠시 번갈아 바라보던 아르시안이 진심으로 감탄했다.

"대단한데?"

"뭐가?"

"너의 본성을 바로 알아보잖아."

"내 본성이 어때서?"

"마녀 언니!"

"마녀 누나!"

"……."

때맞춰 들려오는 아이들의 환호 섞인 외침에 카밀라는 입을 꾹 다물었다.

"큭."

"하하하."

아르시안과 페트로가 동시에 웃음을 터트렸다.

'…책을 찾아보자.'

선한 인물들이 잔뜩 나오는 책을! 내가 오늘 그래서 마녀 타이틀을 기필코 벗어던지고 만다!

"안녕하세요."

그때 카밀라의 곁으로 어떤 여자 한 명이 다가왔다. 그들보다 먼저 와 있던 신전 쪽 사람이었다.

"……."

그녀와 얼굴을 마주한 카밀라의 눈빛이 순간적으로 흔들렸다.

"소르펠 공작 가문의 카밀라 님 맞으시죠?"

"…날 알아?"

낯선 이의 입에서 자신의 이름이 흘러나오자 카밀라의 표정이 서늘해졌다. 경계심이 가득한 붉은 눈동자를 마주하고도 여자는 밝은 미소를 머금으며 한쪽에서 놀고 있는 아이들을 가리켰다.

"아이들에게 들었어요."

창가로 새어 들어오는 햇살에 더욱 반짝이는 은빛 머릿결과 푸른 눈동자. 어쩐지 익숙한 색을 지닌 여자는 웃는 얼굴이 참 예뻤다. 웃을 때마다 눈꼬리가 곱게 휘는 게 저도 모르게 자꾸 시선이 갈 정도로 매력적이었다.

하지만 카밀라는 그 예쁜 모습을 보면서도 마음 편히 따라 웃을 수가 없었다.

"이렇게 뵙게 되어 너무 반가워요."

표정이 점점 더 굳어 가는 카밀라와 대조적으로 그녀는 더욱 화사한 미소를 지어 보였다.

"제 이름은 라니아예요."

"…라니아?"

"네, 앞으로 자주 보게 될지도 모르는데 친하게 지내요."

자주 보게 될지도 모른다고?

'왜일까?'

왜 저 말이 유독 귀에 거슬릴까?

카밀라는 아무런 말도 하지 않았다. 아니, 할 수가 없었다. 머릿속이 아주 복잡했으니까.

다른 걸 다 떠나서 카밀라의 시선을 유독 잡아끄는 게 하나 있었다.

라니아가 차고 있는 팔찌.

저 팔찌, 분명 본 적이 있다.

'창고에서.'

루드빌이 쓰던 물건이 담긴 상자를 정리할 때 발견한 영상 구슬에서 저 팔찌를 봤다. 루드빌의 모친이 저 팔찌를 차고 있었다.

비슷한 물건이지 않냐고? 아니다. 장담컨대 자신의 눈썰미는 결코 나쁘지 않았다. 루드빌의 푸른 눈동자를 그대로 빼서 박아 넣은 듯한 푸른 보석이 어찌나 신비롭게 보이던지, 영상을 볼 때도 유독 저 팔찌가 눈에 확 들어왔었다.

"예쁘죠?"

그런 자신의 시선을 느낀 듯 라니아가 팔찌를 찬 팔을 들어 보이며 환하게 웃었다.

"어머니가 주신 거예요."

"…어머니?"

"네!"

그녀의 미소가 더욱 짙어졌다.

"라니아 자매님, 이만 가죠."

"아… 벌써 시간이 이렇게 됐네요."

그렇게 짧은 대화를 나누던 라니아가 같이 온 이들의 부름에 벽에 세워져 있는 시계를 힐끔 쳐다봤다.

"다음에 또 봬요."

그녀는 무척 아쉽다는 듯 걸음을 옮겼다. 손까지 흔들며 사라지는 라니아에게서 카밀라는 쉬이 고개를 돌리지 못했다.

"왜 그래?"

"아니, 그냥 좀……."

옆에 서 있던 아르시안과 페트로의 의아한 눈빛이 날아들었지만 그걸 신경 쓸 정신이 없었다. 그녀는 멀어져 가는 라니아의 뒷모습을 뚫어져라 쳐다보았다.

놓친 게 있다. 분명 자신이 미처 눈치채지 못한 무언가가…….

그 순간 라니아의 모습 위로 누군가 겹쳐 보였다.

'아.'

카밀라는 자신이 라니아에게서 기이한 느낌을 받은 이유를 한 가지 더 찾을 수 있었다.

'닮았어.'

아버지, 소르펠 공작과.

[아가씨, 이 영상을 왜 자꾸 보시는 겁니까?]

"좀 확인할 게 있어서요."

라니아와의 만남이 있고 난 뒤 카밀라는 다시 창고로 향했다. 그때 보았던 영상을 한 번 더 확인하기 위해서였다. 혹여 잘못 본 것일 수도 있으니까.

하지만 영상을 몇 번 돌려본 카밀라는 확신을 가질 수 있었다. 영상 속 팔찌와 라니아가 차고 있던 팔찌는……. 생각을 정리한 카밀라가 조심스레 입을 열었다.

"데린."

[네, 아가씨.]

"저 팔찌요."

[저 푸른 보석 팔찌를 말씀하시는 건가요?]

"네, 혹시 저 팔찌에 대해 아시는 거 있어요? 얽힌 이야기라든가."

데린도 잘 아는 물건인 듯 바로 대답이 들려왔다.

[공작님께서 루드빌 님의 탄생을 기념해 직접 주문 제작하신 팔찌입니다. 이후 마님께 선물하셨고, 그분께서 저 팔찌를 무척 아끼셨던 것으로 기억합니다.]

"귀한 보석이겠네요."

소르펠 공작이 직접 주문한 거면 싸구려는 아니겠지.

답을 알면서도 슬쩍 미끼를 던지자, 데린이 그걸 덥석 물었다. 허공에 동동 떠 있는 순진한 유령이 인자한 미소를 띤 채 고개를 끄덕였다.

['아티'라는 유명한 장인이 만든 보석입니다. 오래전에 숨을 거두었지요. 저 팔찌가 그의 마지막 작품이라 들었습니다.]

"저런 디자인이 또 있을 수 있을까요?"

보통 귀족들을 상대하는 공방에선 똑같은 디자인의 물건을 여러 사람에게 판매하지 않는다. 그래도 혹시나 해서 물었다.

  [아뇨, 저게 유일할 겁니다. 다른 세공사들도 그렇지만 아티는 그런 부분에서 유독 더 엄격하게 굴었습니다. 대상을 특별하게 만드는 요소 중 하나로 희소성을 빼놓지 않았지요.]

  데린은 바로 고개를 내저었다. 보석 세공사 아티가 비슷한 건 절대 만들지 않는 사람으로 유명했다는 이야기도 덧붙였다.

  [저 푸른 보석도 무척 귀한 거랍니다. 루드빌 님의 눈동자와 똑같은 색을 내는 보석을 일부러 찾은 거지요. 대륙 전체를 다 뒤졌다고 들었습니다.]

  즉, 똑같은 팔찌가 있을 수 없다는 말이다. 카밀라의 머릿속이 더욱 복잡해졌다.

  '이 상황을 어떻게 받아들여야 하지?'

  죽은 공작 부인의 팔찌를 들고 있는 또래의 여자. 게다가······.

  "아버지 얼굴이 보이던데."

  [네?]

  라니아의 외모와 분위기가 소르펠 공작과 너무도 닮아 있었다. 같이 길을 걷고 있으면 누가 봐도 부녀지간이라 믿을 정도로.

  '이게 우연으로 가능할까?'

  공작 부인의 팔찌를 차고 있는 이가 공작의 외모를 그대로 빼다 박은 게?

  그럴 리가. 이 모든 상황을 종합해 내릴 수 있는 결론은 하나뿐이다.

  소르펠 공작과 공작 부인 사이에서 태어난 아이가 있고, 그 아이가 라니아라는 것.

'하지만 말이 안 되잖아.'

귀신이 아이를 낳은 게 아닌 이상 있을 수 없는 일이었다. 루드빌의 친모는 이미 오래전에 세상을 떠났다고 했다. 그러니까 소르펠 공작이 카밀라-라비 남매의 어머니와 재혼했겠지.

[그런데 갑자기 저 팔찌에 대해 왜 물어보시는 겁니까?]

"데린."

[네, 아가씨.]

"제가 저 팔찌를 가진 이를 봤다면 믿으시겠어요?"

[…네?]

"저거와 똑같은 팔찌를 찬 여자를 봤어요."

카밀라는 사실 그대로 그에게 말했다. 오랫동안 이곳을 지켜 온 데린이라면 뭔가 알고 있는 게 있지 않을까 싶었다.

[정말 보셨습니까? 어디서요!]

"……?"

[40대 여자분이던가요!]

"…네?"

그런데 예상 밖의 반응이 데린에게서 튀어나왔다. 처음 보는 다급한 모습으로 그가 닦달하듯 자신에게 질문을 퍼부었다.

"…40대요?"

갑자기 뭔 40대?

[40대 여자분 아니었습니까?]

"아니었는데요."

[아…….]

"제 또래의 여자였어요."

[또래요?]

"팔찌는 어머니가 주신 거라고 했고요."

[무, 무슨……!]

데린의 얼굴이 순식간에 경악으로 물들었다.

그 모습에 카밀라는 더욱 묘한 표정이 됐다. 데린답지 않게 왜 저렇게 놀라는 거지?

"데린."

[…네, 아가씨.]

잠시 멍해 있던 그가 급히 표정을 수습했다.

"저한테 뭐 숨기는 거 있죠."

그게 아니고서야 죽은 공작 부인이 차고 있던 팔찌를 봤다는 말에 저런 질문이 나올 리가 없다. 그냥 좀 놀라거나 어떻게 된 일인지 모르겠다고 의아해하는 선에서 그쳤겠지.

[…….]

역시 뭔가 있는 듯 데린은 입을 꾹 다물었다.

"데린."

[…이건 제가 마음대로 말씀드릴 수 있는 게 아닙니다. 이해해 주세요, 아가씨.]

고개를 푹 숙이며 다시 한번 입을 꾹 다무는 데린의 모습에 카밀라도 더 이상 깊게 파고들 수가 없었다.

'대체 뭐지?'

그녀의 의문만 더욱 깊어질 뿐이었다.

✷
라니아

"제노."

[어?]

두 시간째 창가에 앉아 깊은 생각에 잠겨 있던 카밀라가 제노를 불렀다. 오늘따라 분위기가 이상해 그녀의 눈치를 연신 살피던 제노가 냉큼 다가섰다.

"여긴 쌍둥이가 흔한가요?"

[쌍둥이?]

"그것도 한쪽은 죽고 한쪽만 살아 있는 경우가 흔해요?"

[뭔 소리야? 갑자기 내 얘기를 왜 해?]

"제노 얘기가 아니라 제가 얼마 전에 어떤 여자를 봤거든요."

[여자? 누구?]

"있어요. 그런데 그 여자 옆에 똑같이 생긴 영-"

똑똑.

제노와 대화를 나누던 카밀라는 급히 입을 다물었다.

"아가씨, 루브입니다."

"들어와."

집사 루브가 안으로 들어서며 주변을 잠시 살폈다.

"왜?"

"아닙니다. 대화 소리가 들린 것 같아서요."

"대화?"

블랙 섀도우의 수장답게 귀가 참 밝은 루브다. 앞으론 귀신들과 대화를 나눌 때 좀 더 주의를 기울여야겠다고 생각하며 카밀라는 어색한 미소를 지었다.

"나 혼자 있었는데."

"제가 잘못 들었나 봅니다."

그가 죄송하다는 듯 정중히 고개를 숙여 보인 후 들고 있던 종이를 건넸다.

"이게 뭐야?"

"저번에 부탁하셨던 이번 파티에 꼭 초대해야 할 분들의 명단입니다."

"아."

보름 뒤에 소르펠 공작저에서 파티가 열린다. 자신의 생일 파티였다. 그에 루브에게 파티에 꼭 초대해야 할 이들의 명단을 부탁했다. 이런 쪽으로 아는 게 별로 없었으니까.

"흐음……."

명단을 받아 든 카밀라는 속으로 짧은 한숨을 내뱉었다.

이번 생일은 그 의미가 좀 남달랐다. 원래의 카밀라가 맞는 마지막 생일이었기 때문이다. 하지만 마지막 생일이 된다는 사실도 모른 채 카밀라는 그날을 매번 엉망으로 마무리했다.

'페트로 님이 오지 않았다고?'
'오늘 바쁘시다 합니다.'

페트로는 그녀의 초대를 거절했다. 이미 그 시기에 라일라에게 푹 빠져 있던 페트로는 더 이상 카밀라에게 거짓된 친절조차 베풀지 않았다.

'흑!'
'카밀라!'
'지금 어디 가는 거냐!'

페트로가 오지 않았다는 사실에 카밀라는 수많은 이들이 참석한 파티를 뒤로한 채 홀을 떠나 버렸다. 주인공이 빠져 버린 파티는 엉망으로 끝이 났고, 카밀라는 소르펠 공작에게 또 한 소리 들어야 했다.
'정말 최악의 생일날이었지.'
다시 생각해도 절로 한숨이 나온다.
이번에는 어떨까? 적어도 페트로 때문에 생일 파티를 망칠 일은 없으니까 조용히 넘어가겠지?
"더 초대하고 싶은 분이 계시면 말씀해 주십시오."
"응."
카밀라는 초대 명단을 대충 훑었다. 이미 아는 이도 있었고 처음 들어 보는 이름도 제법 많았다.

그러다 마지막 페이지의 마지막 줄에 적혀 있는 이름을 본 순간, 카밀라의 몸이 그대로 굳어 버렸다.

에드센 드 페이블러

…황태자 이름이 여기서 왜 나와?

"화, 황태자 전하도 초대해?"

"공작가에서 열리는 행사는 의무적으로 황실에 초대장을 보냅니다."

그래, 그냥 형식적인 초대다. 예의상 보내는 초대장이지 않은가. 올 사람만 올 것이고, 저 인간이 초대장을 받았다고 올 리 만무하다.

이름을 보고 본능적으로 움찔했던 카밀라는 애써 태연하게 명단을 넘겼다.

'초대장을 받는다고 다 오는 건 아니지.'

암. 그렇고말고.

"오랜만이야, 소르펠 공녀."

도르만! 도르만 어디 갔어!

카밀라는 자신의 앞에 서 있는 이, 에드센 황태자와 마주하는 순간 반사적으로 방패를 찾았다.

"…황태자 전하를 뵙습니다."

요즘 다들 한가해?

'왜 예전에는 안 하던 짓들을 다들 하고 난린데!'

네놈이 언제부터 초대한다고 오는 인간이었다고! 그것도 다른 이도 아닌 내 초대에! 너, 나 싫어하잖아!

"다행히 내가 누군지는 잘 아는군."

"예?"

"난 또 내가 누군지도 몰라서 답장도 없는 줄 알았지."

"무슨……."

"아니면 내 선물이 마음에 들지 않았던 건가?"

맞아, 선물!

저번 사냥 대회에서 돌아온 후 에드센에게서 받은 선물이 있었다. 아니, '선물'이 아니라 '선물 더미'였지.

"제가 한동안 몸이 좋지 않아서 미처 서신을 챙기지 못했습니다, 전하."

다른 이도 아닌 황태자가 보낸 선물을 그리 많이 받고도 감사하다는 답장 하나 보내지 않았다는 걸 지금에서야 깨달았다.

"자넨 툭하면 아프군."

"제가 보기보다 몸이 많이 약해서……."

카밀라는 최대한 처량하고 병약한 표정을 지었다. 병자 연기 정도야 껌이지. 메디컬 드라마에 카메오로 출연해 시한부 연기로 시청자의 눈물과 검색 순위를 싹쓸이했던 자신이다.

"그래? 난 또……."

그가 표정 하나 놓치지 않겠다는 듯 자신을 뚫어져라 응시하며 말을 이었다.

"내가 보낸 선물들 다 한쪽에 처박아 두고 뜯어 보지도 않은 건 가 했지."

…귀신인데?

나중에 집 구석구석 좀 뒤져 봐야겠다. 혹 저놈이 CCTV 같은 걸 설치해 둔 게 아닌지.

그의 말대로였다. 받은 선물들 모두 창고 한쪽에 쌓아 둔 채 아직 제대로 뜯어 보지도 않았다.

"선물은 마음에 들었나 모르겠군."

"네, 무척 마음에 들었습니다."

"뭐가 가장 좋았지?"

"전하께서 주신 물건들인데 어찌 감히 하나를 고르겠습니까. 제겐 다 귀한 선물이었습니다."

이런 대답은 1초의 주저함도 있어서는 안 된다.

"……."

카밀라는 자신을 빤히 바라보는 에드센 황태자의 시선에도 태연하게 방긋 웃었다. 그러자 그가 스윽 얼굴을 가까이 들이미는 게 아닌가.

이 새끼가……!

"안 열어 봤지?"

'헉!'

내 주변 남자들은 다들 왜 이렇게 눈치들이 빠를까? 젠장!

"뜯어 봤습니다."

"정말?"

"그럼요."

표정 관리! 표정 관리!
"그거 아나?"
"네?"
"자넨 거짓말할 때의 미소가 유독 짜증이 날 정도로 예쁘다는 거."
예쁜데 왜 짜증이 나는데!
"앞으로 남들 앞에서 거짓말하지 마. 내 앞에서만 하는 걸 허락하지."
뭐라는 거야?
히죽 웃으며 더욱 가까이 얼굴을 들이미는 에드센 황태자의 행동에 카밀라는 몸을 뒤로 더 젖혔다. 이 자식아, 너 지금 나랑 뭐 하자는 건데!
"……!"
순간 중심을 잃고 넘어가려는 그녀를 누군가 부드럽게 받쳐 줬다.
"뭐 해?"
"…아르시안?"
얜 갑자기 어디서 튀어나온 거지? 심지어 저 멀리 페트로의 모습도 보였다. 쟨 또 왜 왔어?
어리둥절한 표정으로 눈만 깜박이고 있자, 아르시안이 한숨을 내쉬며 그녀의 몸을 바로 세웠다. 그러고는 카밀라가 제대로 중심을 잡고 선 것을 확인한 뒤 방향을 살짝 틀어 정면을 바라보았다.
아르시안과 에드센 황태자의 시선이 부딪쳤다.
"……."
"……."

말없이 서로를 바라보는 두 사람의 분위기가 순식간에 냉랭해지는 걸 보며 카밀라는 급히 자세를 바로 했다. 머릿속에서 사이렌이 마구 울어 댔다.

'미친놈과 미친놈이 만났어!'

그 결과를 감당할 자신이 없던 카밀라는 아르시안의 팔을 슬쩍 잡아당겼다. 그러곤 에드센 황태자에게 최대한 정중히 고개를 숙였다.

"전하, 즐거운 시간 보내십시오."

그의 대답도 듣기 전에 카밀라는 아르시안을 데리고 다른 쪽으로 급히 걸음을 옮겼다.

"저놈이 뭐랬는데? 너한테 뭘 한 거야?"

"쉿! 쉿!"

카밀라는 급히 아르시안의 입을 막으며 주변을 살폈다. 저놈이라니! 저 새끼가 그래도 황태자인 것을!

아무리 아르시안이라도 황족을 건드리는 건 위험하다.

"조용히 따라와."

카밀라는 급히 그를 테라스로 이끌었다. 일단 이 자리를 피하는 게 좋겠다는 생각뿐이었으니까.

그래서 미처 알지 못했다. 홀 안의 사람들이 모두 자신과 아르시안을 바라보고 있었다는 사실을.

"허……."

"저분은 세프라가의 영식 아닌가요?"

"맞아요."

아르시안이, 다른 이도 아닌 그 무시무시한 소문들의 주인공인 아르시안이 강아지처럼 손이 잡힌 채 카밀라의 뒤를 졸졸 따라가고 있는 모습은 사람들을 당혹게 하기 충분했다. 다만 아카데미에서 종종 그런 모습을 본 적이 있는 이들은 어느 정도 적응이 된 얼굴로 살며시 고개를 내저을 뿐이었다.

"흐음."

에드센 역시 그런 두 사람을 흥미롭게 바라봤다.

"저놈이 뭐랬냐니까."

테라스로 나오기 무섭게 아르시안이 부루퉁한 목소리로 재차 질문을 던졌다.

"아르시안."

"왜?"

"난 오래 살 거야."

"갑자기 뭔 소리야?"

죽고 싶으면 혼자 죽으라고! 황족 모독 발언은 제발 나 없을 때 해!

카밀라는 당장에라도 튀어나올 듯한 말을 삼키고 조곤조곤 설명했다.

"오늘 내 생일이야."

"나도 알아. 내가 여기 왜 있다고 생각하는 거야?"

"그러니까 사고 치지 마라."

"내가 무슨 사고를 친……."

"……."

"…알았어."

에드센 황태자와 무슨 대화를 나눴는지 끝까지 말해 주지 않는 게 불만스러운 듯 아르시안이 연신 미간을 찌푸렸다.

그런 그를 바라보던 카밀라의 눈이 순간 동그래졌다. 아르시안의 모습이 그제야 제대로 눈에 들어왔기 때문이다.

'오.'

아르시안의 깔끔한 모습을 처음으로 볼 수 있었다. 늘 눈을 가리듯 추레하게 내려와 있던 머리를 자연스럽게 뒤로 넘겼고 올 블랙으로 맞춘 연회복이 무척 잘 어울렸다. 조금 마른 체형이 오히려 그의 신장을 더욱 길게 보이는 효과를 낳았다.

'역시 남자는 슈트 핏이지.'

저 마른 체형 속에 숨어 있는 잔근육을 이미 손가락으로 콕콕 찔러 봐서 잘 알고 있는 카밀라는 연신 속으로 감탄했다.

"잘 어울리네."

카밀라의 칭찬에 아르시안의 표정이 살짝 어색해졌다. 이런 정장 차림은 영 불편하다는 것처럼 연신 미간을 찌푸려 댔다.

그 모습이 재미있어 카밀라는 작게 웃음을 터트렸다.

"공작님은?"

"그 인간 바빠. 대신 내가 온 거야."

"뭐야? 공작님이 오셨으면 넌 안 오는 거였어?"

"아, 아니, 내 말은……!"

짐짓 서운한 표정을 짓자 그가 눈에 띄게 당황했다. 하지만 이내 카밀라의 얼굴에 가득한 장난기를 알아채고는 한숨을 내쉬며 상자 하나를 불쑥 내밀었다.

"그 인간이 주래."

"공작님이?"

아르시안이 건네는 상자를 열자 보석이 빼곡하게 박혀 있는 작은 티아라가 나왔다.

"와아······."

딱 봐도 엄청 비싸 보인다.

"고맙다고 말씀드려."

"그딴 인사도 해야 해? 고작 이런 선물에?"

"···그냥 내가 나중에 직접 인사드릴게."

미안. 내가 너한테 너무 많은 걸 바랐구나.

"그만 들어가자."

주인공이 너무 자리를 오래 비우는 것도 예의가 아니었기에 카밀라는 다시 홀로 향했다. 그런 그녀의 뒤를 조금 전처럼 아르시안이 조용히 따랐다.

"꼭 명심해, 아르시안. 오늘 내 생일이야."

"알았다고."

한 번 더 주의를 준 카밀라는 앞서 걸음을 옮겼다.

"음?"

그런데 잠시 후, 홀 안에 들어선 카밀라는 그대로 걸음을 멈춰야만 했다. 분위기가 무척 이상했다.

"왜······."

조금 전까지만 해도 은은하게 흐르던 음악은 멈춰 있었고, 사람들의 목소리조차 들려오지 않았다. 홀 안의 모든 사람이 자신의 행동을 멈춘 채 한곳을 멍하니 바라보는 중이었다.

그 시선을 좇아간 카밀라의 표정이 서서히 굳어졌다.

"어? 카밀라 님!"

한 여자가 그 기묘한 침묵을 깨트리며 반갑게 인사를 건넸다.

라니아였다. 저번에 보육원에서 만났던.

흐트러진 표정을 가다듬은 카밀라가 자신을 따라오려는 아르시안을 제지하고 그녀를 향해 걸어갔다. 조금 가까워지자 라니아의 주위에 모여 있는 익숙한 얼굴들이 보였다.

루드빌과 라비, 그리고… 아버지, 소르펠 공작.

"오늘이 카밀라 님의 생일이라면서요? 축하드려요. 전 그것도 모르고 아무것도 준비 못 했는데……. 정말 죄송해요."

"여긴 어떻게 들어왔지?"

"아, 초대장을 우연히 구했거든요."

방금 생일인지도 몰랐다고 한 건 어디 사는 누구라니? 장난해? 개연성 무슨 일이야?

'뭐, 지금 그게 중요한 건 아니고.'

라니아의 미소는 여전히 예뻤다. 다른 이들의 시선은 전혀 신경 쓰지 않은 채 손을 흔들었는데, 그런 그녀의 손목에는 여전히 그 팔찌가 채워져 있었다.

전 공작 부인의 팔찌가.

"라…니아라고 했나?"

푸른 보석 팔찌를 뚫어져라 쳐다보던 소르펠 공작이 담담한 목소리로 물었다. 그 물음에 떨림이 묻어 있다는 것을 눈치챈 카밀라가 입 안의 살을 살짝 깨물었다.

"갑자기 찾아와 많이 놀라셨죠?"

라니아의 표정이 순식간에 변했다. 태연하게 웃으며 인사를 건네던 것도 잠시, 당장에라도 울 것 같은 얼굴로 두 손을 꼭 맞잡은 그녀는 소르펠 공작을 향해 고개를 푹 숙였다.

"죄송해요, 아버지."

아버지.

그 한마디로 충분했다. 카밀라는 홀 안의 분위기가 왜 이따위인지 충분히 이해했다.

물론 그녀 역시 한동안 아무런 말도 할 수가 없었다. 이 상황을 받아들이는 데 시간이 필요했다.

'아버지라…….'

하지만 그 시간은 생각보다 길지 않았다. 오히려 그동안 찜찜하고 거슬리게 했던 것들이 사라지는 기분이었다.

'희한하네.'

스스로도 신기할 정도다.

"라니아."

카밀라는 잔뜩 표정이 굳어 있는 소르펠 공작을 대신해 라니아에게 가까이 다가섰다.

"할 얘기가 많을 것 같네. 자리를 옮겨서 기다리겠어? 보다시피 지금은 상황이 좀 그래서 말이야. 괜찮지?"

"아! 죄송해요!"

라니아의 얼굴이 금세 시무룩해졌다.

"제가 분위기를 망친 건가요? 어쩌죠?"

그런 그녀를 보며 카밀라는 속으로 짧은 한숨을 내쉬었다. 여기서 잘못 처신하면 가까스로 올려놓은 평판이 와르르 무너질 것 같은데.

"아버지를 만날 수 있다는 생각에 무작정 달려왔던 거라… 정말 죄송-"

"루브."

사과하려는 그녀의 말을 자르며 카밀라는 바로 집사 루브를 불렀다.

"응접실로 안내해."

"네, 아가씨."

그러고는 평소와 달리 표정이 살짝 굳어 있는 그에게 라니아를 맡겼다. 아마 그 역시 머릿속이 복잡할 것이다. 집사로서든 블랙 섀도우의 수장으로서든.

"딸이라니……."

"대체 어떻게 된 걸까요?"

"설마 공작 부인께서……."

"그분은 마차 사고로 돌아가셨잖아요."

"그때 시신은 찾지 못했죠."

"아! 맞아요. 그랬어요."

"그런데 공작님과 너무 닮지 않았어요?"

"그러게 말이에요."

당연히 그 후의 파티 분위기는 엉망이었다. 갑작스럽게 등장해 소르펠 공작의 딸이라 주장하는 이에 대해 사람들은 수군거림을 멈추지 않았다.

'올해도 땡이네.'

운명인가? 이번 해 생일은 무조건 엉망으로 마무리해야 하는 게? 카밀라는 속으로 연신 혀를 차며 최대한 밝게 웃었다. 여기서 표정이 굳어지는 순간 내일부터 사교계에 자신에 대한 어떤 말들이 돌지 너무도 잘 아니까.

 진짜 소르펠 공작 영애의 등장에 충격을 받고 울먹이던 가짜! …이런 소문이 돌고도 남을 것이다.

 "또 저런 미소군."

 그 모습을 한쪽에서 지켜보던 에드센 황태자가 작게 혀를 찼다.

 "대체 어떻게 된 겁니까, 아버지!"

 파티는 흐지부지 마무리됐다. 하지만 다들 그런 것에 신경 쓸 여력이 없었다. 라니아와 본격적인 대화를 하기 전에 먼저 소르펠 공작과 제대로 대화를 나눌 필요가 있었기 때문이다.

 "……."

 라비의 물음에 소르펠 공작은 쉽게 입을 열지 못했다.

 "딸이라니, 대체……!"

 "오라비."

 흥분을 감추지 못하는 라비를 카밀라가 조용히 불렀다.

 "차 안 마셔?"

 "지금 차나 마실 때야."

 "차 싫으면 다른 음료라도 준비할까?"

 "필요 없……!"

 자꾸 쓸데없는 말을 건네는 카밀라에게 짜증을 내던 라비가 멈칫했다. 차분하게 가라앉은 그녀의 눈을 보는 순간 한 가지 사실을 깨달았기 때문이다.

'젠장.'

카밀라의, 저 웬수 같은 여동생의 생일이 엉망으로 끝나 버렸다. 자신보다 더 황당해하고 열을 내야 할 녀석이 오히려 덤덤한 얼굴로 차나 마시고 있으니 할 말이 없었다.

보기엔 저래도 속이 말이 아닐 텐데, 오빠라는 인간이 의지가 되지는 못할망정……. 라비 소르펠, 이 멍청아.

약간의 자책감과 조금의 민망함으로 귀를 살짝 붉게 물들인 라비는 결국 짧은 한숨을 내쉬며 자리를 잡고 앉았다. 이윽고 그의 시선이 무의식중에 자신의 옆자리를 차지하고 있는 루드빌에게로 향했다.

사실 이 상황이 제일 당황스러운 건 저 인간이 아닐까? 오래전에 돌아가셨다던 어머니의 딸, 본인에겐 친동기 되는 여자가 갑자기 나타났으니 얼마나 어이가 없겠는가.

"……."

하지만 잘나디잘난 의붓형의 표정을 읽기란 쉽지가 않았다. 그는 여느 때와 다름없이 감정이라고는 전혀 느껴지지 않는 눈으로 차를 마시고 있을 뿐이었다. 오늘 그들을 찾아온 사람이 자신의 친동생이든 아니든 전혀 상관없다는 듯이.

라비는 그와 시선이 마주치기 전에 팩 고개를 돌렸다.

"카밀라."

"네, 아버지."

잠시 후 소르펠 공작이 굳게 닫혀 있던 입을 열었다.

"저 아이를 만난 적이 있는 거냐."

"얼마 전에 방문한 보육원에서 봤어요."

"보육원?"

"네, 봉사 활동하러 왔더라고요."

카밀라는 라니아와의 첫 만남을 간단히 들려줬다. 더불어 그녀가 차고 있던 팔찌와 자신이 창고에서 발견한 영상 구슬에 대해서도 말했다.

"카밀라, 그건······."

"아버지."

굳어진 표정으로 쉽게 말을 잇지 못하는 소르펠 공작의 입을 그녀가 먼저 막았다.

요 며칠 자신이 본 모든 정황을 두고 생각하고 또 생각한 뒤 나름대로 내린 결론은 하나였다.

"안나 소르펠, 그분 사고로 돌아가신 거 아니죠?"

안나. 전 공작 부인의 이름이다.

루드빌의 친어머니이고, 라니아의 주장이 맞는다면 그녀의 어머니이기도 하다. 루드빌이 다섯 살이 되던 해에 마차 사고로 돌아가셨다는 분.

그런데 죽었다고 했던 안나의 딸이 나타났다.

'안나 소르펠이 차고 있던 세상에 단 하나밖에 없는 팔찌를 들고······.'

그리고 팔찌 얘기를 꺼냈을 때 보인 집사 유령 데린의 반응.

[40대 여자분이던가요!]

40대. 카밀라는 그 말에 집중했다. 안나 소르펠이 만약 살아 있었다면 지금쯤 그 나이대일 것이다.

그렇게 이런저런 추론으로 내린 결론이 이거였다.

"살아 계셨던 거죠?"

외부에 알려진 것과 달리 사실 공작 부인은 죽지 않았다는 것. 그거 말고는 이 상황이 전혀 설명되지 않는다.

"너 무슨 말도 안 되는 소리를 하는 거야?"

반응은 라비에게서 먼저 튀어나왔다. 그는 황당하다는 심경을 감추지 않으며 연신 미간을 찌푸려 댔다.

"그분이 살아 계시다니, 그게 무슨-"

"미안하다."

하지만 한숨과 함께 내뱉어진 소르펠 공작의 말에 라비는 입을 급히 다물어야만 했다.

"아버지……."

"카밀라의 말대로다."

사과의 말로 시작된 그의 이야기는 모두를 충격에 빠트리기에 충분했다.

안나가 집시 출신 무희였으며, 그녀의 아름다운 춤 솜씨와 외모에 소르펠 공작이 한눈에 반했다는 부분에까지 이르자 카밀라는 두 눈을 질끈 감아 버렸다.

'아이고, 아버지.'

그녀는 속으로 짧은 한숨을 내쉬었다. 왜 매번 그런 분들만 좋아하시는 거예요…….

연애결혼이 불가한 건 아니지만, 이는 당사자들의 신분이 같은 경우에나 해당하는 말이었다. 혼인을 목적 달성을 위한 하나의 수단 정도로 여기는 귀족 사회인 만큼, 소르펠 공작의 소식을 듣고 펄쩍 뛴 사람이 수도 없이 많았을 게 분명하다.

솔직히 카밀라의 어머니 역시 출신이 좋은 편은 아니었다. 여기저기 떠돌아다니며 돈을 벌던, 제이빌런 공작의 말을 빌리자면 천하기 짝이 없는 집안이라 할 수 있었다. 그런데 루드빌의 어머니도 마찬가지였다니…….

자식들의 기묘한 표정에 소르펠 공작이 멋쩍은 웃음을 지었다. 그는 입가에 희미한 미소를 머금은 채 마저 말을 이어 나갔다.

"우리에겐 아무 문제가 없었어. 아니… 없다고 생각했지."

제이빌런 공작을 비롯해 수많은 이들이 결혼을 반대했지만 소용없었다. 이미 그녀에게 푹 빠진 소르펠 공작은 단숨에 결혼까지 밀어붙였다.

그리고 다른 이들의 걱정과 달리 소르펠 공작과 안나는 행복한 가정을 이루며 잘 살았다. 결혼을 반대했던 이들이 고개를 끄덕일 정도로.

하지만 그 행복은 길지 못했다.

"그녀가 떠났단다."

루드빌이 다섯 살이 막 되었을 때, 너무도 갑자기 일어난 일이었다.

> 절 찾지 마세요. 미안해요.

짧은 쪽지를 남긴 채 그녀가 사라져 버린 거다.

소르펠 공작은 루드빌을 바라봤다. 여전히 무심한 시선을 자신에게 보내고 있는 아들을 보며, 그는 짧은 한숨을 내쉬었다.

"오랫동안 찾아 헤맸지."

하지만 안나의 흔적을 어디에서도 찾을 수 없었다. 마치 처음부터 세상에 없었던 이처럼, 정말 연기처럼 사라져 버렸다.

"어쩔 수 없는 선택이었어."

결국 그녀가 죽었다고 공표했다. 공작 부인이 집을 나가 버렸다는 사실을 그대로 알릴 수 없었으니까.

그건 루드빌에게 너무 큰 상처가 될지도 모른다고 생각했다. 자식까지 버리고 떠난 공작 부인이라니, 그런 꼬리표를 아들인 루드빌에게 달게 할 수 없었다. 그 후로도 은밀히 그녀의 행적을 좇았지만 아무 소용 없었다.

시간이 흐른 뒤, 그는 우연히 만나게 된 카밀라의 어머니와 재혼을 했고, 안나에 대한 기억은 가슴속 깊이 묻어 버렸다.

"그런데……."

갑자기 딸이라니.

지금 이 자리에서 가장 혼란스러운 이를 꼽자면 바로 소르펠 공작이었다. 라니아가 정말 자신의 딸이라면 안나, 그녀가 아이를 가진 채 자신에게서 떠났다는 말이지 않은가.

"일단 라니아와 대화를 해 보서야겠네요."

"…그래야겠지."

무겁게 한숨을 토해 내는 소르펠 공작을 잠시 바라보던 카밀라는 루드빌 쪽으로도 힐끔 시선을 줬다. 소르펠 공작 못지않게 충격이 크지 않을까 싶었는데…….
'…저건 도대체 무슨 표정이지.'
 루드빌은 여전히 별다른 반응이 없었다. 그저 본인의 몫으로 준비된 차를 마실 뿐이었다. 그러다 그와 카밀라의 눈이 딱 마주쳤다.
"아."
 잠시 그녀를 멀뚱멀뚱 바라보던 루드빌이 뭔가 생각인 난 듯 갑자기 품을 뒤지기 시작했다. 그러곤 뭔가를 꺼내 카밀라에게 내밀었다.
"받으렴."
"이건……."
 목걸이였다. 특별히 주문 제작을 한 것인지 그녀의 머리색과 똑같은 보석으로 장식이 되어 있었다.
"생일 축하한다."
"…고마워요, 오라버니."
 지금 이 상황에서 태연하게 선물과 축하 인사라니.
'대체 무슨 생각으로 사는 분인지…….'
 카밀라는 절로 흘러나오려는 한숨을 애써 참으며 어색한 미소를 연신 흘렸다.

"어머니는… 돌아가셨어요."
 라니아의 어머니는 이미 이 세상 사람이 아니었다. 2년 전에 심하게 열병을 앓다 돌아가셨단다.
"어머니는 단 한 번도 제게 아버지 이야기를 하신 적이 없으세요."

그러다 얼마 전에 어머니가 남겨 놓은 편지를 우연히 발견했단다. 소르펠 공작에게 남긴 편지였다.

"여기요."

라니아가 건네는 편지를 받아 든 소르펠 공작의 눈빛이 쉴 새 없이 흔들렸다.

> 미안해요.

편지의 첫마디는 사과였다. 피치 못할 사정이 있었다며, 혹여 아이가 홀로 찾아온다면 자신이 잘못된 것일 테니 잘 부탁한다는 말이 적혀 있었다.

"안나의… 필체가 맞는구나."

그가 씁쓸한 표정으로 편지 위 글씨를 손으로 더듬었다. 오랜 시간이 흘렀지만, 그녀 특유의 유려한 필체를 자신이 어찌 못 알아보겠는가.

"저도 처음에는 제게 아버지가 있다는 사실을 믿지 못했어요. 어릴 때 돌아가셨다고만 생각했거든요……."

"그 팔찌도 그녀가 준 거냐."

소르펠 공작의 시선이 라니아가 차고 있는 팔찌로 향했다. 오래 전에 자신이 안나에게 선물해 준 팔찌가 맞았다.

〈 나의 아내에게 〉

라니아에게 양해를 구하고 살펴본 팔찌 안쪽에 자신이 직접 새겨 놓은 문구도 그대로 남아 있었다.

"네, 아버지."

"아직은 그리 부르지 않았으면 좋겠구나."

"죄, 죄송해요."

눈물이 글썽 맺히는 라니아를 보며 소르펠 공작은 짧은 한숨을 내쉬었다.

그토록 오랫동안 찾아 헤맸던 그녀가 결국 죽었다는 사실이 안타까웠다. 거기다 그녀가 떠날 당시 자신의 아이를 가지고 있었다는 사실은 더더욱 믿기질 않았다.

그녀가 제시한 증거들은 분명 라니아가 자신의 딸임을 말해 주고 있지만 받아들이기가 쉽지 않았다.

"루브."

"네, 공작님."

그렇다고 바로 내칠 수도 없는 일. 이 아이의 존재를 이미 파티장에 모여 있던 수많은 사람이 보았고 조용히 알아보고 해결하기에는 너무 늦었다.

"이 아이에게 방을 내주게."

"알겠습니다."

결국 그녀를 받아들이는 허락이 떨어졌다.

"아버… 공작님! 정말 고맙습니다!"

이곳을 떠나지 않아도 된다는 사실에 라니아의 표정이 순식간에 밝아졌다. 눈물이 그렁그렁 맺힌 채 연신 감사 인사를 건네는 라니아를 바라보는 소르펠 공작의 입에선 다시 짧은 한숨이 흘러나왔다.

※

"카밀라……."

다음 날, 당연하다시피 파티장에서 있었던 일에 대해 소문이 쫙 퍼졌다.

"괜찮아요?"

예상은 했지만, 아카데미에 들어선 순간부터 아주 뜨거운 시선이 끊이지 않고 날아들었다.

"뭐가?"

"그게 어제……."

"어제 뭐?"

"아, 아니에요."

라일라가 무엇을 말하고, 무엇을 걱정하고 있는 건지 잘 안다. 오늘 저 물음만 수도 없이 들었다. 진심으로 자신을 걱정해 주는 이도 있었지만 비꼬듯이 말을 건네 오는 이들이 대부분이었다.

'소르펠 공작님의 친딸이 나타났다면서요?'

'어떡해!'

'그러게요. 카밀라 양, 불쌍해서…….'

'설마 바로 쫓겨나시는 건 아니죠? 제가 너무 걱정돼서…….'

'혹 갈 곳이 없으면 저한테 연락해 주세요. 그래도 아는 사이에 제가 모른 척할 수는 없죠.'

소르펠 공작의 친딸이 나타났으니, 가짜인 자신의 입장이 아주 우습게 되었을 거라고 짐작한 것이다.

'그러게.'

참 곤란한 상황인데 말이지……. 책상에 턱을 괸 카밀라는 고개를 연신 갸웃거렸다.

'이상해.'

다른 이들의 걱정과 달리 그녀는 정말 신기할 정도로 아무 느낌이 없었다.

라니아가 소르펠 공작의 딸일 가능성이 높아진 지금… 아니, 거의 확실한 지금 다른 이들의 걱정과 달리 카밀라의 마음은 덤덤했다. 오히려 지금 이 상황을 시끄럽게 떠들고 있는 주변 사람들의 모습이 아주 이상하게 느껴질 정도다.

'이게 그렇게 큰일인가?'

스스로도 잘 이해가 되지 않았다. 왜 이렇게 자신이 덤덤한지.

잘못하다간 공작의 친딸에게 모든 걸 뺏기고 집에서 쫓겨날 판인데 말이지…….

'뺏긴다?'

뺏겨? 카밀라는 그 단어가 묘하게 거슬렸다.

"그분은 계속 공작가에 계시는 건가요?"

잠시 생각에 잠겼던 카밀라의 귀로 라일라의 목소리가 다시 파고들었다.

"아마도?"

"그렇군요……."

라일라의 표정이 더욱 시무룩해졌다. 그러다 카밀라와 눈이 마주친 그녀가 애써 밝게 웃는다.

"카밀라, 이럴 땐 달콤한 게 최고예요!"

나 진짜 아무렇지 않은데.

평소보다 더 달콤한 냄새를 풍기는 디저트들을 보며 카밀라는 피식 웃음을 터트렸다.

"헤헤."

그제야 라일라의 표정도 조금 더 밝아졌다.

"내일은 더 맛있는 거 만들어 올게요!"

파이팅이 넘치는 라일라의 목소리를 들으며 카밀라는 제법 큰 산딸기 파이 하나를 입으로 가져갔다.

'맛있네.'

오늘 아버지 간식은 파이로 할까? 페롤에게 맛있는 파이 레시피가 있는지 한번 물어봐야겠다.

"하하!"

"정말요?"

"세상에……."

"큭!"

주방 입구로 들어서던 카밀라는 멈칫했다.

"……."

평소와 다른 분위기가 흘러나오고 있었기 때문이다. 호통을 치거나 정신없이 지시를 내리는 소리 대신 웃음소리가 가득했다.

신기한 건 그 웃음소리에 주방장 젤라드의 목소리도 포함되어 있다는 거다. 주방에선 잡담 금지, 웃음 금지를 외치던 그가 말이다.

"정말로 냄비가 펑 터졌다니까요."

"하하."

주방 사람들에게 둘러싸인 채 대화를 나누고 있는 이는 바로 라니아였다. 그녀의 말에 다들 깔깔거리며 웃고 있었다.

"어? 카밀라!"

자신을 제일 먼저 발견한 라니아가 반갑게 손을 흔든다.

"여기서 뭐 해?"

"이분들과 대화 중이었어요! 제가 예전에 식당에서 일했던 적이 있거든요."

"식당?"

"네! 어머니가 돌아가신 후 제가 돈을 벌어야 했으니까요. 저, 설거지 엄청 잘해요. 매일매일 설거지만 했거든요."

공작가의 피를 이은 이가 식당에서 잡다한 일을 했다는 말에 주방 사람들의 얼굴에 안타까움이 일었다.

"카밀라."

잠시 후 라니아는 조심스럽게 카밀라를 불렀다.

"저… 얘기 들었어요."

"얘기?"

"카밀라가 매일 밤 아버지께 간식을 만들어 가져다드린다면서요?"

"그런데?"

"그거 오늘은 제가 하면 안 될까요?"

그녀는 습관처럼 두 손을 꼭 모은 채 간절한 눈빛으로 카밀라를 바라봤다.

"제가 만든 음식을 꼭 대접해 드리고 싶어서요."

그녀의 목소리가 빠르게 잠겨 든다.

"카밀라는 친부모님이 안 계셔서 잘 모르겠지만……."

친부모?

"부모님이라는 존재가 정말 그렇더라고요. 뭐라도 손수 해 드리고 싶고… 조금이라도 더 같이 있고 싶고……."

…저기, 지금 나만 저 말들이 거슬리나?

카밀라는 조금 어이가 없었지만, 주방 사람들은 다르게 받아들이는 듯했다. 다들 라니아를 안쓰러워했다.

"좋을 대로 해."

"정말요?"

라니아의 얼굴에 금세 웃음꽃이 폈다. 손뼉까지 치며 좋아하는 그녀의 모습을 다들 흐뭇하게 바라봤다.

"젤라드."

"네, 아가씨."

"아버지께서 뭘 좋아하시는지 라니아에게 알려 줘."

"예?"

"싫어하는 걸 올리면 안 되잖아. 그래도 친딸이 아버지께 처음 올리는 음식인데."

"아, 네. 알겠습니다."

주방장 젤라드는 조금은 의외라는 눈빛을 카밀라에게 던졌다. 이렇게 순순히 물러선다고? 한바탕 싸움이라도 날 줄 알았는데?

예전 같았으면 머리채를 잡고도 남을 일이다. 소르펠 공작이나 다른 두 도련님 앞에서만 얌전했지, 다른 이들이 자신의 자리나 물건을 넘보는 걸 절대 용납하지 않았던 그녀였으니까.

그런데 오히려 공작님이 싫어하는 게 뭔지를 잘 알려 주라니……. 예상했던 것과는 달리 당부의 말까지 남기는 카밀라의 모습에 다른 주방 식구들도 의아한 표정을 지었다.

"그럼 수고."

그러든 말든 카밀라는 가볍게 손을 흔들어 준 후 주방을 유유히 나섰다. 그런 그녀를 다들 묘한 눈빛으로 바라봤다.

"……."

그건 라니아 역시 마찬가지였다. 그녀는 주방을 빠져나가는 카밀라의 뒷모습을 뚫어져라 쳐다보았다.

"하아암……."
"뭐야? 어제 못 잤어?"
"어, 책 좀 보느라."

반쯤 눈이 감긴 채 걸음을 옮기는 라비의 모습에 카밀라는 못 말리겠다는 듯 가볍게 고개를 저었다.

전에도 마법 연구에 매진하던 그였지만, 저번 사냥 대회를 기점으로 그 정도가 더 심해졌다. 다만, 이전처럼 자괴감에 빠져 허우적거리며 삽질하고 있는 게 아니라 그날의 일을 자극제로 삼고 있는 것 같아 그냥 지켜보는 중이다.

"그러면 더 자지 왜 나왔어?"

밤을 새운 것 같은데.

라비는 식사를 매끼 챙겨 먹는 스타일도 아니었다. 굳이 아침 식사 자리에 나온 그가 이해되지 않았다.
"그 애도 있을 거 아냐."
"그 애?"
라니아를 말하는 건가?
"그게 왜?"
"왜긴 왜야. 나 없이 너 혼자—"
"어?"
"……됐다."
 말을 하다 말고 라비가 다시 걸음을 옮겼다.
 그런 그를 잠시 말없이 바라보던 카밀라는 가볍게 웃음을 터트렸다. 자신의 웃음에 살짝 귀가 붉어지는 그를 애써 모른 척하며 식당을 향해 천천히 걸음을 옮겼다.
"오셨어요?"
 잠시 후 식당 입구에 다다랐을 때 루드빌과 마주할 수 있었다. 가볍게 인사를 나눈 세 사람은 함께 식당 안으로 들어섰다.
"아! 어서들 오세요!"
 식당에 먼저 와 있는 사람이 있었다. 라니아였다. 그녀는 환한 미소로 그들을 반갑게 맞아 줬다.
 그런데…….
"야!"
"너…….."
 그녀의 인사에 제대로 대답해 주는 이가 없었다.
"네가 왜 거기에 앉아 있어?"
 그녀가 앉아 있는 자리가 문제였다. 라니아가 떡하니 차지하고 있는 자리는 카밀라가 늘 앉는 곳이었기 때문이다.

"네?"

"일어나라."

영문을 몰라 고개를 갸웃거리는 라니아를 향해 루드빌의 나직한 목소리가 날아들었다.

"여, 여기 앉으면 안 되는 거였나요?"

화가 난 듯한 두 사람의 반응에 라니아는 당황해 어쩔 줄 몰라 하며 자리에서 벌떡 일어섰다.

"죄, 죄송해요."

그녀의 눈에 금세 눈물이 맺혔다. 당장에라도 서럽게 엉엉 울 것 같은 기세였다.

스윽.

"……!"

하지만 그 순간 그런 그녀의 어깨를 살며시 누르며 도로 자리에 앉히는 손길이 있었으니, 바로 카밀라였다.

"괜찮아."

"네?"

"여기에 앉아."

"하지만……."

라비와 루드빌이 미간을 찌푸리는 걸 무시한 채 카밀라는 방긋 웃었다.

"여기가 앞으로 네 자리야."

"야!"

"카밀라."

표정이 더욱 굳어지는 두 사람을 보며 카밀라는 가볍게 고개를 저었다.

"자리야 아무 데나 앉으면 어때요. 곧 아버지 오실 시간이에요. 괜한 소란은 피하는 게 좋지 않을까요?"

카밀라의 말에 두 사람은 더 이상 아무런 말도 하지 못했다. 그녀의 말대로 지금 여기서 소란을 더 일으켜 봐야 좋을 게 없어 보였으니까.

"식사 맛있게 해."

"저기! 혹시 이 자리가……."

"앞으론 네 자리야."

"아니에요! 제가-"

"쉿."

카밀라는 라니아의 입도 막았다.

"식사 맛있게 해."

다시 급히 자리에서 일어서려는 그녀의 어깨를 누르며 카밀라는 가볍게 고개를 저었다. 결국 라니아 역시 입을 꾹 다물 수밖에 없었다.

카밀라는 그런 그녀를 잠시 말없이 응시했다.

[내가 분명히 들었어. 조금 전에 저 여자의 시녀가 말하는 걸. 이 자리는 너의 자리라고. 그런데……!]

조금 전부터 자신의 옆에서 흥분한 목소리로 떠들고 있는 요리사 유령 페롤의 말을 들으면서 말이다.

'이것 봐라?'

라니아에게 얼마 전에 배속된 시녀가 분명 그녀의 자리를 지정해 줬다는데, 그럼에도 불구하고 그녀가 자신의 자리를 차지하고 앉았다는 거다. 시녀는 식당에서 완전히 내보낸 뒤에.

'그래 놓곤 아무것도 모른 척하고 있었다는 거네?'

자기는 전혀 몰랐다는 듯이.

그 사실을 알게 된 순간 카밀라는 바로 라비와 루드빌을 조용히 시켰다. 눈물을 터트리며 사과의 말을 내뱉으려는 라니아의 행동도 막았다. 그녀가 무슨 그림을 그리려고 했던 건지 대충 감이 왔거든.

카밀라는 라니아, 그녀가 하려고 했던 일을 그대로 머릿속에 그려 봤다.

라니아가 울며불며 사과하고 있고 라비와 루드빌, 그리고 자신까지 합세해 그녀를 압박하고 있었다면?

'그 모습을 아버지나 다른 이들이 봤다면?'

자신은 고작 자리 하나 때문에 공작의 친딸을 압박하고 이런 소란을 일으킨 욕심 많고 막돼먹은 의붓딸이 되는 거다.

'소문이라는 건 이런 작은 일로 시작되는 거거든.'

전에 살던 세계에서 이미 소문의 무서움을 충분히 경험한 그녀다.

들고 있던 물을 살짝 바닥에 흘리기만 해도 그다음 날 자신이 다른 이에게 물을 끼얹었다는 소문이 도는 게 연예계다. 여기라고 다를 게 없었다. 사교계 역시 일종의 연예계와 비슷했으니까.

카밀라는 속으로 실소를 흘렸다. 라니아가 계획한 일이 그대로 이루어졌다면 내일 당장 사교계에 하나의 소문이 돌았을 것이다.

친딸을 압박하고 구박한 의붓딸! …이런 타이틀을 단 소문이.

'물론 지나친 생각일 수도 있지만.'

카밀라의 시선이 다시 라니아에게 향했다. 눈을 동그랗게 뜬 채 상황을 살피고 있는 그녀는 누가 봐도 아무것도 모르는 천진한 아이의 모습이었다.

하지만 베테랑 연기자였던 카밀라의 눈에는 보였다. 지금 이 상황이 마뜩잖은 듯 조금 전과 달리 그녀의 표정이 살짝 굳어 있는 것을.

'얘 진짜 뭐지?'

뭐, 간단히 생각한다면 자기 자리를 찾기 위한 행동이라 볼 수도 있었다. 자기가 있어야 할 자리를 차지하고 있는 이가 엄청 꼴 보기 싫을 수도 있으니까.

"흐음."

일단은 그냥 좀 지켜볼까?

순간 라니아와 눈이 마주친 카밀라는 그 어느 때보다 화사한 미소를 지어 보였다. 그 미소에 멈칫하는 라니아의 표정을 즐기면서 말이다.

"카밀라, 정말 미안해요!"

이건 또 뭐래?

그날 오후, 방에서 편히 쉬고 있던 카밀라는 자신을 찾아온 라니아를 보며 황당함을 감추지 못했다.

"정말 그럴 생각이 아니었는데······."

방에 들어서자마자 고개를 푹 숙인 채 울먹이는 그녀의 모습은 카밀라의 짜증을 불러일으키기에 충분했다.

"무슨 말이야?"

"들었어요."

"뭘?"

얘는 뭘 맨날 듣는데? 나에 대해 캐고 다니니?

"카밀라와 아버지 사이가 좋지 않았다고……."

"……."

"최근에 간식을 만들어다 주며 간신히 회복 중이라던데……. 미안해요!"

라니아는 다시 고개를 푹 숙였다.

"그런 줄도 모르고 제가 그 시간을 가로챘으니……."

어느새 그녀의 눈에선 눈물이 뚝뚝 떨어지고 있었다.

"오늘 아침 식사 자리도 정말 몰랐어요! 그 자리가 카밀라의 자리였던 거!"

그녀는 이번에도 자신의 진심을 어필하듯 두 손을 꼭 모았다.

"전 정말 카밀라와 잘 지내고 싶어요! 카밀라가 비록 아버지의 친딸은 아니지만……."

뭐?

"전 그 자리를 뺏을 생각이 전혀 없어요."

와, 요거 봐라?

"미안해요. 정말… 흑……."

한 대 때릴까? 억울하지나 않게.

누가 보면 자신한테 한 대 맞은 줄로 오해할 표정으로 눈물을 쏟아 내기 시작하는 라니아의 모습에 카밀라는 실소를 흘렸다.

"불쌍한 카밀라……."

떨어지는 눈물을 닦을 생각도 않은 채 라니아는 자신을 올려다 봤다.

"저 때문에 안 그래도 불안할 텐데……."

"……."

"제가… 제가 아버지께 잘 말씀드릴게요!"

"뭘?"

"카밀라를 쫓아내지 말라고요!"

그녀가 주먹을 불끈 쥔다.

"아무리 아버지라도 친딸인 제 부탁을 거절하시진 못할-"

"너 해."

더 이상 듣고 있기가 힘들어 그녀의 말을 잘랐다.

"…네?"

"너 하라고."

"무슨……."

그녀와 지금 대화를 나누며 확실히 깨달았다.

라니아, 소르펠 공작의 친딸이 나타났음에도 자신이 왜 이토록 태평한 마음이었는지.

어째서 '뺏긴다'라는 단어가 그렇게나 거슬렸는지.

"이 자리, 너 해."

이런 말을 하는 것조차 웃긴 일이다. 애초에 가진 적도 없는 것을. 이 자리가 자신의 것이라고 생각한 적이 지금껏 단 한 번도 없지 않은가. 그러니 친딸이 나타났다는 말에도 별다른 감정이 일지 않았던 거다.

뺏길 자리가 없는데 뭘 걱정해야 하는 거지?

"이 자리 지키고 싶은 마음, 눈곱만큼도 없으니까."

카밀라는 멍한 표정을 짓는 라니아의 어깨를 다정히 다독였다.

"주인이 돌아왔으면 당연히 돌려줘야지. 안 그래?"

"그, 그게……."

당황하는 라니아의 얼굴에 묻어 있는 눈물을 손수건으로 가볍게 닦아 줬다.

왜 당황할까? 내가 뺨이라도 때릴 거라고 생각했나?

'예전의 카밀라였다면 그랬겠지.'

친딸, 친부모. 그 단어를 듣는 순간 뺨뿐만 아니라 머리채도 남아나지 않았을 것이다.

하지만 자신은 그럴 이유가 전혀 없었다.

이 자리, 너 해.

[아가씨.]

그때 집사 유령 데린의 목소리가 들려왔다.

[밖에…….]

카밀라는 걸음을 옮겨 문을 열었다. 그리고 그곳에 잔뜩 굳은 표정으로 서 있는 한 사람을 볼 수 있었다.

"카밀라."

소르펠 공작이었다.

'역시 이런 건가?'

아침에 식당에서도 그렇고 지금도 타이밍이 참 절묘했다. 소르펠 공작이 나타날 때쯤 눈물을 흘리며 사과의 말을 내뱉고 있는 라니아의 행동이 그저 우연일까?

마치 자신이 화를 내고 뺨이라도 때리기를 바라듯 살살 긁어 대는 말을 내뱉으면서.

"아버지, 어쩐 일이세요?"

"…네가 같이 차를 마시자고 했다 해서."

"라니아가요?"

"그래."

역시나.

"들어오세요."

"그보다 방금-"

"아버지."

소르펠 공작의 말을 막은 카밀라는 최대한 밝게 웃었다. 아마 에드센 황태자가 봤다면 또 거짓 웃음을 날리고 있다며 한 소리 했을 것이다.

"오늘 밤 간식은 제가 가져다드려도 될까요?"

"물론이지."

소르펠 공작은 카밀라의 머리를 조심스럽게 쓰다듬었다. 그런 그의 눈에 안타까움과 미안함이 가득했다.

"미안하지만 그래도 될까?"

카밀라는 라니아에게도 허락을 구했다.

"그, 그럼요!"

설마 자신이 이런 허락을 구할 줄은 몰랐던 듯 라니아는 놀란 감정을 쉽게 감추지 못했다. 당황하며 소르펠 공작의 눈치를 살피는 그녀의 모습을 보며 카밀라는 속으로 가볍게 혀를 찼다.

'진짜 이 자리에 욕심 따위 없었는데 말이야.'

정말 조용히 비켜 줄 생각이었는데.

'이제 그냥은 못 비켜 주겠는데?'

감히 나한테 연기로 덤벼? 그딴 어쭙잖은 연기로 날 물 먹이려 했다 이거지?

'우리 확실히 하자.'

먼저 건드린 건 너다.

라니아를 바라보는 카밀라의 미소가 더욱 짙어졌다.

고스트 상회

"린, 내가 도와줄게."
"어머, 아가씨! 아니에요!"
"내가 도와주고 싶어서 그래. 나 이런 거 잘해."
"안 그러셔도 되는데……."
라니아는 아주 자연스럽게 공작가에 스며들었다.
가장 먼저 그녀에게 마음을 연 이들은 공작가의 고용인들이었다. 이름까지 불러 주며 친근하게 다가와 자신들의 일을 서슴지 않고 도와주는 라니아를 다들 반겼다. 거친 일을 능숙하게 해내는 라니아를 안쓰럽게 바라보는 이들이 대부분이라 다들 뭐라도 하나 그녀에게 챙겨 주고 싶어 했다.
'공작의 친딸이라는 사실만으로 모든 게 다 좋아 보이나 보지.'
내가 저렇게 했어 봐. 출생은 어쩔 수 없다며 비웃음을 날렸을 것들이.
[난 쟤가 마음에 들지 않아.]

[좀 이상하긴 합니다.]

반면 유령들은 라니아를 무척 꺼렸다.

그녀 덕분에 주방에서 요리할 기회가 줄어든 페롤은 대놓고 못마땅함을 드러내고 있었고 집사 유령 데린 역시 표정이 좋지 않았다. 데린 또한 카밀라와 같은 걸 느낀 거다. 라니아가 은근히 카밀라의 입장을 곤란하게 만들려고 한다는 사실을 말이다.

[네가 전에 쌍둥이에 대해 묻던 이유가 저 아이 때문이구나.]

제노 또한 턱을 연신 매만지며 고개를 갸웃거렸다. 시녀들과 화기애애한 분위기로 빨래를 널고 있는 라니아에게 시선을 준 그의 표정이 나름 심각했다.

[쌍둥이라 해도 너무 똑같은 거 아냐? 나랑 형도 일란성 쌍둥이였지만 저 정도는 아니었는데.]

카밀라가 처음 보육원에서 라니아를 봤을 때 시선을 떼지 못한 첫 번째 이유가 바로 저거였다.

귀신. 라니아의 곁에 딱 붙어 있는 귀신이 한 명 있었다.

물론 귀신이야 카밀라에게 매우 익숙한 존재지만 라니아에게 붙어 있는 귀신은 좀 특이했다. 그것도 그럴 것이 귀신이 라니아, 그녀와 너무도 똑같이 생겼기 때문이다. 쌍둥이가 아니라 본인이라고 우겨도 믿을 정도로.

[이지(理智)가 없더라.]

이미 제노가 라니아의 곁에 있는 귀신에게 다가가 말을 걸어 봤다. 정체를 알아내기에는 그 방법이 가장 좋았으니까.

하지만 여자 귀신에게선 그 어떤 대답도 들을 수 없었다. 라니아에게 시선을 고정한 채 그 어떤 반응도 보이지 않았다. 다른 귀신들도 여자 귀신에게 말을 걸어 봤지만 소용없었다. 제노의 말대로 이지가 전혀 느껴지지 않았다.

라니아. 처음 접하는 이름이다. 그 수없이 반복되는 삶에서 단 한 번도 만난 적 없는 인물이었다.

'카밀라가 죽고 난 뒤에 나타났던 걸까?'

그렇다면 이해가 갔다. 카밀라가 죽은 뒤에 이 세상에 일어나는 일에 대해선 자신 또한 아는 것이 전무하니까. 이번에는 그 시기가 좀 빨라진 거로 생각하면 설명이 된다.

"어! 카밀라!"

잠시 후 카밀라를 발견한 라니아가 조르륵 달려왔다. 저 아이는 뭘 매번 저렇게 반가운 표정을 짓는 건지 모르겠다.

"어디 가요?"

"응."

"거기가 어딘데요? 저도 따라가면 안 될까요? 안 그래도 좀 심심했는데……"

"개인적인 볼일이야."

"아……"

라니아의 표정이 금세 시무룩해졌다.

"할 일 없으면 아버지께나 가 봐."

"네?"

"이 시간에는 종종 저쪽 안개꽃 정원을 산책하시니까."

"……."

"왜?"

"아, 아뇨."

자신을 묘한 눈빛으로 바라보는 라니아를 뒤로한 채 카밀라는 자리를 떴다.

※

"오셨습니까."
"후우."
카밀라는 깊게 뒤집어쓰고 있던 로브를 벗었다. 그런 그녀의 입에서 연신 한숨이 흘러나왔다. 이제 날씨가 완전히 더워져 이런 로브를 쓰고 다니기에는 조금 무리였다.
'라비한테 마법 좀 걸어 달라고 할까?'
냉기가 유지되는 마법도 있다던데.
물론 시중에도 이미 나와 있는 마법 제품이 많았다. 하지만 전에 한 번 알아보니 가격이 어마어마했다. '마법'이 붙는 순간 0이 몇 개는 더 붙었다.
'집안에 놀고 있는 마법사 인력이 있는데 굳이 살 필요는 없잖아?'
한 푼이라도 아낄 수 있을 때 아껴야지.
"오늘도 사람이 많더라."
카밀라가 이 더위 속에도 로브를 고집하고 있는 이유는 이곳에 올 땐 로브가 필수 아이템이기 때문이었다.
"저번에 아가씨께서 디자인해 주셨던 상품들이 인기가 많습니다."
현재 카밀라가 찾아온 곳은 상회였다. 바로 마력석 상회.
마력석 사업의 규모가 커지자 세프라 공작이 제안을 하나 했다.

따로 마력석만 파는 상회를 만들어 카밀라가 직접 운영해 보는 게 어떠냐고. 그에 빠르게 사업이 추진되어 지금 마력석 상회가 따로 문을 연 지 딱 두 달째였다.

"이번 주 매출 현황입니다."

카밀라의 앞에 정중한 어투로 말을 건네고 있는 이는 20대 후반의 젊은 남자였다. 안경을 쓴 얼굴이 유독 냉정해 보인다.

크리스 밀러. 그가 바로 카밀라를 대신해 현재 마력석 상회의 대표로 알려져 있는 자였다. 세프라 공작이 소개해 준 이답게 그가 가진 능력은 확실히 뛰어났다. 사업에 거의 문외한인 카밀라의 부족한 부분을 충분히 채워 주고 있었다.

"오늘 새로운 아이템과 디자인을 보여 주신다고 하셨는데……."

"응, 여기."

얼마 전부터 마력석을 이용한 새 아이템을 제작 중이었다. 방어 마법을 새겨서 팔았던 브로치에 이어 카밀라는 자신이 가장 잘 아는 부분에 손을 뻗었다.

"최근 출시한 미백 효과가 있는 귀걸이의 물량이 많이 부족합니다. 여기 서류에 적어 놓았다시피 제작 인원을 더 늘리는 게 좋을 듯합니다."

시대와 세대를 막론하고 여자들이 뜨거운 관심을 보이는 건 미용과 관련된 제품이다. 그에 카밀라는 새로운 마법 아이템을 거기에 맞췄다.

제일 처음 그녀가 생각해 낸 제품은 시각적으로 미백 효과를 주는 것이었다. 귀걸이나 목걸이를 착용하는 것만으로도 얼굴에 낀 기미 같은 잡티를 싹 감춰 주는 아이템을 만들었다. 더불어 피부

톤도 한결 환하게 해 주는 효과를 줘 출시되자마자 귀부인과 아가씨들의 뜨거운 관심을 받았다.

'내가 또 보석에 대해선 아주 빠삭하거든.'

배우로 살며 온갖 보석 컬렉션에 초청을 받았다. 착용하고 런웨이를 걸은 적은 셀 수도 없었고 협찬으로 들어온 보석만 모아도 보석상을 차릴 정도였다.

"저번 디자인도 다들 무척 마음에 들어 하셨습니다."

"그래? 다행이네."

그런 경험들로 높아진 안목을 한껏 발휘했다. 카밀라는 제국 안의 유명한 세공사들도 섭외해 마력석 아이템을 최대한 현대적인 느낌으로 만들었다.

"이번 디자인도 괜찮을 거야."

크리스는 그제야 카밀라가 건넨 새로운 아이템을 살폈다. 무심히 종이를 넘기던 그의 눈이 살짝 커졌다.

"눈동자와 머리색을 바꾸는 아이템이군요."

"이제 염색 사업은 저 멀리 사라지게 될걸."

이번에 카밀라가 디자인한 제품은 바로 머리 장식이었다. 그 장신구를 착용하면 머리카락 색을 바꿀 수 있었다.

"기본적인 컬러 외에 따로 원하는 색이 있다면 주문 제작해 판매하는 것도 좋을 듯합니다."

"좋네. 그것도 추진해."

역시나 하나를 말하면 둘을 더 보태 주는 그였다.

"그런데 요즘 저희 쪽에 붙은 눈들이 많이 생겼습니다."

"흐음."

세프라 공작의 사업에서 떨어져 나온 자신의 마력석 상회에 대해 관심을 보이는 이들이 무척 많았다.

여전히 세프라 공작이 방패 역할을 해 주고 있었지만, 직접적인 보호막에서 떨어져 나왔다는 사실 하나만으로도 감시의 눈길이 전보다 훨씬 많아졌다. 대체 이 상회의 주인이 어떤 존재이기에 세프라 공작이 이런 금맥을 서슴없이 넘긴 건지 다들 궁금해했다.

"더 조심할게."

지금 이곳도 지하 공간이었다. 마력석 상회의 지하와 연결된 공간으로 상회에서 조금 떨어진 작은 주택의 지하와 연결이 되어 있었다. 그에 카밀라는 늘 그 집을 통해 지하로 내려와 크리스와 이런저런 사업을 추진 중이었다.

"카밀라 님."

안경을 새로 고쳐 쓰며 내뱉는 크리스의 목소리가 한층 낮아졌다.

"계속 숨길 수는 없을 겁니다."

"알아."

사업이 생각보다 너무 빠르게 커지고 있었다. 마력석 판매만으로도 천문학적인 수입이 들어오고 있는데 거기에 보석 사업까지 더해져 세간의 관심이 더욱 커진 상태였다.

크리스를 계속 앞에 내세워 이곳의 주인 행세를 시키는 건 한계가 있었다. 지금도 외부에서 들어오는 중요 사업 계획서를 바로 처리하지 못하는 상황이었다. 어쨌든 자신이 그 모든 상황을 점검하고 직접 허락을 내려야 하니까.

그렇다고 매일매일 빠지지 않고 이곳을 몰래 찾는 것도 무리가 있었다. 결국 언젠가는 일에 차질이 생길 것이 분명했다.

"그리고…….."

"또 뭐?"

"상회 이름은 정말 이대로 가시는 겁니까?"

"뭐 어때서?"

사람들 속에 소리 없이 파고들어 모두를 잠식시키겠다는 뜻으로 지은 건데. 나름 의미가 있다고.

"고스트. 좋지 않아?"

고스트 상회. 카밀라가 마력석 상회를 가리켜 지은 이름이었다.

'하긴, 다들 기괴한 눈빛으로 날 보긴 했지.'

처음 이 이름을 듣는 순간 크리스뿐만 아니라 세프라 공작과 아르시안까지 괴상한 눈빛을 보냈다.

"죄송하지만 참으로 믿음이 안 가는 이름이라 생각합니다. 상회가 유령처럼 사라질 거라 농담처럼 비꼬는 이들이 많습니다."

"오, 눈치 빠른데?"

"네?"

살짝 눈이 커지는 크리스를 보며 카밀라는 아무것도 모르는 척 웃었다.

애초에 도주 자금을 벌기 위해 시작한 사업이지 않은가. 예상보다 너무 커져서 조금 당혹스럽긴 하지만 갑작스레 문을 닫는다고 해도 이상할 게 없었다.

사망 플래그에서 조금은 멀어졌다는 생각에 공작가에 계속 머무는 것도 좋지 않을까 했지만…….

'친딸이 나타났잖아.'

앞으로 상황이 어떻게 변할지 그녀 또한 알 수 없었다.
'고스트 상회.'
뭐 어때? 내 주변 귀신들은 아주 좋아하던걸. 지금 생각해도 참 잘 지은 이름이란 말이지.

"카밀라는?"
"외출하셨습니다."
"또?"
집사 루브의 말에 라비의 미간이 찌푸려졌다.
최근 들어 카밀라의 외출이 무척 잦았다. 예전에는 제발 좀 나가라고 해도 그리 집구석에만 처박혀 있던 녀석이 요즘은 툭하면 밖으로 나가고 없다.
'그 애 때문인가?'
라니아, 그 아이가 집에 온 후 카밀라의 외출이 잦아진 게 영 신경이 쓰였다. 바보 녀석이 또 혼자 속으로 끙끙 앓고 있는 건 아닌지…….
"식사를 준비할까요?"
"그래."
그러고 보니 오늘 한 끼도 아직 제대로 챙겨 먹지 못했다. 창밖을 보니 이미 노을이 지고 있었다.
"그런데 일부러 찾아온 거야?"
루브가 자신의 연구실을 찾아온 건 처음이었다. 새삼 그 사실을 깨달은 라비가 의뢰롭다는 표정으로 그를 응시했다. 집사 루브가 가주인 소르펠 공작 외에는 세심히 누군가를 챙기는 스타일은 아니었기 때문이다.

"카밀라 아가씨께서 부탁을 하셨습니다."

"카밀라가?"

"저녁때까지 나오지 않으시면 찾아가 보라고 하더군요. 식사를 챙겨 드리고 연구실에서도 좀 나가게 하라 하셨습니다."

"뭐?"

"바깥 공기도 좀 쐬라고, 인간아! 그러다 온몸에 곰팡이 생겨도 나 몰라!"

"……!"

"-라는 말 또한 전해 달라고 하셨습니다."

…저기, 성대모사까지 할 필요가.

잠시 황당한 눈빛으로 집사 루브를 바라보던 라비는 곧 자리에서 일어서며 헛웃음을 터트렸다.

"내가 애도 아니고……."

하지만 나쁘지 않은 기분이다.

"그럼 식사 준비하겠습니다."

"부탁할게."

먼저 밖으로 향하는 루브를 바라보던 라비 역시 보고 있던 책들을 마저 정리한 뒤 천천히 걸음을 옮겼다.

"음?"

찌뿌둥한 몸을 이리저리 풀며 걷던 라비는 잠시 걸음을 멈췄다. 반대편에서 걸어오는 한 사람을 발견했기 때문이다.

"아! 안녕하세요!"

라니아였다. 자신을 본 그녀가 만면에 미소를 띠며 조금은 빠른 걸음으로 다가왔다.

하지만 라비는 그대로 라니아를 지나치려 했다. 딱히 대화를 나누고 싶은 마음이 들지 않았으니까. 그녀를 특별히 미워할 이유는 없지만 그렇다고 굳이 친해지고 싶은 마음도 없었다.

투욱.

하지만 그 순간 바닥으로 떨어지는 뭔가를 발견한 라비의 시선이 자연스럽게 아래로 향했다.

"……!"

라비의 눈이 커다래졌다.

"그 책……!"

라니아가 급히 다시 집어 드는 책에서 그는 쉬이 시선을 떼지 못했다.

"그거 네 거야?"

"네? 이거요? 아, 네."

라니아가 조금은 당황한 목소리로 대답하며 고개를 열심히 끄덕였다.

"아는 분이 주셨어요."

"마법 서적을?"

아주 오래전 대륙에 널리 이름을 날렸던 마법사가 저술한 책이었다. 라비 역시 전부터 구하려고 노력을 기울였지만 늘 허탕만 칠 뿐이었는데, 지금 라니아가 그 책을 떡하니 들고 있는 게 아닌가!

"제가 마법에 관심이 좀 많거든요."

"마법에?"

"네!"

"마법을 쓸 줄 알아?"

"아주 조금요."

환하게 미소를 지은 라니아가 순간 마력을 움직였다. 그러자 그녀의 손에 작은 얼음덩어리 하나가 생겨나더니, 이내 파사삭 하고 깨어져 사라진다.

"이런 마법은 아직 초보 수준이에요. 제 마력은 치료에 특화되어 있거든요."

왜 미처 몰랐을까? 그녀의 몸에서 느껴지는 미세한 마력을 말이다.

'하긴……'

그동안 그녀를 제대로 보려고도 하지 않았으니까.

"이 책 보셨어요?"

"…아니."

"아! 그럼 빌려 드릴까요?"

"그래도 돼?"

"물론이죠!"

라니아는 진심으로 기쁘다는 듯 손뼉까지 치며 좋아했다.

"받으렴."

"이게 뭐예요?"

상회에서 돌아와 방에서 쉬고 있던 카밀라는 소르펠 공작의 방문을 받았다. 그는 들고 온 작은 상자 하나를 그녀에게 건넸다.

"너와 잘 어울릴 것 같아서."

카밀라는 그가 건네는 상자를 바로 받아 열었다.

"이건……."

상자 안 물건을 확인한 카밀라는 어색한 미소를 흘릴 수밖에 없었다. 참으로 오랜만에 표정 관리가 안 되는 순간이었다.

"요즘 유행이라고 하더구나."

그가 들고 온 게 고스트 상회, 즉 자신이 운영하는 상회에서 파는 마력이 담긴 목걸이였기 때문이다.

"요즘 다들 이거 하나쯤은 갖고 있다던데."

"그렇다고 들었어요."

누구보다 자신이 가장 잘 아는 사실이다. 조금 전에도 판매량을 확인하고 왔으니까. 카밀라의 미소가 더욱 어색해졌다.

"왜? 마음에 들지 않니?"

"아뇨, 무척 마음에 들어요."

표정 관리! 표정 관리!

"너무 비싼 걸 받은 것 같아서……."

"비싸긴. 아비가 딸에게 이 정도도 못 해 줄까."

카밀라는 푸른 마력석이 아름답게 세공된 목걸이를 목에 걸었다. 목걸이를 거는 순간 안 그래도 하얗던 피부가 반질반질 빛이 나는 듯했다.

"예쁘구나."

"고맙습니다."

카밀라를 바라보는 소르펠 공작의 눈에 흐뭇함이 가득 차올랐다. 하지만 그것도 잠시, 그의 눈꼬리가 아래로 서서히 처졌다.

"미안하다."

전에, 방에서 라니아와 대화를 나누는 소리를 들은 이후부터 자신의 기분을 은근히 신경 쓰고 있는 그였다. 아마도 이 목걸이 선물 역시 자신의 기분을 풀어 주려고 사신 거겠지?

'뭐 나쁘지 않네.'

라니아의 목적이 뭔지 정확히 모르겠지만 지금까지의 행동으로 봐선 자신을 내쫓고 싶어 하는 것이 분명하다.

'그것도 자긴 착하고 불쌍한 이로 남고 난 친딸을 괴롭힌 악녀로 만들어 쫓아내고 싶어 하는 것 같은데…….'

지금까진 그녀의 뜻대로 된 게 하나도 없는 상황이다. 소르펠 공작은 그녀의 그런 행동으로 인해 오히려 자신을 더 안타깝게 여기고 있으니까.

이왕 시작한 거, 하나 더 보태 볼까?

"아버지."

"그래."

카밀라는 목에 걸린 목걸이를 조심스레 매만졌다. 그러곤 그 어느 때보다 처량하고 씁쓸해 보이는 미소를 머금었다.

"이런 건 라니아가 받아야 하는 게 아닐까요?"

"뭐?"

예상대로 소르펠 공작의 표정이 대번에 안쓰럽게 변했다.

"라니아를 두고 제가 어떻게 감히…….."

"카밀라!"

소르펠 공작이 단호하게 외쳤다.

"이건 널 위해 산 거다. 감히라니! 네가 왜 그런 단어를 쓰는 거냐."

"하지만……."

"그 아이 건 나중에 내가 따로 사도록 하마. 네가 그런 신경 쓰지 않도록."

"죄송해요, 아버지."

"네가 왜 사과를 해."

"라니아에게 제가 너무 미안해서……."

소르펠 공작이 자신을 위로하듯 어깨를 다정히 다독였다. 그런 그를 향해 카밀라는 애처롭게 웃어 보였다.

다시 한번 말하지만 이 자리에 미련 따윈 없다.

'하지만…….'

그렇다고 쉽게 내줄 생각도 없다.

라니아가 자신을 자꾸 걸고넘어진다면… 넘어질 땐 넘어지더라도 절대 혼자서는 안 넘어질 거다.

'내가 원래 뒤끝이 좀 길거든.'

죽자고 붙잡아서 같이 넘어질 거라는 뜻이다.

"그나저나 상회 이름이 이상하더구나."

"네?"

소르펠 공작이 분위기를 바꾸듯 화제를 돌렸다.

"고스트 상회라니… 쯧. 그 녀석은 상회를 넘겨도 이상한 놈에게 넘긴 것 같단 말이야."

카밀라의 미소가 어색해졌다.

'그 이름이 그렇게 이상한가?'

젠장.

"게다가 그렇게 수입이 좋은 사업을 다른 이에게 넘기다니."

세프라 공작의 결정을 연신 의아해하는 부친을 보며 카밀라는 그 어떤 것도 맞장구를 쳐 줄 수가 없었다.

'최대한 빨리 말씀드리자.'

고스트 상회의 주인이 자신이라는 사실을 소르펠 공작에게 계속 숨길 수는 없었다. 마력석 채굴량이 점점 늘어나고 있는 상황에서 소르펠 공작과 블랙 섀도우의 눈을 계속 속이는 건 아무리 세프라 공작이라도 무리가 있었다.

현재야 세프라 공작이 모든 힘을 발휘해 감추어 주고 있지만…….

'어라?'

문득 한 가지 사실을 깨달았다.

'나 엄청 도움받고 있구나.'

마력석 정화에 새로운 사업장도 만들어 줘, 게다가 비밀 유지까지.

그동안 세프라 공작에게 받은 도움들을 하나하나 떠올린 카밀라는 새삼 자신의 뻔뻔함에 혀를 내둘렀다.

"어쩐 일이지?"

세프라 공작은 연락도 없이 자신을 찾아온 카밀라를 조금은 의아한 눈빛으로 바라봤다.

"그래도 콩알만 한 양심이 있다는 걸 증명하려고요."

"…양심?"

"받으세요."

"……?"

"제 양심이에요."

카밀라는 바구니 가득 준비해 온 간식들을 꺼내 탁자 위에 쫙 펼쳤다. 아침부터 손수 준비한 음식들이었다. 요리사 유령 페롤의 도움을 받긴 했지만 다 자신의 손으로 직접 만든 것이다.

"이건……."

탁자 위에 꽉 차게 차려진 음식들을 보며 세프라 공작은 묘한 표정을 지었다.

"달콤한 것들이군."

순식간에 집무실 안에 단내가 가득 채워졌다.

"제가 직접 만들었어요."

"직접?"

"네."

"흐음."

세프라 공작의 시선이 다시 달콤한 디저트로 향했다.

"미안하지만 다른 이들에게 나눠 줘도 되겠나?"

"디저트 안 좋아하세요?"

"딱히 즐기지는 않지."

"아, 그럼 아르시안 주세요."

"…아르시안?"

"네, 이런 거 좋아하던데요."

전에 라일라가 싸 온 음식은 손도 대지 않았지만, 자신이 가져왔던 건 하나도 남김없이 늘 다 먹어 치우던 그다.

"은근히 입맛이 까다롭긴 한데, 저희 집에서 가져온 건 잘 먹더라고요."

 세프라 공작의 표정이 더욱 미묘해졌다. 아주 재미있는 얘기를 들은 것처럼 입꼬리가 슬쩍 올라갔다.

 "그 아이가 잘 먹었단 말이지."

 "……? 네."

 대답을 내뱉던 카밀라가 고개를 갸웃했다. 방금 내가 뭔가 이상한 말이라도 한 건가?

 "싫어하거든."

 "예?"

 "이런 달콤한 음식은 아주 끔찍해하지. 나보다 더."

 "…누가요? 아르시안이요?"

 "달다고 과일도 거의 안 먹는 녀석이야."

 …잘 먹던데. 무지, 엄청!

 "아니, 그러면 왜……."

 "글쎄."

 세프라 공작은 뭔가 아는 듯했지만, 그저 희미한 미소를 잠시 머금을 뿐이었다.

 "아르시안도 그렇지만 페트로나 루드빌도 단 음식을 그리 좋아하지 않아. 세 아이가 음식 성향이 비슷하지."

 "아, 그 두 사람도 안 좋아하는……?"

 잠깐, 잠깐!

 "루드빌 오라버니도 단 음식 안 좋아해요?"

 "어릴 때부터 그랬지."

 그럴 리가. 그러면 매번 내가 만들어다 준 간식을 싹싹 비운 사람은 대체 누군데? 딴 사람이야?

푸딩이고 케이크고, 설거지가 필요 없을 정도로 깔끔히 먹어 치우던 루드빌인데?

'이 인간들이!'

아니, 싫으면 싫다고 말할 것이지! 그걸 억지로 왜 먹어?

"하."

카밀라는 어이가 없다는 표정을 지었다.

똑똑.

"오라버니."

문을 빼꼼 열고 들어서자 젖은 머리를 수건으로 말리고 있는 루드빌의 모습을 볼 수 있었다. 훈련을 마치고 지금 막 씻고 나온 듯했다.

"들어가도 돼요?"

"응."

그가 자리에서 일어나 반쯤 열린 문을 마저 열어 줬다.

"……."

그러다 그의 시선이 자연스럽게 카밀라가 들고 있는 접시로 향했다. 언제나처럼 간식을 준비해 온 그녀였다.

그런데…….

"맛있어 보이죠?"

루드빌의 눈을 사로잡은 건 아주 시커먼 덩어리였다. 먹지도 않았거늘 진득진득한 초콜릿 향이 그대로 코를 자극했다.

"오늘은 아주 달콤한 초콜릿 케이크를 준비했어요. 오라버니를 위해서 초콜릿 시럽도 잔뜩 집어넣었죠."

"…그래."

"음료도 설탕을 왕창 넣은 바나나 스무디로 준비했답니다. 바나나랑 초콜릿이 은근히 잘 어울리거든요."

흔들린다. 저 무심한 인간의 눈빛이 순간 흔들리는 걸 보며 카밀라는 속으로 웃음을 터트렸다.

역시나 세프라 공작의 말이 맞았던 것이다. 루드빌 또한 단 음식을 싫어한다더니… 그게 진짜일 줄이야.

'왜 미처 몰랐을까.'

그동안 간식을 순식간에 해치운 건 맛있어서가 아니라 싫은 걸 빨리 해치우겠다는 일념이었던 건가?

"드세요."

"…응."

미세하게 흔들리는 눈빛을 내보이며, 언제나처럼 포크를 집어 들어 케이크를 먹으려는 그의 모습에 카밀라는 못 말리겠다는 듯 살며시 고개를 내저었다.

"그거 말고 이거 드세요."

초콜릿 케이크를 자신의 앞으로 당긴 카밀라는 커다란 케이크의 위세에 가려져 있던 작은 푸딩 접시 하나를 그에게 건넸다.

"홍차로 만든 푸딩이에요. 단맛이 전혀 없긴 한데 쌉쌀한 풍미가 아주 제법이더라고요."

"……"

"왜요? 초콜릿 케이크가 더 좋으세요? 이걸로 다시 바꿔 드릴까요?"

"아니."

그 어느 때보다 빠른 대답이 돌아왔다.

카밀라는 최대한 웃음기를 감추며 초콜릿 케이크의 맛을 봤다. 자신이야 단 음식을 딱히 싫어하지 않아 제법 입에 맞았다. 물론 머리가 띵할 정도의 단맛에 한 조각 이상은 자신 또한 사양이었지만 말이다.

똑똑.

그때 노크 소리와 함께 문이 조심스럽게 열렸다.

"저기……."

라니아였다.

"어! 카밀라, 여기에 계셨네요."

카밀라를 본 그녀가 깜짝 놀라는 표정을 지었다.

"돌아오신 것도 몰랐어요. 죄송해요."

카밀라는 그런 그녀를 바라보다 뒤쪽에 시선을 날렸다. 라니아를 따라 방으로 들어선 이가 한 명 더 있었기 때문이다. 요리사 유령 페롤이었다.

[몰랐기는! 네가 주방에서 나오는 거 몰래 다 지켜보고 있었어. 그리고 네가 간식을 만들어 루드빌에게 갔다는 사실까지 다 알고 온 거야.]

"라비 님과 같이 마법에 대해 얘기를 나누다 시간 가는 줄 몰랐거든요."

"마법?"

"네! 요즘 라비 님께 마법을 배우고 있어요! 얼마나 친절하신지 몰라요. 제가 재능이 있다면서 자꾸 치켜세워 주시는 거 있죠."

라비가? 다른 이도 아닌 그 라비가 친절하다고?

카밀라는 실소가 새어 나오려는 걸 간신히 참았다. 자신이 질투라도 해 주길 바라는 건가?

그렇다면 상대를 잘못 골랐다. 자신이 아는 라비는 대놓고 친절함을 베푸는 이가 절대 아니었으니까.

'선천적으로 닭살 돋는 말을 입에 담지 못하는 인간이거든.'

선물을 줘도 오다 주웠다 말할 스타일이라는 거지.

그런데 뭐? 재능이 있다고 마구 칭찬의 말을 날려?

"여긴 어쩐 일이야?"

"아! 훈련하고 오셔서 혹 출출하실까 봐 준비해 왔어요."

라니아의 손에는 작은 접시가 들려 있었다. 거기에도 손수 만든 듯한 간식이 놓여 있었다. 막 구운 듯 따끈한 연기가 올라오고 있는 팬케이크였다.

[네가 간식을 만들어 갔다는 소리에 바로 저걸 준비하더라.]

"따뜻할 때 드셔야 맛있어요."

라니아는 카밀라가 들고 온 접시를 한쪽으로 슬쩍 치우며 자신이 만든 음식을 그 자리에 내려놓았다.

"맛은 보장해요! 젤라드가 도와줬거든요."

카밀라는 바로 자리에서 일어섰다. 두 사람의 시간을 방해할 생각은 없었으니까.

그녀가 뒤에서 수작을 부리는 게 자꾸 눈에 보여 마음에 들지 않았지만 그렇다고 가족과의 관계까지 막을 생각은 없었다. 이 자리를 곱게 넘기지 않겠다는 거지, 저들의 관계까지 망쳐서 뭐 하겠는가.

무엇보다…….

'친오빠잖아.'

자신이 라비를 보며 느끼는 감정을 그녀 또한 느끼고 있지 않을까? 평생 몰랐던 존재이지만, 피가 이어졌다는 사실 하나만으로도 신경이 쓰이는…….

"전 이만 가 볼게요."

"데려다주마."

"네?"

그런데 루드빌이 같이 자리에서 일어섰다.

'아니, 지금 네가 날 배웅해 주면 어쩌자는 거야?'

결국 혼자 뻘쭘하게 자리에 앉아 있는 꼴이 되어 버린 라니아 역시 자리에서 엉거주춤 일어서야만 했다.

"따뜻할 때 드셔야……."

라니아가 버림받은 강아지처럼 슬픈 눈빛으로 같은 말을 반복했다.

"앞으로 힘들게 이런 거 만들어 오지 않아도 돼."

그런 그녀를 잠시 말없이 응시하던 루드빌은 조용히 말을 이었다.

"카밀라가 만들어 주니까."

그 말을 끝으로 그는 차분히 걸음을 옮겼다.

카밀라를 데리고 밖으로 향하는 루드빌을 바라보는 라니아의 얼굴에서 웃음기가 완전히 사라졌다.

중독

"안녕하세요, 세라 사제님."

"어머! 어서 와요, 라니아."

수도 끝자락에 위치한 작은 신전 안으로 들어선 라니아는 반갑게 인사를 건넸다. 세라 사제라고 불린 이는 환한 미소로 자리에서 일어나 그녀에게 성큼 다가섰다.

"얘기 들었어요. 아버지를 찾으셨다면서요?"

"네!"

"정말 잘됐어요. 주신 미드라드 님의 은총입니다."

"고맙습니다."

"안 그래도 다니엘 신관님께서 기다리고 계셔요."

"네, 연락받고 오는 길이에요."

"다니엘 신관님도 무척 기뻐하셨답니다. 라니아에게 가족이 생긴 사실을요."

"저도 너무 기뻐요."

"저쪽으로 들어가시면 됩니다."

"네."

라니아는 고개를 숙여 인사를 건넨 후 세라 사제가 가리킨 곳으로 향했다. 신도들이 자신들이 저지른 죄나 고민을 신관들에게 은밀히 고하는 장소였다.

"다니엘 님."

"오셨습니까."

문을 열고 들어서자 어두운 공간에 희미한 불빛 하나만이 존재하는 작은 공간이 나왔다. 그곳에 30대 초반의 신관복을 입은 남자가 앉아 있었다.

"다행히 집에서 쫓겨나지는 않으셨군요."

"물론이죠."

당당한 라니아의 목소리에 다니엘은 가볍게 고개를 내저었다.

"그런데 생각보다 진도가 느리신 것 같습니다."

"그게……."

"저런."

그가 짧게 혀를 찼다.

"교단에선 변명 따윈 통하지 않는다는 걸 모르십니까."

"…죄송합니다."

"말했을 텐데요. 당신이 맡은 역할이 얼마나 중요한지."

"…알아요."

"정말 아는 거 맞습니까?"

자리에서 일어선 그가 라니아에게 가까이 다가섰다. 그러곤 그녀의 어깨에 손을 올리며 한층 목소리를 낮췄다.

"이 몸을 당신에게 맡긴 건 그만큼 기대가 컸다는 겁니다."
"…네."
그의 손이 올려진 어깨가 살며시 떨렸다.
"얼핏 듣기론 아직 딸로서 제대로 인정도 받지 못했다더군요."
"소르펠 공작이 생각보다 의심이 많아서……."
"또 변명이십니까."
라니아는 급히 입을 다물었다.
"시간이 그리 많지 않습니다."
다니엘의 한숨 섞인 목소리가 라니아의 귀를 날카롭게 파고들었다.
"신수가 제대로 각성하기 전에 자리를 잡으셔야 합니다. 교의 사람을 수호 가문에 심을 수 있는 유일한 기회라는 걸 잊지 마십시오."
"명심하겠습니다."
잘 알아들었다는 듯 라니아가 크게 고개를 끄덕였다. 그러다 그의 눈치를 보며 조심스럽게 말을 이었다.
"그런데 아무래도 계기가 있어야 할 것 같아요."
"계기라 하셨습니까?"
"네, 그가 절 딸로 인정할 수 있을 만한 계기요."
"흐음……."
잠시 생각에 잠기던 다니엘 신관이 곧 고개를 끄덕였다.
"그건 저희가 알아서 하죠. 그대가 가진 능력을 충분히 발휘할 수 있는 무대를 만들어 드리겠습니다."
"감사합니다!"

"얼마 전에 위에서 연락이 왔어요."

"위, 위에서요?"

"알베르토 님께서 관심이 아주 지대하시답니다."

라니아의 안색이 순식간에 창백해졌다. 그녀는 부르르 몸을 떨며 본능적으로 고개를 푹 숙였다. 눈앞에 알베르토라는 이가 있기라도 한 것처럼 쉬이 고개를 들지 못했다.

그 모습이 무척 마음에 든 듯 다니엘 신관의 입가에 미소가 짙어졌다.

"저도 기대가 큽니다."

"며, 명심하겠습니다."

라니아는 자리에서 빠르게 일어서며 마지막으로 한 가지를 더 부탁했다.

"일단 가장 쉬운 존재부터 제 편으로 만들게요."

"쉬운 존재라……."

"교단에서 보유하고 있는 마법 서적을 좀 더 제공받을 수 있을까요?"

"알겠습니다."

※

"와아, 정말 크네요."

아카데미에 들어선 이후 연신 감탄사를 내뱉는 라니아를 보면서도 카밀라는 별다른 말을 하지 않았다.

"이런 곳에 저도 다닐 수 있다니! 너무 기뻐요!"

오늘부터 그녀 또한 아카데미에 다니게 되었다.

"그래, 좋아하니 다행이네."

현재 카밀라는 그녀를 마법과가 있는 건물로 안내하는 중이다. 그녀가 아카데미에 편입하며 선택한 과가 마법과였기 때문이다.

"이쪽이야."

"아, 네!"

연신 주변을 두리번거리던 라니아는 빠르게 카밀라 곁으로 다가섰다.

"어머."

"저기 좀 봐요."

"혹시 저분이……."

"맞아! 저번에 파티장에서 본 그 사람이잖아!"

"정말?"

역시나 길을 걷는 내내 수많은 이들의 시선이 날아들었다. 그날 파티에 참석했던 이들이 많았기에 라니아의 얼굴을 다들 알아봤다.

"사람이 정말 많아요."

라니아는 그런 사람들의 시선에 특유의 예쁜 미소를 날리며 즐거워했다. 사람들은 그런 그녀에게 더욱 큰 관심을 보였다.

"저기야."

"아! 여기군요."

"그럼 수고."

잠시 후 마법과 건물 앞에 도착한 카밀라는 바로 돌아섰다.

"가시게요?"

"어."

자신의 역할은 여기까지였으니까. 그렇게 몸을 돌리려던 찰나.

"카밀라?"

한 사람과 마주쳤다.

"여기까지 어쩐 일이야?"

아르시안이었다.

"아! 아르시안, 너도 마법과였지."

그제야 한 가지 사실을 깨달았다. 아르시안이 검술과에 이어 마법과에도 소속이 되어 있다는 사실을 말이다.

듣기로는 압도적인 실력으로 실기 부분 수석을 거머쥐다시피 하고 있다던데.

'다재다능한 놈.'

신이라는 놈은 저 인간에게 인간다운 성격 빼곤 다 준 것 같다.

"나 만나러 온 거야?"

"아니."

"…그럼 어떤 놈 만나러 온 건데?"

여기 오면 무조건 누굴 만나야 하는 거야? 잠시 어이가 없다는 눈빛으로 아르시안을 바라보던 카밀라는 자신의 뒤를 가리켰다.

"저 아이 좀 데려다준다고."

"안녕하세요. 라니아라고 합니다."

라니아가 총총 다가와 반갑게 인사를 건넸다.

"바로 갈 거야?"

문제는 아르시안이 그녀의 존재 자체를 완전히 무시해 버렸다는 거지만 말이다. 보는 제가 다 민망할 정도로 라니아에게 시선조차 주지 않았다.

"그럼 바로 가지 뭐 하게?"

표정이 살짝 굳어지는 라니아를 잠시 바라본 카밀라는 짧은 한숨을 내쉬며 돌아섰다. 자신이 그녀의 교우 관계까지 신경 쓸 이유는 없었다.

"잠깐만."

그런 카밀라를 아르시안이 급히 붙잡았다.

"손 왜 이래?"

그녀의 손에 가볍게 감겨 있는 손수건을 발견한 것이다.

"별거 아냐."

"별거 아닌 게 뭔데?"

"좀 긁혔어."

조금 전, 교무실에 라니아와 함께 방문했다. 입학 서류를 작성해야 했으니까. 그러다 라니아가 무심코 휘두른 펜촉에 손등을 좀 긁혔다.

'잠시 방심했지.'

미안하다며 눈물을 글썽이던 그녀는 교무실을 나서자마자 언제 그랬냐는 듯 환하게 웃었다.

"손 줘 봐."

"됐어."

"되긴 뭐가 돼."

"이 정도는 그냥 약 바르면 나아."

"치료 마법 한 번이면 끝날 일이야."

"싫어."

"뭐?"

"싫다고."

"왜?"

급히 손을 뒤로 숨기는 카밀라의 모습에 아르시안은 미간을 찌푸렸다.

"너 피곤하잖아."

"…뭐?"

"방금 검술 수업받고 온 거 아냐?"

그러다 이어지는 그녀의 말에 아르시안의 얼굴이 순간 멍해졌다.

"피곤한데 괜히 마법 쓰지 마."

그 말을 끝으로 걸음을 옮기는 그녀를 급히 다시 붙잡았다. 아르시안의 입가에 희미한 미소가 걸려 있었다. 이 녀석은 정말…….

"이 정도는 괜찮아."

카밀라가 다른 말을 더하기 전에 아르시안은 빠르게 마법을 시전해 그녀의 상처를 감쌌다. 순식간에 밝은 빛이 흘러나와 그녀의 손등 상처를 치료했다. 임시로 묶어 둔 손수건을 풀어 보니 손이 말끔하다. 상처 따윈 전혀 찾아볼 수 없었다.

"좋네."

"싫다 할 땐 언제고."

"어쨌든 고마워. 나도 곧 수업 시작이야. 진짜 간다."

카밀라는 가볍게 손을 흔든 후 그 자리를 떠나갔다.

"마법과 건물이 정말 크고 넓네요. 전 고급반에 편입했는데, 혹시 안내를 부탁드려도 될까요?"

그렇게 카밀라가 사라지는 모습을 가만히 바라보고 서 있던 아르시안의 귀로 라니아의 목소리가 다시 날아들었다.

"······."

그제야 처음으로 아르시안의 시선이 그녀에게 향했다. 눈이 마주치자 라니아의 미소가 더욱 짙어졌다.

저벅.

"어······!"

하지만 거기까지였다. 아르시안은 그대로 그녀를 지나쳐 건물 안으로 들어섰다. 그런 그의 뒤를 라니아가 급히 뒤쫓았다.

"저기!"

그녀가 급히 아르시안을 불렀지만, 그는 걸음을 멈추지 않았다.

"죄송해요."

라니아는 언제나처럼 사과의 말부터 건넸다. 특유의 간절한 표정을 지으면서 말이다.

"제가 뭔가 실례되는 말이라도 한 건가요? 카밀라와 친하신 것 같길래 저도 친해지고 싶어서 그런 건데······."

라니아의 말이 계속 이어졌지만, 아르시안은 여전히 들은 척도 하지 않았다.

잠시 후 건물 안으로 들어서자 사람들의 시선이 모여들었다. 그리고 아르시안의 뒤를 쫓고 있는 라니아를 보며 다들 뜨악한 표정을 지었다. 몇몇 이들은 걱정스러운 눈빛을 보내기도 했다. 아르시안이 어떤 사람인지 너무도 잘 아니까.

"아르시안 님 맞으시죠? 카밀라에게 얘기 많이-"

"조용히 해."

"네?"

"짜증 나니까 내 옆에서 그만 쫑알거리라고."

"아니, 전–"

"씨X. 요즘 좀 얌전히 지냈더니 별 거지 같은 것들이 다 말을 걸고 지… 아, 진짜. 야."

"……!"

"경고하는데."

아르시안의 눈빛이 순식간에 스산해졌다.

"내 이름 함부로 부르지 마."

"죄, 죄송–"

"입 다물라고 했지."

"흐읍!"

순간적으로 내뿜어진 아르시안의 진득한 살기에 라니아의 안색이 하얗게 질렸다.

"카밀라와 같이 사는 걸 다행으로 알아. 안 그랬으면 내 이름을 부르는 순간 이미 팔 하나는 부러트렸을 테니까."

라니아는 본능적으로 몸을 움츠렸다.

"딱 여기까지야. 아무리 그 애와 아는 사이라도 더 이상 안 봐줘."

아르시안은 그 말을 끝으로 아무 일도 없었다는 듯이 유유히 그 자리를 떠나갔다. 그 모든 장면을 옆에서 지켜보던 사람들은 이미 예상한 일이었기에 다들 고개를 살며시 내저었다. 오히려 라니아가 무사하다는 사실에 다들 신기해했다.

"하……."

하지만 라니아는 아르시안이 사라진 뒤에도 그 자리를 떠나지 못했다. 그저 그가 사라진 곳을 여전히 얼어붙은 모습으로 뚫어져라 바라볼 뿐이었다.

※

"소풍?"
"네!"
"뜬금없이?"
"아이들과 약속했거든요. 조만간 같이 물놀이 가기로."
클럽실에 방문한 카밀라는 갑자기 계곡이 있는 산으로 놀러 가자는 라일라의 말에 황당한 표정을 지었다.
"어째 봉사 활동을 매번 아이들이 있는 곳으로만 가는 것 같네."
"아, 그게… 제가 보육원 출신이다 보니 아이들에게 더 신경이 쓰이네요."
"……"
"다음에는 다른 곳도 소개해 드릴게요!"
뭐, 자신이야 어디든 상관없었다. 수업 시간만 채워진다면 말이지.
"그러면 미리 언질이라도 주지. 뭐라도 준비했을 거 아냐."
우리끼리 가는 것도 아니고 아이들과 함께 가는데 그냥 아무것도 없이 가는 건 좀 아니지 않나?
"제가 다 준비했습니다."
조금 전까지만 해도 보이지 않던 페트로가 어느새 자신의 옆에 서 있었다.
"먹거리부터 안전 요원까지, 제가 다 준비해 뒀으니 걱정하지 않으셔도 됩니다. 카밀라는 그저 함께해 주시기만 하면 된답니다."

"…고생하셨네요."

"지금 칭찬해 주시는 겁니까?"

"네, 뭐……."

카밀라는 어색한 미소를 흘리며 슬쩍 시선을 돌렸다. 요즘 이 인간, 영 부담스럽다.

"……?"

그러다 라일라와 눈이 딱 마주쳤다.

자신을 아주 흐뭇하게 바라보는 그녀의 눈빛에 카밀라는 고개를 갸웃했다. 물놀이 준비는 페트로가 다 했는데 아무 준비도 안 한 날 왜 저런 눈빛으로 바라보는 건지 모르겠네.

"그러면 이제 슬슬 출발할까요? 아이들이 엄청 기다리고 있을 거예요!"

누구보다도 신나 보이는 라일라를 따라 다들 클럽실을 나섰다. 카밀라 역시 따라나서려 했지만, 그 순간 한 사람이 눈에 들어왔다.

"너도 가는 거야?"

"왜? 가면 안 돼?"

"…좋아서."

매번 뭘 그리 살벌하게 되묻니, 넌?

"너……."

"어?"

"그렇게 아무한테나 쉽게 칭찬하는 인간이었어?"

"뭐?"

"씨… 나도 저딴 거 준비할 수 있는데……."

뭐라는 거야?

뭐가 그렇게 마음에 들지 않는지 연신 미간을 찌푸리는 아르시안을 데리고 카밀라도 서둘러 다른 이들의 뒤를 따랐다.

"카밀라는?"
"오늘 클럽 활동이 있으셔서 늦는다고 하셨습니다."
"아, 그 클럽."
소르펠 공작의 입가에 희미한 미소가 걸렸다.
최근 카밀라의 새로운 모습을 참으로 많이 접하고 있었다. 검술과를 그만두었다는 소리에는 조금 아쉬움을 느꼈다. 사냥 대회에서 그 아이가 아주 놀라운 검술 실력을 보여 줬다는 말을 들었기 때문이다.
처음에는 믿지 않았지만, 그 자리에 있던 모든 이들이 입을 모아 하는 말에 놀라움을 금치 못했다. 그리고 잠시나마 기대했다. 루드빌에 이어 또 다른 검의 천재가 나온 건 아닐까 하고 말이다.
'하지만 어쩔 수 없지. 막상 본인이 그쪽으로 생각이 없다고 하는데.'
아쉬움은 잠시였다. 그 또한 처음부터 알고 있었으니까. 카밀라가 딱히 검술에 관심이 없다는 사실을 말이다.
그래서 그러려니 했다. 검술과를 그만두었다는 말에.
그런데 이후 카밀라의 행보는 그를 더욱 놀라게 했다.
"봉사 활동이라니."
전혀 예상치 못한 선택이었다.
카밀라와 친한 아이가 그곳 클럽에 들어가 있다더니, 혹 그 아이

때문에 들어간 게 아닐까 짐작했다.

"잠시 경험을 하고 나면 금세 질려 그만둘 거라 생각했는데."

카밀라와는 정말 어울리지 않는 클럽이었으니까.

하지만 카밀라는 꽤 오랜 시간이 지났음에도 제법 착실하게 클럽 활동을 하고 있었다. 최근엔 창고에 쌓여 있던 물건들까지 정리해서 보육원에 가져다줬다지 않은가.

"뭔가 필요한 게 있다 하면 뭐든 지원해 주게."

"네, 공작님."

집사 루브가 물러나자 소르펠 공작은 함께 식사 자리에 앉아 있는 이에게 시선을 줬다.

"수업은 받을 만하니?"

루드빌과 라비, 두 사람 다 오늘 밖에 일이 있어 식사 자리에 빠진 상태라 현재 라니아만이 소르펠 공작과 함께하고 있었다.

"네, 재미있어요."

소르펠 공작이 아카데미 생활을 물어봐 준 것이 기쁜 듯 라니아의 얼굴에 환한 미소가 걸렸다.

"…그래."

그 미소를 본 소르펠 공작은 미안한 마음이 들었다.

하지만 아직은 어려웠다. 갑작스럽게 나타난 라니아의 존재가 여전히 어색했다. 저 아이가 자신의 딸이 아니라는 의심은 더 이상 들지 않았다.

'하지만…….'

저 아이의 입에서 '아버지'라는 단어가 흘러나오는 순간 묘하게 거슬렸다. 기분이 착 가라앉으며 이상하게 소름이 끼쳤다.

'낯설어서 그렇겠지.'

아직은 저 아이가 낯설어서, 어색해서. 차차 나아질 거라고 생각하며 소르펠 공작은 속으로 짧은 한숨을 내쉬었다.

"음식들이 다 맛있어 보여요. 어서 드세요."

"그래."

스푼을 들어 음식을 입으로 가져가는 소르펠 공작의 모습을 바라보는 라니아의 입가에 다시 한번 밝은 미소가 걸렸다.

"여기로 오자고 누가 정한 거야?"

"저요!"

해맑다. 너무 해맑아서 화도 안 난다.

'에휴.'

보육원이 있는 곳에서 그렇게 멀지 않은 계곡에 도착한 카밀라는 한숨부터 흘러나왔다.

물도 깨끗하고 햇살도 잘 드는 곳이었다. 계곡도 깊은 곳도 있고 낮은 곳도 있어 아이들이 물놀이하기에도 딱이었다. 산속답지 않게 곳곳에 평지도 많아 아이들이 뛰어놀기에도 좋았지만, 문제는……

'왜 하필 물귀신이냐고.'

제법 깊은 계곡물 쪽에 빼꼼 얼굴을 내밀고 있는 물귀신들이 그녀의 눈에 너무 잘 보인다는 것이다. 그것도 셋이나.

'여기, 자살 명소냐?'

그게 아니고서야 물귀신이 왜 이렇게 많은 건데? 아니면 사람 죽기 좋은 위험한 장소라도 있는 건가? 애들 놀게 해도 되는 거야?
"에휴."
다른 귀신들에 비해 물귀신은 원한도 세고 장난기도 많다. 악령까지는 아니지만 사람에게 직접적으로 해를 끼치는 귀신에 속했다.
평소라면 그냥 모른 척했겠지. 분명 본 척도 하지 않았겠지만…….
"제노, 데린."
[네, 아가씨.]
[저것들이 거슬리는 거지?]
지금은 애들이 있으니까. 괜한 위험 요소를 그냥 놔둘 수는 없지 않겠는가.
"처리하죠."
카밀라의 말이 끝나기 무섭게 제노와 데린이 물귀신이 있는 쪽으로 빠르게 나아갔다.
귀신들도 나름대로 급이 있다. 물속에 처박혀 악귀처럼 사는 이들에게 있어 제노나 데린 같은 이들은 제법 무서운 존재였다. 살아 있을 때의 무위를 귀신들에겐 충분히 발휘할 수 있으니까.
[까아아! 이거 놔! 여긴 내 자리야! 내 공간이라고! 내가 여기서 뭘 하든 너희가 뭔 상관이야!]
두 명의 물귀신은 제노와 데린이 다가오는 순간 알아서 멀리 도망쳤다. 하지만 30대 초반의 여자 귀신 하나가 고래고래 소리를 지르며 반항했다.
그래도 역시나 제노와 데린의 힘을 그녀 혼자 감당하기에는 무리였다. 양팔을 붙잡힌 채 숲 쪽으로 번쩍 들려서 끌려갔다.

[너희 뭐야! 뭐냐고!]
"시끄러워요. 조용히 좀 하시죠."
카밀라도 다른 이들의 시선을 피해 그쪽으로 슬쩍 향했다.
[……! 너, 너! 내가 보여?]
"보이면 뭐요?"
[말도 안 돼! 살아 있는 사람이 우릴 어떻게 봐!]
"됐고."
카밀라는 그녀의 말을 바로 끊었다.
"계속 시끄럽게 굴면 사신 부릅니다."
[……!]
"내가 아는 사신이 한 놈 있거든요."
도와도 줬는데 이 정도는 써먹어도 되겠지.
역시 사신은 무서운 듯 그제야 물귀신이 조용해졌다.
"그쪽 공간을 뺏어서 미안한데, 애들한테 장난칠까 봐 걱정이 돼서."
[…애들만 안 건드리면 돼?]
"어른도 안 돼요."
[…….]
"얌전히 있겠다고 하면 풀어 주고."
쉽게 대답하지 못하는 물귀신을 향해 마지막으로 한 가지를 더 경고했다.
"저쪽에 시커먼 인간 보이죠?"
자신이 숲 쪽으로 향할 때부터 시선을 고정하고 있는 아르시안의 모습이 보였다. 이미 물귀신의 존재를 파악한 듯 눈빛이 아주 살벌하다.

"쟤도 나처럼 널 볼 수 있거든요. 그런데 저 녀석은 성격이 뭐 같아서 그쪽 걸리면 바로 소멸이야."

[……!]

"쟤한테 걸려 사라진 귀신이 셀 수도 없어요."

아르시안 쪽에 고개를 돌렸던 물귀신의 안색이 더욱 창백해졌다. 안 그래도 시퍼렇던 안색이 더 시퍼레지는 게 좀 신기하긴 했다.

[…알았어.]

카밀라는 제노와 데린에게 풀어 주라는 눈빛을 보냈다. 그제야 두 귀신이 물귀신의 팔을 놓아줬다.

"내가 계속 감시할 거예요."

[알았다고!]

입을 삐죽 내밀며 물귀신은 그대로 계곡 물속으로 스르륵 들어갔다.

"뭐야, 저거?"

그 모든 상황을 멀리서 지켜본 아르시안이 다가와 연신 미간을 찌푸렸다. 정확히 모르겠지만 물속에 있던 뭔가가 들려 나와 카밀라와 함께 있다가 다시 물속으로 들어가는 모습을 확인했다.

"물귀신."

"물귀신?"

"되도록 저쪽으로는 아이들이 못 가게 해야겠어."

다짐을 받긴 했지만 그래도 불안했다. 다른 물귀신에 비해 성깔도 있어 보이고 자신들을 딱히 무서워하는 것 같지도 않다.

[걱정 마십시오. 제가 잘 감시하겠습니다.]

[나도.]

데린과 제노의 말을 들으며 카밀라는 가볍게 고개를 끄덕였다. 저 둘이라면 저런 물귀신 하나쯤은 충분히 제어가 가능할 거라는 생각을 하며.

"꺄아!"

"엄청 차가워!"

"리오, 저쪽으로 가 봐!"

"누나! 여기 물고기!"

어느새 아이들 대부분이 물속에 들어와 놀고 있었다. 어린아이들은 낮은 곳에서, 수영에 자신 있는 큰 아이들은 깊은 곳에서.

라일라와 페트로를 비롯해 다른 클럽 사람들 역시 이미 물속에 들어가 아이들과 즐겁게 놀고 있었다.

"넌 안 들어가?"

"난 물 안 좋아해. 특히 저런 차가운 물은 딱 질색-"

촤아아악!

"……"

물벼락을 맞은 카밀라의 시선이 천천히 아래로 향했다.

"마녀 누나!"

"우리랑 놀아요!"

아이들이 자신에게 물싸움을 걸어온 것이다.

"미안하지만 난 이런 물놀이 별로 좋아하지 않-"

촤아악!

…싸우자는 거지?

카밀라는 그대로 신발을 벗고 무릎까지 오는 물속으로 들어섰다. 치마 끝자락이 그대로 물에 잠겼지만 신경 쓰지 않았다.
"다 죽었어."
"꺄아아!"
그 후는 아이들과의 전쟁이었다.
"신났네, 신났어."
물놀이 싫어한다더니.
온몸을 던져 아이들과 진심으로 싸우고 있는 카밀라를 보며 아르시안은 피식 웃음을 터트렸다.

"…물에 빠진 생쥐가 따로 없네."
한 시간이 채 되지 않은 짧은 시간이었지만 카밀라의 온몸이 젖기에는 충분한 시간이었다. 아이들에게 물세례 폭격을 받은 카밀라는 머리부터 발끝까지 홀딱 젖은 채 밖으로 나왔다.
"다시 말하지만 난 차가운 물이 싫어."
입술이 시퍼렇게 질린 채 오들오들 몸을 떨고 있는 그녀의 모습에 아르시안은 작게 혀를 찼다.
"잠시만요."
그 모습을 본 페트로가 급히 마른 수건을 찾으러 움직였다. 하지만 그보다 아르시안의 손길이 더 빨랐다.
후우욱-
그가 가볍게 손을 휘젓자 그 손끝에서 흘러나온 빛이 순식간에 그녀를 감쌌다. 카밀라의 몸을 적셨던 물기가 사라졌다.
"오……."
카밀라는 진심으로 감탄하며 눈을 반짝였다. 참 여러모로 쓸모가 많은 녀석이라는 걸 새삼 느끼면서 말이다.

"꼬맹이들이랑 아주 죽자고 싸우더라."

"물놀이에 애 어른이 어디 있어."

말 그대로 전쟁이었다. 그리고 결과는…….

"젠장."

자신의 완패였다.

쪼그만 것들이 단체로 덤비는데 당할 재간이 없었다. 결국 항복 선언을 외치며 장렬하게 퇴장해야만 했다.

"하……."

진심으로 분개하는 카밀라를 어이가 없다는 듯이 바라보던 아르시안과 페트로가 결국 동시에 웃음을 터트렸다.

"머리 엉망이다."

아르시안이 헝클어진 그녀의 머리를 조심스럽게 매만졌다.

"그러게."

카밀라도 피식 웃었다.

"저희가 이겼어요!"

"언니가 항복했어!"

"다음에는 저랑 같은 편 해요, 누나!"

"나도!"

아이들이 자신을 보며 환하게 웃고 있었다.

기분이 묘했다. 이렇게 놀아 본 적이 있었던가?

'아니.'

없었다. 단 한 번도. 어릴 때도 그렇고 커서도 그렇고, 이렇게 아무 생각 없이 놀아 본 적이 없다.

나를 보며 저렇게 해맑게 웃어 준 사람은 있었던가? 그 또한 없었다.

'나쁘지 않네.'

자신을 향해 손을 흔들며 또 놀자고 외치는 아이들을 보며 카밀라는 알 수 없는 기분에 휩싸였다.

"…어?"

[카밀라!]

그런데 그때 누군가 그녀를 향해 빠르게 다가섰다.

'페롤?'

요리사 유령 페롤이었다. 공작가에 있을 거라며 따라오지 않았던 그가 갑자기 여긴 왜 온 건지 알 수가 없었다.

[페롤, 자네가 여긴 어쩐 일인가?]

페롤을 발견한 제노와 데린 역시 급히 다가왔다.

[공작가에 일이 생겼어!]

[일? 무슨 일?]

안색이 굳어 있는 페롤의 모습을 보며 데린 또한 표정이 굳어졌다. 뭔가 안 좋은 일이 생겼음을 직감한 것이다.

[공작님께서 쓰러지셨어!]

※

"독입니다."

"그럴 리가!"

집사 루브는 치료사의 말에 세차게 고개를 저었다. 소르펠 가문에서 가장 경계하는 영역이 바로 독이었다. 과거 헤르셀 가주의 일로 신수의 맥이 끊기다시피 했기에 더더욱 그러했다.

모든 식기에는 독을 감지하는 마법이 걸려 있었고, 가주들은 어릴 때부터 미량의 독을 섭취하며 독에 대한 내성을 키워 왔다. 그러니 어찌 믿을 수 있겠는가! 소르펠 가주가 독에 중독되었다는 사실을!

라니아와 식사를 마치고 차를 마시던 그가 갑자기 쓰러졌다. 그래도 내성이 있어 바로 피를 토하거나 목숨을 잃지는 않았지만, 정신을 잃은 지 벌써 한 시간이 넘었다.

"독의 종류는?"

"그게……."

"모르는 건가?"

"죄송합니다."

"독에 특징이 없어요."

"독에 중독되신 건 분명한데… 어떤 독인지 전혀 알 수가 없습니다. 저희가 처음 접하는 독입니다."

가문의 치료사부터 수도 안에 기거하는 독 전문가들을 모두 불러 모았지만 다들 고개를 내저을 뿐이었다.

"아버지!"

급히 연락을 받고 달려온 라비와 루드빌은 그런 치료사들의 말에 표정이 굳어졌다. 정녕 방법이 없단 말인가.

"저기……."

그렇게 사람들이 절망감에 점점 잠겨 들 때 조용히 말을 내뱉는 이가 있었으니, 바로 라니아였다. 치료사들이 소르펠 공작을 살피는 내내 두 손을 꼭 모은 채 울고 있던 라니아가 간절하게 외쳤다.

"제가 해 보면 안 될까요?"

"뭐?"

"아시잖아요. 제가 치료 마법에 능한 거."

"하지만……."

"제가 알고 있는 해독 마법을-"

타앙!

그 순간 문이 세차게 열리며 한 사람이 안으로 들어섰다.

"…카밀라."

거친 숨을 연신 내뱉고 있는 이는 카밀라였다. 그녀의 옆에는 아르시안의 모습도 볼 수 있었다. 계곡에서 여기까지 이동 마법을 시전해 준 이가 바로 그였다.

"독이라고요?"

그녀의 물음에 다들 무겁게 고개를 끄덕였다.

저벅.

카밀라는 빠르게 소르펠 공작에게 다가섰다. 그러곤 손에 들고 있던 상자를 열었다.

"그게 뭐야?"

"해독제."

"뭐?"

라비의 물음에 카밀라는 간단히 대답했다. 하지만 그녀의 말을 들은 치료사들의 얼굴이 급격하게 변했다.

"잠시만요, 카밀라 아가씨! 무슨 독인지도 모르는 상황에서 아무 약이나 쓰시면-"

"함부로 쓰시면 안 됩니다!"

"독이 더 번질 수도 있어요!"

안다. 지금 자신이 얼마나 무모한 짓을 하려고 하는 건지 그 누구보다도 잘 알았다.

"무슨 독인지 파악하는 데 얼마나 더 걸려? 해독제 제조까지는? 아버지가 그때까지 버티실 수 있어?"

"그, 그게… 저희가 최선을……!"

"말로는 뭘 못해. 그따위 말은 나도 할 수 있어."

하지만-

"날 말리려거든 이 상황을 타개할 방안도 같이 내놔."

이것 외에는 방법이 보이질 않았다.

"어찌해야 하냐면서 계속 발만 동동 구르고 있을 거면 입 다물어."

너희들은 치료를 입으로 하냐는 싸늘한 일갈에 치료사들이 침울한 표정으로 푹 고개를 숙였다.

조금 전 카밀라는 공작가에 도착하자마자 자신의 방으로 뛰었다. 그곳에 놓아둔 물건 하나를 가져오기 위해서였다.

이전에 신수를 잃어버렸던 전대 가주인 헤르셀이 자신에게 남겨 준 선물이 있었다.

그의 무덤가에서 발견된 씨앗처럼 생긴 열매.

'분명 모든 독을 다 해독해 준다고 했어.'

소르펠 공작이 독에 중독되어 쓰러졌다는 말을 페롤을 통해 듣는 순간 이 씨앗 열매가 떠올랐다.

스윽.

"아가씨!"

"잠시만-"

카밀라가 알 수 없는 약을 소르펠 공작의 입가로 가져가는 모습에 치료사들은 다시 한번 다급히 외쳤다.

"조용."

그런 그들의 앞을 루드빌이 막아섰다. 그의 나직한 한마디에 치료사들 모두 입을 굳게 다물어야만 했다. 루드빌은 아무런 말 없이 카밀라의 어깨에 손을 올렸다.

그의 허락에 카밀라는 더 망설이지 않고 헤르셀이 남긴 열매를 소르펠 공작의 입에 집어넣었다.

'그냥 삼키면 된다고 했는데.'

의식이 없는 상태에서 저걸 삼킬 수 있을지 걱정이 됐다. 하지만 그녀의 염려와 달리 딱딱한 질감을 갖고 있던 씨앗 열매는 공작의 입에 들어가자마자 순식간에 녹아 안으로 스르륵 사라졌다.

그리고 놀라운 일이 일어났다. 소르펠 공작의 몸에서 희미한 빛이 흘러나오기 시작한 것이다. 잠시 후 그의 몸을 감싸던 빛은 이내 거짓말처럼 사라졌다.

"고, 공작님께서……!"

그리고 다음 순간 다들 알 수 있었다. 소르펠 공작의 안색이 조금 전과 확연히 달라졌다는 것을.

치료사들은 앞다투어 소르펠 공작의 몸을 살폈다. 이윽고 그들의 입이 멍하니 벌어졌다.

"맙소사!"

"해독된 듯합니다!"

"카밀라 아가씨의 해독제가 효과를 보였어요!"

맥박과 호흡이 모두 정상으로 돌아와 있었다. 얼음장처럼 차가웠던 체온도 더 이상 느껴지지 않았다.

"하아."

카밀라는 그제야 참고 있던 긴 숨을 토해 냈다.

"카밀라!"

"⋯괜찮아."

순간적으로 다리가 후들거려 비틀거리는 그녀를 아르시안이 급히 부축했다.

"좀 긴장해서⋯⋯."

겉으로는 내색하지 않았지만 사실 마음이 조마조마했다.

검증이 되지 않은 약이니까. 오로지 헤르셀의 말만 믿고 사용을 하는 것이었기에 혹여 잘못되면 어쩌나 속이 바짝바짝 타들어 갔다.

약을 함부로 쓰면 안 된다는 치료사들의 말에 불안감이 극에 달했지만, 그렇다고 다른 방법이 있는 것도 아니지 않은가.

"다행이다⋯⋯."

자신이 보기에도 조금 전과 안색이 확연하게 달라진 소르펠 공작을 보며 카밀라는 다시 한번 긴 한숨을 토해 냈다. 그러다 침실 한쪽에 세워져 있는 거울이 눈에 들어왔다.

"⋯하."

그곳에 비친 자신의 모습을 본 카밀라의 입에서 헛웃음이 터져 나왔다.

'완전 미친X 꼴이네.'

머리는 엉망으로 헝클어져 있었고, 옷 또한 물놀이를 하며 여기저기 걸어붙인 상태 그대로였다. 아무리 좋게 봐주려고 해도 도저히 공작 영애로는 생각할 수 없는 모습이다.

하지만 당시에는 제 차림새가 어떤지 생각할 겨를이 없었다. 공작이 쓰러졌다는 말을 페롤에게서 듣는 순간 아무 생각도 들지 않았다. 그가 독에 중독되었다는 말에 최대한 빨리 자신이 가진 약을 그에게 먹여야 한다는 생각뿐이었다.

공작가에 도착해 방으로 향하며 몇 번이나 넘어질 뻔했는지 모른다. 그때마다 아르시안이 붙잡아 줘서 다행이지, 그가 아니었으면 무릎이 남아나지 않았을 것이다.

그 모든 행동을 떠올리며 카밀라는 실소를 터트렸다.

'내가 왜 그랬지?'

너무도 나답지 않은 행동이었다. 왜 그랬을까? 왜…….

"으…….''

"아버지!"

소르펠 공작이 작은 신음과 함께 천천히 눈을 떴다. 루드빌과 라비가 순식간에 그에게 다가섰고 카밀라 역시 그의 안색을 다시 살폈다.

그러다 그와 눈이 마주쳤다.

굳어 있던 표정을 애써 푸는데, 소르펠 공작의 입에서 마른 목소리가 나직하게 들려왔다.

"다녀…왔니."

그 한마디에 카밀라의 눈가가 순식간에 붉어졌다.

언젠가부터 자신이 돌아올 때마다 마중 나와 있던 그의 모습이 떠올랐다.

"네… 네, 아버지…….."

아버지. 오늘따라 이 단어가 왜 이리 벅차게 느껴지는지 모르겠다.

자신을 바라보며 희미한 미소를 짓는 그를, 아버지를 보며 카밀라는 결국 눈물을 쏟고 말았다.

범인을 잡다

"또 실패하셨군요."

"그게……!"

"변명은 사양이라고 했습니다만."

"…죄송합니다."

라니아는 억울하다는 듯 입술을 질끈 깨물었다.

"이번에 저희가 제공한 독은 아주 특별한 거였습니다. 오랫동안 심혈을 기울여 만든 작품이지요."

독 탐지 마법에도 걸리지 않고 해독제도 딱히 없는 독이었다. 오로지 라니아의 해독 마법에만 반응하도록 모든 상황을 만들어 줬거늘.

"실패라니."

다니엘 신관의 입에서 연신 혀 차는 소리가 흘러나왔다.

"저도 해독제가 있을 줄 몰랐어요."

소르펠 공작이 독에 중독되어 쓰러진 뒤 바로 마법을 사용하지 않았다. 좀 더 상황을 극한으로 몰고 가고 싶었으니까. 이미 다니엘 신관에게 들어 독이 바로 목숨을 잃게 하지는 않는다는 사실을 잘 알았기에 최대한 시간을 끌었다.

치료사들이 몰려오고 아무도 그 독을 해독하지 못하는 절망적인 순간 자신이 해독 마법으로 소르펠 공작을 구하려고 했다. 그래야 더 주목받고 사람들에게 쉽게 인정을 받을 수 있다고 생각했으니까.

그런데 그 여자가 나타났다.

카밀라, 그녀가 들고 온 해독제는 바로 효과를 보였고 소르펠 공작은 멀쩡히 깨어났다. 공작이 카밀라에게 보였던 그 애틋한 눈빛을 떠올린 라니아는 다시 입술을 질끈 깨물었다.

자신이 받아야 할 그 눈빛을 또다시 뺏겨 버렸다. 왜 매번 일이 이렇게 꼬이는 것인지!

"그 여자를 처리해야겠어요."

"카밀라 소르펠 말입니까."

"네!"

"흐음."

"저희 일에 방해가 돼요."

"위에 말씀드리겠습니다."

"감사합니다!"

다니엘 신관도 그녀와 같은 생각인 듯 바로 고개를 끄덕였다.

"그래서, 그 해독제는 어디서 구했다고 하던가요."

궁금했다. 교단에서 오랫동안 준비한 독이다. 해독제는 고사하고 그 성분조차 제대로 알려지지 않았다. 그런데 어떻게 그녀가 해독제를 들고 있을 수 있었던 것인지 이해가 가지 않았다.

"그게……."

라니아의 입에서 허탈한 웃음이 흘러나왔다.

※

"…헤르셀 님이라고?"

"네."

소르펠 공작은 빠르게 쾌차했다. 하루도 되지 않아 평소와 다름없는 컨디션을 보여 다들 혀를 내두르게 만들었다.

더불어 카밀라가 가지고 온 해독제에 많은 이들이 관심을 보였다. 치료사들조차 포기를 선언한 소르펠 공작의 중독 증상을 단번에 해독시킨 약을 어디서, 어떻게 구했는지 다들 궁금해했다.

"정말로 꿈에서 봤어요."

그런 사람들에게 카밀라는 늘 하던 대로 같은 핑계를 댔다.

"머리털이 하나도 없는 분이 나타나더니 자기 이름이 헤르셀이라고 하더라고요."

거짓과 진실을 아주 절묘하게 섞으며 말을 이었다.

"끊겨 버린 신수의 맥을 다시 이어 줘서 고맙다며 자기 무덤가로 찾아오라고 했어요."

"그래서?"

"무덤 뒤쪽을 파 보라고……."

"그래서 팠어?"

"응."

"진짜로 팠다고?"

"어."

라비가 어이없어하며 되물었다.

그 역시 신수까지 찾아온 그녀의 예지 능력을 어느 정도 인정은 하고 있었다. 하지만 꿈에서 봤다고 정말로 무덤까지 찾아가 그곳을 팠다는 그녀의 말에는 황당함을 금할 수 없었다.

"거기서 그 해독약을 찾은 거고?"

"네, 선대 가주이신 헤르셀 님이 독으로 돌아가셨다면서요? 그 독으로 인해 생겨난 해독제라고 했어요."

"……"

"저도 긴가민가했는데… 그렇다고 그냥 무시하기에는 너무 찜찜해서 한번 찾아가 봤죠. 그랬더니 정말 무덤 뒤쪽에 씨앗 같은 게 있더라고요."

다들 믿기 힘든 그녀의 말에 입을 멍하니 벌렸다.

"어지간한 독은 다 해독해 준다고 해서 따로 챙겨 놓긴 했었는데……. 이렇게 쓰이게 될 줄은 몰랐어요."

그렇다고 믿지 않을 수도 없었다. 그녀의 말대로 아무도 손을 쓰지 못한 독을 단번에 해독시킨 약을 카밀라가 들고 있었으니까.

"그래서 범인은요?"

그녀는 슬쩍 화제를 돌렸다.

"아직 찾지 못했습니다."

카밀라의 물음에 집사 루브의 표정이 어두워졌다.

그날 음식과 접촉한 모든 이들을 다 수색했지만 나오는 것이 아무것도 없었다.

"주방 사람들, 지금 어디 있어요?"

덜컹!

철문을 열고 들어서자 흐릿한 불빛이 새어 나오는 공간이 나왔다. 긴 복도를 따라 걷자 철창문으로 가로막혀 있는 방 몇 개가 군데군데 자리하고 있는 걸 볼 수 있었다. 일정 간격을 두고 병사들이 경계 근무를 서고 있는 이곳은 소르펠가의 지하에 마련된 감옥이었다.

"저쪽이다."

루드빌을 따라 걸음을 좀 더 옮기자 안쪽에 제법 큰 공간이 나왔다. 그곳에 주방 고용인들이 모두 모여 있었다.

카밀라가 부탁했다. 그들을 한자리에 모이게 한 뒤 자신이 만날 수 있게 해 달라고.

"아가씨!"

자신을 제일 먼저 알아본 이는 주방장 젤라드였다. 며칠 사이 마음고생이 심했던 듯 그의 볼이 홀쭉해져 있었다.

"전, 전 정말 아닙니다! 다른 이들도 마찬가지입니다!"

눈시울이 붉어진 그가 간곡하게 외쳤다.

"어떻게 감히 음식에 그런 짓을 한다는 말입니까! 어찌 사람이 먹는 음식에……!"

[맞아. 저 녀석은 아니야.]

페롤 역시 그의 편을 들었다. 그래도 제자라고 감옥에 갇혀 있는 꼴을 보니 마음이 좋지 않은 듯했다.

[음식에 장난을 칠 놈이 절대 못 돼.]

현재 감옥에 갇혀 있는 이는 총 9명이었다. 주방 소속 고용인들과 음식을 날랐던 시녀들까지. 그날 소르펠 공작이 먹은 음식과 접촉한 이들은 여기에 모인 이들이 전부였다.

즉, 범인은 이 중에 있다는 뜻이다.

"알아. 젤라드가 범인이 아닌 거."

"아가씨……."

감옥에 갇혀 있는 이 상황이 정말 큰 충격이었던 듯 자신을 믿어 주는 카밀라의 그 한마디에 젤라드의 눈가가 촉촉해졌다.

"내가 가진 능력 알지?"

"무슨… 아!"

의아해하던 그의 표정이 순식간에 밝아졌다. 카밀라의 능력이라면 이미 너무도 유명하니까!

'응, 이걸로 젤라드는 제외.'

전에 사기꾼을 찾아낸 적이 있다. 소르펠 공작을 찾아온 한 귀족이 동업자라며 데리고 온 놈이었는데, 카밀라는 그가 사기꾼이라는 걸 단번에 알아봤다.

'귀신이 붙어 있었거든.'

그놈에게 사기를 당하고 자살을 해 붙어 있던 남자 귀신.

그 귀신을 통해 사기꾼임을 밝혀낸 거였지만, 그 사실을 전혀 모르는 이들은 예지 능력을 가진 카밀라가 또 다른 능력을 발현한 것으로 알고 있었다.

'사람의 본질을 알아보는 눈을 가졌다나 뭐라나.'

어쨌든 그런 자신의 능력을 깨닫는 순간 두려워하기보다 안도하는 젤라드를 보며 카밀라는 그를 범인 후보에서 제외했다.

"하지만 오늘은 이 아이가 범인을 찾을 거야."

"네?"

카밀라는 자신의 주머니에 얌전히 들어가 있는 킹을 꺼내 바닥에 내려놓았다.

[크릉…….]

신수의 등장에 그 자리에 있던 모든 이들의 눈이 커졌다. 비록 몸집은 어른 손바닥만 한 게 새끼 고양이와 다를 바 없었지만 낮게 으르렁거리는 킹의 모습에 다들 움찔했다.

"아니, 왜……."

사람의 본질을 꿰뚫는 눈으로 범인을 찾으면 될 터인데 왜 신수를 내세우는 것인지 도무지 이해가 가지 않는다는 얼굴들이었다.

"범인이 내가 가진 능력을 인정하지 않고 자기가 범인이 아니라 잡아떼면 그만이잖아."

그래도 신수인 것을. 저리 작아도 신수의 능력까지 의심할 수는 없을 테니까.

그렇게 카밀라는 밑밥을 깔고 킹을 사람들에게 더욱 가까이 내세웠다.

"다들 알다시피 아버지가 드신 음식에서 독이 나왔어."

젤라드의 표정이 다시금 어두워졌다.

"지금 중요한 건 킹이 그 독이 어떤 독인지 알아냈다는 거야. 더불어 그 독의 냄새도 파악해 냈다는 거지."

카밀라는 주방 식구를 쭉 훑었다.

"그 독을 만진 사람이라면 킹이 바로 찾아낼 거야."

"예?"

카밀라의 말에 유독 크게 반응을 보인 이가 있었다. 부주방장인 바론이었다.

올해 30세인 그는 19세부터 젤라드 밑에서 하나하나 일을 배워 온 이였다. 젤라드가 가장 아끼는 제자라 할 수 있었다.

"치, 치료사들도 알아내지 못한 독약이라고 들었습니다만……."

사람들의 시선이 자신에게 쏠리자 바론은 어색한 표정으로 급히 말을 이었다.

"맞아. 독이 아무 특성이 없다네. 향도 없고 맛도 없고. 뭐, 대부분의 독이 다 그렇다지만 이 독은 유독 더 그렇다고 하더라."

"그런데 어찌……."

"신수잖아."

"그……!"

"신수니까."

너희가 신수를 알아? 신수가 그렇다는데 너희가 어쩔 건데.

"인간은 못 맡는 향도 신수는 잘 맡나 보지."

[크르르.]

킹이 다시 한번 낮게 울며 천천히 걸음을 옮겼다. 그런 신수의 모습에 신기해하는 이들도 있고 살짝 긴장하는 이들도 있었다.

쿵.

킹은 한 사람, 한 사람 다가가 냄새를 맡았다. 제일 처음 젤라드에게 다가간 킹은 가볍게 냄새를 한번 맡은 후 그대로 그를 지나쳐 갔다.

카밀라는 그런 킹과 사람들의 표정을 하나하나 자세히 살폈다. 미세한 표정 변화도 놓치지 않았다. 그런 그녀의 시선이 어느 순간부터 한 사람에게 고정이 됐다.

킹이 점점 가까이 다가올수록 눈에 띄게 몸을 떨어 대는 이가 있었다.

"으······."

부주방장 바론이었다.

킹이 슬쩍 자신을 돌아봤다. 카밀라의 시선이 바론에게 고정되어 있는 걸 본 킹은 그에게 순식간에 달려갔다.

[크아앙!]

"으아아악!"

그대로 비명을 지르며 자리에 주저앉는 바론의 모습에 주변 이들이 모두 입을 멍하니 벌렸다.

"오라버니, 저자를 심문해 보셔야 할 듯하네요."

"그래."

카밀라의 말에 루드빌이 바론에게 성큼 다가섰다. 그 모습에 더욱 안색이 새파랗게 질린 그가 뭔가를 결심한 듯 입을 꽉 다물었다.

"크으, 커···억!"

잠시 후 그가 고통을 호소하며 목을 부여잡았다. 입 안 깊숙이 숨겨 둔 독을 터트린 것이다.

"꺄아악!"

"으악!"

이내 울컥 피를 토하는 그의 모습에 여기저기서 비명이 터져 나왔다.

"크아아아악!"

바론의 입에서 처절한 비명이 터져 나왔다.

투욱.

"보지 마라."

멍하니 그 모습을 바라보고 서 있던 카밀라의 시야가 가려졌다. 루드빌이 그녀를 감싸 안은 것이다.

"아아아아악!"

비명이 잦아질 때까지 카밀라는 루드빌의 품에서 조금의 움직임도 보이지 못했다.

"그냥 평범합니다."

집사 루브… 아니, 블랙 섀도우의 수장인 루브는 조사 보고서를 건네며 말을 이었다.

"소르펠가에 들어오기 전까지 신전에서 일했더군요. 보육원 출신으로 가족도 없습니다."

"흐음."

바론에 대한 얘기다. 이번 독살 미수 사건의 범인이 바론이라는 사실을 알게 된 루브는 바로 모든 정보원을 동원해 그의 뒤를 캤다.

하지만 특별한 건 아무것도 없었다. 그저 요리에 재능을 보여 젤라드의 제자가 된 평범한 인물이었다.

"이상하군."

"그러게 말입니다."

그런 자가 왜 소르펠 공작을 노린 걸까?

혹여 빚이 있어 누군가에게 사주받은 건 아닐까 싶었지만, 그런 쪽으로도 깨끗했다.

"이번에도 카밀라가 잡아낸 거라고?"
"네, 신수와 함께 범인을 색출해 내셨지요."
"그 아이의 특이한 능력이 이번에도 발휘가 된 건가."
"그게……."
집사 루브의 입가에 희미한 미소가 걸렸다.
"연기였다고 합니다."
"연기?"
"범인을 이미 다 알고 있는 것처럼, 신수가 범인을 찾아낼 것처럼 연기를 하신 거랍니다."
처음부터 카밀라도 신수도 가지고 있는 정보가 아무것도 없었다. 그저 범인이 스스로 제 발 저려 티를 내게 완벽한 연기를 펼쳤을 뿐이다. 거기에 바론이 걸려든 것이고.
"하……."
소르펠 공작은 짧은 웃음을 터트렸다. 대체 누굴 닮아 배짱이 그리 두둑한 건지.
"카밀라는?"
"아르시안 님이 오셔서 함께 나가셨습니다."
"아르시안?"
소르펠 공작의 미간이 꿈틀했다.
문득 깨달은 것이다. 최근 아르시안, 그가 카밀라 곁에 있는 모습을 자주 보았다는 걸.
"같은 클럽이라고 하더군요."
"클럽? 허… 그 녀석도 클럽 활동 같은 걸 하, 잠깐! 같은 클럽이라고?"

카밀라가 들어간 클럽이 봉사…….

"그 녀석이 봉사 클럽?"

카밀라가 봉사 클럽에 가입했다는 말을 처음 들었을 때보다 더했다.

오래전부터 아르시안을 봐 온 그는 누구보다 녀석의 성격을 잘 안다. 그 거친 녀석이 봉사 클럽에 들어가다니……. 소르펠 공작의 입에서 실소가 흘러나왔다.

"페트로 님도 같은 클럽이라 들었습니다."

그러다 이어지는 루브의 말에 그는 다시 할 말을 잃었다.

"뭐지?"

그 클럽에 뭐라도 있는 건가?

※

"확실히 치료 마법 쪽으로 강하네."

"정말요?"

"이건 나한테 더 배울 것도 없겠어."

"와아!"

라니아가 손뼉을 치며 기쁨을 그대로 드러냈다.

"아버지께 말씀드려서 개인 선생을 구해 달라고 해. 나보다 훨씬 잘 가르쳐 줄 테니."

"그건…….”

"왜?"

"전 라비 님이 가르쳐 주는 게 더 좋은데요."

"치료 마법은 내가 더 가르칠 게 없다니까."
"다른 걸 가르쳐 주시면 되죠."
라비는 라니아를 가만히 바라봤다. 저번에 귀한 마법 서적을 받고 그냥 모른 척하기가 그래서 마법 수업을 며칠 해 줬더니 매일같이 자신을 찾아오는 라니아였다.
"이거요."
바로 거절의 말을 내뱉지 않는 라비의 모습에 라니아의 미소가 더욱 짙어졌다. 역시 이 집에서 가장 공략이 쉬운 인간이 그라는 걸 다시 한번 깨달으며 그녀는 한쪽에 놔둔 무언가를 들고 와 라비에게 건넸다.
"이거……."
"선물이에요!"
"선물?"
마법 서적이었다. 그것도 대륙에 몇 권 남지 않은 아주 귀한 마법 서적.
"이걸 어디서……!"
"저번에 말씀드렸잖아요. 평소 알고 지내던 분이 저에게 남겨주신 거예요."
"대체 그분이 누구기에?"
다른 사람은 한 권도 갖고 있기 힘든 이런 책들을 어떻게 이리 많이 소유하고 있단 말인가. 게다가 이런 귀한 걸 아무렇지 않게 다른 이에게 그냥 준다는 게 말이 돼?
"절 딸처럼 여겨 주셨던 분이에요. 멀리 떠나시면서 제게 주신 책들이죠."

라비는 자신의 손에 들린 책과 그녀를 연신 번갈아 봤다.
스윽.
"어?"
라니아의 눈이 순간 동그래졌다. 라비가 자신이 준 책을 도로 내밀었기 때문이다.
"왜…….”
"부담스러워서."
"네?"
"그런 귀한 책을 내가 함부로 받기 좀 그렇지."
"아니에요! 제가 드리고 싶어서 그래요!"
라니아는 급히 고개를 저었다.
"부담 가지실 필요 없어요."
"왜?"
"네?"
"이걸 왜 나한테 주고 싶은데."
라니아의 입가에 언제나처럼 예쁜 미소가 걸렸다.
"라비 님과 친해지고 싶으니까요."
두 손을 꼭 모은 라니아의 눈가가 순식간에 촉촉해졌다. 당장에라도 눈물이 한 방울 또르르 흘러내릴 것 같은 그녀의 모습은 상대방의 마음을 움직이기에 충분해 보였다.
"제가 여기에 와서 가장 많이 의지하고 있는 건 라비 님이거든요."
그녀의 고개가 처량하게 아래로 살며시 내려갔다.
"아버지도, 루드빌 오라버니도 너무 어렵고 무서워서……. 하지만 라비 님은 다르셨어요. 저에게 손을 내밀어 주셨잖아요."

"그건……."

"저와 가족이 되어 주세요."

라니아는 양손을 기도하듯 꼭 맞잡으며 간절한 눈빛을 라비에게 보냈다.

"오라버니라고 불러도 될까요?"

눈가에 눈물이 그렁하고 맞잡은 두 손은 미세하게 떨리고 있었다. 버림받지 않으려고 애쓰는 강아지가 따로 없었다.

"역시 못 받겠다."

"…네?"

"이 책 도로 가져가."

"……!"

라비는 더 할 말이 없다는 듯 바로 자리에서 일어섰다.

"라비 님!"

그런 그를 라니아가 급히 붙잡았다.

"아니, 왜……."

라니아는 믿을 수가 없었다. 이리 단번에 거절을 해? 저 귀한 서적을 눈앞에 두고도 그냥 돌아선다고?

당황하는 라니아를 보며 라비는 담담히 말을 이었다.

"그 녀석에게 가족은 나 하나니까."

'뭘 당연한 걸 물어.'

'넌 내 오빠잖아.'

'넌 내 가족이니까.'

'나 또다시 고아 되는 거 싫어…….'

'너 죽으면 나 진짜 고아 되는 거 알지?'

'그러니까 죽지 마.'

식당 앞에서, 사냥 대회에서 녀석이 자신에게 외쳤던 건 단 하나였다.

자신의 유일한 가족은 나뿐이라고.

"그러니 나 역시 그래 줘야겠지."

나 또한 유일한 가족은 너뿐이라고.

"그럼 쉬어라."

라비는 그대로 돌아 방을 나섰다.

"…말도 안 돼."

그렇게 단호히 떠나는 그의 모습에 라니아는 더 이상 그를 붙잡지 못했다.

라니아의 얼굴이 새파랗게 질려 갔다. 입술 끝이 파르르 떨리는 것이 누가 봐도 겁에 질려 있음을 알 수 있었다.

"어쩌지……."

실패에 대한 문책을 피할 수 없을 것이란 생각에 라니아는 질끈 입술을 깨물었다.

"또 나가냐?"

"어?"

외출 준비를 하던 카밀라는 자신의 앞에 서 있는 라비를 보곤 눈을 동그랗게 떴다.

"웬일이야?"

"뭐가?"

"이 시간에 밖에를 다 나오고."

"네가 내 몸에 생길 곰팡이를 하도 걱정해 주길래."

툭툭.

"…뭐 하냐."

"칭찬해."

"까분다."

그는 자신의 머리를 쓰다듬는 카밀라의 손을 빠르게 쳐 냈다. 연신 미간을 찌푸리던 라비는 까르르 웃는 그녀에게 뭔가를 툭 던졌다.

"이거나 받아."

"오!"

라비가 건넨 건 로브였다. 얼마 전에 자신이 냉기를 넣어 달라 부탁한 로브!

"이 계절에 로브는 왜?"

"다 쓸데가 있어서."

"너 요즘 뭔 짓을 하고 다니는 거야?"

"좋은 짓."

"야."

"이건 잘 쓸게."

그 말을 끝으로 자신을 지나쳐 가려는 그녀를 라비가 다시 붙잡았다.

"너 또 위험한 일 하고 다니는 거 아니지?"

"안전하다고는 할 수 없지."

"뭐?"

"세상에 완벽하게 안전한 일이 어디 있어."

"야!"

그녀의 입가에 희미한 미소가 번진다.

"걱정 마."

카밀라는 주먹으로 라비의 가슴을 가볍게 툭 쳤다.

"나도 우리 오빠 고아로 안 만들어."

"……."

"다녀올게."

그렇게 자신을 지나쳐 가는 카밀라를 그는 더 이상 붙잡지 못했다. 입에선 연신 짧은 한숨이 흘러나왔지만, 표정은 그 어느 때보다 편안했다.

"저게 요즘 사람 기분 이상하게 하네."

그런 그의 입가에 어느새 희미한 미소가 걸려 있었다.

"경매요?"

"응."

고스트 상회를 담당하고 있는 크리스는 카밀라가 건네는 서류를 잠시 훑었다. 그도 이미 알고 있는 경매였다.

"아시겠지만 이 물건을 노리는 분들이 많습니다."

그녀가 이번에 찜한 상품은 바로 광산이었다. 그것도 수많은 귀족이 현재 탐을 내는 광산으로, 엄청난 양의 철이 매장되어 있다고 한다.

철은 언제나 수요가 많았다. 일반 귀족뿐만 아니라 3대 공작가까지 이 광산을 매입하기 위해 경매에 참여할 거라는 소문이 자자했다.

"갑자기 광산을 왜……."

크리스는 쉽게 이해가 되지 않았다. 무기상을 가지고 있는 것도 아니고 뜬금없이 철광산을 구입하려는 의도를 알 수가 없었다.

"거기에 철만 매립되어 있는 게 아니거든."

"네?"

"보석 중의 보석이 묻혀 있지."

누가 뭐라 해도 보석의 왕은 다이아몬드 아니겠어?

저 철광산, 그 깊은 안쪽에 다이아몬드가 잔뜩 매장되어 있다. 그것도 순도가 아주 좋은 최상급 다이아몬드가!

그걸로 끝이냐고? 아니! 더욱 안쪽으로 파고들면 희귀하다고 알려진 블루 다이아몬드까지 나와 사람들을 아주 경악으로 몰고 갔었다.

"그러니 우리가 꼭 가져와야 해."

지금 생각해 보면 제이빌런 공작은 참 운이 좋은 것 같다. 이 광산 역시 과거엔 늘 그의 소유가 되었으니까. 철을 캐다 다이아몬드를 발견한 그는 어김없이 소르펠 공작을 찾아와 자신의 행운을 마음껏 자랑했었다.

"하지만 카밀라 님, 낙찰받기 쉽지 않을 겁니다."

크리스는 살며시 고개를 저었다.

"다른 분들은 이미 오래전부터 준비한 상황이잖습니까. 저희가 지금 끼어들어 봐야 낙찰받을 확률은 매우 낮습니다."

"그렇겠지."

카밀라도 순순히 그의 말에 동의하며 고개를 끄덕였다.

"그런데 말이야."

잠시 말을 끌며 그녀는 장난스러운 미소를 입가에 머금었다.

"내가 낙찰가를 알고 있다면?"

"…소르펠 가문의 낙찰가를 안다고 하여도 큰 도움은 되지 않을 듯합니다."

크리스는 카밀라가 소르펠 가문이 제시할 낙찰가를 알아냈다고 짐작했다. 같은 집에서 사니 어쩌면 쉽게 정보를 얻어 냈을지도 모를 일이다.

"아니."

하지만 카밀라는 바로 고개를 저었다.

"광산이 낙찰되는 최종 금액을 알고 있다면?"

"…네?"

이번에야말로 크리스의 눈이 화등잔만 해졌다.

"그게 무슨……!"

"거기에 조금만, 아주 조금만 금액을 더 보태면 우리가 낙찰받을 수 있지 않을까?"

"그거야 물론 그렇지만……."

순간 크리스의 머릿속으로 카밀라에 대한 소문이 빠르게 스쳐 지나갔다.

예지 능력.

소문으로 들어 대충 알고는 있었지만 딱히 신경 쓰지는 않았다.

자신의 눈으로 직접 본 것도 아니기에 잘 믿어지지 않았다.
"정말로 낙찰가를 알고 계시는 겁니까?"
"응."
그런데 너무도 단호한 그녀의 대답을 들으며 크리스는 머릿속이 혼란스러워졌다. 정말 이 말을 믿고 일을 추진해도 되는 걸까?
'당연히 믿어도 되지.'
카밀라는 대충 그의 마음이 이해가 갔지만 더 이상 설명을 하지 않았다.
제이빌런 공작이 낙찰받은 광산의 금액은 아주 똑똑히 기억한다. 매번 같은 금액을 제시했으니까.
다이아몬드가 발견되자 사람들은 그가 받은 낙찰가와 다이아몬드의 가치를 비교하며 아주 시끄럽게 떠들어 댔었다. 그런 소식에 취약한 카밀라의 귀에까지 아주 정확히 들려왔으니 말 다 한 거 아니겠는가.
"딱 3만 골드만 더 쓸 거야."
제이빌런 공작이 제시할 금액에 딱 3만 골드, 그 이상은 쓸 생각이 없었다.
솔직히 3만 골드도 너무 아깝다. 백 골드, 딱 그 정도만 더 써 낙찰받고 싶었지만……. 그랬다간 정말 제이빌런 공작이 목덜미 잡고 넘어갈 것 같아 참기로 했다.
"정말 괜찮으시겠습니까?"
크리스가 마지막으로 물었다.
"어."
그녀의 단호한 대답에 크리스도 경매에 대한 언급을 더 이상 하지 않았다.

"경매는 처음이지?"
"네."
크리스에게 모든 걸 맡기고 뒤로 빠져 있으려다 너무 궁금해 이 자리까지 왔다. 소르펠 공작을 졸라 함께 경매장을 찾은 것이다. 경매장을 따라가고 싶다는 말에 소르펠 공작은 쉽게 허락해 줬다. 오히려 함께 움직이는 것에 즐거워하는 눈치였다.
"안이 그리 넓진 않네요."
안내를 받아 안으로 들어선 경매장은 생각보다 크기가 작았다. 전체적인 분위기는 무척 고급스러웠지만 말이다.
"극소수의 귀족들만 참여하는 장소니까."
세 공작이 참가한다는 말에 이미 대부분의 귀족은 떨어져 나간 상태였다. 제시 금액부터 상대가 되지 않았으니까. 그에 경매장 안에 앉아 있는 귀족들은 몇 되지 않았다.
"왔나."
"카밀라도 같이 왔군."
대부분 아는 얼굴이었다. 세프라 공작과 제이빌런 공작이 가장 먼저 인사를 건네 왔다. 저 멀리 자신들 쪽을 흘겨보고 있는 가브엘 후작의 모습도 보였다.
"저자가 고스트 상회의 그자이군."
소르펠 공작의 말에 고개를 돌리니 크리스가 자리에 앉아 있다 가볍게 자신들이 있는 곳을 향해 고개를 숙여 보였다. 자신에게도 간단히 눈인사를 건넸다.

"생각보다 젊군."

"그렇네요."

카밀라는 대충 맞장구를 쳐 주며 자리로 가 앉았다. 그러자 크리스가 그녀를 힐끗 쳐다봤다. 여전히 불안감을 완전히 감추지 못한 그를 보며 카밀라는 안심하라는 듯 짙은 미소를 그에게 날려 줬다.

달칵.

잠시 후 문이 열리며 경매 관계자들이 들어섰다. 그들의 손에는 한 장의 서류가 들려 있었다.

"매물 127번 아레아스 광산 경매 결과를 말씀드리겠습니다."

경매 방식은 간단했다. 입찰을 원하는 이들이 미리 금액을 적은 서류를 일정 시간 안에 제출하고, 그걸 확인해 가장 높은 금액을 제시한 이가 매물의 주인이 되는 것이다.

경매인의 입을 모두가 뚫어져라 바라봤다.

"2,138만 7천 골드! 고스트 상회에 아레아스 광산이 낙찰되었음을 알려 드립니다!"

"…뭐!"

"고스트 상회?"

"말도 안 돼!"

여기저기서 놀라움이 가득 담긴 탄성이 터져 나왔다.

"지, 지금 얼마라고 했나?"

가장 경악한 사람은 바로 제이빌런 공작이었다. 자신이 제시한 금액과 너무도 근소한 차이였다.

'그래도 2천 골드 더 써 줬는데.'

3만 골드만 더 쓰려다 양심상 2천 골드를 더 보탰다. 제이빌런 공작이 제시한 금액은 2,135만 5천 골드였으니까.

"하……."

크리스가 믿을 수 없다는 표정으로 카밀라가 있는 곳을 바라봤다.

'그러게 믿으라니까.'

카밀라는 마지막 안전장치도 확실하게 해 둔 상태였다. 혹시나 해서 제이빌런 공작을 비롯해 다른 이들의 금액을 슬쩍 귀신들을 통해 확인했거든.

"축하하네."

"젊은 사람이 대단하군."

사람들에게 축하 인사를 받는 크리스를 보며 카밀라는 뿌듯한 표정을 감추기 위해 애를 썼다.

"축하한다."

그 순간 들려오는 아주 익숙한 목소리. 바로 소르펠 공작이었다. 그 또한 축하의 말을 건넸다.

그런데 문제는 말이지.

"장하구나."

그의 시선이 크리스가 아닌 자신에게 향해 있다는 거다.

SIDE STORY. 또 하나의 삶

BEST 좋아하는 배우한테 친필 편지 받음!

20xx.06.04 20:57 | 조회수: --- | 댓글: 762

씨X! 아직도 흥분이 안 가신다. 3년 좋아했다! 군대에서 힘들 때 본 드라마에 필 받아 3년 덕질했음. 팬 사인회도 빠지지 않고 찾아갔었고!
근데 어제 처음으로 친필 편지 받았다!

[사진]

우리시아_쿠키좀_봐_으허엉.jpg

보이냐? 저 쿠키! 우리 시아느님이 직접 만드신 쿠키다! ㅠㅠㅠ

💬 댓글(762)

익명 52　어디서 구라임

익명 53　연예인이 할 짓 없냐

익명 54　팬들과 소통 안 하기로 유명한 배우가 이시아 아냐?

　➥ **익명 60**　ㅇㅈ 팬카페에 댓글 다는 꼴 한 번도 본 적 없음

익명 55　ㅋㅋㅋㅋㅋ 관종은 어디 가나 넘쳐 나지

익명 56　그런데 요즘 이런 글 자주 봄

　➥ **익명 65**　ㅇㅇ 이시아한테 편지, 선물 받았다는 글 다른 곳에도 본 적 있음

　　➥➥ **익명 73**　헐?

"시아야."

"응?"

"안 피곤해?"

"전혀."

이시아의 매니저인 현석은 차 안에서도 편지를 쓰고 있는 이를 보며 살며시 고개를 흔들었다. 예전에도 팬들에게 선물이나 팬레터를 수도 없이 받았지만 저렇게 따로 챙기는 경우는 거의 없었는데…….

최근 팬카페나 SNS에 올라오는 글들을 보며 현석은 짧은 한숨을 내쉬었다. 팬들을 챙기는 건 좋은 일이지만 저렇게 개인적으로 편지나 선물을 보내는 건 문제가 있었다. 그런 걸 받지 못한 팬들

에게 상대적 박탈감을 안길 수도 있었고 괜한 오해의 소지를 낳는 경우도 많기 때문이다.

"이분이 내가 나온 드라마를 보고 삶의 희망을 얻으셨대."

"…그래."

하지만 그는 한동안 그냥 그녀의 행동을 내버려 두기로 했다. 팬들이 보낸 편지를 보면서 환하게 웃는 시아의 모습이 무척 낯설면서도 나쁘지 않았기 때문이다.

'왜 저렇게 변했지?'

그때부터다. 몇 달 전, 답지 않게 대기실에서 깊은 잠에 빠져 있는 시아를 발견했던 그날.

※

"시아야? 어디 아파? 다음 촬영지로 이동해야 하는데."

많이 피곤한 듯 한참을 깨워도 반응이 없던 그녀가 간신히 눈을 떠 자신을 빤히 쳐다봤다.

"……."

그런데 시아의 표정이 좀 묘했다. 입을 살짝 벌린 채 멍하니 주변을 살피는 모습이 반쯤 넋이 나간 듯했다.

"너 진짜 어디 안 좋아?"

"…현석 매니저."

"어?"

살짝 떨리는 목소리가 그녀의 입에서 흘러나왔다.

"괜찮아?"

끄덕.

한 박자 느린 반응.

걱정스럽긴 했지만 일단 시간이 촉박해서 현석은 시아를 데리고 차로 이동했다.

"오늘도 사무실로 선물들 많이 왔더라. 좀 있으면 네 생일이잖아."

부피가 크고 자잘한 것들은 따로 챙겨서 시아의 집으로 보냈고, 값비싼 선물과 오랜 팬들이 보낸 것들은 차에 실어 놓았다.

부스럭.

잠시 후 선물과 편지를 확인하는 소리가 들려오자 현석은 백미러로 힐끔 시아를 바라봤다.

'으음?'

무슨 일이지? 저런 걸 차 안에서 뜯어보는 애가 아닌-

"으……."

"……?"

"흐흑……."

끼이이익!

현석은 급히 차를 세웠다.

"시아야! 왜 그래! 무슨 일이야!"

그녀가, 자신의 배우가 울음을 터트렸기 때문이다.

"언니? 괜찮아요?"

"뭐야? 안티 팬이 보낸 거야? 사무실에서 다 확인했을 텐데!"

편지를 부여잡고 눈물을 쏟고 있는 시아를 보며 다들 당황했다. 욕이 적힌 편지를 받더라도 비웃음을 날리면 날렸지, 저렇게 울

녀석이 절대 아닌데?

"…좋대."

"어?"

한참을 울던 그녀가 간신히 입을 열었다.

"내가… 내가 좋대."

"……."

"내 덕분에… 행복하대… 흑……."

차 안에 있던 모든 스태프가 황당한 표정을 지었다. 쟤 오늘 뭐 잘못 먹었니?

그러니까 지금… 고작 팬레터를 보고 우는 거라고? 다른 사람도 아니고, 천하의 이시아가? 그 이시아가?

"이 세상에 존재해 줘서 고맙다고……."

시아는 그 말을 끝으로 다시 펑펑 울기 시작했다.

결국 그날 촬영은 취소됐다. 눈이 퉁퉁 부은 채 촬영을 할 수 없었으니까.

그 후로 그녀는 팬들에게 답장을 보내기도 하고 작은 답례품을 직접 만들어 선물하기도 했다.

✳

System 팬들의 마음에 보답하기! _□×

미션 클리어! 보상 포인트가 지급됩니다.

> **System** _ □ ×
>
> 이름: 이시아 (카밀라)
>
> 민첩: B 체력: B+
>
> 외모: S+ 연기: C (EX)
>
> 가창: C (A) 끼: B (A+)
>
> 잔여 포인트: 2
>
> 특성: 복제 – 카밀라가 보유했던 연기력을 그대로 따라 할 수 있음 (스스로 연기력을 깨우기 전까지 복제 특성을 추천합니다.)

"흐음."

보상까지 받고 좋네.

시아의 입가에 절로 미소가 걸렸다. 정말 하고 싶어서 한 일인데.

팬들에게 답장을 쓰고 선물도 보내고, 퀘스트를 떠나 무척 즐거운 일이었다. 처음 이 세계에서 완전히 깨어났을 땐 무척 당황했지만, 생각보다 잘 적응하고 있었다.

무엇보다도 큰 도움이 된 건 바로 저 시스템이다. 연기의 '연' 자도 모르는 자신이 그나마 아무 이상 없이 배우로 살아갈 수 있는 건 시스템 덕분이었다.

> **System** _ □ ×
>
> 영혼이 바뀐 보상으로 시스템이 제공됩니다.

이 '복제'라는 특성 덕분에 그녀는 과거 이시아가 보여 주던 연기력을 그대로 펼칠 수 있었다.

"연기력이 EX라니."

지금 자신이 가지고 있는 건 고작 C였다. 저 차이를 언제 극복하고 복제라는 특성을 쓰지 않아도 될지.

이시아는 잔여 포인트를 모두 연기에 투자했다. 뭐, 그래 봐야 별 차이도 느껴지지 않을 것 같지만 말이다.

"어머! 시아 언니!"

방송국 복도를 걷던 시아의 앞으로 한 사람이 빠르게 다가왔다. 그녀보다 한두 살 어려 보이는 여자는 무척 반가운 얼굴로 말을 건네 왔다.

"언니, 이번에 핸드폰 광고 찍으셨다면서요?"

기억에 있는 인물이다. 한희주. 같은 드라마에 몇 번 나온 후배로 제법 대중에게 얼굴을 알린 이였다.

"그거 원래 제가 찍을 거였는데."

여자의 얼굴은 여전히 미소가 가득했지만 눈매는 순간 매섭게 빛났다.

"저번에 냉장고 광고도 그러시더니······. 참 재주도 좋으세요. 매번 잘도 뺏어 가는 걸 보면. 이유가 대체 뭘까요?"

그녀의 입꼬리가 슬쩍 올라갔다. 확연히 시비를 거는 어투였다.

"기획사의 힘인가? 아니면 따로 광고주와 뭐가 있으신 건가? 들으니 저번에 광고주와 호텔에서-"

"왜겠니?"

이런 건 딱히 복제 특성도 필요 없었다. 그동안 이 세계를 지켜보며 이시아가 이런 것들을 상대하는 모습을 수도 없이 봤으니까.
시아는 한희주에게 바짝 다가서며 싱긋 미소를 날렸다.
"급이 다르잖아."
"네?"
"연기도 인기도, 심지어 외모까지 네가 달리니까 매번 뺏기는 거지."
"언니, 무슨……!"
"배우도 급이 있듯이 광고도 급이 있는 거잖아. 몰랐어? 매번 광고주와 따로 만나서 광고 따는 것도 한계가 있다는 걸 이번에 깨달았을 텐데?"
"이……!"
한희주의 손이 번쩍 들렸다.
"감당할 수 있니?"
하지만 그 손을 끝까지 뻗을 수는 없었다.
"내 몸값 네가 더 잘 알 텐데. 감당할 수 있겠냐고."
분노로 손을 떨던 한희주는 결국 팔을 내릴 수밖에 없었다.
짜악!
그 순간 한희주의 고개가 획 돌아갔다. 시아의 손이 그대로 그녀의 뺨을 가격한 것이다.
"난 감당할 수 있어서."
짙은 미소를 입가에 머금은 시아는 얼굴을 더욱 가까이 가져갔다.
"뭐 눈에는 뭐만 보인다고. 어디서 감히 호텔 운운이야. 네가 그런다고 다른 사람들도 다 그런 줄 알아?"
"……."

"후배님, 시비도 사람 봐 가면서 걸어."

"당신!"

"참고로."

시아는 손에 들고 있던 휴대폰을 흔들었다.

"난 대화할 때 습관적으로 녹음하는 버릇이 있어서."

"……!"

"시비는 분명 네가 먼저 걸었다. 알지? 여론전은 언제나 환영이야."

분개하는 한희주를 뒤로한 채 시아는 유유히 그 자리를 떠나갔다.

"시아야, 오늘 고생했어."

"응."

"내일 8시에 데리러 올게."

끄덕.

매니저 현석의 배웅을 받으며 시아는 아파트 입구로 들어섰다. 엘리베이터를 타고 17층, 즉, 자신의 거주 층에 내린 시아는 순간 멈칫했다.

System 돌발 퀘스트 발생!   _□×

침입자를 제거하라!

오랫동안 당신에게 원한을 가진 이가 침입했습니다.

상대를 이대로 내버려 둔다면 생명의 위협을 계속 받게 됩니다.

적과의 전투?

Yes or No

```
System 돌발 퀘스트 발생!                    _ □ ×

      20초 내 선택이 없을 시 자동으로 전투가 시작됩니다.
                    20, 19, 18······.
```

"오늘이었나?"

시아는 자신의 아파트에 침입한 자가 누군지 쉽게 짐작할 수 있었다. 수도 없이 보았던 상황이니까.

그 남자, 자신의 아버지.

신기하긴 했다. 보안이 철저한 아파트인데 대체 어떻게 침입한 것인지.

```
System 돌발 퀘스트 발생!                    _ □ ×

                    5, 4······.
```

"예스."

시아는 20초가 지나기 전에 Y 버튼을 눌렀다. 피할 생각이 없었으니까.

이번에 도망친다고 해 봐야 시스템의 말대로 계속해서 그 남자에게 생명의 위협을 받게 될 것이 분명하다.

시아도 그동안 가만히 있었던 건 아니었다. 계속해서 남자의 행방을 찾아다녔다. 그저 가만히 앉아서 죽이러 찾아오는 그를 기다리는 건 바보 같은 짓이었으니까.

하지만 수소문해 봐도 남자의 행방을 찾을 수 없었다. 보안이 더 좋은 아파트로 이사도 했지만 결국 결과는 달라지지 않는 것 같다.

삐삐삑!

비밀번호를 누르고 집 안으로 들어서자 짙은 어둠이 자신을 반겼다. 센서 등이 나간 듯 현관 입구에 늘 들어오던 불이 켜지지 않았다. 시아는 별 감흥 없이 그대로 안으로 들어섰다.

예상대로 집 안은 엉망이었다. 뭔가 돈이 될 만한 걸 찾으려 한 건지 한바탕 집이 뒤집어져 있었다.

"좋냐. 혼자 이런 좋은 집에서 사니까."

순간 귀를 파고드는 낯선 목소리.

시아는 천천히 고개를 돌렸다. 창가 쪽에 누군가 서 있었다.

50대 초반의 남자는 어둠 속에서도 확연하게 존재감을 드러내고 있었다. 그의 손에 들려 있는 칼이 유독 날카롭게 빛났다.

"하! 썩을! 놀라지도 않네."

덤덤한 시아의 표정을 보며 남자의 입에서 허탈한 웃음이 흘러나왔다. 하지만 시아야말로 황당할 따름이었다. 내가 두려움에 떨기라도 바란 건가?

"하여간 재수 없기는. 퉷!"

시아의 시선이 남자에게서 떨어질 줄 몰랐다. 저분이 나의 진짜 아버지……

신기할 정도로 감흥이 없었다. 피의 끌림이라도 있지 않을까 생각했는데 오히려 기분이 착잡했다. 그의 손에 죽어 가는 이시아…

아니, 자신의 모습을 너무 많이 봤기 때문일까? 아버지라기보다 그저 익숙한 살인자가 눈앞에 서 있는 것 같았다.

"씨X!"

칼을 든 남자가 성큼 자신에게 다가섰다.

System 돌발 퀘스트 발생!　　　　　　　　　 _ □ ×

선택지를 골라 주세요.

1. 적을 죽인다.

2. 적을 제압한다.

그 순간 다시 뜨는 시스템 알림.

'역시 뜨네.'

전에도 이런 적이 있었다. 스토커가 자신을 찾아왔을 때, 시스템의 도움으로 쉽게 제압할 수 있었다.

System　　　　　　　　　　　　　　　　　 _ □ ×

2. 적을 제압한다.

일단 제압이 먼저라는 생각에 주저 없이 2번을 선택했다.

"뭐, 뭐야!"

그러자 자신을 향해 다가서던 남자의 몸이 굳어졌다. 칼을 뻗은 자세 그대로 아무런 움직임을 보이지 못했다.

"이, 이게 뭐야!"

남자도 당황한 듯 소리를 꽥꽥 질러 댔다. 시아는 그런 그를 잠시 바라보다 핸드폰을 들었다.

「어, 시아야.」

"오… 오빠…….''

「시아야?」

"사… 살려…….''

「시아야! 무슨 일이야!」

"경찰, 경찰 좀… 으…….''

「시아야! 이시아!」

뚜욱.

이제 매니저가 뒷일은 알아서 할 거고……. 핸드폰을 내려놓은 시아는 남자에게 천천히 다가갔다.

"너… 너! 지금 뭐 하는 거야! 이거 어떻게 한 거야! 나한테 무슨 짓을 한 거냐고!"

"뭐긴 뭐야. 당신 엿 된 거지."

"뭐! 미친! 당장 이거 풀어!"

조금, 아주 조금이라도 뭔가 동하는 게 있지 않을까 싶었지만 역시나 기분만 더 더러워질 뿐이었다. 시아는 남자가 내밀고 있는 칼 쪽으로 성큼 걸음을 옮겼다.

푸욱!

"너… 너!"

당황하는 남자의 얼굴을 보며 시아는 씨익 웃었다. 상처가 깊어야 이 남자의 죄도 더 무거워지겠지?

애애애앵-!

마침 밖에서 원하던 소리도 들려왔다.

시아는 그대로 바닥에 쓰러졌다. 쉴 새 없이 흔들리는 남자의 동공을 보며 그녀의 입가에 더욱 짙은 미소가 걸렸다.

귀신이라도 본 것처럼 안색이 파랗게 질려 가는 남자의 모습을 끝으로 시아는 간신히 잡고 있던 정신을 놓았다.

3권에 계속 🐾

A Fortune-telling Princess